한국문학의 이면과 측면

한국문학의 이면과 측면

임종욱

보고사
BOGOSA

책을 내면서

2014년 12월에 『조선시대 불교 공간과 한문학의 자장』을 낸 이후 다시 책을 낸다. 그간에 쓴 논문들과 문예지에 발표한 여러 글들을 모았다. 청탁에 응해 쓰거나 학술회의 주제에 맞춰 글을 쓰다 보니 글에 일정한 흐름이 없고, 또 고전문학과 현대문학을 다룬 글들이 섞이게 되었다. 이런 내용들을 한 책으로 묶는 것이 다소 어색하게 느껴지기도 하지만, 문학이라는 큰 틀 안에서 함께 의미를 가지는 글들이라 욕심을 내 보았다.

글들을 다시 읽고 있자니 이런 점이 먼저 눈에 들어왔다. 비교적 문학 연구에서 크게 주목받지 못하는 주제나 대상을 많이 다루었다는 사실이다. 내가 사는 남해군과 경남 일대에도 다양한 문학 행위가 있어 왔고, 연구할 가치가 있는 성과들이나 유적, 사실(史實)들이 적지 않게 남아 있다. 그런데 단지 외딴 지역에서 이뤄진 성과나 현상이어서 연구 대상에서 소외를 받는 경우가 많았다. 이 지역 사람들에게는 소중하고 소개하고 싶은 사실들인데 상대적으로 주목을 받지 못하니, 자연스럽게 이 지역에서는 논의에 대한 갈증을 느낄 수밖에 없었다. 그래서 이번 책에는 그런 고민들을 다룬 글이 많아진 듯하다. 이런 글들이 좀 더 널리 소개되어 그 가치를 인정받고 연구가 활발해지게 되는 작은 계기가 되었으면 좋겠다. 그래서 책 제목도 고민하다 『한국문학의 이면과 측면』이라 붙이게 되었다.

남해에 내려와 지낸 지도 어느덧 올해로 7년 째에 접어든다. 이곳에 와서 책도 여러 권 냈고 소설도 제법 썼다. 어느 곳에서 살든 삶의 희로애락이야 늘 따르는 일상이지만, 사람들이며 자연 풍광에 정은 차곡차곡 쌓였고, 이전 서울 생활에서는 접할 수 없는 문화며 풍속들도 이제는 낯설지 않게 되었다. 평생을 이곳에서 산 분들과 견줄 수는 없겠지만 나름대로 큰 애정과 관심을 가지게 되었다. 그런 삶의 자취들을 앞으로도 꾸준히 글에 담아 세상 사람들에게 알려야겠다는 다짐을 한다.

살아온 연륜이 쌓이다 보니 함께 얼굴을 맞대고 대화를 나누고 활동했던 좋은 분이 많았는데 그만 이생의 인연이 끊어진 분들도 있다. 글을 쓰자니 지난 해 추석 무렵 작고하신 남해의 향토사학자 정의연 선생님과 올해 1월 달에 유명을 달리하신 소설가 김인배 선생님이 자꾸 떠오른다. 생전에 못다 이룬 연구와 창작의 열정은 저 먼 곳에서도 식지 않으셨을 것이다. 〈제망매가(祭亡妹歌)〉의 월명사(月明師)처럼 미타찰(彌陀刹)에서 다시 만날 때까지 나는 이곳에서 그분들의 유지를 받들겠다는 약속을 해본다.

작년 가을부터 남해군 고현면으로 이사를 와 지내게 되었다. 우연찮게 이 지역에서 전승된 풍속인 '매구'와 '집들이굿놀음'을 보존하면서 공연하는 분들과 알게 되었고, 감히 나도 그 단원이 되어 밤이면 모여 연습해 참여하게 되었다. 아직 서툴지만 옛 것을 새롭게 알리는 구실을 맡은 고전문학도로서 잘 배우고 익혀, 우리 남해의 전통문화가 올바르게 계승되고 발전하는 데 작은 기여나마 하고 싶다. 두 보존회에는 나보다 연로하신 분들도 많은데, 오래오래 건강을 유지해서 함께 상모도 돌리고 땀 흘린 연습 뒤에 마시는 주과(酒果)의 즐거움도 계속되기를 기원한다. 화전매구보존회 이긍기 회장님과 고현집들이굿놀음보존회 김정준 회장님, 그리고 모든 단원 분들께 이 자리를 빌려 감사의 말씀을 올린다. 지금의 나에게는 이분들이 이곳에서 가장 가깝고 소중한 이웃들이다. 함께 남해가 일군 문화 유적을 답사하고 의견을 주고받는, 대학 후배인 고현면 이어리 사람 김봉윤 인형(仁兄)에게는, 우리의 약속들이 빨리 성과로 나타나도록 하자고 부탁한다.

늘 말로밖에는 전달할 수 없는 일이지만, 진주교대에서 학생들을 가르치는 평론가 송희복 형과 진주교대 국어과에 계신 곽재용 교수님, 영어과에 계신 황규완 교수님, 그리고 평론가 조구호 형과 시조시인 이달균 형, 고전문학자인 권복순 선생님에게도 감사의 인사를 드린다. 두루두루 잊지 못할 후의와 은혜를 빚지고 사는 분들이다. 끝으로 어려운 형편에도 책을 내주신 도서출판 보고사의 김흥국 사장님과 편집부 가족들에게 깊은 고마운 마음을 전한다.

2019년 2월 끝자락에

남해에서 임종욱이 쓴다.

차례

제2부 _ 현대문학과의 대화 · 195

부록 · 343

제1부

우리 고전과의 만남

한국 시가문학의 시원과 자장
–개방구조와 완결구조라는 두 관점을 중심으로–

1. 들어가는 말

우리나라의 시가문학은, 기록으로 보자면 고조선 때 여옥(麗玉) 또는 백수광부(白首狂夫)의 아내가 지었다는 〈공무도하가(公無渡河歌)〉가 첫 작품으로 인정받고 있다. 당시에도 다양한 방식으로 시가문학이 향수되었을 터인데, 기록의 한계 때문에 〈공무도하가〉를 이은 〈황조가(黃鳥歌)〉나 〈구지가(龜旨歌)〉 정도가 고대 가요의 유산으로 남아 있다. 이후 우리나라의 시가 문학은 신라 때의 향가(鄕歌)와 고려 때의 속요(俗謠), 그리고 시조(時調)와 가사(歌辭) 등으로 계보가 형성된다. 물론 이밖에도 다양한 한글 시가 들이 전해지고 있고, 또 대단히 방대한 양의 한시(漢詩) 문학도 큰 비중을 차지하고 있다. 이렇게 우리나라의 시가 문학은 역사적 계보를 형성해 왔다.

이 글은 이런 시가 작품들의 특성이나 형식, 내용 등을 통해 우리나라 시가문학의 연원을 따져보려는 의도로 쓰인 것은 아니다. 필자는 조금 다른 각도에서 우리나라 시가 문학이 창작되고 유통되며 향수된 과정과 이면을 살펴보려고 한다. 그것은 작자의 창작 의도를 중심으로 분석하는, 발생미학(發生美學)적인 측면과 더불어 이들 작품을 향수하고 이해한 독자들에게 끼친 미학적인 영향의 측면, 즉 수용미학(受容美學)적인 측면에 관심을 두려고 한다. 어떤 작품이 쓰였을 때 독자는 그 작품을 감상한 뒤 나름의 감흥을 가지게 되고, 이것에서 발화하여 감동을 받는다. 즉 그 감동을 받는 원인이 무엇인가를 재구해 보려는 것이다.

그런 원인을 살펴보는 방식과 답안은 다양하게 개진될 수 있을 것이다. 필자는 작품의 확장성이라는 측면을 중시하고자 한다. 왜 어떤 작품은 다수에게 감동을 주며 걸작으로 불려지는가를 따져보려는 것이다. 어떤 작품은 당대에는 의미 있는 작품으로 평가받지만 시간이 흐르면서 아예 사라지거나 문학사의 유산으로만 존재하기도 하고, 어떤 작품은 시대와 계층을 뛰어넘어 영원한 생명력을 갖기도 한다. 물론 유산으로만 남는다고 해서 그것의 문학성을 부정하는 것은 아니다. 어떤 상황에서만 유의미한 작품이 있는 반면 그렇지 않은 경우는 어디에서 구분되는지 살펴보려는 것이다. 그리하여 시가 문학이 지닌 생명력의 장단이 발생하게 되는 이유를 통해 시가문학을 이해하려는 것이다.

필자는 우리의 고전 시가들의 확장성의 폭이 보여주는 차이를 작품이 지닌 '개방구조'와 '완결구조'라는 가설로 접근하려고 한다. 물론 이런 논의는 대단히 면밀하면서 세심한 접근이 필요하다. 때문에 본 글은 아직 가설의 단계로만 의미를 부여하려고 한다. 이 큰 범주에 속하는 하위범주를 설정하고, 그 효과나 현현의 실상을 종합하는 일은 앞으로의 과제로 남겨두고자 한다.

2. '개방구조'와 '완결구조'라는 용어의 의미

이 두 개념의 정의를 규정하기 위해 먼저 임의로 두 편의 시가 작품을 소개하고자 한다. 편의를 위해 시조에서 인용한다.

江湖애 노쟈 ᄒᆞ니 聖主를 ᄇᆞ리레고
聖主를 셤기쟈 ᄒᆞ니 所樂애 어긔예라
호온자 岐路애 셔셔 갈 ᄃᆡ 몰라 ᄒᆞ노라 〈松巖續集〉

가마귀 싸호ᄂᆞᆫ 골에 白鷺야 가지 마라
셩낸 가마귀 흰 빗츨 ᄉᆡ올세라
淸江에 조히 시슨 몸을 더러일ᄭᅡ ᄒᆞ노라 〈靑丘永言〉

첫 번째 작품은 조선 중기의 문인인 권호문(權好文, 1532-1587)이 지은 시조고, 두 번째 작품은 고려 말의 충신 정몽주(鄭夢周, 1337-1392)의 모친이 지었다고 전해지는 시조다. 두 편 모두 아름다운 시조이지만, 독자에게 환기시키는 감흥의 밀도는 조금 다르게 느껴진다. 권호문은 충군(忠君)과 강호가도(江湖歌道)의 갈림길에 선 자신의 처지와 그 갈등을 이 시조로 노래했고, 정몽주의 모친은 소인배가 득세하는 세상에서 결신(潔身)의 지혜를 잊지 말라는 충고를 시조로 노래했다. 갈등을 담고 있다는 측면으로 보자면 권호문의 시조가 선명하니 감동의 확장성이 커야 할 터인데, 사실은 그렇지 않다.

권호문의 갈등은 어떤 특정한 상황 아래서만 유효하다. 왕조시대가 아닌 현재의 우리들에게 군주에게 충성해 국은(國恩)에 보답해야 할지 아니면 자연에 묻혀 안빈낙도(安貧樂道)하는 것이 옳은지의 문제는 그리 중요한 쟁점은 아니다. 관념적으로는 이해하지만 체험적으로는 와닿지 않는다.

그런데, 정몽주 모친의 충고는 시대를 뛰어넘는 보편성이 있다. 불의가 판치는 세상에서 이것을 외면해야 하는지, 아니면 당당히 맞서야 하는지의 문제는 정몽주 당대의 고민만이 아니기 때문이다. 즉 권호문의 갈등은 개인 한 사람에 국한되거나 같은 이해관계에 있는 집단의 범위를 벗어나기 힘들다. 그러나 시대를 살아가면서 온갖 판단을 하고 행동을 요구받는 일은 현재뿐만 아니라 미래에도 끊임없이 이어질 수밖에 없다. 정몽주의 모친은 그런 분란에 끼어들지 말라고 권하지만, 받아들이는 독자는 그런 판단만을 수용하지는 않는다. 실제로 정몽주의 태도는 충고와는 반대로 나갔고, 그것이 옳은 자세임을 독자들도 암묵적으로 인정한다. 즉 표면적인 언설(言說)에만 주목하지 않고 언설 너머에 숨어 있는 의미까지 독자는 찾아내고 공감하는 것이다. 이런 다중성이 이 작품의 문학성을 돋보이게 하고, 이런 점이 작품에 시대와 계층을 뛰어넘는 생명력을 부여하는 것이다.

또 권호문의 시조는 이른바 클리셰(cliché), 즉 진부하거나 틀에 박힌 생각이나 표현이 드러나 있다. 종장의 "호온자 岐路애 셔셔 갈 듸 몰라 ᄒᆞ노라."는 이색(李穡, 1328-1396)의 시조 종장인 "夕陽에 홀로 셔이셔 갈 곳 몰나 ᄒᆞ노라."를 그대로 답습했다. 때문에 독자의 눈에는 익숙한 표현으로 보이고, 이런 데서 감동의 결이 다양해지기는 어렵다. 이에 반해 정몽주 모친의 시조는 '가마귀'와 '白鷺'를 내세워 우화적인 요소를 가미하면서 흑백(黑白), 즉 선악(善惡)의 대결을 상징화함으로서 독자에게 신선감과 현장성을 동시에 확보하게 만든다.

'개방구조'를 지닌 작품은 작품이 내포하는 의미가 타인의 일로만 이해되지 않고 바로 나 자신의 일, 누구나 겪을 수밖에 없는 일로 확장된다. 그리하여 보편성을 얻어 감동의 밀도는 높아진다. 작품과 독자와의 거리가 거의 없어지는 것이다.

'완결구조'를 지닌 작품은 대개 작품의 의미가 독자의 문제로까지 확장되지 않는다. 작자 또는 그가 속한 집단의 문제를 넘어서지 못한다. 때문에 감상을 하는 데는 지장이 없지만, 보편성을 획득하기는 어렵거나 때로는 이질적으로까지 다가온다.

긴 시간을 지나면서도 살아남은 작품은 '개방구조'일 가능성이 높다. 특히 구전(口傳)의 힘을 빌려 후대에 문헌에 정착된 작품일수록 '개방구조'를 가져야 살아남을 수 있다고 여겨진다. 그렇지 않으면 중간에 소멸되어 버리기 때문이다. 특히 우리나라처럼 우리말을 표기할 수단인 한글이 뒤늦게 창제된 경우에는, 이는 작품의 생존에 크게 영향을 끼칠 수밖에 없다.

물론 작자가 이런 구조를 미리 염두에 두고 창작에 임하기는 어렵다. 그러나 현실에 안주하면서 관념적인 주제를 평이하게 다루는 작품을 쓴다면 자장(磁場)이 넓혀지기는 힘들 것이다. 그러나 스스로 문제의식을 가지고 이런 주제들을 어떻게 하면 효과적으로 표현할 수 있는가를 고민하는 작자라면, 거기에 어울리는 작품을 창작할 수 있게 될 것이다.

3. 고대가요와 향가를 통해 본 '개방구조'와 '완결구조'

우리나라의 고대 시가문학은 현전하는 작품이 대단히 적다. 표기수단의 불비(不備)와 문헌의 산일(散逸) 때문에 빚어진 외적인 요인을 우선 무시할 수 없다. 앞서 지적한 것처럼 작품 수가 적으니 두 개 가설을 바탕으로 상세하게 규명하기란 쉽지 않다. 여기서는 실험적으로 고대시가 두 편을 살펴보겠다.

公無渡河　　그대여 강을 건너지 마오
公竟渡河　　그대 끝내 강을 건넜네.
墮河而死　　강물에 휩쓸려 죽었으니
當奈公何　　그대를 어찌할 수 있을까나.

龜何龜何	거북아 거북아
首其現也	머리를 내놓아라.
若不現也	내놓지 않으면
燔灼而喫也	구워서 먹으리라.

앞의 작품은 우리나라 최초의 시가로 이해되는 〈공무도하가〉고, 이어지는 것은 〈구지가〉다. 〈공무도하가〉는 미쳐 날뛰다가 물에 빠져 죽은 남편의 죽음을 애도했고, 〈구지가〉는 자신들을 다스릴 지도자의 강림을 기원하기 위해 부른 노래다.

인간에게 있어서 죽음은 영원히 해결할 수 없는 미지의 세계고 피할 수 없는 고통이다. 더구나 남편은 천수를 누린 것이 아니라 자살했거나 사고로 죽은 것으로 보인다. 그런 애처로운 죽음을 목도한 아내의 피를 토하는 절규의 노래를 들은 사람들에게, 그것은 특정한 남편과 아내 사이의 생사기로만으로 읽히지는 않는다. 즉 나나 우리에게 닥칠 어처구니없는 죽음의 문제를 상기시킨다. 마지막 구절의 '내하(奈何)'는 부부 사이의 '어쩔 수 없음'만이 아니라 우리 모두의 '어쩔 수 없음'으로 승화된다. 즉 작품의 의미가 확장되고 '개방'되는 것이다. 그렇게 작품은 다양한 상상의 세계로 독자를 인도한다.

이에 비할 때 〈구지가〉는 의식요라는 한계도 있지만, 훌륭한 지도자를 갈구하는 일이 거의 없을 대부분의 사람들에게 절실한 상황은 아니다. 물론 이 작품의 변형체가 700여 년 뒤 〈해가(海歌)〉로 〈헌화가(獻花歌)〉의 배경 설화에 등장하기는 하지만, 이 역시 일회적인 구실 이상을 했다고 보기는 어렵다. 일단 목적이 달성된 시가에서 확장성을 기대하기는 어렵고, 유사 체험을 할 기회가 적은 탓에 다양한 상황으로 상상력이 파생할 가능성은 줄어드는 것이다. 즉 작품의 의미는 한

정되고 그 안에서 '완결'되어 버리는 것이다.

향가는 현재 25편이 전하는데, 『삼국유사(三國遺事)』에 14편, 〈보현십원가(普賢十願歌)〉로 11편이 남아 있다. 이 글에서는 길게 설명하지 않겠지만, 〈보현십원가〉가 주제의 웅장함과 심원함에도 불구하고 종교적 구원의 문제를 한 보살의 이타행(利他行)으로 담아냈기에 확장성이 떨어져 '완결구조'의 작품인 것으로 여겨진다. 그러나 『삼국유사』 소재 작품들은 다르다. 그 중 〈제망매가(祭亡妹歌)〉를 읽어보자.

生死路隱	生死路ᄂᆞᆫ
此矣有阿米次肹伊遣	예 이샤매 저히고
吾隱去內如辭叱都	나ᄂᆞᆫ 가ᄂᆞ다 말ㅅ도
毛如云遣去內尼叱古	몯다 닏고 가ᄂᆞ닛고
於內秋察早隱風未	어느 ᄀᆞᄉᆞᆯ 이른 ᄇᆞᄅᆞ매
此矣彼矣浮良落尸葉如	이에 저에 ᄠᅥ딜 닙다이
一等隱枝良出古	ᄒᆞᄃᆞᆫ 가재 나고
去奴隱處毛冬乎丁	가논곧 모ᄃᆞ온뎌
阿也 彌陁刹良逢乎吾	아으 彌陁刹애 맛보올 내
道修良待是古如	道닷가 기드리고다 〈梁柱東 해독〉

역시 죽음의 문제를 다루고 있는 작품이다. 젊은 나이에 죽은 누이와 이별해야 하는 괴로움은 수행자인 월명사(月明師)도 피해갈 수 없는 시련이었다. 그는 갑작스런 죽음의 무상함을 "ᄒᆞᄃᆞᆫ 가재 나고 / 가논곧 모ᄃᆞ온뎌"라 하여, 잎이 같은 가지에 났지만 떨어져 스러질 때는 정처(定處)조차 알 수 없게 된다는 절박한 비유로 표현했다. 우리 문학사에서 죽음으로 인한 이별의 무상(無常)함을 이처럼 절절하게 비유한 구절을 찾기란 쉽지 않다. 인생사에서 무수히 닥치는, '정든 사람'과의

이별을 마주했을 때 범인(凡人)이 가지는 망극한 심경이 이 작품을 읽으면 그대로 환기된다.

또 이 작품이 갖는 비장(悲壯)과 숭고(崇高)는, 독자를 죽음에 대한 진지한 성찰로 이끌어간다. 이생에서 끊어진 인연을 잇기 위해 선업(善業)을 쌓아 내세에서의 재회를 기원하겠다는 작자의 각오와 결의는, 마찬가지 영결(永訣)의 고통을 겪거나 겪을 사람에게는, 죽음을 넘어선 영생(永生)의 미래를 꿈꾸게 만든다. 그런 점에서 이 작품은, 여타 『삼국유사』 소재 향가 작품들과 동일하게 '개방구조'를 가지고 있는 것이다.(물론 『삼국유사』 소재 다른 작품의 성격에 대해서는 구체적인 논의가 필요하다.)

4. 고려속요와 경기체가의 경우

고려속요와 경기체가는 고려시대에 쓰여져 불린 대표적인 시가 갈래다. 속요는 민요체고, 경기체가는 유가 지식층이라는 특정 계층에 의해 불렸으니, 세계관이나 작품의 지향이 차이가 날 수밖에 없다. 그러나 고려속요는 오늘날에도 생명력을 가지고 회자되는 데 비해, 경기체가는 이미 사라진 갈래가 된 데는 그만한 까닭이 있을 것이다. 역시 작품부터 본다.

가시리 가시리잇고
나는 ᄇᆞ리고 가시리잇고
나는 위 증즐가 太平聖代

날러는 엇디 살라 ᄒᆞ고

ᄇᆞ리고 가시리 잇고
나ᄂᆞᆫ 위 증즐가 太平聖代

잡ᄉᆞ와 두어리 마ᄂᆞᄂᆞᆫ
선ᄒᆞ면 아니올셰라
위 증즐가 太平聖代

셜온님 보내ᅀᆞᆸ노니
나ᄂᆞᆫ 가시ᄂᆞᆫᄃᆞᆺ 도셔오쇼셔
나ᄂᆞᆫ 위 증즐가 太平聖代 〈樂章歌詞〉

元淳文 仁老詩 公老四六
李正言 陳翰林 雙韻走筆
冲基對策 光鈞經義 良鏡詩賦
위 試場ㅅ景 긔엇더ᄒᆞ니잇고
(葉)琴學士의 玉笋文生 琴學士의 玉笋文生
위 날조차 몃부니잇고 〈제1장〉

고려속요 〈가시리〉 전문과 경기체가 〈한림별곡(翰林別曲)〉의 〈제1장〉이다.

〈가시리〉의 주제는 이별이다. 나를 버리고 떠나는 임을 잡고 싶지만 화를 내고 가면 다시 오지 않을까 두려워 말없이 보내니 가실 때처럼 돌아오라는 애원(哀願)이 서려 있다. 이별이 가지는 독자들의 공감 능력을 굳이 설명할 필요는 없겠다. 더욱이 작품이 육성(肉聲)으로 들려오기에 더욱 감동의 폭이 넓어진다. 보내기 싫은 심정을 에둘러 표현함으로써 작자의 괴로운 마음은 더욱 강렬하게 전달된다. 정을 둔 사람을 떠나보내기 싫은 사람의 원망(願望)을 누구나 공감할 수 있는 언어와 묘사로 담아냈다. 이런 개성 있는 상황 설정은 이후 다양한 '개방구조'를 보여주는 작품으로 이어진다. 같은 속요인 〈만전춘별사(滿殿春別詞)〉에도 "어름우희 댓닙자리 보와 님과 나와 어러주글만뎡 / 어름우희 댓닙자리 보와 님과 나와 어러주글만뎡 / 情둔 오ᄂᆞᆳ밤 더듸 새오시라 더듸 새오시라."(제1연)라 하여 나오고, 황진이의 "동지ㅅ둘 기나 긴 밤을 한 허리를 버혀 내어 / 春風 니불 아ᄅᆡ 서리 서리 너헛다가 / 어론님 오신 날 밤이여든 구뷔 구뷔 펴리라."로 이어지더니 현대시인 김소월의 〈진달래꽃〉과 한용운의 〈님의 침묵〉으로 계보가 이어진다.

〈한림별곡〉 또한 우리의 값진 시가문학 유산임에는 분명하고, 나름대로 감흥이 없는 것도 아니다. 문장과 시가 창작에서 자부심을 가진 문인(文人)들이 자신의 역량과 성과를 잔치 자리에서 당당하게 토로하고 있어, 그 감흥과 흥분이 작품 속에 살아 있다. 그러나 아주 구체적인 인명(人名)이 나올뿐더러 유가 지식인이 아니면 감당하기 어려운 한문학 갈래들이 열거되고, 언어 자체도 구어보다는 문어체로 일관함으로써 내재하는 잠재력을 충분히 외화(外化)시키지 못했다. 일부 계층에게는 공감과 감흥을 일으키겠지만 그 진폭은 제한적이다. 또 한문투의 표현이나 형식이 더 이상 유용하지 않은 시기에 이르면 진폭은 더욱 축소되어 버린다. 이런 점에서 이 작품은 '완결구조' 안에 머물렀다고 말할 수 있을 것이다.

5. 끝맺는 말

이 글은 시론적인 성격이 강해 논의가 아직 충분히 여물지 않았다. 좀 더 짜임새 있는 이론의 정립이 필요하다. 또 하위 범주에서 이 두 가설의 실상들을 검토하고 증명하는 과정을 거쳐야 할 것이다. 다만 우리나라 고전 시가의 작품들이 보여준 성과를 논의하면서 작품이 주는 감동이나 여운이 길고 현재에도 여전히 '문학'으로 향수되는 작품이 있는 반면 그렇지 못한 작품이 있는 이유를 다뤄본다는 측면에서 의의가 있을 듯하다.

고전시가들을 읽다보면 새로운 상상력을 자극하는 작품이 있는 반면, 결국 동일하거나 유사한 주제 또는 체험의 상투적인 반복이 이어지는 작품도 있다. 또 같은 감동이라도 그 밀도와 파장이 조금씩 차이가 나는 것을 느낄 때도 있다. 그 이유는 어디에서 오는 것일까? 이런 의문을 '개방구조'와 '완결구조'라는 가설로 설명하고자 했다.

이런 가설은 꼭 우리나라 시가에서만 적용되는가에 의문을 제기할 수도 있겠다. 타 지역의 시가문학도 동일한 잣대에서 설명될 수 있으니, 우리나라 시가만의 특성이라고 말하기 어렵다는 반론도 예상된다. 그러나 결론은 동일할지 모르지만, 접근하는 방식이나 구체적인 작품의 실상은 분명 차이가 있을 것이다. 우리말과 우리 글로 된 작품들, 또는 한문으로 쓰였다고 해도 결국 우리들의 정서와 경험이 녹아 있는 작품을 대상으로, 작품의 기원과 그 너울져나가는 파장의 추이를 살펴보는 것도 흥미로운 작업이 될 수 있지 않을까 여겨진다.

그리하여 작자의 창작 동기만큼이나, 그 작품을 향수하는 독자들의 수용 방식이나 결과를 추적함으로써 우리나라 시가 문학 이해의 한 모형과 개성을 찾아낼 수 있을 것으로 보인다.

농은 민안부, 은폐된 삶의 복원과 은거 이후의 흔적들

1. 들어가는 말

고려 말기는 왕조를 지키려는 세력과 새로운 왕조를 개창하려는 세력이 첨예하게 충돌하는 시기였다. 이 두 진영은 각자 자신들의 논리가 있었는데, 이것은 윤리적 차원의 대결이라기보다 권력의 헤게모니가 어느 편에 있는가의 문제였다. 그 치열한 권력 투쟁은 결국 이성계를 중심으로 한 개국파들의 승리로 끝났고, 조선 왕조가 개국했다. 군사력을 등에 업은 개국파의 승리는 어느 정도 예상되는 일이기는 했지만, 이 과정과 개국 이후 개국파들이 반대파에 가한 공격과 보복은 대단히 잔혹했고 전방위적이었다. 왕조의 몰락과 개창이 진행되면서 피의 숙청이 부가되는 것은 필연적인 일이긴 하지만, 정도를 넘어선 과도한 대응은 정당한 방어라 하긴 어려울뿐더러 개국의 정당성이나 당위성을 안착시키는 데도 불리하게 작용했다.

그 혼란의 시기에 결과적으로 망국(亡國)의 현실에 봉착했던 세력들에게 남은 선택은 두 가지로 요약될 수 있다. 패배를 인정하고 개국파의 일원으로 참여하든가, 개국파들을 불의(不義)한 세력으로 규정하고 끝까지 소신을 굽히지 않는 것이었다. 소신을 굽히지 않은 결과 죽음을 당한 사람들을 역사는 절의파(節義派)라 부르는데, 정몽주를 비롯한 이숭인, 이종학(李種學, 1361-1392) 등이 여기에 속한다. 한편 죽임은 면했지만 돌아올 기약 없는 유배형을 당하거나, 새로운 왕조의 지배 아래 살기를 거부하고 은거해서 낙향한 사람들도 있었다. 이를 실천에 옮긴 방식은 다양했는데, 이런 절의파들을 일러 '두문동(杜門洞) 72현'으로 포괄해 부르기도 한다.

농은(農隱) 민안부(閔安富, ?-?)는 새로운 왕조의 정통성을 부인하고 고려 왕조에의 충정을 지키면서 은거해 낙향한 사람이다. 조선 왕조는 개국에 반대해서 살해되거나 은거한 사람들의 행적, 특히 정치적 태도와 행동에 대한 기록을 철저하게 말살했다. 그리고 그런 사실까지도 은폐하거나 왜곡하기를 서슴지 않았다. 그런 이유로 민안부의 생애와 구체적인 행적에 대해서는 살펴볼 만한 기록이 거의 없는 형편이다. 두문동 72현의 일원으로 참여하고 경남 산청으로 낙향해 완전한 은거의 길을 택했으니, 남긴 자료나 후대의 정리가 부족한 것은 어쩔 수 없는 일이다. 또 자신을 왕조를 지키지 못한 죄인으로 규정한 만큼 일체의 문필 행위를 중단하고 이전에 남긴 글 역시 폐기하거나 은닉했을 가능성이 크니, 자료의 영성함은 감내할 수밖에 없는 일이기도 하다.

그러나 남아 있는 자료를 최대한 활용하고, 혹시나 있을지도 모르는 기록들을 발굴해 그의 삶을 재구하고 그 동향의 의미를 추적하는 것은 후세 사람들이 당연히 노력해야 할 몫이다. 이 글은 그런 추적과 노력의 결과를 알리기 위해 쓰여진다. 기록이 부족하고 단편적이라 들인 공력에 비해 충분한 결론이 나오지 못하고, 때로 끊어진 진실들을 소략한 단서를 이어 재현하는 추측이 덧붙여질 수밖에 없지만, 그것만으로도 의미는 있을 것이다. 또 두문동 72현의 구체적인 인적 구성이나 망국 이후의 다양한 행적들이 만족할 만큼 정리되지 않은 현실에서, 그 구성원 개개인을 한 사람씩이나마 정리함으로써 전반적인 윤곽을 완비하는 데도 도움이 되리라 믿는다.

2. 여말선초 농은 민안부의 행적과 기록

민안부의 생몰연도는 자세하지 않다. 본관은 여흥(驪興)이고, 자는 영숙(榮叔)이며, 호는 농은(農隱)이라는 정도가 알려져 있다. 고려 말기에 송도(松都)에서 태어나 과거에 급제했고, 여러 관직을 거쳐 공양왕 때 예의판서(禮儀判書)[1]를 지냈다. 예의판서는 상서육부(尙書六部)[2]의 하나로, 장관인 상서(尙書)는 정3품직으로서 재상의 반열에는 포함되고 있지 못하지만, 정3품직 중에서도 특히 팔좌(八座)로서 재추(宰樞)로 올

1) 예의판서는 고려 후기 중앙정부 기관의 하나인 예의사(禮儀司)를 관장했던 관직이다. 예의(禮儀)나 제향(祭享), 조회(朝會), 교빙(交聘), 학교(學校), 과거(科擧)에 관한 일을 담당했다. 1362년(공민왕 11) 상서육부(尙書六部)의 하나인 예부를 예의사로 개칭하고, 그 우두머리에 판서를 두었고, 그 아래 총랑(摠郎)과 정랑(正郎), 좌랑(佐郎) 등이 딸려 있었다, 1369년(공민왕 18) 다시 예부로 개칭하고, 1372(21년) 다시 예의사로 개칭하고, 1389년 다시 예조로 개칭되었다.

2) 상서육부는 고려시대 상서도성(尙書都省)에 소속되어 주요한 국무(國務)를 나누어 관장하던 여섯 관아를 일컫는 말이다. 곧 문관(文官)의 선임(選任)과 훈봉(勳封)에 관한 일을 담당한 상서이부(尙書吏部), 무관(武官)의 선임(選任)과 군무(軍務), 의위(儀衛), 우역(郵驛)에 관한 일을 맡아 본 상서병부(尙書兵部), 호구(戶口), 공부(貢賦), 전곡(錢穀)에 관한 일을 맡아 본 상서호부(尙書戶部), 법률(法律), 사송(詞訟), 형옥(刑獄)에 관한 일을 맡아 본 상서형부(尙書刑部), 예의(禮儀), 제향(祭享), 조회(朝會), 교빙(交聘), 학교(學校), 과거(科擧) 등의 일을 맡아 본 상서예부(尙書禮部), 산택(山澤), 공장(工匠), 영조(營造)에 관한 일을 맡아 본 상서공부(尙書工部)를 일컫는다. 성종 14년(995) 선관(選官), 병관(兵官), 민관(民官), 형관(刑官), 예관(禮官), 공관(工官)을 일컫는 육관(六官)을 고친 이름으로, 상서육부의 장관인 상서는 정3품직으로 재상의 반열에는 포함되고 있지 못하지만, 정3품직 중에서도 특히 팔좌(八座)로서 재추(宰樞)로 올라가는 준직(準職)이었다는 점에서 중요한 위치를 차지하고 있었다. 3성 체제 아래에서 상서성은 제도상 6부를 영속(領屬)하고 있는 것으로 되어 있지만, 실제상으로는 중서문하성의 재신(宰臣)과 추밀원의 추신(樞臣)이 재추로서 상서육부의 판사와 상서를 각각 겸임하고 있었으므로 상서도성이 상서육부를 직접 관할하지는 못했다.

라가는 준직(準職)이었다는 점에서 중요한 위치를 차지하고 있었다. 민안부가 예의상서[3]로 봉직한 것이 사실이라면 당시로서는 상당히 중요한 지위에 있었다고 말할 수 있을 것이다.

『여흥민씨농은공파보(驪興閔氏農隱公派譜)』에 따르면, 민안부의 시조는 민칭도(閔稱道)다. 그는 고려 때 상의봉어(尙衣奉御)[4]를 지낸 것으로 나온다. 2세(世)는 민세형(閔世衡)이고, 태자소보(太子少保)[5]를 지냈다. 3세는 민의(閔懿)로 상사좌복야(尙書左僕射)[6], 4세는 민영모(閔令謨)고

3) 『여흥민씨농은공파보』(여흥민씨농은공파종친회, 回想社, 2011년.) 43쪽에 실린 〈묘표(墓表)〉에는 예의판서(禮儀判書)로 기록되어 있는데, 예의상서의 오기(誤記)가 그대로 전해진 것이 아닐까 판단된다.

4) 상의(尙衣)는 신라시대 궁중에서 의복, 음식을 관리하던 직책이다. 『삼국유사』 남월산(南月山, 일명 甘山寺)조에는 감산사 석조아미타여래입상의 광배(光背) 뒷면에 중아찬(重阿湌) 김지전(金志全)이 일찍이 상의봉어(尙衣奉御)의 직을 역임했다고 나오는 것이 상의에 대한 유일한 기록인데, 실제 감산사 석조아미타여래입상미타불의 광배 명문에는 상사(尙舍)로 나온다. 그 구체적인 임무는 알 수 없지만 고려와 조선시대의 상의사(尙衣司)가 어의(御衣)를 공급하는 일을 담당하던 관청이었고 봉어(奉御), 직장(直長) 등의 관직이 마련되어 있었던 것을 통해 볼 때, 신라 때부터 궁중에서 의복을 관장하던 관직으로 보인다. 소속 관청은 상의사(尙衣司)였다. 이런 사실로 볼 때 시조 민칭도는 고려 전기 때 상의사 소속 상의봉어로 봉직했을 것이다.

5) 소보(少保)는 옛 관직(官職) 이름으로, 삼고(三孤)의 하나였다. 주(周)나라 때 처음 설치되었는데, 군국(君國)을 보필(輔弼)하는 관직이었다. 나중에는 대관(大官)에게 가함(加銜)되어 군왕의 신임이나 총애를 상징했는데, 실제 맡은 직무는 없었다. 고려시대 때의 소보는 삼소(三少)의 하나인데, 태자부(太子府)의 종2품 벼슬이었다. 곧 태자소보(太子少保)를 일컫는 말이다.

6) 상서좌복야는 고려시대 상서도성(尙書都省)에 딸린 정2품 벼슬로, 장관인 상서령(尙書令)의 다음 가는 직위였다. 상서성(尙書省)의 기본조직은 상서도성과 6부 및 2속사(屬司)로서, 인원은 상서령(尙書令), 좌복야(左僕射), 우복야(右僕射), 지성사(知省事) 등 2품 이상의 재상 4인으로 구성되어 있었다. 그러나 실제로 상서령은 실직이 아니라 주로 종친에게 수여하는 작직(爵職)이었고, 좌복야, 우복야는 실무직이 아닌 허직(虛職)이나 한직(閑職)인 경우가 많았다. 때문에 좌, 우복야는 중서문하성(中書門下省)의 재신(宰臣)이나 중추원(中樞院)의 추신(樞臣)보다도 하위에 놓여 재상계열이라기보다는 오히려 6부의 상서계열에 들어 6부 상서와 함께 팔좌(八座)로 통칭되었다. 비록 정무 처리에 발언권이 있는 권력직은 아니었지만 상서좌복야는 상서우복야와 함께 상서성의 실질적 장관으로서 6부를 비롯한 경사(京司)에서 주현으로 발송하는 공문, 주, 부, 군, 현의 노인사설

태자태사(太子太師)[7]를 지냈으며, 5세는 민식(閔湜)인데, 형부상서좌복야(刑部尙書左僕射)를 지냈다. 6세는 민인걸(閔仁傑)인데, 낭장(郎將)[8]을 지냈고, 7세는 민기(閔基)인데, 이부상서(吏部尙書)[9]를 지냈으며, 할아버지이자 8세는 민유(閔孺)인데, 호부원외랑(戶部員外郎)[10]을 지냈다. 아버지이자 9세는 민욱(閔栯)이고, 도첨의사인(都僉議舍人)[11]을 지냈다.

(老人射設), 경기를 비롯한 여러 주, 현의 관장(管掌), 외교 문서의 작성, 발송과 이밖에 의형(議刑), 영조거애(迎詔擧哀), 재계(齋戒), 기우(祈雨), 장리(長吏)의 인사, 향공(鄕貢) 등을 관장했다. 문종 때 설치된 벼슬로 충렬왕 원년(1275)에 폐하고, 동왕 24년(1298)에 첨의부(僉議府)에 다시 두었다가 곧 폐지했다. 공민왕 5년(1356)에 문종 때의 제도를 회복했다가 동왕 11년(1362)에 다시 없앴다. 민의가 상서좌복야를 지냈다는 사실은 『농은선생실기(農隱先生實記)』(崇義會, 1990년.) 224쪽부터 233쪽 사이에 실린 〈농은선생신도비명서(農隱先生神道碑銘序)〉에 나온다. 이하 민영모와 민식, 민인걸, 민기, 민유, 민욱의 관직도 동일하다.

7) 태사는 ①고려 삼사(三師)의 하나로 정1품직. ②고려시대 동궁(東宮)의 종1품직. 대사(大師). ③관직 이름. 서주(西周) 때 처음 설치되었다. 본래 고급 무관으로서 군대를 통수했지만 후에 국군(國君)을 보좌하는 중요 대신에게 봉해졌다. 전국시대에 폐지되었다가 한나라 때는 태부(太傅)에 봉해졌다. 역대로 태부, 태보(太保)와 함께 삼공(三公)이라 불렀다. ④서주(西周)시대 악관(樂官)을 일컫던 말. ⑤관직 이름. 태자(太子)를 보필하던 사람. 여기서는 ②에 해당한다.

8) 낭장은 고려시대 정6품 무관직이다. 정5품의 중랑장(中郎將)과 정7품의 별장(別將)의 사이에 있는 직급이다. 2군 6위의 중앙군 중에서 응양군(鷹揚軍)을 제외한 나머지 조직에서는 1천 인으로 조직된 각 영(領)에 5인의 낭장이 배속되어 2백인의 휘하 군인을 거느리는 지휘관 구실을 했다. 응양군에는 2인의 낭장이 배속되었다. 이들의 합의기관으로 낭장방(郎將房)이 있었다.

9) 이부상서는 고려시대 이부의 장관으로 품계는 정3품이다. 상서 위에 종1품의 판사가 있었지만 상서가 실제적인 판사의 임무를 모두 맡아보았다. 장관의 명칭인 상서는 충렬왕 원년에는 판서로, 충렬왕 24년(1298)에는 다시 상서로 되는 등 수 차례의 변화를 겪었다. 이부상서는 좌우복야(僕射)와 더불어 팔좌(八座)라 일컫는 고관이었지만, 2품 이상의 재상과는 현격한 차이가 있었으며 조선시대 이조판서의 전신이라 할 수 있다.

10) 원외랑은 ①신라시대 집사성(執事省)의 한 벼슬. 신문왕 5년(685)에 두었던 사지(舍知)를 경덕왕 18년(759)에 고친 이름. 혜공왕 12년(776)에 다시 사지로 고쳤다. ②고려시대 상서성(尙書省)의 정6품 벼슬. ③고려시대 주, 부, 군, 현의 이직(吏職)의 하나. 성종 2년(983)에 부호정(副戶正)으로 고쳤다. 여기서는 ②에 해당한다.

11) 도첨의사인은 고려시대 도첨의사사(都僉議使司)와 도첨의부(都僉議府)의 정4품 벼슬이다. 문종 때의 중서사인(中書舍人)을 충렬왕 24년(1298)에 고쳐 부른 이름이다.

이렇게 보면 민안부는 여흥민씨 계보로 보면 10세에 해당하며, 여흥민씨 농은공파의 시조가 된다.

농은 민안부가 과거에 합격하고 예의판서(상서)를 지내기는 했지만, 구체적인 활동 상황은 확인할 길이 없다. 직위로 보면 고위층에 속했을 터인데, 당대 역사서에서는 그의 이름은 나오지 않는다. 다만 〈만월대연구(滿月臺聯句)〉를 1382년(우왕 8) 가을 7월에 만월대[12]에서 놀다가 안성(安省), 정몽주(鄭夢周), 서견(徐甄), 김주(金澍), 이종학, 남을진(南乙珍), 정광(程廣)과 함께 지은 시가 전해져 그가 여러 문인들과 교유한 사실을 확인할 수 있다.

만월대연구 (『남사천백실기』와 『정포은집』에 나온다.)

임술(1382) 가을 7월 기망에 동료 제공과 만월대에서 놀면서 각각 한 구절씩 읊었다.[13]

臺夜秋風漸覺寒 만월대 밤 가을바람에 차가움을 느끼니(민안부)
坐來一片月長安 한 조각 장안 달에 모여서 앉았구나.(안성)
雲消萬里天心廓 만 리에 구름이 사라지니 하늘마음 넓고(정몽주)
煙擁千家洞口寬 천 가에 연기 끼이니 동네 어구 넓구나.(서견)
今夕壺觴觀野客 오늘 저녁은 두루미 잔에 관야[14]의 손님이요(김주)
明朝劍佩晉廷官 내일 아침에 칼 찬 이는 진나라 관원이라.(이종학)
錦筵酒罷佳人起 비단 자리 술 파하니 가인이 일어나고(남을진)

12) 만월대는 경기도 개성시 송악산(松嶽山)에 있는 고려시대의 궁궐터. 919년(태조 2) 정월에 태조가 송악산 남쪽 기슭에 도읍을 정하고 궁궐을 창건한 이래 1361년(공민왕 10) 홍건적의 침입으로 소실될 때까지 고려왕의 주된 거처였다. 동서 445m, 남북 150m 정도의 대지에 위치한 왕궁 터의 가운데에는 정사를 처리하는 정전(正殿)인 회경전(會慶殿)이 위치했다.

13) 〈滿月臺聯句〉 出南沙川伯實記與鄭圃隱集. 壬戌秋七月旣望 與同僚諸公 遊滿月臺各賦一句.

14) 관야(觀野)는 들판에서 바라본다는 뜻으로 좌천(左遷)된 것을 일컫는다.

勝事他時再得難　좋은 일 훗날에는 다시 얻기 어렵겠다.(정광)

민안부가 첫 운을 띄우자 일곱 사람이 각자 자신의 소회를 읊고 있다. 전반적으로 침울한 분위기를 자아내는 정서로 일관하고 있는데, 민안부의 시구부터 애상(哀傷)의 정조가 완연하다. 1361년(공민왕 10) 홍건적의 침입으로 불에 타 없어진 지 20년도 더 지난 때 궁터의 처량한 모습이 시대상과 겹쳐졌을 것임이 분명하다. 고려가 망하기 10년 전에 모인 이들은 왕조의 몰락과 함께 피살당하거나 은거하는 등 그 운명을 같이했다. 이미 이 연구시에서 그들의 전조가 느껴지는 듯하다.

이 시가 불려지고 500년이 지난 1892년에 정재규(鄭載圭, 1843-1911)가 작품을 읽고 친구 민용혁(閔用爀)의 부탁을 받아 그 감회를 담은 〈만월대연구서(滿月臺聯句序)〉를 지었다.

> 내 벗인 산음 민군 용혁이 만월대 연구를 가져와서 보이며 말하기를, "이것은 우리 선조 농은공께서 예전 홍무 임술 추칠월 기망에 제현과 함께 회포를 나타낸 작품인데, 우리 유고에는 빠졌더니 작년 봄에 진주 무릉산 중에 사는 남씨 집 책 상자에서 발견했습니다. 남씨는 사천백의 후손으로 유락쇄미하여 몇 집 안 사는데도 이런 기구하게 남은 시구를 간직해 지켜왔으니 기이합니다. 받들어 읽어보니 추연히 목이 메며 마치 옆에서 부축하고 잔을 바치면서 좌우에서 모시는 듯하고, 연대가 먼 줄을 깨닫지 못했습니다. 이 해에 손님이 또 호남으로부터 등사하여 가져와서 보이는 일도 있었습니다. 슬픕니다! 대현의 말씀은 구름연기와 같이 소멸하지 않는 것을 봅니다. 그런데 책당새기 속에서 잠겨 있는 지가 5백여 년이 되었다가 이제 와서 처음으로 나타났으니 우연이 아닙니다. 또 그 문중 부형의 명을 말하고, 바야흐로 선정에 현판을 새겨 아침저녁으로 우러러 보고자 하니, 귀하는 이를 서술해 주시기 바랍니다."고 했다.

내가 세 번 손 씻고 한숨 쉬며 한참 지나서 기록한다.

포은 선생은 우리 동방 도학의 조종이다. 우리나라가 중화 문물을 도입하여 오랑캐 풍속을 바꾼 것은 선생으로부터 시작했는데, 일곱 군자는 절의와 문장이 역시 다 백대에 빛나고 산 시대에 같은 조정에서 탁마하고 강론하며 부르고 화답했으니, 어찌 그리 성했던가! 요컨대 다 고려 오백년의 뛰어난 기운이 모여서 우리 성조(聖朝)의 아름다운 운수를 계발한 것이다. 가만히 생각건대 문자가 나타나고 묻힘이 기수의 성쇠와 상관이 없지 않다. 예전 우암 선생이 석고(石鼓) 모본을 얻어서 주선왕(周宣王)의 중흥에 뜻을 부쳤는데, 이제 국운을 만회할 날을 기약할 수 없고, 금수의 발자국이 국중에 편만하여 화하(華夏)가 변하여 오랑캐가 되니, 끝내는 일정한 살 곳조차도 알지 못하는 판국에 여덟 군자의 묻혔던 유문(遺文)이 마침 이때에 나타났으니, 혹 장차 만년 소중화(小中華)의 조짐이 될 것인가? 마땅히 온 세상에 들내서 집집마다 보관하고 호호마다 게양할 것인데, 어찌 다만 민씨 한 가문에서만 우러러 공경하겠는가! 외람되이 서문을 적으니 분에 매우 넘치지만, 거듭 친우의 부탁에 어긋날까 두렵고, 친히 모셔 보고자 하는 소원은 겸하여 이루었다고 하겠다.

숭정기원후 임진추칠월상순 후학 팔계 정재규가 삼가 쓴다.[15)]

---

15)『농은선생실기』219쪽. 〈滿月臺聯句序〉 吾友山陰閔君用爀 以滿月臺聯句見示曰 此吾先祖農隱公 昔在洪武之壬戌秋七月旣望 同諸賢暢敍之作也 而逸於先稿 昨年春 偶於晉州之武陵山中南氏家遺篋 而得之 南是沙川伯之裔 流落瑣尾 幾於編戶 而能保守此畸零韻語 異矣哉 奉玩嗅咽啾然 如持杖奉觴 趍侍左右 而不覺年代之爲遠也 是歲 有客又自湖南謄示者 噫 大賢咳唾 不與雲煙 同其消滅固也 而況滯巾衍 至五百有餘載 而始見於今 非偶然也 且道其門父兄之命 命之曰 方謀刻先亭之楣 以寓朝夕瞻敬 吾子其敍之 載圭盥手三復 太息良久 曰圃隱先生 吾東方道學之祖 吾東方用夏變夷 自先生始而七君子者節義文章 亦皆震耀百代 並世同朝 麗澤唱酬 何其盛也 要之 皆高麗五百年間氣之所鍾 而以佑啓我聖朝文明之休運也 因竊惟念 文字顯晦 未始不與氣數之盛衰相關 昔尤菴先生 得石鼓摹本 而寄意於周宣之中興 今挽河之洗無期 蹄跡交於國中 汴夏胥夷 畢竟不知稅駕之地 而八君子旣晦之遺什 適見於是時 或將爲萬年小之兆眹歟 當表章一世 家藏而戶揭 奚但爲閔氏一家之所瞻敬哉 猥毁一語 揆分太濫 重違吾友之請

이 글을 통해 〈만월대연구〉가 어떤 연유로 세상에 다시 소개되었는지 알게 되었다. 필자는 이 시를 읽고 민씨 한 가문에서만 귀감이 될 글이 아니고, 온 세상 사람들이 함께 읽어 의분을 일으켜야 한다고 강조했다. 그는 기묘하게도 〈만월대연구〉가 지어진 지 500년이 지난 시점에서 시에 대한 감회를 글로 남겼다. 그때가 1892년이었으니, 고려를 딛고 일어난 조선 왕조도 마지막 불꽃이 가물거릴 때였다. 국운이 백척간두에 서기는 농은 민안부 때의 그때나 이 서문을 쓰던 이때나 처지는 아주 비슷했다. 그래서 정재규도 〈만월대연구〉의 정서에 크게 공감하고 울림이 있었을 것으로 보인다.

이 시를 지은 이후 고려가 망하는 해까지 민안부의 행적은 베일에 가려져 있다. 어쩌면 관직을 버리고 개성 도성 밖으로 나가 지냈거나 자신을 크게 드러내지 않은 채 왕조의 기틀을 유지하기 위해 동분서주했을지도 모르겠다. 여하간 그의 행적이 다시 드러는 시점은 고려가 무너지던 해인 1392년 전후였다. 그해 음력 7월 16일인데, 이 날 고려가 망하고 조선이 개국했다.

혼신의 힘으로 지키려던 왕조가 무너지자 많은 사람들이 방향을 잃었다. 고려의 유민(遺民)으로 남고자 한 일련의 인사들은 이심전심으로 한 장소로 모이게 되었다. 그곳이 바로 두문동(杜門洞)이었다. 두문동은 경기도 개풍군 광덕면 광덕산 서쪽 기슭에 있던 옛 지명이다.[16] 이곳에 모두 72명의 유신(遺臣) 또는 태학생(太學生)이 모였는데, 실제로 72명의 신원은 모두 파악되지는 않아 자세한 성명이나 이력은 확인되지 않는다. 이들이 고려가 멸망하고 조선이 건국되자 끝까지 출사

而兼致擧藍之願云爾 崇禎紀元後壬辰秋七月上旬 後學八溪鄭載圭謹書

16) 『한국민족문화대백과』 〈두문동 72현〉조 참조.

(出仕)하지 않고 충절을 지켰다는 사실만 동일하게 전한다. 처음에는 태학생이던 임선미(林先味)가 먼저 정착했는데, 뒤이어 뜻을 함께 하는 사람들이 집결했다고도 전한다. 마을의 동쪽과 서쪽에 문을 세운 뒤 빗장을 닫아걸고 문 밖으로 나가지 않은 것에서 유래해 두문동이라 이름이 붙었다고 한다. 조선을 개국한 태조 이성계는 이들을 회유하기 위해 경덕궁(敬德宮)에 직접 나가 과장(科場)을 열었다. 그러나 이들 가운데 응시한 사람은 하나도 없었고 경덕궁 앞의 고개를 넘어가 버렸다. 그리하여 고개에는 부조현(不朝峴)이란 이름이 붙었는데, 부조현 북쪽에 관을 걸어놓고 넘어갔다 해서 괘관현(掛冠峴)이라 불렀다고 한다.

다른 속전(俗傳)에 따르면, 개성 부근 보봉산(寶鳳山) 북쪽으로 10리쯤 되는 곳에도 두문동이라는 곳이 있다고 한다. 조선이 건국된 뒤 고려 왕조의 유장(遺將) 48명이 들어와 몸을 씻고서 함께 죽을 것을 맹세한 골짜기라고 한다. 이들의 이름 역시 전해지지 않는데, 다만 세신정(洗身井)과 회맹대(會盟臺)라는 지명만 남아 있을 뿐이라고 한다.[17)]

현재 두문동 72인의 성명이 모두 전해지지는 않는다. 첫 정착자로 알려진 임선미부터 민안부(閔安富), 조의생(曺義生), 성사제(成思齊), 박심(朴諶), 민보문(閔普文), 박문수(朴門壽), 김충한(金沖漢), 이의(李倚), 이맹운(李孟芸), 채귀하(蔡貴河), 구홍(具鴻), 그리고 맹(孟)씨로 알려진 사람 정도만 성명이 전할 뿐이다. 이처럼 민안부는 망국 뒤 두문동에 들어가 자신의 충절을 세상에 알렸다.

두문동에 모여 사라진 왕조에 대한 변함없는 충정을 표현했던 이들의 심정은 어떠했을까? 〈언지(言志)〉라는 글이 전해오는데, 〈불조현언지록(不朝峴言志錄)〉이란 이름으로 불리는 이 글에 보면 당시 두문동에

---

17) 『한국민족문화대백과』 〈두문동 72현〉조 참조.

들어온 사람들의 면면과 그들의 발언은 좀 더 상세하게 알 수 있다. 다만 이 글에는 경은(耕隱) 전조생(田祖生, 1318-1355)처럼 망국 전에 세상을 떠났거나 우현보(禹玄寶, 1333-1400)처럼 개국 때 광주(光州)로 유배형에 처해졌지만 나중에 복관하여 단양백(丹陽伯)에 봉해진 경우도 있어 사실 여부에 대해서는 신중할 필요가 있다.

〈언지〉에서 민안부는 "종적을 농부로써 감추는 것이 나의 뜻이다.(混跡農夫是我志)"고 하면서 호 농은(農隱)에 어울리는 의지를 드러내고 있다. 이 글에는 두문동 이후 민안부의 행적에 대해서는 간단히 소개되어 있는데, "영남에 둔거했다.(遯嶺南)"는 말이 그것이다. 이로 볼 때 두문동에 은거하며 충심을 지킨 민안부는 태조에 의해 시행된 과거 시험을 거부한 뒤 더 이상 개성은 머물 곳이 못 됨을 깨달은 듯하다. 새 왕조에 의한 회유가 계속될 것임이 분명한 데다 함께 두문동에 머물고 있는 동료들 사이에도 의견 차이가 있어 논란이 일었던 것도 그의 낙향 결심을 재촉했을 것이다. 또 평소의 뜻이 농부로 살겠다는 것이니, 굳이 새 왕조의 기운으로 번잡한 송도 인근에 머물 이유가 없었겠다.

민안부가 언제 송도를 떠나 경남 산청(당시 이름은 山陰縣)으로 내려갔는지도 미상이다. 두문동이 권력의 입김에서 자유로운 해방구는 아니었고, 이들을 해산시키기 위해 심지어 주변에 불을 질렀다는 전해지는 말까지 있을 것을 보면 새 왕조의 입장에서는 눈엣가시였음을 분명해 보인다. 이런 상황에서 두문동이 안전한 지역이었을 리 없다. 그들은 위협을 통해 훼절(毁節)시키는 방법만이 아니라 권력과 금력으로도 유혹했을 것이다. 민안부가 두문동에 있다가 산음으로 둔거(遁居)하면서 지은 유일하게 남은 한시가 그런 저간의 사정을 잘 보여준다. 〈술회(述懷)〉라는 제목을 가진 오언절구는 다음과 같다.

不義之富貴　옳지 못한 부귀란
於我如浮雲　내게는 뜬구름과 같다네.
石田王春在　돌밭에 왕씨의 봄이 있으니
携鋤朝暮耘　호미 메고 아침저녁으로 김매리라.

담박하면서도 속내를 잘 드러낸 작품이다. 복잡한 비유나 암시 없이 자신의 심정을 정확하게 그려냈다. 그릇된 방법으로 얻은 부귀가 무슨 소용인가? 뜬구름처럼 허망할 뿐이라고 강변한다. 앞의 두 구절은 『논어(論語)』에서 공자가 한 말을 그대로 빌린 것이다.

스승께서 말씀하셨다. "거친 밥을 먹고 맹물을 마시며 팔을 굽혀 베고 눕더라도, 즐거움이 또한 그 가운데 있구나. 옳지 못한 일을 하고서 부유해지거나 고귀한 자리에 오르는 일은 나에게는 하늘의 뜬구름과 같을 뿐이니라."[18)]

스승께서 말씀하셨다. "독실하게 믿으면서 배우기를 좋아하며, 죽기를 각오하고 도를 잘 살려가야 하느니라. 위태로운 나라에는 들어가지 않고, 어지러운 나라에는 살지 않으며, 천하에 도가 실행되면 나타나고, 도가 실행되지 않으면 숨어야 한다. 나라에 도가 실행되는데 가난하고 천하면 부끄러운 일이고, 나라에 도가 없는데 부유하고 귀하면 부끄러운 일이 되느니라."[19)]

민안부는 이 시를 통해 공자의 가르침을 충실히 본받겠다는 결의를 제시했다. 그리고 그는 그 결의를 끝까지 지켰고, 이를 후세에까지 변

18) 『논어』 술이편(述而篇) : 子曰 飯疏食飮水 曲肱而枕之 樂亦在其中矣 不義而富且貴 於我如浮雲.

19) 『논어』 태백편(泰伯篇) : 子曰 篤信好學 守死善道 危邦不入 亂邦不居 天下有道則見 無道則隱 邦有道 貧且賤焉 恥也 邦無道 富且貴焉 恥也.

함없는 철칙으로 제시했다. 조선 초에 조선 왕조는 민안부의 아들 민수(閔綏)에게 동복현감(同福縣監)을 제수했는데, 그 역시 아버지의 유지를 받들어 이를 거절하고 부임하지 않았던 것이다. 아버지의 절의 정신을 올곧게 계승한 설천(雪川) 민수도 자신의 생각을 담은 시 〈지감(志感)〉 세 수를 지어 결신(潔身)의 자세를 분명하게 천명했다.

松岳山之下　송악산 아래 서 있는
喬木過幾春　높은 나무는 몇 번이나 봄을 지냈는가?
大夫問何官　대부가 무슨 벼슬을 했냐고 묻는다면
父子而君臣　부자의 은혜와 군신의 의리뿐이라 하리라.
適來自有地　마침 와 보니 절로 살 곳이 있으니
安往不得貧　어디를 간들 가난이야 얻지 못하랴?

杜門何處在　두문동이 어디에 있는가?
時上望京臺　때때로 망경대에 오르노라.
荷竿隨水去　낚싯대 메고 물 따라 가기도 하고
把耒帶月回　쟁기 지고 달빛 맞으며 돌아온다네.
歸臥寒齋上　돌아와 찬 방안에 누웠으니
無人竹扉開　문 열고 찾는 이 없구나.

晩作歸田老　만년에 밭을 가는 늙은이 되었으니
簪纓豈絆身　벼슬에다 어찌 몸이 매이리오.
撫松瞻古岳　소나무를 어루만지며 옛 송악을 바라보고
播黍泣新春　기장 씨 뿌리면서 새 봄에 눈물짓노라.

아버지의 〈술회〉를 부연하거나 오마주[20]한 느낌마저 들 정도로 작

---

20) 오마주(hommage)란 불어에서 온 말로 '경의의 표시' 또는 '경의의 표시로 바치는 것'

품 속에 담긴 정서가 유사하다. 그만큼 아들은 아버지의 가르침에 충실했는데, 이는 단순한 효성의 실천이 아닌 의리(義理)에 대한 공감이 영향을 준 것이었다.

현재 경남 산청군 일대에는 농은 민안부와 관련된 여러 유적들이 남아 전하고 있다. 민안부의 무덤은 오부면 내곡리 산9번지에 있고, 부인 청송심씨[21]의 무덤은 생초면 대포리 산22-1번지에 자리하고 있다. 대포리에는 민안부를 제향(祭享)하는 대포서원(大浦書院)이 있으며, 안에 숭절사(崇節祠)가 있다. 숭절사에는 민안부와 아들 민수를 함께 배향(配享)하고 있다. 농은공의 신도비(神道碑)는 오부면 양촌리 262번지 도로변에 있어 쉽게 찾을 수 있다.

민안부는 산청으로 낙향해 은거의 삶을 살면서도 고려 왕조에 대한 충절을 잊지 않았다. 매달 초하루가 되면 강고산(崗高山)에 올라 멀리 북녘에 있는 송경(松京)을 바라보며 탄식했는데, 지금도 그 장소에는 망경대(望京臺) 비석이 남아 있다.

민안부의 충절은 그 자신을 향한 칭송으로 끝나지 않았다. 포은 정몽주와 야은(冶隱) 길재(吉再), 목은(牧隱) 이색(李穡), 도은(陶隱) 이숭인(李崇仁) 등과 함께 농은 민안부는 송경구은(松京九隱)으로 불리고, 함게 향사(享祀)된 조의생, 임선미, 성사제, 박심 등과 함께 표절사칠현(表節祠七賢)으로 기려진다. 또 운암(雲巖) 차원부(車原頫), 백암(白巖)

이라는 뜻이다. 예술작품의 경우 어떤 작품이 다른 작품에 대한 존경의 표시로 일부러 모방을 하거나, 기타 다른 형태의 인용을 하는 것을 가리킬 때 쓰는 말이다. 같은 어원의 영어 단어는 'homage'인데 이것은 철자와 발음이 다르지만 뜻과 쓰이는 용도에서는 같다. 이 오마쥬는 영화뿐만 아니라 음악 장르에도 쓰이며 특정 대상에게 존경을 표한다는 점에서 패러디나 표절과는 다르다. 즉 존경하는 마음으로 선배나 대가의 작품의 의장(意匠)을 모방하는 행위 일체를 가리킨다.

21) 배위(配位)는 청송심씨 합문기후(閤門祇候) 심연(沈淵)의 따님이다. 심연은 민안부와 아들 민수를 기리는 시를 남기기도 했다.

김제(金濟), 주은(樹隱) 김충한(金冲漢), 송암(松巖) 박문수(朴門壽), 뇌은(耒隱) 전귀생(田貴生), 홍태원공(洪太元公), 이유인공(李惟仁公), 왕승귀공(王承貴公), 태재(泰齋) 유반선(柳方善)과 함께 십건신(十謇臣)으로 지칭되고 있다.

3. 민안부 사후 남은 기록들

민안부를 비롯해 고려 왕조에 충절을 지킨 유신(遺臣)들의 업적은 시간이 흐를수록 바래지기는커녕 더욱 빛을 발했다. 민안부가 세상을 떠난 이후에도 그와 관련된 현창(顯彰) 사업과 업적을 기리는 글들은, 많지는 않아도 꾸준히 이어졌다.

그 가운데 가장 특기할 만한 일은 고려가 망한 지 348년이 지난 1740년(영조 16) 영조가 송경을 순행(巡幸)하다 부조현에 이르러 그 내력을 알고 감동해 〈어제부조현비(御製不朝峴碑)〉를 남긴 일일 것이다. 이 비석의 앞면에는 비가 세워진 내력이 이렇게 기록되어 있다.

> 부조현비 고려충신부조현
>
> 영조께서 경신년(1740)에 송경을 순행할 때 연(輦)으로 부조현을 지나시다가 수행하는 신하를 돌아보시고 고개 이름이 '부조'라고 일컫는 까닭을 물어보시니, 대답하기를 "태조께서 본도에서 과거를 보이셨는데, 전 왕조의 대족(大族) 50여 가(家)가 과거에 나오지 않고 이 고개를 넘어 가 버렸기에 이름한 것입니다."고 했다. 임금이 "말세에 군신의 의리가 땅에 떨어졌는데, 이제 조회하지 않았다는 이름을 들으니 백세 뒤에도 오히려 사람으로 하여금 늠연히 직접 보는 것과 같구나." 하시고, 드디어 그 빈터에 비를 세우라고 명하시고 친히 부조현

> 석 자를 쓰시고, 또 '고려충신부조현'이란 한 구(句)를 지으시고, 유수에게 명하여 비음기를 짓게 하셨다.[22]

이어 비의 후면에는 당시 개성유수였던 김약로(金若魯, 1694-1753)의 〈비음기〉가 새겨져 있다.

> 비음기
>
> 우리 성상께서 즉위한 지 16년 되던 해 가을 구월에 난여를 타고 후릉(厚陵)을 배알하고 지나는 길에 송도에 행차하사 옛 일을 물으셨는데, 부로(父老)가 대답하기를, 경덕궁 앞 기슭은 곧 부조현인데, 옛날에 우리 태조대왕께서 즉위하여 도읍을 정하고 이 궁에 오셔서 여러 신하를 시험할 때 고려 신하가 오지 않고 고개를 넘어 달아났기에 고개를 이것으로 이름했고, 그 상세한 것은 부지(府志)에 실려 있다고 했다. 금상이 어가를 길가에 멈추게 한 뒤 돌아보고 우러러 한숨을 쉬며 말씀하시기를, "표석이 있느냐?" 하시니, 모두가 없다 하니, 임금이 "이곳은 충신의 유적이라 마땅히 정포(旌褒)를 해야 하니 수신(守臣)은 '고려충신부조현'이란 일곱 자를 고개에 새겨 세우라." 하셨다. 신 약로가 왕명을 받고나서 엎드려 생각하니 우리 성상께서 선조(先朝)의 옛 일을 좇아 옛 도읍에 오셔서 흥망의 자취를 어루만지고 왕씨 자손을 벼슬 주고 문충공의 절의를 권장하여 선죽교에 비를 세웠으며, 고려에 충성한 것을 듣고 또 깊이 풍성(風聲) 세우기를 생각하시니, 이는 실로 역대 제왕이 갖지 못한 바인데 우리 성성께서는 가지셨으니, 천백대 후에 아름다움을 포장하고 세교(世敎)를 부지하는 바이다. 아! 아름답도다. 신이

---

22) 不朝峴碑 高麗忠信不朝峴 英廟庚申幸松京 輦過不朝峴 顧侍臣 問峴名不朝之義 對曰 太祖設科本都 前朝大族五十餘家 不肯赴擧 踰是峴而去 故名也 上曰末世君臣之義掃地矣 今聞不朝之名 百世之下 猶令人凜然如覩也 遂命竪碑于其墟 親書不朝峴三字 又製一句曰 高麗忠信不朝峴 命留守撰陰記.

이 지방을 지키면서 성한 일을 목도하고 흠송함을 이기지 못했다. 비가 이미 되었으니 삼가 소지(小誌)를 후면에 붙인다.

가선대부 개성유수 겸 관리사 신 김약로 왕명을 받들어 삼가 짓노라.[23)]

영조가 개성에 들렀다가 부조현을 지나게 되었는데, 그 이름의 유래를 듣고 이런 충신들의 행동은 후세를 위해서라도 알려야 한다면서 비석을 세우도록 한 과정을 정리한 글이다. 풍성(風聲)을 세우고 세교(世敎)에 도움이 되기 위해 군주의 뜻을 받들어 비석을 세웠다는 것이다. 이 비석의 건립이 민안부의 충행(忠行)을 직접 지목한 것은 아니지만, 두문동 72현의 핵심 인물로서 누구보다 고려 왕조의 몰락을 애통해 했던 그나 후손으로서는 큰 위로가 되는 일이었을 것이다.

그밖에도 고려 유신, 특히 두문동 72현을 기리는 현창 사업은 적지 않게 이뤄졌는데, 여기서는 이 정도에서 마감하고 조선조 조정이나 학자, 문인들의 글에 남겨진 농은 민안부에 대한 기억과 기록을 살펴보도록 하겠다. 먼저 관찬 문헌에 실린 글부터 살펴보겠다. 『일성록(日省錄)』 정조 21년 정사(1797) 10월 4일(기해)에 다음과 같은 기록이 있는데, 민안부를 포함한 두문동 72현의 사적을 기려 배향하자는 논의가 실려 있다.

---

23) 碑陰記：我聖上卽阼之十六年秋九月 戒鑾輿 謁厚陵 歷幸松 訪故事 父老對曰 敬德宮之前麓 卽不朝峴 昔我太祖大王 卽位定鼎 御是宮 試諸臣麗之臣庶不朝走踰于峴 峴以是名 其詳有府誌在 上駐駕路次 顧瞻姉咨嗟 曰有表乎 僉曰無 上曰此忠臣遺蹟也 宜旌而褒爾 守臣其刻高麗忠信不朝峴七字于峴 臣若魯 承命訖 伏以思之 惟我聖上 克遵先朝舊事 光臨故都 拊興亡之迹 而官王氏之裔 獎文忠之節 而碑善竹之橋 聞勝國之忠而又思所以永樹風聲 是誠歷代帝王之所未能有者 而我聖上有之 表懿烈 扶世敎於千百代之下 於乎休哉 臣忝守玆土 獲覩盛事不勝 欽誦 碑旣成 謹附小誌于後 嘉善大夫開城留守 兼 管理使 臣金若魯 奉敎謹撰.

> 예조판서 이시수(李時秀)가 아뢰기를, "근래 유생(儒生) 유홍휴(柳鴻休) 등의 상언(上言)으로 인하여 성사제와 박문수 두 사람을 표절사에 추가로 배향하는 일에 대해, 개성 유수(開城留守)를 시켜 실적(實跡)을 상세히 탐문하여 이치를 따져 장계로 보고하게 하고 보고가 올라온 뒤에 상에게 여쭈어 처리하라고 명하셨습니다. 개성유수 황승원(黃昇源)의 장계를 보니, '성사제와 박문수 두 사람이 은둔하여 절개를 지킨 일에 대해서는 모두 근거할 만한 문서가 있습니다.' 하였습니다. 애당초 표절사를 창건하라고 명했던 것은 풍교(風敎)를 수립하고 절개를 장려하려는 훌륭한 생각에서 나온 것이었습니다. 지금 이 두 사람도 뜻을 함께한 72인 중의 한 선비였다는 것을 명백히 안 이상 모두 함께 배향하는 것이 실로 사리에 합당하겠습니다. 대신에게 물어본 뒤 상에게 여쭈어 처리하는 것이 어떻겠습니까?" 하여, 그대로 따랐다.[24]

『국조보감(國朝寶鑑)』 권80 순조조(純祖朝) 5년(1805) 12월조에는 다음과 같은 기록이 간략하게 나온다. 고려 말의 충신들을 배향한 표절사에 민안부와 김충한을 추배한 사실을 기록한 것이다.

> 고려 때의 예의판서 민안부와 김충한(金沖漢)을 표절사(表節祠)에 추배(追配)할 것을 명했다. 이곳은 바로 고려 충신 조의생(趙義生)등 5인을 함께 배향한 곳인데, 개성유수 오한원(吳翰源)이 요청한 것이다.

『조선왕조실록』『순조실록(純祖實錄)』 순조 22년 임오(1822) 12월 26일(병인)조에는 이렇게 실려 있다. 앞의 기록에도 표절사 추배가 나왔

---

24) 禮曹判書李時秀 啓言頃因儒生柳鳴休等上言以成思齊 朴門壽兩人追享於表節祠事令守臣詳探實蹟論理狀聞後稟處事命下矣卽見開城 留守黃昇源 狀啓則成朴兩人杜門完節俱有可據之文蹟 當初表節祠創建之命 蓋出於樹風奬節之聖意 今此兩人明知其爲同志之士 則一體竝侑實合事宜 請問于大臣稟處從之.

는데, 17년이 지나서도 비슷한 문제가 나오는 것은 이상하다. 어쩌면 그동안 지체되었거나 다른 지역에 있는 표절사 배향인지도 모르겠다.

> 고려조의 예의판서 민안부·김충한 두 사람을 송경(松京)의 두문동 표절사에 추가로 배향했는데, 이는 유생들이 상소를 올려, 두 사람이 고려 말엽에 지조를 온전히 지킨 실상을 아뢰자, 대신에게 수의(收議)하여 시행하라고 윤허한 것이다.[25]

『신증동국여지승람(新增東國輿地勝覽)』 권5 개성부 하(下)편에는 이런 기록이 있다. 정조 7년에 한양 성균관 안에 있는 표절사에 민안부를 포함한 네 사람을 추향(追享)한 사실을 기록하고 있다.

> ○ 표절사(表節祠) 성균관 서쪽에 있다. 정종 계묘년(1783)에 세우고 그해에 사액하였다. 임선미(林先味) 고려의 태학사(太學士)인데 본조에 벼슬하지 않고 두문동으로 들어갔다. 조의생(曺義生) 태학생인데 본조에 벼슬하지 않고 맹(孟)씨 성을 가진 사람과 더불어 두문동으로 들어갔다. 성사제(成思齊) 벼슬은 직제학이었다. 박문수(朴門壽) 벼슬은 찬성사였다. 본관은 죽산(竹山)이다. 민안부 벼슬은 예의판서이다. 김충한 벼슬은 예의판서이다. ○ 위의 4현(賢)은 추향(追享)한 것이다.

저자 미상인 『기우집(騎牛集)』 권2 부록에 보면 〈두문동72현록(杜門洞七十二賢錄)〉이 있는데, 제목주(題目注)에서 저자는 '두문동 72현'의 성격에 대해 이렇게 규정하고 있다.

---

25) 丙寅/命麗朝禮儀判書閔安富金冲漢兩人 追腏于松京杜門洞表節祠 因儒生疏陳 兩人麗末全節之實 收議大臣許施也.

> 고려말에 충신으로 절개를 세워 의리로 죽은 이들이 많았는데, 그 나머지 사람들은 자기 시대에 문을 닫아걸고 자취를 감추거나 혹은 벼슬하지 않고 스스로 편안했던 이들이 있었다. 이들을 모두 묶어 '두문동 72인'이라 부르니, 그 의리를 함께 묶은 것이지 단지 송경에서 숨어 산 것을 일컫는 말은 아니다.[26)]

역시 저자 미상인 『정재일고(貞齋逸稿)』 권3 〈척유(摭遺)〉편에 실린 〈두문동언지록(杜門洞言志錄)〉에는 말미에 이런 말이 나온다.

> 변귀수와 안종약, 고천우, 김준, 윤규, 박침, 허금, 배상지, 구홍, 이유인, 성사제, 민보문, 차원부, 엄태헌, 김충한, 이 아무개, 김상, 민안부, 신덕린, 신포시, 전조생, 장안세, 송계의 무리들이 멀리 두류산 아래 배록동으로 달아나 숨었는데, 모두 두 임금을 섬기지 않겠다는 절개로 저항해서 그 의로움을 취하고 어짊을 이룩한 것이다.[27)]

이지수(李趾秀, 1779-1842)의 『중산재집(重山齋集)』 권4 〈복룡사기(伏龍祠記)〉에는 광주(光州) 복룡사에 모셔진 범선생(范先生)은 고려말의 충신인데, 개성 표절사에 아직 배향되지 못했다면서 빨리 배향할 것을 강조하면서 아래와 같이 민안부에 대해 언급했다.

> 세월이 많이 지나 우리 순종(순조)대왕께서 또 명하여 성사제와 박문수, 민안부, 김충한 네 사람이 연이어 배향(配享)되었다.[28)]

---

26) 麗末 忠臣立節死義者多 其餘則杜門屛迹於當世 或不仕自靖者 通稱杜門洞七十二人 同其義理 而不但屛居於松京之謂也.

27) 邊貴壽 安從約 高天祐 金埈 尹珪 朴忱 許錦 裴尙志 具鴻 李唯仁 成思齊 閔普文 車原頫 嚴泰憲 金沖漢 李失名 金瑞 閔安富 申德隣 申包翅 田祖生 張安世 宋桂之徒 遠遯于頭流山下排祿洞 而皆抗不二之節 取其義成其仁焉.

28) 暨我純宗大王 又命以成思齋 朴門壽 閔安富 金沖漢四人 前後陞配焉.

박성양(朴性陽, 1809-1890)의 『운창집(芸窓集)』 권9 〈운창쇄록(芸窓瑣錄)〉에는 다음과 같은 글이 실려 있다. 고려 말의 충신 범세동[29]의 충렬과 두문동72현 관련 내용을 다루면서 민안부에 관한 내용을 첨부했다.

> 세상에서 전하기를 고려가 망한 뒤 72현이 두문동에 은거하면서 우리 왕조에는 벼슬하지 않았는데, 이름이 전해지는 사람이 단지 여섯 일곱 사람 있지만 생애에 대해서는 살펴볼 길이 없다. 『중산재집』에 〈복룡사기〉가 있는데, 그 대략이 "예전 우리 영종(영조)대왕께서 어재와 어필로 두문동에 비를 세우고, 다시 송도유수에게 명해 부조현에 비를 세우라 했다. 이어 다시 단을 세워 제사를 지냈다. 우리 정종(정조)대왕께서는 전하는 일들을 찾아 사당을 세워 사액(賜額)하면서 '표절'이라 부르고, 먼저 조의생과 임선미, 맹씨 성을 가진 이 세 사람을 배향하도록 했다. 시간이 지나 우리 순조대왕께서 또 명하여 성사제와 박문수, 민안부, 김충한 네 사람을 연이어 배향하도록 했다."고 했다. 또 말하기를, "『나주읍지』에서 복룡면에 복암이 있는데, 바로 복애 범세동이 엎드려 숨은 땅이다. 『해동명현록』에서는 덕녕부윤 범 아무개(범세동)가 동지 71명과 두문동에 들어갔다. 2년 뒤 나주로 돌아와 다시는 벼슬하지 않았다고 운운한 말이 있다. 잠곡이 지은 『해동명현록』에는 두문동의 일이 나오지 않으니, 이른바 '명현록'이란 것은 과연 어떤 책인가?"고 했다.[30]

---

29) 범세동(范世東) ?-?. 고려 후기의 학자. 본관은 금성(錦城)이고, 자는 여명(汝明)이며, 호는 복애(伏崖)다. 아버지는 통찬(通贊) 범후춘(范後春)인데, 정몽주(鄭夢周)의 제자다. 1369년(공민왕 18)에 식년문과에 급제하여 덕녕부윤(德寧府尹)과 간의대부(諫議大夫) 등을 지냈다. 성리학을 깊이 연구하여 원천석(元天錫)과 함께 『화해사전(華海師全)』을 편집하고, 『동방연원록(東方淵源錄)』을 편찬했다.

30) 世傳高麗亡後 七十二賢隱於杜門洞 不仕我朝 而姓名之流傳者 只有六七人 其平生本末 無以考也 重山齋集 有伏龍祠記 其略曰 昔我英宗大王以御製御筆竪碑于杜門洞 又命松都留守碑于不朝峴 仍又設壇侑祭 我正宗大王搜訪遺事 建祠賜額曰表節 先以曺義生林先味孟姓三人享焉 曁我純宗大王 又命以成思齋, 朴門壽, 閔安富, 金沖漢四人

김의순(金義淳, ?-?)의 『오석집(梧石集)』 상권에는 〈두문동사적서(杜門洞事跡序)〉가 실려 있는데, 거의 모든 내용이 민안부와 관련되어 있다. 고려 말엽 충렬을 다한 사람들을 말하면서 민안부에 대해서 언급하고 있다. 그러면서 두문동 71현에 과한 문헌 자료가 적다는 이유로 소홀히 다루는 것은, 백이숙제에 대한 문헌이 〈채미가〉밖에 없어도 그들의 절의가 바래지지 않는다는 점을 들어 반론하고 있다.

> 내가 일찍이 사비를 건너 월성에 올라 신라와 백제의 옛 터인 강산을 두루 살펴보았는데, 노래와 풍속이 아득하여 다시 흥하고 망한 일에 대한 감흥이 일지 않았으니, 이것이 진실로 물리와 인정의 당연한 일이었다. 그러나 송경(개성)은 그렇지 않으니, 그 지경에 들어가 폐허를 살펴보면 저절로 슬프고 괴로운 회포가 일어나 방황하면서 떠날 수 없는 것은 누가 그렇게 시켜서인가? 나라를 유지한 것이 오래고 긴 것은 신라에 미치지 못하고, 덕화가 사람에게 깊이 이른 것은 또 족히 백제를 넘어설 수 없다. 나라가 밝게 천명을 받아 태어나 새로운 교화를 베풀어 따뜻하고 두텁게 육성한 시간이 사백년이 지났다. 민속이 은(殷)나라에 가깝고 완고한 자들이 왕왕 노래 속에서는 다른 것이 있으니, 이것은 누가 그렇게 하도록 한 것인가! 내가 여기서 절의가 사람을 깊이 감동시키는 것을 알았다. 아아! 신라와 백제의 말기를 두루 살펴보면 절의의 풍성함이 있지만, 어디서 고려 말과 닮은 것이 있는가? 무릇 장군과 재상은 나라에서 명을 받은 사람들이니, 재상에는 포은 정몽주가 있고, 장군에는 무민공 최영이 있다. 그들이 흘린 푸른 피가 지금까지도 지워지지 않으니, 영령이 빛남은 살아있는 것과 같다. 이것은 진실로 밝음은 해와 달과 다투고 그윽하게 음양과 감읍해

前後陞配焉 又曰羅州邑誌曰伏龍面有伏巖 乃伏崖范世東隱伏之地 海東名賢錄曰 德寧府尹范某與同志七十一人 入于杜門洞 越二年 還歸羅州不起云云 按潛谷所撰海東名賢錄 無杜門洞事矣 所謂名賢錄 果是何書耶.

서 마침내 만고 세월에도 갈아 없어지지 않을 것이다. 같은 시기에 의를 흠모하고 풍문을 들어 일어난 사람이 있으니, 두문동 71인과 같은 사람인데, 모두 깊이 깨끗하게 몸을 마쳤다. 비록 그 이름이 세상에 전해지는 이가 송산 조견(趙狷)과 야은 길재만하지는 못하지만, 여러 분들이 아주 밝게 빛나는 것이라면 귀결은 같다. 그러나 서리가 내리고 물이 떨어진 뒤에 조금씩 이름이 드러난 이가 또 여덟 아홉 사람이 있으니, 농은 민안부가 그 중 한 사람이다. 어떤 이는 말하기를, 문헌으로 확인할 수 없으니 확실히 믿을 수 없다고 한다. 아아! 어찌 사실을 모으는 것에는 그렇게 가혹하면서 세상의 의론에는 어둡기만 한가? 우리 왕조가 혁명하는 처음에는 용감하게 명절을 지키는 이가 바야흐로 절의를 내세우지만 이름을 숨겼으니, 표장(表章)에 뜻을 둔 것이겠는가! 절의를 좇는 이가 바야흐로 산에 들어가고 바다에 숨는 이라면 오직 흔적이 드러날까 두려워할 것이니 누가 이름이나 명예를 팔고자 할 것인가! 이것이 바로 그때에는 문헌에 없는 까닭이니, 마치 모래에 묻힌 칼이 오래 지나서야 그 빛이 드러나는 까닭인 것이다. 무릇 절의의 이름은 백이가 그 시조인데, 그 증거는 오직 〈채미가〉가 있을 뿐이다. 그러니 공이 남긴 시 한 편은 확인할 수 있으니, 이것이 적다고 할 수 있겠는가? 공의 후손 백언이 일찍이 그 전해진 문자 가운데 세상에 드러난 것을 모아 책으로 새기려고 했지만 이루지 못하고 죽었다. 이에 그 족자(族子) 치영이 뒤를 이어 그 뜻을 이루려고 하는데, 나에게 책을 붙일 글을 요청하니, 대개 집안이 절의를 숭상함을 잇고자 하기 때문이다.[31]

---

31) 余嘗涉泗沘登月城 周覽羅濟舊址江山 謠俗漠然 無復興廢之感 是固物理人情之常也 揭松京則不然 涉其境覽其墟 自然有悽愴悲懷 彷徨不能去者 是孰使之然也 其享國久長 不及於羅 其德化之深於人 又無足以踰於濟矣 國家昭受天命 誕敷新化 煦濡涵育 且四百有餘年 民俗之近於殷 頑者往往發於謠詠者有之異哉 是孰使之然也 余於是知節義之感人深也 嗟乎歷視羅濟之季 節義之盛 孰有髣髴於麗者乎 夫將相者 國之命而 相有鄭圃隱 將有崔武愍 碧血至今不沫 英靈燁然如在 此固明爭日月 幽感陰陽 終萬古不可

이여정(李如珵, 1716-1793)의 『채헌공유고(債軒公遺稿)』에는 〈농은민선생행장(農隱閔先生行狀)〉이 실려 있는데, 기존에 알려진 행장과는 내용이 달라 여기서는 글 전체를 번역해 소개한다. 이 글에는 다른 문헌에서는 볼 수 없는 자료들이 있어 흥미를 끈다. 즉 공민왕 경자년(1360) 별시문과에서 장원급제했다는 사실이나, 여러 차례 문형을 맡아 인재를 뽑았다는 일은 이곳에만 나온다. 또 시세가 침체한 것을 보고 은퇴해 여흥에서 은거하다가 정몽주의 권유로 다시 정계에 진출해 충심을 다하다가 결국 산음(산청)으로 낙향했다는 사실도 새롭다.

> 선생의 이름은 안부고, 자는 영숙이며, 성씨는 민씨고, 가계는 여흥이다. 고려 때 상의봉어를 지낸 칭도가 바로 공의 9대조이다. 세 번 흘러 이른 이가 이름이 영모인데, 문하평장사 집현전대학사 감수국사 상주국 태자태사를 지냈고 시호는 문경이다. 이 분이 낳은 아들이 이름이 식인데, 형부상서 보문각직학사를 지냈다. 이 분이 아들을 낳으니, 낭장을 지낸 이름이 인걸인데, 여기까지가 고조 이상의 가계다. 증조는 문하시랑평장사를 지낸 분으로 이름이 기이고, 조부는 호부원외랑을 지낸 분으로 이름이 유며, 아버지는 영동정을 지낸 욱이다.
>
> 공(농은 민안부)은 나면서부터 남다른 자질을 보였다. 아주 어릴 때부터 어른과 같은 모습을 보였더니, 사람들이 나라를 보필할 그릇을 기약할 수 있겠다고 평했다. 성장하니 문장과 덕업이 모두 증진되어,

---

磨泐 同時慕義聞風而作者 如杜門洞七十一人 皆深潔以終身 雖其名姓之傳於世者 不如趙松山吉冶隱 諸公之彰明著甚 而其歸一也 然於霜降水落之後 稍稍著名者 亦八九人 農隱閔公安富 卽其一也 或曰文獻無徵 殊未可信 嗟乎何其苛於綜實而闇於論世也 當聖朝革命之初 勇於切名者方且角節義而諱之 其有志於表章者乎 節義者方且入山逃海 惟恐其跡之露 誰其有沽衒者乎 此所以當世無文獻 如埋沙之釰 舊而後光氣者也 夫節義之名 伯夷爲之祖 而其徵也 惟采薇歌而已 然則公之軼詩一篇爲可徵 可少之哉 公之孫伯彦 嘗裒輯其沿襲文字之著於世者 將剞劂之 未就而歿 其族子致永 繼而成其志 乞余以弁卷之言 蓋以承家尚節義故也.

공민왕 경자년(1360) 별시문과에서 장원으로 급제했다. 이후 여러 차례 문형을 맡아 인재를 뽑아 어진 이를 얻었으니, 공의 도가 널리 알려지고 후학을 권장하는 공력이 점점 많아졌다. 처음 관직에 나갔을 때 사림에서 모두 우러러보았다. 공이 우왕이 즉위하는 때가 되었을 때 관직이 지키고 보호하는 반열에 있었는데, 모두 옳다고 말하는 중에도 홀로 불가함을 말해 그 기세가 우뚝해 큰물이 흐를 때 선 지주[32]와 같았으니, 문충공 정몽주가 공에게는 삼군으로도 빼앗지 못할 의지가 있다고 칭송했다. 이어 시를 지어 "오직 민공이 있어 오히려 강할 수 있어라.(惟有閔生差可强)"고 찬미했다. 공의 실천이 독실하고 절조를 지킴이 확고한 것을 이것으로도 빛날 수 있을 것이다. 그러나 세도가 큰일을 할 수 없음을 알고 여흥으로 물러나 지내면서 몸소 농사짓고 글을 읽어 평생을 마칠 듯 보였다. 공양왕 때에 정몽주가 부르자 공이 오로지 성실하게 나가 마침내 정몽주와 함께 왕실을 위해 정성을 다해 예의판서까지 올랐다. 그러나 고려의 운명이 이미 다해 혼자 힘으로 구원할 수 없음을 알고, 의지를 결단해 용맹하게 물러나 영남 밖 산음의 대포동에 은거하면서 몸소 밭갈고 김매며 살면서 자호를 농은이라 했다. 자손에게도 과거에 나가지 말라 경계하고, 집 뒷산에 망경대를 쌓아 아침저녁으로 올라가 스스로 애상에 젖었으니, 이것이 공이 뜻하고 행한 바의 대강이다. 아아! 옛날의 은자에 '변무소허'가 있어 몸을 깨끗이 하고 행정을 조신하게 가졌으니 높다면 높을 것이지만, 윤리를 어지럽혔다는 비난을 면하지 못했다. 우리 고려 말 때의 명절은 이것과는 다르니, 그 충의로움은 천고 세월 동안 당당하여 정신은 수양산의 은거에 모였으니, 때로는 포와 야와 목과 초에 은거하고 때로는 도와 순과 오와 수에 은거했으니, 농은도 그 중 하나다. 여러분들의 은거

32) 지주(砥柱)는 중국 하남성(河南省) 섬주(陝州) 삼문협시(三門峽市)에서 동쪽으로 40리 되는 황하(黃河)의 중류에 있는 기둥 모양의 돌. 위가 판판하여 숫돌 같으며, 격류(激流) 속에서 우뚝 솟아 꼼짝도 하지 않는다고 한다.

는 그 처지가 비록 같지 않지만 굴종하지 않겠다는 절조와 스스로를 맑게 하는 의리라면 모두 지극한 정성과 안타까워하는 마음에서 나왔으니, 가히 어진 이들이라 말하지 않을 수 있겠는가! 공의 행신은 『해동충의록』에 실려 있는데, 한양의 조씨 집안에 소장되어 있었다. 수은 김선생의 후손 상협이 수은의 행적을 찾아 받들고자 임인년(1782년) 가을에 와서 선생의 후손 종수에게 보여 주었다. 종수가 보고 마음 아파하다가 김군의 의로움을 아름답게 여기고, 또 선조의 일에 감동하여 이것을 소매에 넣고 나에게 와서 부탁하기를, "선조의 행적이 국승(國乘, 역사책)에 이렇게 실려 있었는데, 저희들은 처음 보았습니다. 그러니 어찌 그 일의 전말을 기록해 후손들이 알게 해 흠모함을 담게 하지 않겠습니까?" 하였다. 내가 감히 글을 부족하다는 이유로 사양하지 못하고, 마침내 아래와 같이 글을 썼다. 내외의 자손들이 멀리 퍼뜨리고 보첩(譜牒)에 싣는다면, 이제부터 다시 드러나지 않겠는가. 숭정 기원 후 3주기 임인년 양월(음력 10월) 상한(상순)에 후학 이여정이 쓴다.[33]

---

33) 先生諱安富 字榮叔 姓閔氏 系出驪興 高麗尙衣奉御稱道 寔公九世祖也 三傳至諱令謨門下平章事集賢殿太學士監修國史上柱國太子太師謚文景 是生諱湜 刑部尙書寶文閣直學士 是生郎將諱仁傑 是高祖以上也 曾祖門下侍郎平章事 諱基 祖戶部員外郎 諱孺考令同正 諱楠 公生有異質 自在孩提 有若成人 世以公輔之器期之 及長文章德業俱進恭愍王庚子別試 登文魁 屢掌文衡 簡士得賢 公道著聞開奬後學之功漸多 於筮仕之初士林仰望焉 公當禑之莅祚也 宦在備衛之列 獨言其不可於咸可之中 屹然若洪流之砥柱鄭文忠公稱公有三軍難奪之志 又詩以美之有惟有閔生差可强之句 公之踐履篤實 操存牢確 此可略綽矣 知世道之不可有爲 退居驪興 躬耕讀書 若將終身 恭讓朝 鄭圃隱召之公黽勉一出 遂與圃隱殫心王室 官至禮儀判書 見麗運旣訖 不可以隻手扶救 則決意勇退去 隱于嶺外山陰之大浦洞 躬自耕稼 自號曰農隱 戒子孫勿赴擧 家後山築望京臺 朝夕臨之 以自傷 此公志行之大槪也 嗚呼古之隱者 如卞務巢許者 潔身操行 高則高矣 不免乎亂倫之科 若我麗季名節 異於是 其忠義之凜然千古 神會於首陽之隱 或隱於圃冶牧樵或隱於陶醇梧樹 而農隱其一也 諸賢之隱 其處所雖不同而其罔僕之節自靖之義 則同出於至誠惻怛之中 可不謂之仁者歟 公之事行 載在海東忠義錄 而藏於京中趙氏家 樹隱金先生後孫尙協 甫欲考樹隱行蹟而奉 來於壬寅秋 以示先生後孫宗洙 宗洙見而愴傷 旣嘉金君之義 又感其先祖之事 袖以屬余曰 先祖之行蹟 播載於國乘者如是 而不肖輩 今始得見 則盍記其事之顚末 使後孫知 所以寓慕耶 余不敢以不文辭 遂爲之撰次如右 內外子孫 寔蕃衍載譜牒 今不復著 崇禎三周壬寅陽月上澣 後學星州李如珵撰

끝으로 소개할 글은 〈고려합문지후청송심씨유허비(高麗閤門祗候青松沈氏遺墟碑)〉다. 이 글에는 농은 민안부가 산청으로 낙향해 은거하게 된 까닭이 잘 설명되어 있다. 『청송심씨족보』에 따르면 민안부의 장인 되는 심연(沈淵)은 산청현감을 지내고, 은퇴하여 석답촌 자연동에서 살고 있었다고 한다. 그런 연고로 산청을 택해 내려왔다는 기록이 있는데, 근래 문중 사람들이 그 옛 지명이 산청군 금서면 덕촌마을이라는 사실을 확인하게 되었다. 그곳은 현재 심씨는 아무도 없고 스물대여섯 가구가 모두 민씨인데, 민씨들이 심연의 유허비를 세우고 관리를 한다고 그곳 주민들이 증언하고 있다는 것이다. 대포서원이 있는 대포마을에서는 차로 3분 거리에 있는 아주 가까운 곳에 유허비는 있었다. 비석에는 민안부 외에도 외아들이자 심연의 외손자인 민수가 심연을 기리며 한 말도 있는데, 처음으로 나온 자료라 가치가 크다. 비석이 세워진 연대는 확인이 안 되지만, 외형으로 보면 제법 시간이 된 것으로 보인다고 한다.

> 공의 이름은 연이며 청송 사람인데, 고려 때 문림랑을 지낸 이름 홍부의 아들이다. 고려 때 합문기후를 지냈는데, 세태가 날로 그르쳐지는 것을 보고 외직으로 나가 산음현감으로 나갔다. 이어 산음현의 석답촌 자연동에 살면서 명예나 이익에서 벗어나 여생을 자연에서 마쳤다. 대를 쌓아 경사(개성)를 바라보았으니, 후세 사람들이 이름하여 '망경대'라 했다. 시가 있어 세상에 전해지는데, 〈안분음〉이라 한다.

平生性癖少營爲　평생의 성격이 일 꾸미기를 싫어해
一任天公處分宜　하늘의 마땅한 처분에 늘 맡겼지.
薇蕨滿山寧學圃　고사리가 산에 가득하니 차라리 밭 갈기를 배웠고
藤蘿繞屋自成籬　등나무 넌출이 집을 두르니 절로 울타리가 되었네.

風僉宿約時時到 바람이 옛 약속을 담아 때때로 불어오고
月不相期夜夜隨 달빛은 기약 없어도 밤마다 따라오네.
外客休傳塵世事 바깥손님은 세상의 일을 전하지 마소
北窓高臥夢皇羲 북창에 높이 누워 황희씨(복희씨)를 꿈꾸노라.

이 시를 외손인 미수에게 주었더니 이렇게 화답했다.

何獨成仁在殺身 어찌 유독 어짊을 이룸이 살신에만 있으리오
西山薇蕨復回春 서산에 고사리 있으니 다시 봄이 오겠네.
缺 시구 없어짐
不向前江更問津 앞강에 가서 다시 나루터를 묻지 않는가?

묘소는 전북 함열군[34] 남장산 진좌에 있다. 아들 용은 청화부원군이고, 딸은 여흥으로 시집을 갔다. 사위인 민안부는 호가 농은이고, 예의판서를 지냈다. 장손 덕부는 우리 왕조의 원훈으로 청성백에 봉해졌고 시호는 정안이다. 차남 원부는 호가 악은인데, 전리판서를 지냈다. 고려가 망하자 두문동에 들어가 자신을 맑게 했다. 이후 고관을 지내고 업적을 빛냈으며, 문장과 충절이 대대로 이어졌는데, 동방의 큰 벌열이 된 것은 공께서 실로 열었다고 하겠다.[35]

---

34) 함열군은 전북 익산시 함라면을 중심으로 익산서북 1읍 5개면에 있었던 옛 행정구역이다. 1895년 23부(府)제로 행정구역이 재편되면서 군으로 승격되어 전주부의 함열군과 용안군이 되었다. 이것으로 볼 때 이 비석이 세워진 연대는 1895년 이후일 것으로 보인다.

35) 公諱淵青松人 高麗文林郎 諱洪孚之子也 麗朝官閤門祗候 見時事日非 出補山陰 仍居縣西沓村紫煙洞 脫屣名利 終老林泉 築臺以望京師 後人名之曰望京臺 有詩傳於世 其安分吟曰 平生性癖少營爲 一任天公處分宜 薇蕨滿山寧學圃 藤蘿繞屋自成籬 風僉宿約時時到 月不相期夜夜隨 外客休傳塵世事 北窓高臥夢皇羲 贈外孫閔綏曰 何獨成仁在殺身 西山薇蕨復回春 缺 不向前江更問津 墓在全北咸悅郡南堂山辰坐 男龍青華府院君 女驪興 閔安富號農隱 官禮儀判書 孫長德符 以國朝元勳封青城伯 謚定安 次元符號岳隱 官典理判書 麗亡入杜門洞自靖 自後簪纓勳業 文章忠節 世世延綿 爲東方鉅閥 公實啓之云.

4. 끝맺는 말

농은 민안부에 대한 조선시대의 자료는 앞으로 더 나올 가능성이 많다. 그 동안 문중에서 전심전력으로 찾아 나온 자료도 많고, 관심을 가지고 살펴보면 새로운 사실들을 얻어낼 수도 있을 것이다. 지금까지 열거한 자료들은 두문동과 관련해서 표절사(表節祠) 배향에 관한 내용이 많았다. 이어 민안부의 개인적인 충절의 기록들이 제법 나왔는데, 자료의 수에 비해 내용이 풍부하지 못한 점은 아쉽다. 이 부분은 이후의 과제로 남겨 둔다.

김해 사충신 관련 문헌 기록의 현황과 그 내용

1. 시작하는 말

임진왜란은 조선 왕조의 존립 기반을 뿌리째 흔든 참혹한 전쟁이었다. 어느 정도 일본의 침략이 예상되었음에도 조선의 위정자들은 안일한 자세로 이를 방치했고, 결국 전국토가 유린되는 비극을 초래하고 말았다. 7년에 걸친 혼란기를 그나마 극복할 수 있었던 요인은 여러 관점에서 찾을 수 있겠지만, 재야 지식인과 민중들의 자발적인 항전 의지야말로 큰 원천이었다고 말할 수 있을 것이다. 그것을 역사에서는 의병(義兵)이라고 부른다.

임진왜란이 발발하던 그 해 김해에서 향토를 지키고자 분연히 일어나 순국한 사충신과 향병(鄕兵)들의 의거는 이후 일어난 길고긴 의병들의 투쟁의 문을 연 첫 움직임이었다. 김해시에 있는 송담서원(松潭書院)은 누란의 위기에 빠진 조국을 구하고자 목숨을 바친 사충신과 민중들의 고귀한 희생을 기리는 성소(聖所)가 아닐 수 없다.

이 글에서는 이 네 분 열사들의 순절 과정을 기록한 문헌 기록을 살펴보고자 한다. 다만 여기에서는 네 분 가운데, 송담(松潭) 송빈(宋賓) 선생의 행적은 다른 필자들의 몫으로 양보하고, 나머지 세 분의 기록을 중점적으로 논의하려고 한다.

먼저 사충신들의 이력을 간략하게 정리하면 다음과 같다.

宋 賓 : 字 士信, 號 松潭, 本貫 淸州, 1542년(중종 37)~1592년(선조 25) 4월 20일.
贈嘉善大夫吏曹參判兼同知義禁府事五衛都摠府副摠管 (고종 12, 1875)

李大亨 : 字 泰來, 號 觀川, 本貫 載寧, 1543년(중종 38)~1592년.
贈嘉善大夫戶曹參判兼義禁府事五衛都摠府副摠管 (고종 16, 1879)

金得器 : 字 俱五, 本貫 義城, 1549년(명종 4)~1592년.
贈嘉善大夫戶曹參判兼義禁府事五衛都摠府副摠管 (고종 16, 1879)

柳 湜 : 字 樂棲, 本貫 文化, 1552년(명종 7)~1592년.
贈嘉善大夫吏曹參判兼五衛都摠管副護軍 (고종 21, 1884)

사충신의 업적을 담은 문헌 기록들은 네 분의 행장(行狀)을 비롯해 송담서원과 표충사(表忠祠)와 관련된 여러 자료들에서 확인할 수 있다. 자세한 목록은 『송담서원지(松潭書院誌)』(金海四忠壇表忠會 발간, 2018년)를 참고할 수 있다. 이 글에서는 많은 기록 가운데 행장에 실린 내용을 중심으로 간추려 소개하고자 한다. 순서는 ①평소의 인품과 자세, ②순절 당시의 행적, ③후인의 평가 순으로 정리하였다.

2. 행장을 통해본 사충신

1) 평소의 인품과 자세

사충신이 순절의 용기를 낼 수 있었던 것은 갑자기 돌출한 행동이 아니었을 것이다. 굳이 나서지 않아도 될 일에 목숨까지 걸었다면 평소의 소신이나 행동에서도 그만한 이유나 실마리를 찾을 수 있을 것이다. 〈행장〉에서도 그런 비범한 사실들을 찾을 수 있다.

〈李先生行狀〉: 자라서는 義理를 연구하고 忠信을 힘써 행하며 겸하여 文章 짓기를(詞章) 힘써 여러 번 鄕試에 합격했으나 마침내 禮曹에서 꺾이어 드디어 科業을 그만두고 냇물 위에 집을 지어 自號하여 觀川居士라 하며 문을 닫고 어버이를 모셔 몸소 행하며 달고 맛난 음식으로 봉양하였다. 형제와 더불어 友愛가 돈독하여 평소에 信義 있고 진실하여[恂恂然] 참으로 곧고 부드러울 따름이라. 是非를 가리고 事變에 나아감에는 確然히 그 움직이지 못할 뜻이 있어 고을에서 公論으로 천거하여[鄕薦] 아뢴 것이 두 번이었고 비록 조정에서 拔擢함을 입지는 못했으나 그 행의의 독실함과 믿음을 받은 것은 온 세상에서 다 아는 일이었다.[1)]

〈金先生行狀〉: 公은 정성과 효도가 出天하여 親喪에 손가락을 끊어 피를 내기까지 하였으며, 하늘에 빌어 身命을 대신하기를 청했으며, 다리의 살을 자른 의리가 古人에게는 이미 그런 일이 있었지만 대개 평범한 자식으로는 능히 할 수 있는 일이 아니었다. 평소에는 事物에 담담하여 즐기고 좋아하는 것도 없으며, 사람을 대함

---

1) 『松潭書院誌』〈李先生行狀〉 77-78쪽. : 及長 研究義理 務行忠信 兼事詞章累中鄕解 竟屈於禮部 遂廢科業 築室於川上 自號觀川居士 杜門養親 躬行甘旨之供 與兄弟篤於友 于居常處閑恂恂然直柔耳 至於剖是非趨事變 確乎其不可拔也 鄕邑以公論薦聞者再 雖未蒙朝家之采 施其行義之篤實 取信一世 可知矣.

> 에는 공손하며 위엄이 있어 장난으로 버릇없는 얼굴이 없으며, 검소와 절약으로 律己하고 家法이 본래 엄정하여, 일찍 武科에는 합격했으나 벼슬자리 구하는 일은 그 뜻이 아니었다.[2)]
>
> 〈柳先生行狀〉: 公은 나면서부터 높이 빼어나고 또 才氣(才性)가 있어 鞭撻(남의 도움이란 뜻인데, '채찍과 회초리'로 표현함)을 기다리지 않고서도 文詞가 성취하였다. 長成함에 이르러 구속받지 않고 큰 절의가 있어 일찍이 남을 따라 일을 꾀하지 않고(구차스러운 일을 하지 않았다는 뜻으로 '桔橰'로 표현했음: '결고'는 돌을 매달아 물을 퍼게 하는 '두레박틀'이다.) 蒜山의 先亭을 거듭 수리하여 날마다 그 속에 계시며 항상 紹述(祖先의 뜻을 이어 행함)을 힘썼다.[3)]

이대형 선생은 성공에 대한 욕심을 가지지 않았다. 세운(世運)이 따르지 않자 깨끗이 포기하고 수기(修己)의 길을 택했다. 효행을 다했고 우애를 견지했다. 그러나 중심은 흔들리지 않아 비시곡직은 분명히 따졌으며, 위기에서 제 몸의 안일만 찾지 않았다. 이런 태도가 전란이 터졌을 때 서슴없이 순절의 길로 나갈 수 있었던 것이다.

김득기 선생은 누구보다 지극한 효행의 모범이었다. 또 물욕(物慾)에 사로잡히지 않았고, 사람은 인격적으로 대했다. 그러면서도 강단있게 처신(處身)하면서 균형 감각을 유지했다. 더구나 선생은 무인(武人)이었다. 나라가 평화로워도 그것을 지키기 위해 최선을 다했을 터인데, 하물며 전란의 와중에 처했을 때라면 무인으로서 목숨이나 개인의 안위에 연연하지 않았을 것이다. 이것이 선생이 김해성에서 순국한

---

2)『松潭書院誌』〈金先生行狀〉88쪽. : 公誠孝出天 親喪至斷指出血 祈天請代 刲股之義 古人已有 其議而蓋非凡子之所能爲也 平居澹然 於物無所嗜好 待人恭而莊 無戲慢之色 以儉約律己 家範素嚴整 早捷武學 而干進 非其志也.

3)『松潭書院誌』〈柳先生行狀〉101쪽. : 公生而岐嶷又才性 不待鞭策而文詞已苑然矣 及長倜儻有大節 未嘗隨人桔槹 重理蒜山先亭 而日處其中 嘗以紹述爲務也.

용단으로 이어졌던 것이다.

유식 선생은 〈행장〉 원문에도 나오지만 척당불기(倜儻不羈)한 사람이었다. 기개가 있고 뜻이 커서 어떤 일이든 제약을 받지 않는다는 말이다. 더구나 선생의 천성은 누구의 지도를 받아 나온 것이 아니라 자생자발적인 것이었다. '길고(桔槔)'란 말 역시 작은 힘을 들이고도 큰 성과를 올리는 지렛대 같은 구실을 하는 것을 일컫는다. 선조들의 덕행에 더럽히는 일을 해서는 안 된다는 자부심도 있었고, 언제나 공익을 위해 나를 버리는 살신성인(殺身成仁)의 자세를 잃지 않았다. 그런 그릇이었기에 죽음의 길이나 마찬가지인 출정을 하면서도 흔들리지 않을 수 있었을 것이다.

이처럼 〈행장〉을 읽으면 송빈 선생을 포함한 네 분은 전란 전부터 비범한 모습을 보여주고 있었다. 〈행장〉을 쓴 사람도 이 점을 간과하지 않아, 그 사실을 직서(直敍)하는 데 소홀하지 않았다.

2) 순절 당시의 행적

사충신은 모두 의병의 일개 구성원이 아니라 그들을 지휘하는 사람들이었다. 사람들이 동요한다고 해서 부화뇌동해서도 안 되고, 오히려 그들을 다잡아 군기를 유지해야 하는 힘든 일을 도맡았다. 위정자(爲政者)들이 목숨을 구걸해 달아난 상황에서 사충신은 분노보다는 민심을 수습하고 전열이 흐트러지지 않게 최선을 다했다. 그런 의연한 모습은 〈행장〉에서도 읽혀진다.

〈李先生行狀〉: 17일에 적병이 성을 세 겹으로 포위하여 北門에 물을 대니 함몰할 위기가 朝夕으로 급박하니 主將이 성은 외롭고 군사는 약하여 일이 어쩔 수 없음을 알고 먼저 스스로 도망가려 하니 公이 크게 꾸짖기를 "公이 平時에 나라의 厚恩을 받고 나라가 어지러운 날 조금이라도 갚기를 잊으며 盆城(金海)은 영남의 要地로 가장 먼저 적을 받는데 保障하기를 생각하지 않음은 어째서인가? 동래부사 宋象賢이 성의 한 모서리를 지켜 百代의 높은 節義를 세웠으니 風聲이 미치는 곳에 사람마다 마땅히 죽기를 본받으면 지금 비록 군사는 외롭고 형세는 약하나 마땅히 大象과 맹세하고 힘껏 싸워 萬에 하나 다행을 얻어 聖上의 은혜를 갚을 것인데 어찌 土地와 生靈(백성)을 적에게 맡기려 하는가?" 하니 府使가 옳게 여겨 감히 떠나지 못하였다.[4)]

〈金先生行狀〉: 公이 사는 곳이 府城과 겨우 4~5里를 상거했는데, 公이 변란을 듣고, 즉시 분연히 몸을 던져 城中으로 들어가며 가족을 불러 行裝을 재촉할 때에 아들 侃이 나이가 17세라 公의 소매를 잡고 울며 曰 "우리 집에 여러 代 獨子로서 叔敖(孫叔敖로서 兩頭蛇를 죽여 陰德을 쌓아 楚의 정승이 됨)처럼 되는 것이 두려우며 또한 병든 어머니가 계시는데, 아버님 이번 걸음이 살아 돌아오시기를 바랄 수 없으니, 약한 자식 병든 어머니가 삶을 온전히 할 이치가 없으니, 金氏의 제사 드리지 못함을 가벼이 아십니까? 어찌 어머니와 자식을 이끌고 바위나 골짜기에 몸을 숨겨 멸망하는 禍를 면하는 것과 같겠습니까?" 하니 公이 慨然이 말하기를 "삶을 버리고 殉國함에 급한 것이 이것이 臣子의 大節이라. 하물며 내가 한 번 과거하여 나라의 은혜를 입은 것이 白徒(常民)와 다르니 어찌 차마 몸을 온전히 하여 妻子를 보호하여 풀숲 사이에

---

4)『松潭書院誌』〈李先生行狀〉78-79쪽. : 十七日 賊兵圍城三匝 灌水北門 陷沒之禍朝夕且至 主將知其城孤兵弱 事無可爲 欲先自遁去 公大責曰 公受國厚恩於平時 忘報絲毫於亂日 盆城乃嶺南要地 最先受賊 而不思保障何也 東萊府使宋象賢 守一隅殘堞 立百代高節 風聲所及 人當效死 則今雖兵孤勢弱 當誓衆力戰 得萬一之幸 以報聖上之恩 奈何以土地生靈 先委於賊乎 府使義而不敢舍去.

살 길을 찾겠느냐?" 하며 드디어 몸에 입은 道袍 한 벌과 머리털 한 웅큼을 주며 曰 "이번 걸음에 나는 죽기를 결단했다. 내 뼈는 거둘 수 없으리니 다른 날 다행이 이 옷과 머리털로 너의 어미 무덤에 合葬하라." 하고 인하여 채찍을 들어 아들의 손을 치고 소매를 떨치며 가기를 재촉했다.[5)]

〈柳先生行狀〉 : 섬 오랑캐가 침략함에 이르러 本郡이 놀라고 놀라 사람마다 새나 짐승처럼 도망하지 않는 사람이 없는데, 公이 慨然히 눈물을 씻으며 "우리 집이 대대로 國恩을 입었는데 이제 나랏님이 이와 같이 욕을 당하는데 차마 풀더미 속에 숨을 계획을 하겠는가?" 하시며 家廟에 절하고 이별하며 妻子와도 이별하여 몸을 빼어 나가니 伯氏 禦侮公(禦侮將軍)이 집의 종 수십 명을 붙여주며 "그대는 나라를 위해 힘쓰게나." 하였다. 公이 드디어 말을 달려 入城하니 城中이 비어 사람이 없었다. 公이 宋賓, 李大亨, 金得器와 軍兵을 거느려 死守할 계획을 하며 因하여 大衆을 깨우쳐 曰 "主將이 비록 떠났으나 우리 四人이 여기에 있으니 너희들은 두려워 말라." 하였다. 얼마 후에 적들이 냇물을 막고 끊어 一軍이 병들고 목말라 어떤 이가 나가서 항복하자고 말하는 사람이 있으니 공이 즉시 칼을 뽑아 항복하자고 말한 隊長 하나와 哨官 둘을 목 베니 이때에 軍中이 肅然하여 감히 다시 말하지 못하였다.[6)]

5) 『松潭書院誌』〈金先生行狀〉 88-89쪽. : 公所居距城府 僅四五里 公聞卽奮然挺身 將馳入城中 呼家人促裝 時公之子侃年十七 挽公袖 呼泣曰 吾家以累世獨子若敖是懼 且病母臥床 父親此行 行還不可望 弱子病母 又無生全之理 則金氏其不祀 忽諸豈若提挈婦子 竄身巖谷 以免覆亡之禍哉 公慨然曰損生殉急 是臣子之大節 況吾以一第荷國恩與白徒自異 則豈忍全軀保妻 爲草間求活計 遂以身上袍一領髮一握 付之曰 是行吾死決矣 而吾骨不可收 異日幸以此衣髮 祔葬于汝母墓 仍擧鞭撾兒手 拂袖促行.

6) 『松潭書院誌』〈柳先生行狀〉 101쪽. : 及島夷之東搶也 本郡首被其鋒 一境震駭 人無不鳥獸竄 公慨然雪涕曰 吾家世蒙國恩 今主辱如是 而忍爲草間之計乎 卽拜家廟 與妻子訣 挺身而出 伯氏禦侮公 以家僮數十人付之曰 君其勉之 公遂馳馬入城 城中虛無人 公與宋公賓李公大亨金公得器 倡率軍兵爲死守計 因諭衆曰 主將雖去 我四人在 汝等

이대형 선생은 무엇보다 목민관의 태도에 대해 강조했다. 나라의 녹을 먹고 부귀영화를 누린 사람이라면 전란에 맞닥뜨리면 더욱 솔선해서 목숨을 걸어야 한다고 강변했다. 군주와 백성의 안전을 위해 죽어야 할 관료의 본분을 역설했다. 이 때문에 김해부사 서예원(徐禮元)도 달아나지 못하고 버텼던 것이다. 큰 전투를 앞두고 지휘자가 동요해서는 안 된다는 사실을 선생은 몸으로 보여주었다.

김득기 선생도 죽어야 할 장소를 찾은 사람답게 당당하게 행동했다. 집안의 후사가 끊기는 것보다 나라의 미래가 없는 일이 우선임을 아들에게 인식시켰다. 이미 죽음을 각오한 선생은 의발(衣髮)을 남김으로써 자신의 결단이 돌이킬 수 없는 일임을 말했다. 더구나 공은 문과에 급제한 예비 관료였다. 이것은 개인의 용기만 보여준 것은 아니다. 자식이 보도록 함으로써 후손과 후세에게도 선공후사(先公後私)하는 가르침을 내린 것이다. 목숨을 초개와 같이 버려 더 큰 의로움을 지켜야 함을 선생은 알고 있었다.

유식 선생의 전란에 임한 자세는 더욱 강고하고 확고했다. 군중(軍中)의 동요를 막기 위해 항복을 운운했던 나약한 이들을 본보기로 처형했다. 죽고자 할 때 살 수 있음을 선생은 사람들에게 보여주고자 했다. 또한 의롭게 죽을 때에야 영원한 삶도 있음을 외쳤다. 식수가 떨어졌을 때 땅을 파니 샘물이 솟은 이적(異蹟) 역시 단순한 천우신조가 아니라 이런 강고한 정신 자세가 빚어낸 지혜의 소산일 것이다.

네 분 충신들은 모두 임전무퇴(臨戰無退)의 자세에서 한 치도 물러서지 않았고, 이런 의용(義勇)이 갑자기 모인 의병들이 일치단결해 싸울

無恐也 而已賊衆壅絶川水 一軍病渴 或有以出降爲言者 公卽拔劍斬言降者一隊長二哨官 於是軍中肅然不敢復言.

수 있는 토대를 만들었다. 그러기에 네 분 충신들의 의열(毅烈)은 값진 것이었고, 이후 의병들이 전국에서 창의(倡義)할 수 있는 마중물이 되었던 것이다.

3) 후인의 평가

사충신은 순절했어도 네 분이 남긴 업적은 큰 그늘이 되어 후세의 귀감이 되었다. 목숨을 지킬 수 있는 어떤 요행도 기대할 수 없는 상황에 처해 나라를 위해 고귀한 희생을 한 네 분의 높은 지조에 대해 〈행장〉을 썼던 사람들의 평가 역시 최상의 찬사와 존경으로 이어졌다.

〈李先生行狀〉: 아아, 섬 오랑캐가 침입할 처음에 大鎭을 맡고 重兵을 지휘하던 장수도 다 바람처럼 무너져버려 감히 그 銳鋒을 막을 수 없었는데 公이 一介 書生으로 忠義를 분발하여 즐거이 죽을 땅으로 가며 위태로운 성을 방어하여 장수가 달아나고 군사가 흩어진 뒤에도 오히려 능히 빈 성을 지키며 며칠 만에 힘이 다하여 죽으니 公이 처음부터 祿을 먹는 恩義나 나라를 지킬 책임이 없어 비록 衆人과 함께 달아나 삶을 도모하더라도 누가 公을 그르다 하랴마는 외짝손으로 하늘을 떠받치려 하여 동지 두 사람과 一時에 立節하였으니 어찌 정성이 매서운 丈夫가 아니리요?[7]

〈金先生行狀〉: 公의 평생 행적을 비록 다 자세히는 알 수 없으나 처음에 다리의 살을 깎은 효도로써 끝내 殉國하는 충정을 이루었으니 옛날에 이른바 "忠孝가 본래 두 이치가 없다."는 것이 어찌 的

7) 『松潭書院誌』〈李先生行狀〉79쪽. : 嗚呼 島夷竊發之初 擁大鎭握重兵者 皆望風奔潰 無敢攖其鋒 而公一介書生 忠義奮發 樂赴死地 捍禦危城 及其將走兵散之後 猶能守空城 數日力盡乃死 公初無食祿之恩守土之責 雖與衆人偕走圖生 夫孰非之 而欲隻手擎天 與同知二人 一時立慬 豈不誠烈丈夫哉.

確하지 않으리요? 이제 三賢의 후손이 이미 聖朝에서 忠을 旌閭하는 명을 받고 棠陰(官職)을 거듭하며, 繡衣御史가 前後로 方向과 터를 보아 거듭 三忠祠를 세우니 진실로 일으키고 폐함은 다 때에 있음이요 公議는 역시 시기를 기다림이 있음을 알리라.[8)]

〈柳先生行狀〉 : 아아, 삶을 버리고 의를 취함은 인정에 하기 어려운 바이나 오직 公이 이에 능하여 외짝 손을 외로운 성에서 분발하여 백만 적군이 날마다 불어나는 형세를 항거하며 거듭 포위됨에 흰 칼날을 밟으며 한 번 죽어 나라에 보답할 뜻을 세웠으니 비록 흉한 도적을 다 쓸어내어 君父의 恥辱을 씻지는 못했으나 나라를 회복한 일이 반드시 이로 말미암아 터가 잡히지 않았다고는 못할 것이다. 그 옛날 우물물이 솟아오르던 것이 아직 '柳公井'으로 전하여 있고 夫人 金氏는 남편을 따라 죽어 烈士의 아내가 되기에 부끄러움이 없었으니 天神이 감동하여 이르게 됨이요 윤리기강[倫綱]이 부지된 것이 어찌 높고 공경할 만하지 않은가![9)]

이대형 선생은 피난을 해서 목숨을 지켜도 누구 하나 비난할 이 없는 상황에서도 오로지 충의(忠義)의 정신으로 입절(立節)했다. 그의 노력이 사태를 바꾸지는 못했지만 선생은 나라의 객(客)이 아닌 주인(主人)으로서 해야 할 바를 다했다. 그러기에 글 쓴 사람도 '정성이 매서운 장부'라는 찬사를 아끼지 않았다.

김득기 선생의 평소 남다른 효행은 나라를 위해 순절하는 충용(忠

8) 『松潭書院誌』〈金先生行狀〉 90쪽. : 公之生平行蹟 雖未可盡詳 而始以刲股之孝 終成殉國之忠 古所謂忠孝本無二致者 豈不的確 顧今三賢遺裔 旣蒙聖朝旌忠之命 重以棠陰 繡衣前後所敎相方眡址 重立三忠祠 固知廢興蓋有時 公議亦有待也.

9) 『松潭書院誌』〈柳先生行狀〉 101쪽. : 嗚呼捨生取義 人情之所難 而惟公能之 奮隻手於孤城 而抗百萬日滋之勢 蹈白刃於重圍 而辦一死報國之志 則雖未能迅掃凶燄 以雪君父之恥 而國家恢復之業 未必不由此而基之也 昔日泉水之瀵湧 尙傳爲柳公井 夫人金氏之下從 無愧爲烈士之妻 則天神之所鑑格 倫綱之所以扶持者尤豈非.

勇)으로 확장되었다. 그래서 〈행장〉 찬자도 "충효가 본래 두 이치가 없다.(忠孝本無二致)"는 말로 선생의 순절을 기렸다. 이런 거룩한 희생으로 나라로부터 정표(旌表)를 받고 삼충사(三忠祠)까지 세워졌으니, 충과 효가 일맥상통했음을 분명히 보여주었다는 것이다. 선생의 충은 곧 집안의 명예로 더욱 빛을 발했다.

유식 선생의 순절은 사생취의(捨生取義)한 꿋꿋한 기상으로 칭송을 받았다. 선생의 희생으로 나라가 망국(亡國)의 통한을 겪지 않고 재생의 기틀을 마련하게 되었다고 글 쓴 이는 갈파했다. 더욱이 선생의 부인까지 지아비의 뒤를 이어 순절했으니, 부부가 함께 충렬의 반열에 올랐다고 극찬한다. '유공정'의 샘물이 지금도 흐르는 것처럼, 선생의 충렬은 대대손손 전해질 것임을 강조하고 있다.

네 분의 충렬은 밤하늘에 빛나면서 나침반이 되는 북극성에 견줄 수 있을 것이다. 구름에 가려져도 언제나 의연한 별빛처럼 후손의 가슴 속에서 영원히 빛나는 의행(義行)의 좌표로서 존재할 것이라고, 네 분 충신의 〈행장〉을 쓴 찬자들은 입을 모으고 있다. 그리고 이 말은 지금도 어김없는 진리로 자리하고 있다.

3. 후세의 총평과 추념시

사충신의 충렬의 큰 영향은 〈행장〉에서만 국한되는 것은 아니다. 이후 쓰여진 다양한 글에서도 여전히 깊은 감동과 숭모(崇慕)의 정은 생생하게 기록되어 전한다. 〈중건기(重建記)〉나 〈상량문(上樑文)〉, 많은 기(記)와 시(詩)에서도 쉼 없이 숭앙되고 있다. 그 가운데 각각 한 편씩 소개하는 것으로, 글을 가름하고자 한다.

〈四忠壇碑閣記〉 : 아아, 四公이 처음부터 祿을 먹은 은혜나 땅을 지킬 직책이 없었으나 義氣를 분발하여 순국하여 죽음 보기를 돌아가는 듯이 하였으니 진실로 평소에 義氣를 기른 바가 아니면 어찌 능히 이와 같을 수 있으랴! 어떤 자는 말하기를 "한갓 죽은 것만으로는 쓸모가 없다." 하니 이 말은 무슨 말인고? 春秋時代 魯仲連[10]이란 節士가 秦나라가 帝號 일컬음을 싫어하여 바다를 넘어 東海에 가서 숨었으니 秦兵이 물러갔고 唐나라 安祿山의 난리에 常山太守 顔杲卿[11]이 적을 꾸짖다가 죽으니, 唐의 王室이 회복된 것은, 대개 바른 충성 높은 절의는 天下 義士의 肝膽을 격동시키는 때문이다. 그러니 우리 조선이 다시 宗廟社稷이 안정된 것은

10) 노중련(魯仲連) ?-?. 노련(魯連)으로도 불린다. 전국시대 제(齊)나라 사람. 높은 절개를 지닌 선비로, 어려운 일을 풀고 분규를 해소하기를 좋아했다. 조효성왕(趙孝成王) 7년 조나라에 갔다가 진(秦)나라가 한단(邯鄲)을 포위하는 위기를 만났다. 위(魏)나라 사신 신원연(新垣衍)이 진소왕(秦昭王)에게 황제가 될 것을 주청하자 그 이해관계를 따져 말하며 결코 진(秦)나라가 황제가 되어서는 안 된다고 역설하면서 그렇게 된다면 차라리 동해 바다에 빠져 죽겠다(連有踏東海而死耳)고 하면서 조(趙)나라의 평원군(平原君)을 설득했다. 마침 위나라 구원병이 오자 진(秦)나라 군대가 철수했다. 그 후 제(齊)나라 장군 전단(田單)이 제나라 땅을 회복하려고 요성(聊城)을 공격했지만 함락시키지 못했다. 그가 연수장(燕守將)에게 이해관계로 설득하니 싸우지 않고도 항복을 받아냈다. 전단이 제나라 왕에게 말해 상으로 작위를 주려고 했지만 바닷가로 달아나 여생을 마쳤다. 저서에 『노중련자(魯仲連子)』가 있었지만 없어졌고, 지금은 편집본만 전한다.

11) 안고경(顔杲卿) 692-756. 당나라 낭야(琅邪) 임기(臨沂) 사람. 자는 흔(昕)이다. 안지추(顔之推)의 5대손이고, 안진경(顔眞卿)의 종형(從兄)이며, 안춘경(顔春卿)의 동생이다. 음보로 수주사법참군(遂州司法參軍)이 되었다. 현종(玄宗) 개원(開元) 중에 형 안춘경, 동생 안요경(顔耀卿)과 함께 승진했는데, 최상급인 범양호조참군(范陽戶曹參軍)으로 옮겼다. 천보(天寶) 14년(755) 안록산(安祿山) 밑에서 영전판관(營田判官)으로 있다가 상산태수(常山太守)로 발탁되었다. 안록산이 반란을 일으키자 평원태수(平原太守)로 있던 동생 안진경(顔眞卿)과 호응하여 의병을 일으켜 반란군의 배후를 위협했다. 안록산의 가자(假子) 이흠주(李欽湊)를 살해하고 반장(叛將) 고막(高邈) 등을 체포해 경사(京師)로 압송하여, 위위경(衛尉卿) 겸 어사중승(御史中丞)에 임명되었다. 이로써 안씨 형제들의 명성이 천하에 퍼져 하북(河北) 일대의 고을들이 딴 생각을 품지 않았다. 다음 해 사사명(史思明)이 상산을 공격하여 포위했는데, 식량이 바닥난 뒤 성은 함락되고 고전 끝에 체포되어 낙양(洛陽)으로 끌려갔다. 안록산 앞에 끌려나와 끝까지 굴하지 않고 반역을 힐난하다가 처형되었다. 시호는 충절(忠節)이다.

역시 어찌 四忠의 힘이 아니겠는가![12]

〈사충단비각기〉는 1871년(고종 8년) 김해부사로 왔던 정현석(鄭顯奭)이 지은 글이다. 정현석은 유식 선생의 순절과 업적을 기려 마지막 충신으로 세울 것을 건의해, 지금의 사충단(四忠壇)이 있게 만든 장본인이기도 하다. 그는 사충신의 위업을 기리는 비석을 세워 김해에 안치해 대대손손 순절을 본받는 기틀을 마련했다. 위 글은 그 가운데 일부다. 이 글은 또 다른 의미에서 감동과 공감을 자아낸다.

정현석은 네 분 충신의 남다른 의기(義氣)를 숭앙하는 한편, 일부 어리석은 사람들의 의심을 일거에 씻어냈다. "죽었다 해서 무슨 이득이 있는가?"라는 망언에 반론하는 그의 논리는 명쾌할 뿐만 아니라 사충신 순절의 위상을 더욱 높고 깊게 확장시켰다. 노중련과 안고경의 예를 들면서 이들의 희생과 용기가 있었기에 그들의 조국 제(齊)나라와 당(唐)나라가 의연하게 유지되었듯이 네 분 충신의 희생이 많은 의로운 사람들의 충심(忠心)을 격동시켜 이후 일어난 많은 국란(國亂)에서도 종묘사직이 지켜질 수 있었다고 주장한다. 그러기에 네 분 충신의 죽음은 '한갓 죽은 것'이 아니라 나라를 영원히 살게 만든 대업(大業)임을 증명하고 있다.

이어지는 시는 1995년 5월 8일 송담서원 중건 낙성을 기념해 열린 자리에서 지어진 작품이다. 당시 전국 각지에서 150여 명의 시인묵객(詩人墨客)들이 원운시(元韻詩)에 화답해 사충신을 기리는 한시를 지었다. 아래 작품은 그 중 한 편이다. 굳이 이 작품을 소개하는 까닭은

12)『松潭書院誌』〈四忠壇碑閣記〉 169-170쪽. : 噫 四公初無食祿之恩守土之責 奮義殉難 視死如歸 非素所畜積 惡能如是哉 或曰徒死無益 此言何謂也 魯連蹈海 而秦兵却 常山罵賊 而唐室復 蓋危忠卓節 激天下義士之膽故也 我東之再奠宗社 亦豈非四忠之力耶.

작품의 앞머리에 '송리김류(宋李金柳)'라 해서 네 분 충신의 성씨가 나오기 때문이다. 편안하게 감상하면서 사충신의 충용(忠勇)에 찬 의열을 흠상(欽賞)하기를 바란다.

〈次表忠祠 및 松潭書院告成〉
宋李金柳四友忠　송리김류 김해고을 사우충신 이분이며
慕承儒林祠院陽　추모하는 유림들이 서원세워 향사하니
宣朝倭亂抗累死　선조왕때 임진왜란 죽음으로 항전했고
殉節聖志鑑昶長　순절하는 어진뜻은 감격함이 오래이네.
義理英傑忠烈尙　의리지킨 영웅호걸 그충렬이 가상하고
萬古不滅國精桑　만고토록 불멸하는 호국정신 이어가세.
鄕心一讀祠復齊　애향심에 祠誌읽어 이제다시 중건하니
寧寧偲偲[13]交互光　영녕하고 시시하여 서로교대 빛나도다.
世積祇祀四百春　세월쌓아 향사하길 사백년이 되었는데
誠之敬之弗承荒　성심으로 공경하여 거칠게는 아니했소.
平生遊者千里身　한평생을 노는사람 천리밖의 이내몸이
伏維四拜奉告場　공경하게 사배올려 고유장에 바칩니다.[14]

4. 끝맺는 말

사충신에 대한 문헌 기록은 과거의 것에만 국한될 이유는 없다. 앞으로도 다양한 매체를 통해 꾸준히 확산되고 전파되어야 할 소중한 우리의 유산이다. 다만 "과거를 알아 미래의 문을 연다."는 심정으로

---

13) 偲偲 : 서로 면려(勉勵)하는 모양.

14) 文化 柳汶鉉님의 次韻詩.

번역된 『송담서원지』에 실린 다양한 기록들과, 그 안에 담긴 글 쓴 이들의 생각과 주장을 간략하게 정리해보았다. 세월이 많이 흘렀고, 또한 지역에 국한된 충절로만 여겨져 사충신의 의연한 순절이 전국적인 관심의 밖에 있는 듯해 아쉽기만 하다. 다른 많은 순절의 기억처럼 사충신의 위업도 널리 길이길이 전해져야 할 것이다. 앞으로 더 많은 과거의 문헌 기록이 나오고, 새로운 글과 논의도 이어지기를 바라면서 흠모하는 마음을 담으면서 글을 맺는다.

김만중의 한글문학에 대한 관심과 『사씨남정기』의 문학적 성취

1. 시작하는 말

김만중(金萬重, 1637-1692)은 허균(許筠, 1569-1618)의 『홍길동전』을 이어 두 번째로 한글로 쓰인 두 편의 장편소설 『구운몽』과 『사씨남정기』를 남겨 우리 문학사에 크게 기여했다. 그는 허균의 『홍길동전』이 다루지 못한 새로운 문학의 영역을 개척함으로써 한글문학의 가능성을 한결 넓혀놓았다.

알다시피 『구운몽』과 『사씨남정기』 두 편의 한글소설은 그의 생애 마지막에 해당하는 남해 유배 시절 3년 동안 완성되었다. 그런데 흥미롭게도 김만중은 이 두 편의 소설 이외 다른 문학작품들은 모두 한문으로 썼다. 『서포집』에 실린 시문은 모두 한문으로 씌어져 있는데, 이 문집 속 작품들은 그가 젊은 시절부터 남해 유배기 때까지 생애를 통틀어 썼던 작품들이 망라되어 있다. 그가 실제로 쓴 작품은 이보다 훨씬 많을 것으로 추정되지만, 이렇게 생애 내내 한문으로 창작을 했던 김만중이 무슨 까닭으로 말년에 한글로 창작을 하게 되었는지는 알 길이 없다. 『서포만필』에서 그 유명한 '앵무새론'[1]을 주장하며 한글문

1) 김만중 『西浦漫筆』 하권(심경호 번역, 문학동네, 한국고전문학전집 2, 2010) 664-667쪽.

학의 가치와 의미를 강조한 사실이 있지만, 『서포만필』 역시(특히 하권 부분은) 남해 유배기에 쓰였으니, 평소 김만중의 지론이었다 하더라도 소설 창작 시기와 어느 정도는 맞물려 있다. 아쉽지만 문집이나 『서포만필』 속에서 직접적으로 한글소설을 쓰게 된 동기를 밝힌 글은 보이지 않는다.

평생 한문으로만 글을 쓴 그가 말년에 갑자기 한문을 버리고 한글로 소설을 창작한 동기는 무엇일까? 이를 해명한 길은 없지만, 문집 속에 실린 몇 편의 시를 통해 그가 일찍부터 한글로 쓰인 문학작품이나 우리말로 구연되는 전통연희에 대해 관심을 가지고 있으면서 이들 작품을 읽고 감상했음은 유추할 수 있다. 이 글은 그런 작품들을 살펴 김만중이 꽤 이른 시기부터 한글문학에 주목했으며, 이런 경험과 인식이 마침내 말년에 주옥같은 두 편의 한글장편소설 창작으로 이어졌음을 확인하고자 한다.

이 글에서는 두 편의 한글 장편소설 가운데 『사씨남정기』의 문학적 수준이 어떠했는지를 살펴봄으로써 아직 한글로 문학을 창작하는 전통이 미미했던 시절 보여준 비범한 창작 능력을 짚어보고자 한다. 또한 『사씨남정기』의 창작 동기에 대한 기존의 의문점과 함께 달리 볼 수 있는 측면도 검토했다.

2. 한글문학에 대한 관심, 악부시와 전통연희

앞서 말한 『서포만필』의 '앵무새론'에 보면 그는 정철(鄭澈, 1538-1593)이 쓴 세 편의 가사(歌辭) 〈관동별곡〉과 〈사미인곡〉, 〈속미인곡〉[2)]을 '우리나라의 이소[我東之離騷]'라고 평가했다. 이런 평가는 그가 오래 전부터 정철의 가사나 시조를 읽었음을 짐작하게 한다. 즉 세 편의 가사 작품 인용은 단지 예시하기 위한 작품 소개가 아니라 한글문학에 대한 그의 평소의 관심을 암시하기도 한다는 말이다.

그런데 이 밖에도 『서포집』을 읽어보면 그가 우리의 한글문학이나 전통연희에 주목했음을 알 수 있는 작품들이 여러 편 나온다. 우선 중국의 악부시(樂府詩)를 읽고 그에 대한 느낌을 작품화한 시가 상당수 실려 있다.[3] 악부시의 유래가 민간에서 불리던 노래를 채집한 데서 비롯되었듯이 김만중은 항상 '민간의 노래'에 주목했던 것이다. 그런데 이런 관심은 단지 중국의 문학전통에만 놓였던 것은 아니었다. 김만중은 우리나라에서 예전부터 불렸던 한글가요도 가볍게 여기지 않았다.

제목 자체가 〈악부〉로 되어 있는 작품부터 읽어보기로 하자.

악부 2수[4]

〈삼장〉과 〈유사〉 두 노래는 고려 충렬왕 때 나온 것이다. 그 가사에서 "삼장사에 향불을 태우러 갔더니, 그 절 주지가 내 손목을 쥡니다. 이 말이 절 밖으로 새나간다면, 상좌야 네가 말했다 하리라."고 했다. 또 하나는 "뱀이 있어 용꼬리를 물고 있는데, 태산 언덕을 넘어간다네. 사람들마다 모두 한 마디씩 하는데, 두 마음을 둔 것을 짐작하겠구나." 그 말이 비록 비속하지만 남다른 깊은 뜻이 담겨 있으니, 지금 이를 흉내 내면서 조금 더 덧붙여 말한다.[5]

---

2) 『서포만필』에서는 〈후미인곡(後美人曲)〉이라 소개하고 있다.

3) 제목만 열거하면 〈직녀는 근심에 젖어 홀로 방을 지키네(織女愁獨居)〉, 〈역사를 노래함(詠史)〉(『서포집』 권1), 〈악부 〈화산기〉를 읽고서(讀樂府華山畿)〉, 〈월녀의 노래(越女行)〉(권2), 〈종군의 노래(從軍行)〉, 〈왕소군(王昭君)〉(권3), 〈자야가를 본떠서 짓다(擬子夜歌)〉(권5), 〈대제사(大堤詞)〉, 〈궁사(宮詞)〉(권6) 등을 들 수 있다. 『서포집』은 10권으로 편찬되었는데, 권1-권6까지가 시편(詩篇)이다.

4) 『서포집』 권2 〈樂府〉

君演三藏經	그대는 삼장 경전에 대해 말하세요.
妾散諸天花	저는 제천[6]들에게 꽃을 뿌리리다.
天花撩亂殊未央	하늘 꽃은 흩어져서 끊일 줄을 모르는데
井上梧桐啼早鴉	우물가 오동나무에서는 갈까마귀가 새벽에 웁니다.
不愁外人說長短	바깥사람들이 뭐라 떠들어도 신경 쓰지 않지만
傳茶沙彌是一家	차 나르던 사미[7]는 한 집안 사람이지요.(1)

玉石無定質	옥과 돌도 정해진 바탕은 없고
姸媸無正色	어여쁘고 추함에도 바른 바탕은 없지요.
玉石在人口	돌이니 옥이니 하는 말은 사람 입에나 오를 뿐이고
姸媸在君目	어여쁘고 못생긴 것도 그대가 보기 나름이지요.
日月本光明	해와 달은 원래 빛을 발하는데
讒言自成膜	헐뜯는 말이 절로 막을 쳐버렸습니다.(2)

이 작품에서 소개된 두 편의 노래는 고려속요다. 〈삼장〉은 지금도 전하는 〈쌍화점(雙花店)〉이다. 4연으로 이루어진 작품에서 두 번째 연을 소재로 빌려왔다. 이를 잠시 소개하겠다.

三藏寺애 블혀라 가고신딘
그뎔 社主ㅣ 내손모글 주여이다
이말ᄉᆞ미 이뎔밧긔 나명들명

5) 〈樂府〉 병서(幷序) : 三藏有蛇二歌出於高麗忠烈王時 其詩曰 三藏寺裡燒香去 有社主兮執余手 倘此言兮出寺外 謂上座兮是汝語 有蛇銜龍尾 聞過太山岑 萬人各一語 斟酌在兩心 其語雖俚而殊有古意 今輒擬而稍演之云.

6) 제천(諸天) : 천계(天界) 또는 천상계(天上界)를 총칭한 말. 불교에서는 천계를 욕계천(欲界天)과 색계천(色界天), 무색계천(無色界天)로 크게 나눈다. 중생들이 생사와 윤회를 하는 삼계(三界)의 모든 하늘을 말한다.

7) 사미(沙彌) : 불교 교단에 처음 입문하여 10계를 받고 수행하는 남성 승려. 여성은 사미니(沙彌尼)라고 한다.

다로러거디러 죠고맛간 삿기上座ㅣ 네마리라 호리라
더러둥셩 다리러디러 다리러디러 다로러거디러 다로러
긔자리예 나도 자라 가리라
위 위 다로러거디러 다로러
긔잔듸 ᄀ티 덦거츠니 업다 (樂章歌詞)

원시에서는 상당히 점잖게 묘사하고 있지만, 앞에 딸린 〈병서〉를 읽어보면 시상은 〈쌍화점〉에서 온 것임을 쉽게 짐작할 수 있다.

이어지는 또 한 편의 고려속요 〈유사〉는 지금은 없어진 작품으로 보인다. 〈병서〉로 보면 사람이 되어 두 마음을 품은 것을 꾸짖는 내용이었던 듯한데, 원시에서도 겉모습만 보고 진가를 알지 못하는 세태를 지적했다. 어찌 보면 고려속요인 〈정과정곡(鄭瓜亭曲)〉의 주제를 빌려 온 듯도 한데, 그렇다면 충신연주지사(忠臣戀主之詞)로서 김만중 자신의 충절을 비유했다고 볼 수도 있다.

다음 작품은 고려시대 경기체가인 〈한림별곡〉을 노래하는 것을 듣고서 쓴 것이다.

임영[8]의 기생이 〈한림별곡〉[9]을 노래하는 것을 듣고 이사군 생각이 나서[10]

臨瀛消息近如何　임영 땅 소식이 근래는 어떠한가

8) 임영(臨瀛) : 강원도 강릉(江陵)의 옛 이름.

9) 한림별곡(翰林別曲) : 고려 고종(高宗) 때 한림학사(翰林學士)들이 돌림 노래로 지은 경기체가(景幾體歌)의 하나. 내용은 벼슬자리에서 물러난 문인들의 현실도피적, 향락적, 풍류적 생활 감정을 표현한 것이다. 이 노래의 원곡은 『악장가사(樂章歌詞)』에 실려 있는데, 중종(1506-1544 재위) 때의 밀양 사람 박준(朴浚)이 편찬했다고 한다.(양주동 설)

10) 『서포집』 권6 〈聽臨瀛妓唱翰林別曲 有懷李使君〉

關嶺連天霰雪多 대관령에서는 하늘에 연이어 싸락눈이 어지럽네.
玉署從遊如夢寐 옥서에서 노닐던 때가 꿈만 같으니
佳人休唱翰林歌 예쁜 기생은 〈한림가〉 노래를 그만 두어라.

임영은 지금의 강릉이다. 김만중은 38살 때인 1674년 봄에 금성(金城)[11]에서 4개월 유배 생활을 했는데, 유배에서 풀린 뒤 강릉을 다녀갔을 듯도 하다.[12] 여하간 김만중은 〈한림별곡〉 노래를 들었다. 〈한림별곡〉은 고려 때 문사들이 모여 자신들의 풍류를 호쾌하게 읊은 작품이다. 그런데 이 노래를 듣던 때 김만중의 처지는 관직에서 밀려나 표박(漂泊)의 삶을 살던 시기였다. 때문에 노래를 듣자니 지난날 관아에서 지내던 때가 꿈결마냥 떠올랐고, 현재의 처지를 생각하니 노래를 듣기가 괴로웠다. 그래서 기생에게 그만 부르라고 은근히 부탁하는 것이다.

작품의 맥락을 떠나 이 시를 통해서도 김만중이 〈한림별곡〉과 같은 우리 노래를 들었고, 그 노래의 수준이 듣는 이의 마음을 울릴 만큼 높았음을 김만중 자신도 읽는 사람도 절감하게 된다.

다음 작품은 그가 유배를 살던 시절 왕대비가 승하한 소식을 듣고 아픈 마음을 노래한 것이다. 『서포집』에 실린 순서로 볼 때 금성 유배 시절에 쓴 것이 분명해 보인다.[13] 일찍이 궁궐에서 모시던 왕대비가 세상을 떠났다는 소식을 들었지만, 유배살이를 하는 몸이니 문상도 불가능했고 죄인의 몸으로 만사(挽詞)를 지을 형편도 못 되었다. 그래서 이어(俚語)로 운을 엮어 자신의 마음을 표현했다고 했다.

11) 지금의 강원도 금화군(金化郡) 금성면(金城面) 지역.
12) 물론 다른 지역에서 듣고 썼을 가능성도 있다. 마침 〈한림별곡〉을 노래한 기생의 출신지가 강릉이었고, 그곳에서 관리로 있던 이사군이 떠올랐을 수도 있다.
13) 『서포집』은 시 장르에 따라 분류되어 편집되었는데, 각 작품들은 창작된 순서에 따라 수록했다. 이 시는 〈금성에 적거하면서……(謫居金城……)〉 다음에 실려 있다.

유배 중에 왕대비전이 돌아가셨다는 소식을 듣고 감히 만사를 지을 수 없어 이어[14]로 운을 엮었다 3수[15]

二月二十有四日	이월 하고도 이십사 일에
恭聞聖母棄臣民	삼가 성모께서 신민을 버렸음을 들었네.
深山窮谷共哀慕	깊은 산 궁핍한 골짜기에서도 모두 애통해 하니
何況鑾坡舊侍臣	어찌 하물며 난파[16]에서 옛날 모시던 신하이겠는가?(1)
纍臣蹤迹阻周行	갇힌 신하의 발길은 두루 다니기 불편하니
伏哭窮山痛肺腸	궁핍한 산에서 엎드려 우니 가슴이 아픕니다.
誕日問安如昨日	탄신일 날 문안한 것이 어제 같은데
淚霑宣賜舊鞶囊	눈물이 옛날 내려주신 가죽 주머니를 적십니다.(2)
四殿問安宣政門	사전에서의 문안은 정치를 베푸는 문이니
邦家福慶頌千春	나라의 행복과 경사로 천년을 송축하네.
餘生異日瞻天日	남은 생애 다른 날에 하늘의 해(군주)를 본다면
長樂鍾聲忍重聞	길이 종소리(음악)를 즐겨도 차마 다시 듣겠는가?(3)

여기서 주목할 대목이 '이어'다. '속된 말'이란 뜻인데, 대개 한문이 아닌 '한글'을 낮춰 부르던 말이었다. 원시는 분명 한시로 되어 있는

14) 이어(俚語) : 국어 속에 나타나는 사투리. 곧 표준말이 될 수 없는 말. 또는 야비하고 속된 말. 우리말을 훈민정음 본문에서는 국지어음(國之語音)이라 했고, 해례(解例) 종성해(終聲解)에서는 언어(諺語) 또는 언(諺)이라 했으며, 합자해(合字解)와 정인지서(鄭麟趾序)에서는 방언이어(方言俚語)라고 했다.

15) 『서포집』 권6 〈謫中伏聞王大妃殿昇仙訃音 不敢作挽 以俚語綴韻〉

16) 난파(鑾坡) : 한림원(翰林院)의 다른 이름. 당나라 덕종(德宗) 때 학사원(學士院)을 금란전(金鑾殿) 옆 금란파(金鑾坡)에 옮겼는데, 이때부터 한림원의 다른 이름으로 쓰이게 되었다.

데, 왜 김만중은 이어로 운을 엮었다고 했을까? 어쩌면 그는 규격에 짜 맞춰야 하는 한시보다는 우리말로 자신의 심정을 속절없이 드러낼 수 있는 우리말 노래를 먼저 지었던 것은 아닐까?(그것이 시조일 수도 있고, 가사일 수도 있을 듯하다.) 그것이 어떤 형식을 띤 것인지는 알 수 없지만, 자신의 애절한 마음을 표현하기에 '이어'가 더 적절했을 것이다. 마음이 가라앉은 뒤 한시로 이를 옮겼던 것일 수도 있다.

이런 추측이 정당한지의 여부를 떠나 결국 사람을 감동시키고 진심을 드러내는 데 가장 좋은 수단은 '우리 말'이 최선임을 간접적으로 설명한다고 보기에 부족하지는 않다. 더욱이 앞서 소개한 『서포만필』 '앵무새론'이 나오는 구절에서 김만중은 아래와 같은 논리를 부연했다.

> 사람의 마음이 입으로 나온 것이 말이다. 말에 절주(節奏, 리듬)가 있는 것이 가(歌), 시(詩), 문(文), 부(賦)이다. 사방의 말이 비록 다르다 하더라도 정말 말을 잘하는 사람(시문에 능한 사람)이 각각 자기 나라 말에 따라 가락을 맞춘다면, 그것들은 모두 천지를 감동시키고 귀신을 통할 수 있는 것이니, 비단 중국만 그런 것은 아닐 것이다.[17)]

이처럼 김만중은 이미 30대부터 우리말과 우리글의 가치와 그것으로 쓰인 문학작품의 진정성을 인식하고 있었던 것이다. 그런 소신이 말년까지 이어져 『서포만필』에서 꽃피고, 아울러 한글 장편소설의 창작으로 열매를 맺은 것이다.

마지막으로 소개하는 작품 〈황창무를 보고서〉는 한글 시가문학에 대한 경험을 담지는 않았다. 그러나 그가 한글문학을 넘어서 우리의

---

17) 『서포만필』 앞의 책 665쪽. 원문은 〈人心之發於口者爲言 言之有節奏者爲歌詩文賦 四方之言雖不同 苟有能言者 各因其言而節奏之 則皆足以動天地 通鬼神 不獨中華也〉다.

전통연희 전반에 대해서도 깊은 이해를 가졌음을 보여주기 때문에 의미가 있다. 곧 자국 문화에 대한 애정과 관심을 읽을 수 있는 것이다.

황창무[18]를 보고서[19]

繁絃欲停催撾鼓	요란한 현악 소리 멈추려 하자 북을 힘차게 두드리니
翠眉女兒黃昌舞	고운 눈썹의 계집아이 황창무를 추는구나.
短後之衣頭虎毛	뒤가 짧은 옷을 입고 머리에는 호피를 썼는데
頗似木蘭行負羽	자못 목란[20]이 등에 화살을 지고 가는 것 같네.
長袖洋洋拂地起	긴 소매는 드넓어 땅을 치며 솟아오르고
欻驚腰下秋蓮吐	문득 허리춤에서 가을 연꽃을 토해낸다.
左盤右旋勢轉焉	왼편으로 멈추고 오른편으로 돌면서 자세를 고치고
風雨颯颯雷霆怒	바람과 비가 쌀쌀하게 불고 뇌정이 요란하구나.
弓彎舞袖眞嫌俗	허리를 휘어 소매로 춤추는 것[21]은 참으로 세속이 싫어하는데

18) 황창무(黃昌舞) : 황창의 얼굴을 본뜬 가면을 쓰고 추는 검무(劍舞). 신라시대의 검무다. 신라의 소년 황창랑이 백제에서 칼춤을 추다가 백제왕을 찔러 죽였다는 전설에서 유래했다. 1868년(고종 5) 진주목사 정현석(鄭顯奭)이 지은 『교방가요(敎坊歌謠)』에 기록되어 있다. 진주검무(晉州劍舞, 중요무형문화재 제12호) 등의 원조로 꼽히는 춤인데, 조선시대 궁중에서 많이 공연했다. 춤의 마지막은 학춤으로 장식하는데, 이는 후대에 추가된 것이다.

19) 『서포집』 권2 〈觀黃昌舞〉

20) 목란(木蘭) : 〈목란사(木蘭辭)〉에 나오는 주인공 이름. 〈목란사〉는 북조(北朝)의 민가로, 300여 자로 구성되어 있다. 여장부 목란이 남장을 하고 아버지 대신 전장에 뛰어들어 영웅적 활약을 하는 내용을 담고 있다. 〈공작동남비(孔雀東南飛)〉와 함께 고대 민가의 쌍벽을 이룬다.

21) 심아지(沈亞之, 781-832?)의 『이몽록(異夢錄)』에서 〈춘양록(春陽曲)〉을 소개하면서 나오는 말. 그 가사에 〈무수궁만(舞袖弓彎)〉이 있는데, 미인이 허리를 굽히며 춤추는 것이라고 설명하고 있다. 궁만은 달리 궁요(弓腰)라고도 하는데, 궁요인(弓腰人)이라 하면 무기(舞伎, 춤추는 광대)를 가리킨다.

公孫劍器何足數 공손[22]이 추었던 검기무를 어찌 족히 따지겠는가?
吾聞海東昔三分 내 들으니 해동이 옛날에 삼분되었는데
日尋干戈相侵侮 날마다 창칼을 들고 서로 다투며 업신여겼다네.
惠文好劍風俗成 혜문[23]이 칼을 좋아해 풍속이 되었는데
黃昌十四勇如虎 황창은 열네 살에 용맹하기가 호랑이 같았지.
洗國深羞報君王 나라의 깊은 수치를 씻어 군왕에게 보답하고자
功成身死名萬古 공을 이루고 몸은 죽으니 이름이 만고에 빛났네.
項莊鴻門謾掉銌 항장[24]은 홍문[25]에서 거짓으로 젓대를 흔들었고
荊卿遺恨在銅柱 형경[26]이 한스러웠던 것은 구리 기둥 때문이었지.
舞陽色變秦王宮 무양[27]의 얼굴빛이 진시황의 궁궐에서 변했으니
唉彼豎子非爾伍 오호라! 저 아이는 너의 무리가 아니로다.
聖代昇平文教敷 성대의 평화로움에 문교가 더해져서
故國遺民齊變魯 옛 나라 유민들은 제나라가 노나라가 되었구나.
庠序絃誦達四境 상서[28]에서의 음악과 학문이 사방으로 퍼져

---

22) 공손(公孫) : 공손대랑(公孫大娘). 당나라 개원(開元) 연간에 교방(敎坊)에서 유명했던 무기(舞伎). 특히 검기(劍器)를 가지고 추는 춤이 대단했다.

23) 혜문(惠文) : ?-?. 신라 제26대 진평왕 때 대내마. 수나라에 사신으로 다녀왔다.

24) 항장(項莊) : ?-?. 초(楚)나라 하상(下相) 사람. 장수. 항우(項羽)의 종제(從弟)다. 진나라가 망한 뒤 홍문연(鴻門宴)에서 범증(范增)이 유방(劉邦)을 죽이라고 명령하자 검무를 추면서 죽이려고 했다. 그 때 항백(項伯)이 함께 춤을 추면서 몸으로 막아 유방이 달아나도록 도왔다.

25) 홍문(鴻門) : 중국 섬서성에 있는 지명. 이곳에서 항우와 유방이 서로 만났는데, 항우가 유방을 죽이려고 했지만 실패했다. 유방은 해하(垓下)에서 대승을 거두면서 항우를 멸하고 천하를 통일했다.

26) 형경(荊卿) : 형가(荊軻, ?-기원전 227). 전국시대 말기 위(衛)나라 사람. 협사(俠士). 연나라의 태자 단(丹)이 진왕 정(政, 秦始皇)을 죽이려고 모의하여 형가의 친구 전광(田光)과 사귀었는데, 전광이 그를 추천하여 상경(上卿)의 존대를 받았다. 연왕 희(喜) 28년 진나라의 망명한 장군 번오기(樊於期)의 목과 안에 비수를 넣은 연나라의 지도를 가지고 진나라에 사신으로 가서 죽이려고 했다. 진왕 정에게 지도를 바치는데 지도를 펼치자 비수가 드러났다. 칼을 뽑아 찔러 죽이려고 했지만 실패하고 피살되었다.

27) 무양 : 무양(武陽). 전국시대 때 연나라의 용사(勇士). 형가와 함께 진시황을 죽이고자 했는데, 현장에서 두려움에 질려 속셈을 드러내 일을 그르치고 말았다.

巍峨章甫委蛇步	우뚝해라 장보[29]여, 굽이치는 걸음걸이일세.
烈士風聲久寂寞	열사의 풍모와 명성이 길이 적막하더니
賴有此舞傳樂府	이 춤에 힘입어 악부[30]로 전해졌구나.
奉化賓館開勝宴	조화를 받들어 빈관에서 큰 잔치를 열었는데
北客初看毛髮竪	북쪽서 온 손님은 털이 더벅한 것을 처음 보았지.
願見北地傅介子	북쪽 땅 부개자[31]를 보고자 원했으니
杜陵老儒心良苦	두릉[32]의 늙은 선비는 마음이 몹시 괴롭다네.
如今鬚眉男子且巾幗	지금처럼 수염 기른 남자가 건괵[33]을 썼다면
嗚呼黃昌之舞竟何補	오호라! 황창의 무용이 끝내 어디에 보탬이 되겠는가?

삼국시대 신라의 화랑 황창이 백제 궁궐에서 칼춤을 추다가 백제왕을 죽였다는 영웅담에서 유래한 연희가 '황창무'다. 젊은 화랑의 애국심과 목숨을 아끼지 않는 희생정신을 기린 무용이다. 정축호란 때 아

---

28) 상서(庠序) : 주(周)나라와 은(殷)나라 때의 학교. 주나라에서는 〈상〉, 은나라에서는 〈서〉라고 했다.

29) 장보(章甫) : 은(殷)나라 시대에 머리에 쓰던 예관(禮冠). 치포(緇布)로 만들었으며, 공자 이후로는 유관(儒冠)으로 쓰인다. 『예기·유행(儒行)』에 따르면 "공자는 어려서 노나라에 있을 때에는 봉액(縫掖)의 옷을 입고, 성장하여 송(宋)나라에 있을 때에는 장보(章甫)의 관을 썼다."고 한다.

30) 악부(樂府) : 과거 우리나라 역사 또는 풍속을 묘사한 시와 민요풍의 노래, 시조, 민요의 한역가(漢譯歌)인 소악부(小樂府), 지방의 풍물, 민속을 기사한 죽지사(竹枝詞), 의고악부(擬古樂府) 등을 망라하는 양식. 악부는 본래 한무제(漢武帝) 때 세워진 음악을 관장하는 관청의 이름이었지만, 이후 이곳에서 관장한 음악을 수반한 문학양식이 악부로 불렸다.

31) 부개자(傅介子) : 전한 때 서역(西域)으로 사신을 갔던 사람.

32) 두릉(杜陵) : 지금의 섬서성 서안시(西安市) 동남쪽에 있었던 지명. 두릉야로(杜陵野老)라 하면 두보(杜甫)가 스스로 자신을 부른 이름이다. 그의 조적(祖籍)이 두릉이었고, 두릉 부근에서 살기도 해 자칭하여 두릉야로 또는 두릉야객(杜陵野客), 도릉포의(杜陵布衣)라 했다.

33) 건괵(巾幗) : 여자의 머릿수건. 괵(幗)은 궤(蔮)라고도 하는데, 대개 여자가 일을 할 때 머리카락을 고정시키기 위해 묶었던 추스르기 방법의 가장 기본인 형태다.

버지를 잃은 김만중으로서는 문약(文弱)에 빠지지 말고 무예에도 힘써 국난을 자초하지 말고, '아녀자 같은 허약한 선비'가 되지 말자는 생각을 담아냈다.

이렇게 김만중은 젊은 시절부터 우리의 한글문학과 노래에 깊은 관심을 가졌고, 궁극적인 문학은 외국문자가 아니라 우리글로 우리말과 생각을 옮긴 작품에서 길어 올려야 된다고 믿어왔다. 이런 신념들이 오랜 시간 다져지고 부화되어 마침내 '앵무새론'과 같은 창의적인 이론으로 전개된 것이다. 즉 그의 이론은 머릿속에서만 맴도는 추상적인 탁상공론이 아니라 현실을 직시하고 현장을 경험하면서 뼈와 살이 형성된, 생동감 넘치는 논리였다. 때문에 실천적인 추진력까지 얻게 되어 『구운몽』과 『사씨남정기』 같은 한글 장편소설이 나올 수 있었던 것이다.

3. 『사씨남정기』의 문학적 성취

김만중의 두 한글 장편소설은 모두 뛰어난 작품이고, 문학사적 가치를 넘어 문학성까지도 우수한 성과다. 때문에 두 작품을 문학 외적인 측면에서만 주목하는 것은, 두 작품의 가치를 빛내는 접근이기는 하지만 진정한 실체를 입체적으로 보여주는 방식은 아니다. 창작물로서 두 작품이 얼마나 치밀하게 구성되고 사건이 배열되었으며, 소설로서 훌륭하게 형상화되었는지를 밝히고 평가해야 두 작품의 진면모가 드러날 것이라 믿는다.

여기에서는 『사씨남정기』에 주목해 이런 평가를 시도하고자 한다.

1) 악인惡人 묘사의 합리성

우리가 고전소설의 단점으로 많이 거론하는 것이 그 '평면성'이다. 즉 인물들의 성격이나 행동이 정형화되어 있어 개연성이나 현실감이 떨어진다는 것이다. 선인(善人)이나 의인(義人)은 마냥 착하고 의로우며, 악인(惡人)은 심성이나 언행 모두 철저하게 악인으로만 묘사해 인물의 개성이나 행동이 미리 예측되어 읽는 흥미를 감쇄시킨다고 지적한다.

이런 지적과 평가를 받을 만한 작품이 적지는 않고 일면 타당하기는 하지만, 상한 나무 몇 그루만 보고서 숲 전체의 건강성을 재단하는 위험도 있다. 현실에서 선악이란 두부모 자르듯 분명하게 경계가 나눠지지도 않고, 밀도의 차이에서 나온다고 봐야 한다. 악인에게도 선한 성격이 있고, 선인에게도 부끄러운 언행이 없을 수는 없는 법이다. 그렇게 구성되어야 소설은 더욱 감동과 진정성을 확보할 수 있다. 온갖 추악한 짓을 자행했던 사람이 어떤 일을 계기로 대오각성하여 선인이 된다거나 그 반대의 경우를 보여주고, 여기서 실감을 느끼는 이유는 누구든 인간의 심성 안에는 선악의 자질이 혼재되어 있기 때문이다.

『사씨남정기』에는 악인의 전형으로 첩으로 들어와 풍파를 일으키는 교씨(喬氏)가 등장한다. 그녀는 온갖 악행을 다 저지르면서 유씨 집안을 걷잡을 수 없는 위기와 몰락의 소용돌이 속으로 몰아간다. 그러나 그런 악의 화신인 교씨에게도 '선한 자질'은 있다. 김만중은 악인 교씨를 형상화하면서도 그녀의 심성 안에 잠재한 긍정적인 면모까지 말살하지는 않았다. 아래 구절을 읽어보자.

> 동청이 소매에서 책 한 권을 꺼내며 말했다.
> "이는 당나라 역사책이오. 당나라 고종에게는 왕황후와 무소의(武

昭儀)가 있었는데, 소의가 황후를 모함하고자 했으나 기회를 얻을 수 없었소. 소의가 딸을 낳았는데 모습이 매우 빼어났고, 황후 역시 사랑하여 어루만지듯 잘 돌보아 길렀소. 하루는 황후가 방에서 아이와 놀다 나왔는데, 소의가 즉시 그 딸을 눌러 죽이고서 '누가 내 딸을 죽였나?' 하며 대성통곡했소. 궁인들을 심문하니 모두 '황후가 방에서 나왔다'고 하였소. 황후는 끝내 무죄를 밝힐 수 없었고, 고종은 마침내 황후를 폐하고 소의를 황후로 삼았으니, 바로 측천무후(則天武后)요. 큰일을 이루고자 한다면 작은 일은 돌아보지 말아야 하오. 지난날 장주의 병으로 상공이 이미 사씨를 의심했고, 또 낭자에게는 아들이 둘 있으니 진실로 측천무후의 계책을 쓴다면 사씨에게 비록 태임, 태사의 부덕(婦德)이 있고 소진, 장의 같은 말재주가 있다 하더라도 결백을 증명하기 어려울 것이요. 낭자가 어찌 뜻을 이루지 못할까 걱정하겠소?"

교씨가 등청의 등을 치면서 말했다.

"호랑이도 자기 자식을 사랑하는데 사람이 돼서 어찌 자식을 죽이겠어요? 당신 의도를 보니, 이는 분명 다른 아이를 죽이고 자기 자식만 보호하려는 계책이에요."

"낭자의 형세는 정말로 호랑이와 같소. 호랑이가 사람을 물지 못하면 사람이 반드시 호랑이를 죽이니, 내 말을 따르지 않으면 뒷날 반드시 후회할 게요."

"이 계책은 차마 쓸 수 없으니 다시 다른 계책을 생각해보세요."[34)]

착한 사씨를 내쫓고 정실부인의 자리를 차지하고자 골몰하던 교씨가 내연 관계에 있는 동청에게 계책을 물어본다. 이에 동청은 교씨 소생의 아이 장주(章珠)를 죽이고 그 죄를 사씨에게 뒤집어씌우면 성공할 것이라 제안한다. 이런 모성애를 저버리라는 패륜적인 제안을 듣고

---

34) 『사씨남정기』(류준경 옮김, 한국고전문학전집 17, 문학동네, 2014) 63쪽.(앞으로 『사씨남정기』의 인용은 이 책을 이용한다.

교씨는 그 자리에서 거절한다. "사람이 되어 어찌 제 자식을 죽이느냐?"는 교씨의 토로는 맹자(孟子)가 말한 불인지심(不忍之心)의 발현이다.

아무리 악독한 교씨라 해도 제 자식을 희생해 부귀영화를 노릴 만큼 파렴치한 인간이 아님을 보여준다. 즉 교씨에게도 선한 심성은 바탕에 깔려 있는 것이다. 현실에서는 측천무후가 제 자식을 죽여 황후를 내쫓은 예가 있으니 그대로 기술해도 되지만, 그렇게 하면 인물의 생동감은 떨어진다. 결국 동청은 교씨가 거절하자 하녀를 시켜 장주를 죽였고, 이렇게 되자 교씨도 할 수 없이 이 계책에 동참한다. 이런 구성이 훨씬 개연성과 보편성을 얻을 수 있고, 동시에 소설로서 성공도를 높이기도 한다.

이어지는 상황도 교씨가 욕망에 사로잡혀 분별력 없이 행동하는 사람이 아님을 보여준다. 이를 통해 인물의 현실성이 짙어져서 그녀의 악행에 독자가 더욱 분개하게 만든다. '갈등하는 인간'을 보여주어 인간 심성의 불완전성을 확연하게 구현하는 것이다.

> "상황이 이렇다면 어찌해야 화를 면할 수 있을까요?"
>
> "내게 한 가지 계책이 있소. 옛말에 '남이 나를 저버리는 것이 내가 남을 저버리는 것만 못하다'고 했소. 몰래 한림의 음식에 독약을 넣어 그를 죽게 합시다. 그 후 우리 두 사람이 부부가 되면 어찌 즐겁지 않겠소?"
>
> 교씨가 꽤 오랫동안 생각하다 말했다.
>
> "그 계책은 좋지 않아요. 일이 치밀하지 않아 만에 하나라도 발각된다면 큰 화가 먼저 눈앞에 닥칠 거예요. 다른 계책을 찾는 게 좋을 것 같아요."[35]

---

35) 『사씨남정기』, 앞의 책, 106쪽.

김만중이 악인이라면 보여주는 잔혹성을 폭로하기에만 열중했다면 작품에서처럼 살아 숨 쉬는 인물로 교씨가 형상화되기는 어려웠을 것이다. 때로 인간은 타고난 사악한 존재가 아니라 그가 놓인 현실과 상황에 따라 악한 심성을 드러내기도 한다. 그렇게 형상화될 때 독자는 공감과 분노, 연민과 카타르시스를 자연스럽게 공유할 수 있다.

이렇게 김만중은 악인 교씨를 악행만으로 빚은 석고상이 아니라 욕망에 휩쓸릴 수밖에 없는 생명체로 움직이게 했다. 이런 점이 『사씨남정기』가 뛰어난 문학 작품으로 자리매김하는 데 기여했다고 볼 수 있다.

덧붙여 소설 속에서 언니 납매(臘梅)와 함께 장주를 죽이는 데 협력했던 설매(雪梅)가 사씨의 소생 인아(麟兒)를 강물에 빠뜨려 죽이라고 하자 차마 따르지 못하고 강가에 버려두고 오는 장면[36]에서도 악인의 전형화에 빠지지 않은 예를 찾을 수 있다. 뒤이어 그녀는 유배에서 풀려난 유한림을 만나 그간의 악행에 대해 뉘우치면서 교씨와 동창의 음모를 알려주어 소설의 흐름에 반전을 가져오도록 이끌고, 자신은 후회와 두려움 때문에 자살하고 만다.[37] 이런 점 역시 악인이 합리적인 이유 없이 죄과를 뉘우치고 선인이 되는 것이 아니라 죄책감에 사로잡혀 본연의 선한 품성을 드러나는 것으로 구성해 인물 성격의 변환에 대한 실감도를 높인다.

2) 인과관계를 통한 개연성의 확보

다음으로 많이 지적되는 고전소설의 단점은 '우연성'의 점철이다. 위기는 신령에 의해 해소되고, 주인공은 놀라운 도력과 무술로 난관을

---

36) 『사씨남정기』, 앞의 책, 112쪽.
37) 『사씨남정기』, 앞의 책, 117-121쪽.

극복해 해피엔딩으로 치닫는다. 이런 구성은 소설의 짜임새를 헐겁게 만들어 독서의 몰입도를 떨어뜨린다. 김만중 또한 그런 모순을 잘 인식하면서 소설을 썼던 것으로 보인다. 그 한 예로 아래 단락들을 살펴보자.

하인이 서찰을 받아 사씨에게 드리고, 온 자의 말을 자세히 전했다. 사씨가 그 글을 보았다.

–한번 이별한 뒤 그리움을 헤아릴 수 없었는데, 아들이 곧바로 서울의 벼슬자리로 돌아가게 되었기에 나 역시 왔다네. 늙은이가 서울을 떠난 뒤 그대가 이 땅에 이르렀다니 얼마나 힘들겠나. 그대가 머무는 곳은 산골이니 여인이 홀로 있으면 강포(强暴)한 자에게 욕보일까 어찌 두렵지 않겠나? 빨리 우리 집으로 와 서로 의지한다면 만사가 매우 좋을 것이네. 내일 가마를 보낼 테니 모름지기 속히 오게.–[38]

소사(시아버지)가 말했다.

"슬퍼 마라. 우리 아이가 남들이 모함하는 말을 믿어 어진 며느리에게 이렇게 고초를 겪게 하니 내 마음이 어찌 하루라도 편하겠느냐? 저승과 이승의 길이 달라 구하려 해도 구할 수가 없고, 또 천수(天數)가 정해지면 피하려 해도 피하기 어렵단다. 간혹 풍운을 타고 옛집에 내려가 슬픈 눈물만 비에 섞어서 흩뿌릴 뿐이었다. 지금 너를 부른 것은 다름이 아니야. 하인이 전한 서찰은 두부인이 쓴 것이 아니다. 그 가운데 단서가 있지. 자세히 보면 알 수 있을 테니 긴 말이 필요 없을 게다."[39]

이어서 꿈속의 일을 자세히 말했다. 다시 두부인의 편지를 들고 두세 번 살펴보았으나 가짜인지 알 수 없었다. 그러다 마침내 생각했다.

---

38) 『사씨남정기』, 앞의 책, 76쪽.

39) 『사씨남정기』, 앞의 책, 77쪽.

"두홍려(杜鴻臚, 두부인의 아들)의 이름이 '강(强)'이므로 두부인이 평소 말할 때에도 반드시 '강'이라 소리 내는 것을 피하셨는데 이 서찰은 '강'자를 거리낌 없이 쓰고 있으니 분명 위조한 것이다. 다만 어떤 사람이 이렇게 필체를 모방했는지 알 수 없구나."[40]

교씨와 동창은 사씨를 내쫓은 뒤 화근을 없애고자 사씨를 유인해 살해할 계획을 세운다. 그래서 유한림(劉翰林, 延壽)의 고모인 두부인(杜夫人)의 편지를 날조해 살해할 장소로 꾀어내고자 한다. 필적까지 감쪽같이 위조한 편지를 읽고 사씨는 아무런 의심을 하지 않는다. 그런데 꿈에 사씨의 죽은 시아버지가 나타나 위험을 경고하면서 사씨 스스로 편지가 위조되었음을 깨닫도록 유도한다.

꿈에서 깬 사씨는 편지를 다시 읽다가 표현에서 모순이 있음을 발견한다. 사람들이 가까운 친지의 이름은 함부로 부르거나 쓰지 않는데, 아들 두강을 아꼈던 두부인이 서찰에서 아들의 이름 '강(强)'을 그대로 쓴 것을 확인하는 것이다. 그리하여 편지가 위조되었음을 알게 되고, 마음을 바꿔 위기에서 벗어난다.

지금이라면 이런 기휘(忌諱)의 삽입은 큰 의미가 없지만, 김만중 시대에서는 악인들의 치명적인 실수로 다루기에 적합했다. 즉 사씨가 위기를 벗어나는 데 인과관계에 따른 추리를 발판으로 삼아 이뤄지게 하여 개연성을 배가시키는 것이다. 그냥 꿈에서 시아버지가 교씨와 동창이 술수를 부리니 따르지 말라고 충고하고 이를 그대로 사씨가 받아들이는 것으로 구성했더라면, 이야기의 전개에는 문제가 없을지 모르나 작품성은 현저하게 떨어질 수밖에 없다. 김만중은 이런 점에서도 소설에 흠집이 없도록 구성에 신경을 썼다. 일종의 '트릭풀기'라는 소

40) 『사씨남정기』, 앞의 책, 79쪽.

설 창작 기법을 활용함으로써 독자가 더욱 깊이 소설의 전개에 빠져들도록 만들었다. 만약 김만중이 당시 소설들이 보여준 통상적인 방식을 그대로 답습했다면, 『사씨남정기』의 문학적 성취가 지금과 같지는 않았을 것이다. 소설의 아주 미세한 부분까지 김만중의 계산은 철저하게 작용했다.

3) 복선의 활용

소설은 나중에 벌어질 사건이 우연히 벌어진 것이 아님을 보여주기 위해 미리 그런 사건이 일어날 수밖에 없는 근거를 제시하는 경우가 많다. 그렇게 해야만 독자는 갑자기 벌어진 상황에 당황하지 않고 그 근거가 있었음을 이해하게 되기 때문이다. 이런 기법을 '복선'이라 하는데, 지금에야 창작에서 염두에 두어야 할 상식이지만, 고전소설에서는 이를 무시하는 예가 빈번하다.

그런데 김만중은 그런 복선을 적절하게 활용한다. 아래 구절을 읽어보자.

> "이는 천기이니 어찌 누설할 수 있겠느냐? 다만 한 가지 전할 말이 있다. 지금부터 육 년 뒤 사월 십오일 밤에 백빈주(白蘋洲) 가에 배를 대고 기다렸다가 위급한 사람을 구하도록 해라. 명심하여 잊지 마라. 그리고 이곳은 구천 아래로 사람이 머물 곳이 아니니 오래 머물 수 없다. 속히 돌아가도록 해라."[41)]

이 일이 있기 전, 묘희가 사씨에게 말했다.

---

41) 『사씨남정기』, 앞의 책, 78쪽.(소사-사씨의 시아버지의 말)

"부인이 처음 오셨을 때 제게 '제가 시부모 묘소 아래 있을 때 꿈을 꾸었는데, 시부모님께서 제게 지금부터 육 년 뒤 사월 보름에 백빈주에 배를 대 위급한 사람을 구하라고 하셨습니다.'라고 말했습니다. 오늘이 바로 사월 보름입니다. 배를 끌고 가보시는 것이 어떻겠습니까?"

사씨가 갑자기 깨닫고 말했다.

"제가 정말 잊고 있었습니다. 스님 말씀이 맞습니다."

마침내 묘희와 함께 백빈주 가로 갔다.[42)]

이 부분은 동창이 보낸 자객 무리들에 쫓기다가 강가에 이르러 하릴없이 피살될 위기에 처한 유한림이 때마침 배를 타고 강가에 도착한 사씨와 묘희에 의해 구출되는 장면을 다루고 있다. 물론 꿈에 죽은 시아버지가 정확하게 어느 날 어느 시에 어느 지역에 가라는 조언을 하는 것은 성공적인 복선이라 말하기 어려울 수도 있다.

그러나 사씨와 유한림이 극적으로 재회하게 만들고, 위기에서 벗어나는 방식이 우연적인 요소나 천우신조가 아닌 것을 보여주기에는 부족하지 않다. 시아버지의 조언에 대해 사씨도 영문을 몰랐고, 독자 역시 의아했다. 그런데 소설의 결말부에 가서 그런 장치의 이유가 밝혀진다. 이처럼 김만중은 소설을 구상하면서 가능하면 모든 장면들이 허황된 과장이나 우연한 일치가 아니라 납득할 수 있는 근거와 배경이 있었기에 현실화되었음을 설득하고자 노력했다.

또 소설에 보면 절망감에 빠진 사씨가 자살하기 직전 정자 기둥에 "모년 모일 모일에 사씨 정옥이 여기서 빠져 죽는다."는 글을 남긴다.[43)] 물론 사씨는 자살을 포기하지만, 나중에 같은 정자에 왔던 유한

42) 『사씨남정기』, 앞의 책, 123쪽.
43) 『사씨남정기』, 앞의 책, 88쪽.

림은 그 글을 읽고서 큰 충격에 빠져 통곡을 멈추지 않는다. 사씨가 죽은 것으로 알고 깊은 절망감에 사로잡혔던 것이다.[44] 그런 뒤에 다시 두 사람은 재회했으니, 유한림의 놀라움과 기쁨은 더욱 커졌을 것이다. 이런 장치 역시 소설의 감동과 흐름의 이해를 강화하기 위한 복선의 활용이라고 볼 수 있을 것이다.

위와 같은 사실을 열거해 『사씨남정기』가 모든 면에서 완벽한 소설이라고 주장하려는 의도는 없다. 이런 여러 가지 장치나 기법들은 동시대 또는 이전 소설에서 부분적으로 사용되기도 했을 것이다. 하늘 아래 새로운 것은 없다는 말처럼 김만중은 자기 시대 때까지 고안되었던 다양한 창작 기법들을 익혔고, 이를 창조적으로 계승하여 자신의 작품 속에서 구현했다. 그리하여 그의 소설이 이전 시대의 모순을 답습하지 않고 동시대 또는 미래의 소설이 나가야 할 방향을 제시했다.

4. 『사씨남정기』 창작 동기, 나는 이렇게 생각한다

김만중이 유배지 남해에서 쓴 두 편의 한글 장편소설 『구운몽』과 『사씨남정기』는 허균의 『홍길동전』에 이어 두 번째로 창작된 한글소설이다. 단지 이런 문학사적인 가치뿐만 아니라 두 소설은 작품 자체만으로도 대단한 수준을 보여주어 김만중의 작가로서의 역량을 주목하게 만든다. 그런데 삭막한 유배지에서 그는 왜 한글소설을 쓰게 되었을까? 앞에서 지적한 논의 외에 좀 더 구체적인 동기는 없을까? 보통 『구운몽』은 홀로 계실 어머님을 염려해 삶의 무상함을 전해드리고

44) 『사씨남정기』, 앞의 책, 122쪽.

무료함을 달래드리고자 썼다고 한다. 이런 동기에 대해서도 다소 의문이 들지만, 개인적으로는 『사씨남정기』를 쓴 동기에 더 관심이 간다.

지금까지 김만중이 왜 『사씨남정기』를 지었는가에 대한 논의는 대부분 일치해 왔다. 즉 숙종이 본부인인 인현왕후 민씨를 폐위하고 장희빈을 왕후로 삼은 일을 넌지시 비판하면서 그 잘못을 일깨우기 위해 지었다는 것이다. 그래서 『사씨남정기』는 목적소설의 하나로 인식되어왔다.

이런 주장이 설득력을 얻게 된 까닭은 이규경(李圭景, 1788-1856)의 『오주연문장전산고』에 나오는 다음과 같은 기록 때문이었다.

> 소설은 이와 같은데, 우리 동방의 사람 것이라면 (내가) 기량이 열고 재주가 짧아 여항에 유행하는 것들을 두루 살필 수 없었고, 다만 『구운몽』(서포 김만중이 지었으니, 다소 의의가 있다.)과 『사씨남정기』(북헌 김춘택이 지었다.)가 있다. 속설에 따르면, 『구운몽』은 김만중이 유배 갔을 때 대부인의 근심을 덜고자 하룻밤 만에 지었다 하고, 『사씨남정기』는 김춘택이 숙종이 인현왕후 민씨를 폐위했기 때문에 임금의 마음을 깨우치려고 지었다 한다.[45]

이처럼 김만중[46]이 숙종의 잘못을 깨우치기 위해 지어졌다는 기록이 나온다. 그런데 몇몇 연구자들에 의해 김만중의 이런 목적성은 사리에 맞지 않다는 점을 들어 의문을 제기했다.[47]

---

45) 李圭景, 『五洲衍文長箋散藁』 詩文篇/論文類-小說 〈小說辨證說〉 : 如此小說 我東人則量淺才短 亦不能領略閭巷間流行者 只有九雲夢(西浦金萬重所撰 稍有意義)·南征記(北軒金春澤所著) 世傳西浦竄荒時 爲大夫人銷愁 一夜製之 北軒則爲肅廟仁顯王后閔氏巽位 欲悟聖心而製者云.

46) 본문에서는 작자가 김만중이 아니라 북헌 김춘택으로 나오는데, 김춘택이 『사씨남정기』를 한역했기 때문에 이런 오류가 생긴 듯하다.

그렇다면 다음 문제는 이 소설의 진짜 창작 동기는 무엇인가 하는 점이다. 김만중이 무료하여 여가를 보내고자 창작했다고 볼 수도 있지만, 유배를 와 정치적 위기에 처한 김만중이 그런 단순한 이유로 『사씨남정기』를 창작했다고 보기는 어렵다.

그래서 나는 우선 그가 젊었을 때 장편오언시 〈단천절부시(端川節婦詩)〉를 지으면서 보고 들은 사실이 이 작품의 얼개를 형성하는 데 영향을 미쳤다는 점과 함께, 충신이 모함을 받아 억울하게 유배를 당해 고통과 방황 끝에 스스로 목숨을 끊은 굴원(屈原, 기원전 343?-기원전 278) 모티프를 빌려왔다는 점을 이야기하고 싶다. 〈단천절부시〉는 한 남성을 향한 생사를 넘어선 애정을 드러내 훗날 『사씨남정기』에 나오는 사씨의 원형을 보여주었다. 『사씨남정기』 내용에도 보면 사씨가 쫓겨나 떠돌다가 당도하여 자살을 생각하던 장소가 회사정(懷沙亭), 굴원이 바위를 안고 물로 뛰어든 곳으로 설정된 것도 이런 가정을 뒷받침한다.[48]

이 두 가지가 『사씨남정기』 구성상 영향과 함께 창작 동기의 하나가 된다면, 김만중의 문집 『서포집』에 실린 아래 작품도 그 가운데 하나라고 지적할 수 있다. 먼저 〈병서〉부터 읽어보자.

반첩여[49]와 매비[50]의 이야기를 듣고서 느낀 바 있어 짓다[51]

---

47) 『사씨남정기』를 현대역한 류준경도 이 책의 해설에서 같은 의문을 제기하고 있다. 『사씨남정기』(류준경 옮김, 문학동네, 한국고전문학전집 17, 2014) 430-432쪽.

48) 『사씨남정기』, 위의 책, 87쪽.

49) 반첩여(班婕妤) : ?-?. 전한 부풍(扶風) 안릉(安陵) 사람. 성제(成帝)의 후궁으로 반첩여(班倢伃)라고도 부르는데, 첩여는 상경(上卿)에 해당하는 궁중 여관(女官)의 이름이다. 처음에 소사(少使)로 궁중에 들어왔다가 대행(大幸)을 입어 첩여가 되었다. 어질고 우아하여 처음에는 성제의 총애를 독점했지만, 자태가 가볍고 날씬한데다 노래와 춤에 능한 조비연(趙飛燕) 자매가 궁에 들어오고 나서는 총애가 식었다. 홍가(鴻嘉) 3

> 갑인년(1674) 봄에 내가 시종으로서 죄를 져서 금성에 유배되어 살고 있었는데, 도헌[52] 이혜중[53]이 원주에서 죽었다. 내가 이미 장편 4백자로 애도하고 다시 이 시를 지었는데, 남녀 사이의 일에 빗대어서 지난 시에서 다하지 못한 뜻을 표현했다. 또 이것으로 가만히 이공에게 갖다 붙인 것은 대개 남녀와 군신 사이의 감정은 이륜[54]에서 발현한 것으로, 처음부터 못 생기고 잘 생기거나 현명하고 어리석은 차이에서 나온 것이 아니기 때문이다. 다른 사람에게 이공의 죽음 소식을 듣는다면 군왕 또한 안타까워할 것이기 때문에 네 번째에서 말했다.[55]

이 작품은 1674년(현종 15, 숙종 즉위년)에 김만중이 금성에 유배를 살고 있을 때 지어졌다. 그는 이해 1월 27일 유배를 떠나 4월 1일에 풀려

년(기원전 18) 자신이 조비연 자매에게 미치지 못함을 알고, 또 모함에 빠져 해를 입을까 걱정하여 스스로 물러나 장신궁(長信宮)으로 물러나 태후(太后)를 모시며 지냈다. 부(賦)를 잘 지어 〈자도부(自悼賦)〉와 〈도소부(擣素賦)〉, 〈원가부(怨歌賦)〉 등을 지었다. 성제가 죽자 봉원릉(奉園陵)으로 있다가 죽었다.

50) 매비(梅妃) : ?-?. 당나라 현종(玄宗) 때 사람. 총희(寵姬) 강채빈(江采蘋)을 일컫는 말이다. 처음에 현종의 사랑을 받았지만 양귀비(楊貴妃)가 입궁한 뒤 총애를 잃고 안록산(安祿山, 703-757?)의 난 때 죽었다. 그와 양귀비와의 총애를 다툰 것을 묘사한 당나라 조업(曹鄴)이 지은 소설 『매비전(梅妃傳)』이 유명하다.

51) 『서포집』 권2 〈讀班婕妤梅妃故事 感而賦之〉

52) 도헌(都憲) : 대사헌(大司憲)의 다른 이름. 조선시대 도찰원(都察院) 소속 관원의 하나다.

53) 이혜중(李惠仲) : 이민적(李敏迪, 1625-1673). 조선 후기의 문신. 본관은 전주고, 자는 혜중(惠仲)이며, 호는 죽서(竹西)다. 1646년 진사가 되고 1656년 별시문과에 장원급제했다. 이조참판으로 있으면서 이상(李翔)의 죄를 변호하다가 인동부사(仁同府使)로 좌천되었는데, 기일 내에 부임하지 않아 파직되었다. 진도(珍島)의 봉암사(鳳巖祠)에 배향되었다. 문집에 『죽서집』이 있다. 이민적은 1673년에 죽었는데 시가 다음 해 지어진 것은, 이민적이 죽은 날자가 11월 22일이라 해를 건너 위 시를 지은 때문으로 보인다.

54) 이륜(彝倫) : 인간으로서 지켜야 할 떳떳한 도리. 인륜(人倫). 천륜(天倫).

55) 〈병서(幷序)〉 : 甲寅春 余以侍從被罪 謫居金城 而李都憲惠仲卒於原州 余旣以長篇四百字哭之 復作此詩 托之男女之際 以申前詩未盡之意 且以竊自附於李公者 蓋以男女君臣之情 發於彝倫者 初無醜好賢不肖之別也 從人聞李公之死 天意嗟惜 故第四云.

났다. 유배를 가게 된 배경은 2차 예송(禮訟)과 관련이 있는데, 대공설(大功說, 9개월)을 주장한 서인이 기년설(期年說, 1년)을 주장한 남인에게 패하자, 그 역시 어전에서 남인인 영의정 허적(許積, 1610-1680)을 파직할 것을 요구하다 화를 입고 말았다.

이민적도 김만중과 마찬가지로 유배를 갔다가 사망한 것은 아닌 것으로 보인다. 다만 그 이전에 이상의 죄를 변호하다가 좌천되고 파직을 당한 일이 있는데, 이런 점에서 김만중은 동지애를 느꼈던 모양이다.

김만중은 〈병서〉에서 이민적의 일을 남녀[56] 사이의 일에 빗대어서 먼저 쓴 애도시에서 다하지 못한 심정을 담았다고 했다. 그러면서 남녀와 군신 사이의 감정은 인륜에서 발현한 것이지 처음부터 못 생기고 잘 생기거나, 현명하고 어리석은 차이에서 나온 것이 아니기 때문이라고 부연 설명한다. 즉 신하가 군왕에게 직언을 올리고, 이에 따라 군왕이 좌천이나 파직(나아가 유배)의 명령을 내린 것은 감정이 개입된 문제가 아니라 천륜에 따른 결과로 당위성이 있다고 보았다. 그러니 오해가 풀리거나 무고가 밝혀지면 다시 원래의 자리로 돌아갈 문제라는 것이다. 은근히 군왕이 자신의 처결이 사리에 맞지 않음을 깨달아 처결을 거두어줄 것을 권유하는 것이다. 물론 시에서는 이런 내심을 구체적으로 드러내지는 않았다.

桂葉雙蛾紅綃衣	계엽[57] 같은 두 눈썹에 붉은 비단 옷을 입고
梅花疏影共依依	매화 꽃잎 성근 그림자가 함께 어른거리네.
當時一顧且不得	당시에 한 번 돌아봄도 얻지 못했는데

56) 김만중이 이 시에서 생각한 〈남녀〉란 단순히 애정으로 얽힌 사이가 아니라 〈부부〉의 연을 맺은 경우를 상정한 것으로 보인다.

57) 계엽(桂葉) : 계수나무의 잎. 그리하여 여자의 눈썹을 가리키는 말이다.

身後丹靑謾光輝　죽은 뒤 단청 빛만 광휘를 속이는구나.
亦有棄妾抱秋扇　또 버림받은 첩이 있어 추선[58]만 품으면서
淚盡深宮不相見　눈물이 다했어도 궁궐에서 서로 뵙지 못했지.
河漢迢迢北斗廻　은하수는 아득하고 북두성은 빙빙 도는데
夢裡彷彿君王面　꿈속에서도 임금님 얼굴은 흐릿하구나.[59]
不見死別與生離　죽어 이별하는 것과 살아 헤어지는 것을 보지 못했다면
安識人間婦人悲　어찌 인간 세상 아녀자의 슬픔을 알겠는가?
風箏絃斷石沈海　풍경[60] 줄은 끊어지고 돌은 바다에 가라앉았는데
璧月寡色崇蘭萎　둥근 달은 빛이 바래져 숭란[61]은 시들었네.
花開複峽紅千層　골짜기마다 꽃은 펴서 붉은 빛으로 가득하고
內江外江春冥冥　가까운 강이나 먼 강이나 봄기운에 젖었구나.
採得蘼蕪山月上　궁궁이[62]를 캐자니 산에 달은 떠오르는데
想聞環佩聲泠泠　환패 소리가 아련하게 들리는 듯하구나.

반첩여나 매비는 자신에게 잘못이 있어 총애를 잃고 버림을 받은 것이 아니다. 조비연 자매나 양귀비가 들어와 군왕의 판단력을 흐리게 만들었기 때문에 일어난 사달의 희생자였다. 억울한 희생자였던 만큼 그들에게는 죄가 없었고, 후대 정당한 평가를 받았다.

이런 몇 가지 근거를 바탕으로 논의를 확장하면 『사씨남정기』의 창작 동기가 인현왕후와 장희빈에 얽힌 숙종의 과오를 깨우치려는 목적

58) 추선(秋扇) : 가을이 되어 필요 없게 된 부채라는 뜻. 사랑을 잃은 여자나 가치가 없어진 물건을 비유하는 말이다.

59) 흐릿하구나[彷彿] : 방불(彷彿)은 흐릿하여 분명하지 못한 모양.

60) 풍경[風箏] : 풍쟁(風箏)은 처마 끝에 달아 바람에 흔들리면 소리를 내는 금속 조각. 풍경(風磬). 풍금(風琴).

61) 숭란(崇蘭) : 총란(叢蘭). 무더기로 핀 난초(蘭草).

62) 궁궁이[蘼蕪] : 미무(蘼蕪)는 풀[草] 이름. 궁궁이[芎藭]의 싹으로 잎에서 향기(香氣)가 난다.

보다는 사씨는 억울한 누명을 쓰고 쫓겨난 자신에 빗대고, 교씨 일파는 정국과 국왕을 그릇되게 이끈 반대파인 남인들을 비유한 것이 아닐까 하는 판단이 떠오른다. 즉 소설의 주인공 '사씨'는 '인현왕후'가 아니라 '김만중' 자신이라는 것이다. 소설에서처럼 결국 한 집안의 가장이 실상을 알고 사씨를 정실부인으로 다시 맞고 교씨를 죽인 것처럼, 숙종이 반대파를 몰아내고 자신을 비롯한 억울한 누명을 쓴 사람의 억울함을 풀어주기를 바라는 심정이 『사씨남정기』라는 작품으로 형상화된 것이다. 소설은 결국 작가 자신의 얘기를 다룬다는 점에서, 전혀 동떨어진 인물은 아니지만 인현왕후의 억울함을 개진하기보다는 자신에게 가해진 오해와 모함을 바로잡고 정도가 실현되기를 바라는 심정이 『사씨남정기』라는 소설로 극화되었다고 보는 것이 타당해 보인다.

이런 창작 동기에 대한 지적이 『사씨남정기』 자체의 뛰어난 문학성과 성취를 돋보이게 하는 것은 아니지만, 작품 이해에 새로운 관점을 제시한다는 점에서 검토할 필요성이 있다고 생각한다. 이 소설을 읽을 볼 기회가 있다면 이런 점에 주목하면서 감상하는 것도 좋을 듯하다.

5. 끝맺는 말

이 글은 우리 한글문학에 큰 족적을 남긴 김만중의 성과가 어떤 과정을 거쳐 구체적인 실천 단계에 이르렀는지 논의하기 위해 쓰였다. 또 그런 김만중의 인식이 구체화된 작품 가운데 『사씨남정기』를 들어 그 문학적 성취를 몇 가지 측면에서 분석해 보았다.

김만중이 한글문학에 관심을 가지고 『서포만필』에서 '앵무새론'을 제기하기에 이른 것은 사변적인 논리에 따른 결론이 아니었다. 『서포집』에 실린 여러 한시들을 통해 확인했듯이 김만중은 일찍부터 정철의 가사와 고려속요, 경기체가, 이어(俚語)의 가치와 효용성, 우리 전통연희의 풍부한 문학성을 인식해왔다. 또 그런 작품을 읽고 들으면서 사람의 심경을 울리는 감동도 체험했다. 이런 경험들이 쌓여 '앵무새론'은 완성된 것이고, 한글로 장편소설까지 쓰기에 이르렀던 것이다. 때문에 그의 소설 『구운몽』과 『사씨남정기』는 말년에 갑자기 발생한 돌발적인 결과가 아니라 꾸준한 한글문학과 전통문예에 대한 관심이 일궈낸 성과였다고 말할 수 있게 된다.

한 걸음 더 나아가 『사씨남정기』는 허균의 『홍길동전』에 이어 두 번째로 쓰인 한글소설이기 때문에 가치가 있는 것만이 아니라 소설 자체로도 높은 수준을 확보하고 있었기에 오늘날 우리가 독서하고 감상하면서 평가해야 한다는 점도 보여주었다. 또 『사씨남정기』의 창작 동기는 '사씨'는 작자인 김만중 자신이며, 숙종이 오해를 풀고 모함을 직시하여 자신을 다시 조정으로 복귀시켜 줄 것을 희망하면서 창작한 것이라는 점을 주장했다. 그의 희망이 실현되지 못하고 결국 남해에서 숨을 거둔 사실은 소설의 비극성을 더욱 극대화시킨다. 물론 그의 소설이 완벽한 수준에까지 오르지 못했고, 시대적인 한계가 저변에 깔려 있다는 점도 인정해야 한다. 이는 새로운 창조에 따르는 어쩔 수 없는 한계일 것이다.

김만중 이후 우리의 한글소설사는 침체기에 접어들었다. 박지원(朴趾源, 1737-1805)이나 이옥(李鈺, 1760-1815) 같은 뛰어난 작가들이 자신의 작품을 한글로 쓰지 않고 한문으로 쓰는 태도를 버리지 못한 탓이 크다. 이 때문에 한글이 문학어로 정착하는 데 상당히 긴 시간을 기다려야 했다. 그런 점에서도 김만중의 한글문학 인식과 그 실천적 성취는 더욱 빛을 발한다고 말할 수 있을 것이다.

불교문학은 여성을 어떻게 그렸는가

—불교문학 속의 여성상—

1. 들어가는 말

불교는 유교, 도교와 더불어 동아시아 문화의 근간을 이루어 왔습니다. 방대한 경전 체계와 교리를 통해 동아시아인의 행동과 정신세계를 이끌어 왔다고 말할 수 있습니다. 역으로 동아시아인들의 가치관과 행동 양식은 그들의 종교에 삼투하여 그 발전과 변형에 많은 영향을 끼쳤던 것도 사실입니다. 종교와 신앙 집단들은 상보적으로 존재하면서 새로운 문화를 창조하는 역학 관계에 놓여 있었던 것입니다.

이 글에서는 동아시아, 그 중에서도 우리 한국의 불교문학 속에 형상화 되어 있는 여성들의 위치와 의미를 살펴보려고 합니다. 한국의 불교문학은 한반도와 한국 문화라는 지역적, 해석적 한계를 가지는 것이지만, 동시에 불교 자체가 동아시아 전역, 나아가 전지구적인 가치와 영향력을 가진 만큼 보편적인 불교문학 속의 여성상을 이해하는데 중요한 단서를 제공할 수도 있을 것입니다. 특히 문자로 그 교리를 기록하는 행위가 실제적으로 가부장적 남성 중심 사회의 기반 아래 진행된 만큼 종교문학 속의 여성상은 곧 그 문화와 민족이 지니고 있는 여성관과도 그대로 접맥될 가능성이 큽니다. 이런 점에서 불교문학

속의 여성의 위상을 살펴보는 일은 또 다른 의의를 지닌다고 하겠습니다.

이를 위해 우선 몇 가지 개론적인 논의부터 시작하겠습니다.

동서양을 막론하고 지구상의 모든 지역과 문화 속에는 그들만의 독자적인 종교와 신앙이 전해지고 있습니다. 신도의 양이나 그 종교가 지닌 외적인 힘에 관계없이 종교는 그 자체로 합목적적이고 가치중립적입니다. 인종적, 문화적 편견 이상으로 무서운 결과를 가져오는 것이 종교적 편견임을 생각할 때 일부 종교에 의해 강요되는 종교 우월론은 자칫 인류에게 거대한 재앙을 가져올 수도 있습니다.

서양을 대표하고 있는 종교는 기독교(천주교와 개신교를 포함한) 신앙입니다. 그들의 교리 속에 드러나는 여성의 모습은 어떤지 먼저 살펴보도록 하겠습니다. 기본적으로 기독교에서는 여성을 죄악의 원천으로 파악하고 있습니다. 남성은 우월하고 여성은 열등하면서 그들의 사회에 재앙과 불행을 제공하는 존재로 여겨왔던 것으로 보입니다. 주로 신앙적 차원을 지배한 헤브라이즘에서의 여성은 서양인에게 씻을 수 없는 죄의식인 원죄(原罪) 의식을 심어준 장본인으로 규정되어 있습니다. 여성인 이브가 사탄의 유혹에 넘어가 선악과를 따먹음으로서 서양인들은 낙원에서 추방되었고, 서양인 최초의 어머니가 저지른 이 죄악은 그 후손들에게 태어나면서 죄인이라는 끔찍하고도 무거운 짐을 지워버렸습니다. 여기서 왜 하필이면 헤브라이즘에서는 그 죄악의 원인제공자를 남성인 아담이 아니고 여성으로 몰아갔는지 생각하게 됩니다. 그것이 곧 그들의 여성관을 대변하는 것이기 때문입니다. 중세 교부철학의 아버지 토마스 아퀴나스가 신에게 올리는 기도에서 자신을 생명체로, 인간으로, 남성으로 태어나게 해준 것을 감사해 하는 점에서도 여성에 대한 편견은 확인됩니다. 또한 중세의 마녀 사냥을 비롯해서 수많은 기적담(奇蹟譚) 속에 등장하는 여성은 윤리적 타락과 신앙적 갱생(更生)이라는 수레바퀴에서 빠져나오지 못하고 있습니다. 창녀에서 성녀로 개과천선한 막달라 마리아나 굳이 처녀성을 지키도록 강요된 예수의 어머니 마리아의 예를 통해서도 그들의 여성 혐오는 엄연히 상존하고 있는 것입니다.

이런 지적, 문화적 풍토는 헬레니즘 쪽에서도 크게 달라지지 않습니다. 인간에게 온갖 재앙과 질병을 퍼뜨렸다는 상자를 연 판도라는 그리스 신화에서 최초의 여성이었습니다. 서양 철학의 원천인 소크라테스의 아내 크산티페는 지독한 악처로 묘사되어 있습니다. 악처가 없이는 철학도 없다는 궤변일까요? 여성과의 혼인은 곧 고행과 득도의 길이라는 묘한 암시가 숨겨져 있는 듯합니다. 또 그 제자인 플라톤은 여성을 '영혼이 없는 존재'로 매도하면서 여성들에게 사회적, 정치적 권한을 부여하지 않는 관습에 동의합니다. 이런 씨앗들은 서양의 지적 전통에 뿌리 깊은 여성 혐오의 전통으로 꽃을 피웁니다. 서양 철학사에서 상당수의 철학자들이 독신이거나 동성애에 빠졌던 사실은 오늘날에도 크게 달라진 점은 없다고 생각됩니다. 산업 혁명을 거치면서 부분적으로 변하긴 했지만 가면을 한 꺼풀 벗기면 여성을 도구화하고 여성성 자체를 파괴하는 행위는 서양 문화 곳곳에서 발견됩니다.

이런 서양의 사정과 비교할 때 동양의 종교는 어떤 궤적을 그리고 있을까요? 일반적으로 동양에서는 여성 차별이 보편적이었다고 말해지고 있습니다. 오죽하면 이것을 '여성 잔혹사'란 말로 표현했겠습니까. 물론 비판의 일부는 사실이긴 하지만, 제도와 이념의 괴리는 서양의 예를 보더라도 잘 드러납니다.

유교의 창시자이자 동양 윤리를 집대성한 공자는 "아녀자와 소인배는 곁에 두기가 쉽지 않다. 가깝게 대해주면 불손해지고, 멀리하면 곧 원망을 한다.(子曰 唯女子與小人이 爲難養也니 近之則不孫하고 遠之則怨)"

(『논어』 양화편)고 하여 동양 문화사에 여성 폄하의 단초를 열었다고 할 수 있습니다. 그의 수많은 제자 가운데 여성이 한 명도 없다는 사실이 이를 뒷받침합니다. 그리하여 동양사에서 여성의 차별은 상당히 공공연하게 그리고 제도적으로 진행되어 왔습니다. 그러나 이런 현상이 곧 여성 혐오로 이어지는 것은 아닙니다. 동양사의 다른 부분들을 읽어보면 여성의 사회적 지위와 권익은 상당 부분 보호받았으며, 여성성 자체를 훼손하는 방향으로 나가지는 않았습니다. 대체적으로 부덕(婦德)은 동양 문화와 사회를 지탱하는 중요한 미덕의 하나였습니다.

그것은 도교에서도 마찬가지일 뿐만 아니라 오히려 적극적으로 여성성을 숭앙하는 방향으로 전개됩니다. 노자가 지었다는 『도덕경(道德經)』은 도(道)를 설명하면서 무수히 많은 여성 이미지들을 동원합니다. 노자는 여성의 외적인 아름다움을 강조하여 내면의 아름다움을 망각하는 일을 경계했고, 현빈(玄牝, 근원적인 어머니)이라는 말로 부드럽고 유약하지만 만물을 창조하고 기르는 여성의 힘을 도와 동일화합니다. 물의 이미지나 계곡의 이미지 등은 여전히 여성성에 많이 의존하고 있습니다.

불교는 또 어떻습니까? 만물실유불성(萬物悉有佛性, 모든 존재는 다 부처가 될 바탕을 가지고 있다)을 선언함으로써 이미 남녀를 넘어서서 존재의 평등성을 선언했고, 이 우주 속에서 오로지 나만이 존귀하다(天上天下 唯我獨尊)는 부처의 외침은 어떤 외부적 상황으로부터도 자유로워야 할 존재의 절대성을 인정한 발언이었습니다. 대부분의 보살(菩薩)들은 여성들이며, 부처조차도 여성에 가깝게 묘사되는 경우를 어렵지 않게 찾을 수 있습니다. 고행상(苦行像)을 제외한 대부분의 불상이 지닌 외형은 풍만한 여성의 몸으로 구현되고 있는 것입니다.

이러한 지적들에도 일정 정도 부분을 보고 전체를 판단한, 오해와 편견이 스며있을 수도 있습니다. 그러나 상당 부분 다시 한 번 짚고 넘어가야 할 화두를 제공하는 것도 사실입니다. 동양 문화에 대한 근원을 알 수 없는 색안경을 벗어버리고 진면모를 봐야 할 시점이 많이 지난 것 같습니다.

이런 개론적인 검토를 전제로 하면서 이제부터 한국의 불교문학 속에 보이는 여성상은 어떤지 살피도록 하겠습니다. 미리 밝혀야 할 사실은 이 글에서 말하는 '불교문학'은 경전문학(經典文學)이 아니라는 점입니다. 경전에 대해서라면 필자는 전공자가 아니니 논의할 자격이 없습니다. 그러므로 불교문학은 불교의 교리와 행동 양식, 가치관을 기반으로 해서 창작된 다양한 형태의 문학 작품들을 일컫는 것입니다. 다만 논의를 구체화하고 기술의 편의를 위해 세 시기, 즉 고려시대와 조선시대, 그리고 현대에 창작된 대표적인 작품들을 대상으로 국한시켰습니다. 고려시대에서는 일연선사(一然禪師, 1206-1289)의 『삼국유사(三國遺事)』를 택했고, 조선시대에서는 김시습(金時習, 1435-1493)의 『금오신화(金鰲新話)』와 김만중(金萬重, 1637-1692)의 『구운몽(九雲夢)』을 논의할 것이며, 현대의 작품으로는 한용운(韓龍雲, 1879-1944)과 서정주(徐廷柱, 1915-2000)의 시에 나타난 여성 화자를 검토할 것입니다.

2. 숭고한 여신女神들의 세계-『삼국유사』

『삼국유사』를 읽어본 사람이면 누구나 느끼겠지만, 이 책에는 대단히 많은 여성들이 등장합니다. 신분으로 보아도 고귀한 여왕부터 비구니 스님, 비천한 노비까지 한 사회의 모든 여성 구성원들이 다 등장한다고 해도 과언은 아닐 것입니다. 이처럼 『삼국유사』는 신분으로만 따져도 이미 해방된 열린 공간임을 알 수 있습니다. 이 가운데 가장 비천한 신분으로 등장하는 여성이라면 종이었던 욱면(郁面)을 들지 않을 수 없습니다. 그녀는 신분은 보잘 것 없었지만 겸손하고 지고한 신앙심으로 인해 부처의 몸으로 변신했습니다. 『삼국유사』에 나오는 그 구절을 읽어보겠습니다. 〈감통편(感通篇)〉에 〈여종 욱면이 염불하여 서쪽 하늘로 올라가다(郁面婢念佛西昇)〉에 나옵니다.

> 경덕왕(景德王) 때 강주(康州) 지방의 남자 신도 수십 명이 정성껏 서방(西方)에 구해서 고을의 경계에 미타사(彌陀寺)를 세우고 만일(萬日)을 기약하여 계(契)를 만들었다. 이때 아간(阿干) 귀진(貴珍)의 집에 계집종 하나가 있었는데 이름을 욱면(郁面)이라 했다. 그녀는 주인을 따라 절에 가서 마당에 선 채 스님들을 따라 염불(念佛)했다.
>
> 주인 귀진은 그녀가 분수에 어울리지 않는 짓을 하는 것을 보고 미워해서 매일 곡식 두 섬을 주어 하룻밤 동안에 다 찧으라 했다. 욱면은 초저녁에 이를 다 찧어 놓고 절에 가서 염불을 했는데 밤낮 조금도 게을리 하지 않았다. 그녀는 뜰 좌우에 긴 말뚝을 세워두고 손바닥을 뚫어 노끈에 꿴 뒤 말뚝에 메고는 합장(合掌)하면서 좌우로 흔들면서 스스로를 격려했다. 그 때 하늘에서 부르는 소리가 들렸다.
>
> "욱면 낭자는 불당에 들어가 염불하라."
>
> 절의 스님들이 이 말을 듣고 그녀에게 불당에 들어가 정진(精進)하도록 했다. 얼마 안 되어 하늘의 음악소리가 서쪽에서 들려오더니 욱면은 몸을 솟구쳐 집 대들보를 뚫고 올라가 서쪽 교외(郊外)로 날아갔다. 그리고는 해골을 버리고 부처님 몸으로 변하여 연화대(蓮化臺)에 앉아 큰 광명을 발하면서 서서히 가버렸는데, 음악소리는 한참 동안 하늘에서 그치지 않았다. 그 불당에는 지금도 구멍이 뚫어진 곳이 있다고 한다.

『삼국유사』는 이 일화를 소개한 뒤 욱면의 전생담을 소개하여, 신이한 이적이 어떻게 일어났는지 설명합니다. 아울러 그녀의 이적으로 인해 많은 사람들이 감화를 받은 일까지 소상하게 기술하고 있습니다. 관음보살의 현신이었던 팔진(八珍)의 무리 가운데 계(戒)를 얻지 못한 사람이 축생도에 떨어져 부석사(浮石寺)의 소가 되었다가, 불경을 지고 간 공덕으로 인해 사람으로 태어나 욱면이 되었다는 것입니다. 그리고는 쉬지 않고 염불을 거듭해서 9년만에 집의 들보를 뚫고 떠나는 이적을 보였다는 것입니다. 또 욱면이 살던 집을 귀진이 희사하여 법왕사(法王寺)라는 절을 짓고, 이후 회경대사(懷鏡大師)가 중창해서 이름난 절이 되었다고 적어 놓았습니다. 욱면의 왕생은 현신(現身)으로 극락에 간다는 신라 정토설화의 특징이 잘 드러난 예라고 할 수 있습니다.

이 이야기는 언뜻 우리에게 신데렐라 이야기를 연상하게 합니다. 마음씨 착하고 예쁜 신데렐라가 계모와 의붓언니의 잔인한 학대를 받지만 초자연적인 존재가 그녀를 돕고, 왕자가 나타나 그녀와 사랑에 빠져 결혼함으로써 운명이 뒤바뀐다는 이야기는 세계적으로 널리 퍼져 있는 설화입니다. 우리의 고전 소설 『장화홍련전(薔花紅蓮傳)』이나 『콩쥐팥쥐』 이야기도 이런 계통의 이야기라고 할 수 있죠. 세속의 고난을 극복하고 고귀한 신분으로 승화한다거나 억울한 죽음에 대한 원한을 갚는다는 구조 등이 아주 비슷합니다. 그러나 이런 일련의 설화에서 주인공은 초자연적인 존재의 도움을 통해 시련을 극복하는 반면 욱면 이야기는 그 자신의 숭고한 신앙과 근면성이 이를 대신합니다. 앞의 설화들이 타력신앙(他力信仰)적인 요소가 강하다면 욱면 이야기는 기본적으로 자력신앙(自力信仰)입니다. 하늘에서 그녀를 법당에 들이게 하라는 명령이 내려지고 음악 소리가 서쪽에서 들려온 것은 기적이라기보다는 욱면의 독실한 노력에 대한 응분의 보상이라고 할 수밖에 없습니다. 이처럼 자력신앙에 의해 위기를 극복하고 위대한 불성을 실현한 여성들의 이야기는 『삼국유사』에 여러 편이 전하고 있습니다. 분황사 천수관음(千手觀音)에게 빌어 눈먼 아이의 시력을 회복한 어머니 희명(希明)이 있고, 인간과의 소중한 인연을 지키고 피붙이를 구하기 위해 자신의 몸을 희생해 살신성인(殺身成仁)을 이룩한 범 처녀 이야기도 같은 예에 속한다고 하겠습니다. 이들은 모두 신분이 비속한 계층에 속했지만, 누구보다 숭고한 언행으로 스스로 잘났다고 생각한 사람들을 감동시키고 있습니다.

보살이 여성의 몸을 빌려 장애에 빠진 구도자들의 성불을 인도하거나, 스스로 장애로 등장하여 미망의 사슬을 벗겨주는 이야기도 『삼국유사』에 많이 보이는 사례입니다.

〈탑상편(塔像篇)〉에 등장하는 두 구도승 노힐부득(努肹夫得)과 달달박박(怛怛朴朴)을 도와 대보리(大菩提)의 길로 인도한 이는 처녀로 환생한 관음보살이었습니다. 그녀는 두 사람의 근기와 수련 정도를 시험하여 궁극적으로 두 사람 모두를 부처가 되도록 했던 것입니다. 그녀는 여성이라는 자신의 몸을 방편으로 삼아 두 사람을 시험합니다. 달달박박은 그녀를 매몰차게 내치고, 노힐부득은 자비심으로 감싸는데, 이는 두 사람의 수행 방식의 차이를 보이는 것이지 성품의 우열을 보여주는 것은 아닙니다. 즉 수행의 두 방편이 어떤 모습인가를 두 사람의 태도가 단적으로 보여주는 것이죠. 때로는 강한 모습으로 때로는 부드러운 모습으로 정진해야 한다는 사실을 표상하는 예입니다. 두 사람 모두 부처가 되어 서방 세계로 갔다는 결과가 이를 증명합니다. 고귀한 신분의 관음보살은 비천한 여성의 몸으로 화현해서 두 구도자를 해탈의 경지로 이끌고 있습니다. 무작정 여성을 이상화시키지도 않았지만 비속한 인격으로 격하시키지도 않은 중세 불교의 여성관이 잘 드러난 예라고 하겠습니다.

이런 여성의 위치를 좀더 능동적으로 구현하고 있는 예가 또 있습니다. 〈감통편〉에 나오는 광덕(廣德)과 엄장(嚴莊) 이야기가 그것입니다. 남편의 수도 정진을 위해 10여 년을 뒷바라지하고 마침내 남편을 서방세계로 인도한 다음, 음욕(淫慾)에서 벗어나지 못한 엄장마저 깨치게 만들어 서방정토로 왕생하게 만듭니다. 그녀의 세속 신분은 고작 분황사의 종이었지만, 사실은 관음보살 19응신(應身)의 하나였습니다. 〈탑상편〉에 등장하는 조신(調信)의 꿈 이야기 속에 등장하는 태수 김흔공의 딸 역시 미망에 허덕이는 조신을 구원하기 위해 관음보살이 현신한 것이었습니다.

역시 〈탑상편〉 같은 조에 나오는, 낙산사(洛山寺) 관음 성전에 얽힌, 원효대사와 두 여인의 이야기도 그런 관음의 현신이 소재가 된 예라고 하겠습니다.

> 그 후 원효법사(元曉法師)가 뒤이어 와서 이곳에 예(禮)를 올리려 했다. 처음에 남쪽 교외에 이르자 논 가운데 흰 옷을 입은 여인이 벼를 베고 있었다. 법사가 희롱삼아 그 벼를 달라고 청하니, 여인은 벼가 잘 영글지 않았다고 대답했다.
>
> 다시 가다가 다리 밑에 이르렀는데, 한 여인이 월수백(月水帛, 개짐)을 빨고 있었다. 법사가 물을 달라고 청하자 여인은 그 더러운 물을 떠서 바쳤다. 법사(法師)는 그 물을 엎질러 버리고 다시 냇물을 떠서 마셨다.
>
> 이때 들 가운데 있는 소나무 위에서 파랑새 한 마리가 그를 불러 말했다.
>
> "제호(醍醐) 스님은 쉬십시오."
>
> 그리고는 갑자기 숨어 보이지 않는데 소나무 밑에는 신발 한 짝이

벗겨져 있었다. 법사가 절에 이르러 관음보살상(觀音菩薩像)의 자리 밑을 보았더니 조금 전에 보았던 신발 한 짝이 벗겨져 있는 것이었다. 그제야 전에 만난 성녀(聖女)가 관음의 진신(眞身)임을 알았다. 그래서 당시 사람들은 그 소나무를 관음송(觀音松)이라 불렀다. 법사는 성굴(聖窟)로 들어가 다시 관음의 진용(眞容)을 보려고 했지만 풍랑이 크게 일어나 들어가지 못하고 그대로 떠나고 말았다.

해골 속에 든 물을 마신 뒤 모든 것이 마음의 문제라는 사실을 깨달아 중국으로의 유학까지 포기한 모습과는 사뭇 다르게 원효는 이 이야기 속에 등장합니다. 아마도 이런 두 여성의 간곡한 인도가 있었기 때문에 후대의 위대한 승려 원효가 탄생했을 것입니다.

이밖에도 꼭 불교와 관련은 없다 하더라도『삼국유사』에는 숭고한 이념을 몸으로 실현해서 어두운 세상에 등불 같은 역할을 했던 여성들이 자주 등장합니다. 그들은 속진(俗塵)에 물든 사람들의 마음을 깨끗이 정화하여 본래의 불성과 염원을 일깨워주는 역할을 합니다. 무명(無明)의 그늘에서 벗어나 광명의 세계로 나아가는 데 여성의 이러한 조력(助力)이 없었다면 아마도 불가능했을 것입니다. 보살이 신격(神格)을 내포하고 있다면 이들 여성들은 당연히 여신(女神)이라고 부를 수 있을 것입니다.

색의 세계에 머물러 이성의 눈을 흐리게 하는 여성을『삼국유사』에서는 찾아볼 수 없습니다. 그들은 색을 통해 색 너머의 세상을 보여주고, 아직 개오에 이르지 못한 사람들의 눈을 뜨게 해주었습니다.『삼국유사』에 등장하는 여성들은 숭고한 여신의 세계를 표상합니다. 그것이 곧『삼국유사』가 보여주는 여성관이기도 한 것입니다.

3. 비속卑俗과 숭고의 길목에 선 여인들 –『금오신화』와『구운몽』

조선시대는 불교가 공공연하게 논의되기가 어려운 시기였습니다. 유교를 국시로 한 조선 왕조는 음으로 양으로 불교를 탄압했고, 성리학으로 무장한 유가 사대부들 역시 불교에 대한 접근을 차단했던 것입니다. 이런 상황 속에서 불교는 명맥을 유지하기에도 빠듯한 위기를 맞이합니다. 오랜 신앙적 전통이 하루아침에 붕괴될 수는 없었고, 불교계 자체의 노력도 설득력을 얻어 현상유지는 했지만, 여러 모로 조선 불교사의 행로는 우울한 인상을 지우기 힘듭니다.

그런 가운데에서도 뛰어난 선승들은 속출했고, 또 불교의 가르침을 담은 문학은 계속 쓰여졌습니다. 〈안락국전(安樂國傳)〉에서는 불교 설화들이 다양하게 원용되었고, 판소리계 소설인『심청전』이나『옹고집전』등에도 부분적으로 불교의 영향을 엿볼 수 있지만, 가장 직접적으로 불교 이념이 구현된 작품은 역시『금오신화』와『구운몽』이라고 말할 수 있습니다. 고려시대와는 사뭇 다른 분위기 속에서 창작된 이들 작품은 형식에서도 설화나 민담의 구조를 벗어나 본격적인 소설 형태를 갖춥니다.

『금오신화』는 우선 현실세계의 정변으로 인해 크게 상처를 입은 작자 김시습이 문학을 통해 그 상처를 치유해나가는 과정의 산물이라고 할 수 있습니다. 다섯 편의 단편으로 구성된 이 책을 읽으면 세 편이 이승의 빼어난 재능을 지닌 문사(文士)와 정숙하지만 유명을 달리한 요조숙녀와의 사랑을 노래하고 있습니다. 그리고 공간적인 배경 역시 송도(松都)거나 평양(平壤), 경주(慶州) 등과 같은 옛 왕조의 도읍지였습니다. 또 주인공이 방문하게 되는 장소 역시 남쪽 저승인 염부주(炎

浮洲)거나 용궁(龍宮) 등이었습니다. 산 자의 세상과 죽은 자 또는 초현실계의 인물들이 밀접하게 관련을 맺어가고 있는 것이죠. 이런 장치들을 통해 우리는 김시습이 이상적인 군주였던 세종(世宗)을 향한 충혼(忠魂)을 노래하고 있음을 알 수 있습니다.

유교 국가였던 조선의 현실 속에서 완성된 작품인 탓인지 『금오신화』는 불교적 색채가 다양하게 가미되어 있지만 뭔가 미진한 느낌을 줍니다. 그것은 작자 김시습의 문제일 수도 있을 것입니다. 작중 인물들이 추구하는 이상 역시 깨달음을 통해 해탈을 얻고 부처가 되어 서방 세계에 왕생하려는 숭고한 목표는 아니었습니다. 남자 주인공은 재색을 겸비한 미인을 좇고, 세속의 영광과 자신의 문재(文才)를 과시하는 일에 주로 흥미를 느낍니다. 숭고한 이상은 상당히 희석되고 세속적인 욕망이 그 자리를 대신하고 있는 양상이죠. 〈만복사저포기(萬福寺樗蒲記)〉의 앞부분에 나오는 한 구절만 보아도 그 점은 쉽게 알 수 있습니다.

> 그 이튿날은 마침 3월 24일이었다. 이 마을에서는 만복사에 등불을 밝히고 복을 비는 풍속이 있었는데, 남녀들이 모여들어 저마다 소원을 빌었다. 날이 저물고 법회도 끝나자 사람들이 드물어졌다. 양생(梁生)이 소매 속에서 저포를 꺼내어 부처님 앞에다 던지면서 말했다.
>
> "제가 오늘 부처님을 모시고 저포놀이를 하여 볼까 합니다. 만약 제가 지면 법연(法筵)을 차려서 부처님께 갚아 드리겠습니다. 만약 부처님이 지시면 아름다운 여인을 얻어서 제 소원을 이루게 하여 주십시오."
>
> 빌기를 마치고 곧 저포를 던지자, 양생이 과연 이겼다. 그래서 부처님 앞에 무릎을 꿇고 앉아서 말했다.
>
> "인연이 이미 정해졌으니, 속이시면 안 됩니다."
>
> 양생은 불좌(佛座) 뒤에 숨어서 약속이 이루어지기를 기다렸다. 얼마 뒤에 한 아름다운 아가씨가 들어오는데, 나이는 열대여섯쯤 되어

보였다. 머리를 두 갈래로 땋고 깨끗하게 차려 입었는데, 아름다운 얼굴과 고운 몸가짐이 마치 하늘의 선녀 같았다. 바라볼수록 얌전했다.

청춘의 나이에 아름다운 인연이 없는 것을 안타까워하여 부처님과 좋은 인연을 조건으로 내기를 한 양생과 마찬가지로 불당에 들어온 이 여인이 부처님 앞에서 요구하는 것도 훌륭한 배필을 점지해 달라는 것이었습니다. 그리하여 두 사람은 부처의 도움으로 인연을 맺어 서로의 소원을 풀게 됩니다.

그러나 그들이 바란 소원은 이승에서 욕망을 실현하는 것이었습니다. 왜구의 침탈로 죽음을 당해 이승의 인간이 아니었던 여인조차 소원은 극락왕생이라기보다는 육욕의 충족 쪽으로 많이 기울어져 있습니다. 이미 『삼국유사』에서 보여주었던 숭고한 이상은 찾아볼 수 없습니다. 그녀가 소개하는 친구들인 네 여인 역시 문벌 높고 시재(詩才)를 갖춘 귀족집 따님들이었습니다. 함께 시를 짓고 여흥을 즐기지만 나올 법한 불교적 화제는 없습니다. 두 사람의 이별 역시 세속적인 슬픔은 자아내지만 그 이상의 진전은 기대하기 어렵습니다. 다만 맨 마지막 장면에서 여인이 하늘에서 양생을 향해 하는 말에서 그나마 불교적 구색을 갖출 뿐입니다.

"저는 당신의 은혜를 입어 이미 다른 나라에서 남자의 몸으로 태어나게 되었습니다. 비록 이승과 저승이 멀리 떨어져 있지만, 당신의 은혜에 깊이 감사드립니다. 당신도 이제 다시 정업(淨業)을 닦아 저와 함께 윤회를 벗어나십시오."

숭고한 이상은 부수적인 과제로 떨어지고 오로지 이승에서의 인연이 끊어진 것에 대한 한없는 미련과 아쉬움이 작품의 전면에 깔려 있는 것입니다. 그녀는 오히려 여성의 몸을 벗고 남성으로 화한 것에 감격합니다.

이런 양상은 『구운몽』에 와도 크게 변하지 않습니다. 액자 소설 형태를 띠고 있는 『구운몽』은 『금오신화』보다는 좀더 불교적 이념에 충실하다고 할 수 있습니다. 세속적 욕망을 완전히 떨쳐버리지 못한 제자 성진(性眞)을 일깨우기 위해 육관대사(六觀大師)가 설정한 환몽의 세계를 경험한 뒤 그 욕망이 얼마나 허망한 것인가를 깨닫게 된다는 내용을 담고 있습니다. 연못가 다리 아래에서 수작과 희롱에 함께 어울린 팔선녀(八仙女)도 꿈속에서 여덟 명의 미녀로 환생해서 역시 성진이 환생한 양소유(楊少游)와 속세의 사람이 누릴 수 있는 모든 영광과 사랑을 만끽합니다.

『구운몽』의 구성은 90%가 환몽의 세상이고, 10% 정도가 각몽(覺夢)의 세계입니다. 환몽의 세상은 부귀영화의 논리가 지배하고, 각몽의 세계는 열반해탈의 이념이 지배합니다. 수도자가 추구해야 할 진정한 길을 걷지 않고 타락의 나락에 빠졌을 때 오는 허망한 상실감을 주제로 삼고 있는 만큼 다양한 환락의 모습을 보여주는 것은 어쩔 수 없는 소설적 장치이긴 하지만, 역시 그 정도가 지나칩니다. 그야말로 경계하는 것은 하나뿐이고 권하는 것은 백 가지나 되는, 풍일권백(諷一勸百)의 한계를 그대로 보여줍니다.

양소유는 놀랄 만한 신통력과 뛰어난 글재주로 가는 곳마다 위기를 극복하고 미녀들과의 아름다운 인연을 맺으면서 승승장구합니다. 결국 그는 한 나라의 승상이 되어 두 명의 공주를 아내로 맞이하고 여섯 명의 미녀를 첩으로 거느리면서 세속적 영예의 극치에까지 다다릅니다. 물론 이런 과정에서 약간의 갈등과 좌절이 갈 길을 막기도 합니다. 그러나 그것은 더 큰 승리를 위한 장치 이상은 되지 못합니다. 서로 속고 속이면서 대립하는 장면도 남녀간의 가벼운 시샘이나 충돌일 뿐 이들의 결연(結緣)에 장애로 등장하지는 않습니다. 환몽의 세상에서 양소유를 비롯한 여덟 명의 미녀는 세속적 욕망이 가져올 불행이나 허망함에 대해 아무런 의구심도 가지지 않는 것입니다. 세속의 물질적 영화를 다 누린 양소유가 생의 황혼을 맞아 인생무상을 느끼면서 말하는 넋두리에서 비로소 이 소설의 숨겨진 주제가 드러납니다.

> 천하에 세 가지 도가 있으니 유도(儒道)와 불교(佛敎), 선술(仙術)이 그것이다. 이 세 가지 중에 오직 불교가 높고, 유도는 윤기(倫紀)를 밝히며 사업을 귀하게 여겨 이름을 후세에 전할 따름이고, 선술은 허망한 것에 가까워 옛날부터 흉내 내는 사람이 많았지만 마침내 징험을 얻지는 못했다. 이는 진시황과 현종황제의 사적을 보면 충분히 알 수 있다. 내(양소유)가 벼슬을 마친 후로 밤마다 꿈속에서 부처님께 배례하니, 이는 아마도 불가(佛家)의 연분이 있기 때문일 것이다. 내 장차 장자방이 적송자(赤松子)를 따르는 소원을 이루고 남해에 가서 관세음보살을 찾으며, 오대산(五臺山)에 올라 문수보살을 만나 불사불멸(不死不滅)의 도를 얻어 인간 세계의 괴로움을 벗어나고자 한다. 다만 그대(여덟 미녀)들과 함께 한평생을 상종하다가 이제 멀리 이별해야 하니 비창한 마음이 자연 퉁소 속에서 나왔구나.

양소유는 애절한 피리 소리에 담긴 슬픈 가락의 연유를 묻는 여덟 미녀의 질문에 이렇게 대답합니다. 결국 세속의 욕망이란 아무리 채워도 무상한 것이며, 진정한 삶의 길은 부처님께 귀의해 영원한 생명인 해탈의 길로 들어서는 것만 못하다는 말입니다. 올바른 깨달음이긴 하지만 세속의 욕망도 충족하고 내세의 행복도 얻겠다는 과분한 욕심이 묻어 있는 것도 사실입니다. 소설이란 양식 자체가 인간의 물질적 욕망을 상상의 세계 속에서 실현시키는 특징이 있긴 합니다. 그러나 두 작품은 모두 목적보다는 도구에 너무 치중하여 작가의 원래 창작 의도가 무엇인지 호도하는 위험성이 다분합니다.

『금오신화』와 『구운몽』은 소설답게 세속적 욕망의 충족이라는 타락의 상황에서 궁극적으로는 물질적 욕망의 무의미함을 깨달아 종교적 갱생의 길로 나아가는 과정을 잘 그려냈습니다. 조선시대의 불교문학은 그 시대적 상황에 맞게 새로운 모습으로 변개한 것입니다. 세태를 반영한 적절한 진화라고 볼 수도 있습니다. 더욱이 두 작품에 등장하는 여성들의 성격이나 행동도 『삼국유사』에서의 그것과는 다른 양상을 보입니다.

그들은 남성들의 논리와 이익을 대변하는 기존의 교리를 무조건적으로 추종하지는 않습니다. 숭고한 이념 자체의 존엄성을 부정하지는 않지만 자신들의 이익과 배치될 때는 과감하게 새로운 길을 모색합니다. 기존의 온화하고 온건하게 현실과 타협하지 않고 대안을 찾는 적극적인 행동을 주저하지 않습니다. 양소유가 자신들을 희롱했다는 사실을 알았을 때 비록 강력하지는 않지만 동일한 방식으로 이에 대응합니다. 또 자신들을 불행에 빠뜨린 세력이라면 가차없이 응징에 나섭니다. 『금오신화』 속의 여성들은 남성 주인공들을 자신들이 원하는 세계로 이끌고 갑니다. 비록 이승과 저승이라는 절대적 한계를 벗어나지는 못하지만 손익을 따져 나에게 이롭게 처신하려는 계산이 깔려있는 것입니다.

두 소설에 등장하는 여성들은 조선조 후기에 등장하는 일련의 판소리계 소설 속의 여성들처럼 아주 적극적으로 윤리보다는 이익을 추구하는 방향으로 나아가지는 못했습니다. 그러나 그들은 숭고한 세계만이 우리가 추구해야 할 목적이 아님을 어느 정도 자각하고 있습니다. 비속한 삶도 중요하며 여성들의 제 자리 찾기도 어떤 이념보다 중요하고 시급한 일이라는 사실을 막연하게나마 인식하고 있습니다. 이런 점이 조선조 중기에 등장한 불교계 소설『금오신화』와『구운몽』이 지닌 중요한 소설사적 의의의 하나라고 하겠습니다.

4. 해탈을 향하여 번뇌를 넘어서 –한용운과 서정주 시에서의 여성 화자

서구 문명이 밀려들어오기 시작하는 20세기를 전후한 시기는 불교문학에도 변신을 요구하게 됩니다. 전통과 혁신이 충돌하면서 시대의 조류에 적응해야 할 시기가 도래한 것입니다. 차츰 전통적인 문학적 규범들이 머물 입지는 좁아졌고, 물 건너 온 새로운 개념과 형식을 갖춘 문학을 수용해서 적절하게 탈바꿈시키는 길을 걷게 되는 것입니다.

이 시기의 불교문학을 대표할 만한 인물이라면 마땅히 만해 한용운과 미당 서정주를 빼놓을 수 없습니다. 두 사람은 모두 시인이었습니다. 그러나 한편 한용운은 승려의 신분이었고, 서정주 역시 오랜 기간 불교적 색채가 강한 공간을 살았습니다. 그리고 이들이 추구한 문학 속에는 여성들의 목소리가 짙게 깔려 있는데, 그것은 특히 불교적 반향 속에 어우러집니다.

1926년에 간행된 한용운의『님의 침묵(沈默)』은 90편의 시 작품이 실려 있습니다. 이 시집에 수록된 일련의 시들은 심오한 불교적 비유가 녹아 있을 뿐 아니라 고도의 상징적 수법이 깔려 있는 서정시들입니다. 그 속에는 일제에 대한 저항의식과 민족에 대한 애정이 짙게 나타나 있기도 합니다. 한용운은 진실과 정의가 부재하는 세상에서의 고통과 번민을 노래하고 있지만 이런 슬픔과 고뇌는 초월적인 희망과 의지로 승화될 수 있음을 극명하게 그려내고 있습니다.

특히 그는 작품 전편을 여성 화자의 목소리로 감쌈으로써 독특한 시적 분위기를 완성합니다. 공교롭게도 비슷한 시기에 민족시인으로 활약한 김소월(金素月, 1902-1934)의 시편에도 여성 화자가 끊임없이 등장합니다. 이 두 시인의 작품에 등장하는 여성 화자는 동일한 여성이면서도 각기 다른 개성의 목소리를 추구하고 있어 흥미를 더해줍니다. 한용운의 『님의 침묵』에서 작품의 정조(情操)를 이끌어가는 여성 화자는 '님'을 향한 자신의 사랑을 간절하게 노래합니다. 그러나 그 노래는 울림이 아주 큽니다. 그 중 한 편 〈선사(禪師)의 설법(說法)〉을 읽으면서 이를 살펴보겠습니다.

> 나는 선사(禪師)의 설법(說法)을 들었습니다.
>
> "너는 사랑의 쇠사슬에 묶여서 고통(苦痛)을 받지 말고 사랑의 줄을 끊어라. 그러면 너의 마음이 질거우리라."고 선사(禪師)는 큰 소리로 말하얏습니다.
>
> 그 선사(禪師)는 어지간히 어리석습니다.
>
> 사랑의 줄에 묶이운 것이 아프기는 아프지만 사랑의 줄을 끊으면 죽는 것보다도 더 아픈 줄을 모르는 말입니다.
>
> 사랑의 속박(束縛)은 단단히 얽어매는 것이 풀어주는 것입니다.
>
> 그러므로 대해탈(大解脫)은 속박(束縛)에서 얻는 것입니다.
>
> 님이여 나를 얽은 님의 사랑의 줄이 약할까버서 나의 님을 사랑하는 줄을 곱드렸읍니다.

속박이 곧 해방이라는 역설의 논리를 이 여성은 내세웁니다. 반상합도(反常合道)의 선적 논리가 아주 큰 진동으로 독자의 가슴에 와서 꽂힙니다. 그녀는 선사조차도 이 깊은 이치를 제대로 깨치지 못했다고 비판합니다. 역설의 내면을 경험하지 않고서는 『님의 침묵』의 세계에 진정으로 접근했다고 보기 어려울 만큼 이 시집에는 역설로 가득합니다. 그리고 역설의 경험은 변화와 충격에 쉽게 휩쓸리지 않고 인고(忍苦)의 세월을 이겨낸 사람만이 가질 수 있는 미덕입니다. 선사로 대변되는 남성의 한계는 이런 변화와 충격에 빨리 적응하려고만 서두른다는 것입니다. 그들에게는 관조하거나 관망할 여유가 없습니다. 즉물적으로 반응하여 해결의 길을 모색하지만, 그것이 참다운 해결이 아님은 분명합니다. 사랑의 쇠사슬에 묶인 육체가 받는 고통을 고통으로만 인식하는 물리학적 세계에서 그 속에 담긴 정신적 쾌락의 무게가 느껴질 수 없는 법입니다.

〈님의 침묵〉에서도 여성은 이별의 고통을 당합니다. 사랑의 쇠사슬에 묶여 있기 때문입니다. 그러나 그녀는 이것을 풀기보다는 "새 희망의 정수박이에 들어부었습니다." 그러면서 그녀는 현재의 이별이란 인(因)이 곧 다시 만날 미래의 과(果)로 돌아올 것을 믿어 의심치 않습니다. 그리하여 "이별은 미(美)의 창조(創造)"가 되는 것입니다. 이런 역설의 세계를 뼈저리게 경험했을 때 대해탈의 순간은 찾아옵니다. 그녀는 화해와 굴종의 징검다리를 지혜롭게 건너면서 위대한 이념의 세계로 우리를 안내하는 것입니다.

서정주의 시세계는 복잡하고 다기다양합니다. 그가 우리 한국시사에 남긴 날갯짓은 셀 수 없는 방향으로 선회했을 뿐더러 한없이 넓은 하늘을 자유자재로 활강했습니다. 그의 시는 육체와 번뇌의 세계를 그대로 보여주기도 했지만, 이를 모두 녹여버려 감히 범접하기 어려운 사색의 공간을 창조하기도 했습니다. 육체에의 몰입과 이를 거부할 수밖에 없는 간절한 몸부림을 우리는 그의 시에서 읽게 됩니다. 그 몸부림이 어디로 갈지 우리는 짐작할 수는 있지만 명제화시킬 수는 없습니다. 명제가 되어 버릴 때 그의 시는 이미 생명력을 잃어버리기 때문이죠. 그는 누구보다 불교가 가진 미적 세계를 가장 잘 시화한 시인이라고 말할 수 있을 겁니다. 〈선덕여왕(善德女王)의 말씀〉이란 시를 읽어봅시다.

짐(朕)의 무덤은 푸른 영(嶺) 위의 욕계(欲界) 제이천(第二天).
피 예 있으니, 피 예 있으니, 어쩔 수 없이
구름 엉기고, 비 터 잡는 데 - 그런 하늘 속.

피 예 있으니, 피 예 있으니,
너무들 인색치 말고
있는 사람은 병약자(病弱者)한테 시량(柴糧)도 더러 노느고
홀어미 홀아비들도 더러 찾아 위로코,
첨성대(瞻星臺) 위엔 첨성대(瞻星臺) 위엔 그중 실한 사내를 뇌라.

살[肉體]의 일로써 살의 일로써 미친 사내에게는
살 닿는 것 중 그중 빛나는 황금(黃金) 팔찌를 그 가슴 위에,
그래도 그 어지러운 불이 다 스러지지 않거든
다스리는 노래는 바다 넘어서 하늘 끝까지.

하지만 사랑이거든
그것이 참말로 사랑이거든
서라벌 천년(千年)의 지혜(知慧)가 가꾼 국법(國法)보다도 국법(國法)의 불보다도
늘 항상 더 타고 있거라.

짐(朕)의 무덤은 푸른 영(嶺) 위의 욕계(欲界) 제이천(第二天).
피 예 있으니, 피 예 있으니, 어쩔 수 없이

구름 엉기고, 비 터 잡는 데 - 그런 하늘 속.

내 못 떠난다.

선덕여왕으로 구현된 작품 속의 여성 화자가 마지막으로 외치는 "내 못 떠난다."는 절규는 이 시의 모든 것을 내포하고 있습니다. 만인을 구제해야 할 군주의 자리를 지켜야 할 선덕여왕과 가장 인간적인 욕망을 이루지 못해 제 번뇌의 불길에 재가 되어 버린 지귀(志鬼)의 모습은 인간 세상의 지울 수 없는 갈등과 모순을 대변합니다. 그러나 진정한 사랑은 국법보다 더 지엄하다고 선언함으로써 그녀는 이 갈등과 모순을 단번에 무화시켜 버립니다. 몸은 죽을지라도 욕계를 벗어나지 못하고 혈연의 울타리에 갇혀 어쩔 수 없이 몸부림을 치지만, 그녀의 눈과 정신은 무욕계의 하늘을 향해 있습니다.

이 작품에서 여성 화자는 욕계의 삶 역시 우리가 긍정해야 할 현실임을 끊임없이 확인합니다. 욕계를 부정하고 무욕계를 갈 수 없다는 사실을 받아들입니다. 그 수용해야 하는 현실 때문에 여성은 고통스러워합니다. 제 몸까지 불살라버리고서 무작정의 도약을 꿈꾸는 남성 지귀의 무모한 용기와는 달리 여성 선덕여왕은 그만큼 현명한 것입니다. 문학에서 현명한 것이 반드시 좋은 미덕이 될 수는 없겠지만, 역설적으로 진정성이 담겨 있습니다.

두 시인은 오로지 불교적 이념을 지향하는 문학만 창작하지는 않았습니다. 또 그들의 문학 속에 해답은 없습니다. 해답이 있고 대안이 있다면 이상적이겠지만, 두 시인이 바라본 세계에 그런 곳은 없었습니다. 그것이 '근대(近代)'의 삶이 가진 필연적인 한계입니다. 깊은 고민없이 '사랑의 쇠사슬을 끊으라고' 요구하는 선사나 사랑의 불꽃만으로 모든 모순이 해결될 수 있다고 믿는 지귀의 신념은 완연히 가부장 중심 사회를 사는 남성의 폭력이자 월권입니다. 두 시인의 시를 우리에게 들려주는 두 여성은 성문을 부수고 성벽을 무너뜨리는 방식이 아니라 잘 드러나지도 않고 옹색하지만 여유와 사색으로 가득한 그늘진 오솔길로 우리를 안내하는 것입니다. 그 길은 그렇게 멀지도 않습니다. 굳이 우리가 결론을 얻어낸다면 한용운의 여성이 조금 '해탈' 쪽으로 한 걸음 다다가 있다면 서정주의 여성은 '속세' 쪽에 한 발을 내밀고 있다는 점일 것입니다.

5. 끝맺는 말

불교문학에 대한 논의는 아직 미답의 분야가 많고 미진한 부분도 많습니다. 사정이 그러니 불교문학 속의 여성의 위상을 점검하는 과제 역시 충분한 논의가 되어 있지 않은 실정입니다. 접근의 초기 단계에서는 피상적인 논의도 귀중한 것이긴 하지만, 자칫 안이하게 결론을 맺을 위험성도 있습니다. 이 글 역시 그런 우려에서 자유롭지 않을 것으로 생각합니다.

다행스럽게도 불교문학은 우리 문학사 연구가 저지르고 만 전통 단절이나 이식문학론의 굴레에 크게 얽매여 있지는 않습니다. 불교라는 이념 자체가 그런 위험을 완충시키고 있기 때문입니다. 불교문학이 가진 내밀한 정체를 드러내는 방법은 여러 가지가 있을 것입니다. 이제부터는 그 방법에 대해 입으로만 외치지 말고 몸으로 찾아가는 행동이 필요합니다. 이 글을 쓰는 의의도 바로 그런 곳에 두고 싶습니다.

경주말 연구자 김주석의 경주말 수집과 정리

1. 시작하는 말

우리나라는 단일한 문화권을 형성하면서 오랫동안 정치적, 사회경제적 공동체로서 한반도와 만주 지역을 영역으로 국가와 생활공간을 유지해 왔다. 때문에 언어적으로 볼 때 시간의 경과에 따른 차이와 변화가 있기는 했지만, 비교적 동일체로서의 틀을 잃지 않았다고 말할 수 있다. 현재도 우리말은 한반도의 남부지방 사람들과 북부지방 사람들이 우연히 만났다고 해도 의사소통에 아주 큰 지장은 없을 정도로 공시적인 유관성이 살아 있다. 제주도 방언을 제외한다면, 그리 얼마간의 숙지 기간만 허용되면 각 지역의 방언 사용자들이 상대 방언 사용자들의 언어를 이해하고 소통하는 데 큰 어려움이 없다고 할 수 있다.

이렇게 공용재(共用財)로서 우리말의 소통 구조에 큰 장벽이 없었던 데는 여러 가지 요인들이 있을 것으로 생각된다. 우선 삼국시대가 종언을 고한 7세기 이후부터는 단일 왕조가 분열되지 않아 언중(言衆)들이 언어적 혼란을 겪지 않았던 이유를 들 수 있을 것이다. 또 비교적 한국어 사용자들이 활동한 공간이 한반도라는 지역 안에서 유지되어 지역적인 거리가 일정한 선을 넘어서지 않아 어휘나 구문에 있어 획기적인 충돌이나 이질화를 방지한 점도 지적할 수 있다. 한편으로 장기간 한자와 한문이 우리말과 글의 사용에 강한 영향을 미쳐 고유어 영역에서만 변화가 일어난 것도 한 요인이라 말할 수 있다. 또 환경적으로 끊임없이 외세의 침입을 당해오면서 민족 내부에서 자신의 정체성을 확인하고자 하는 생존 의지가 언어의 지나친 이질화를 막아낸 방향성에서도 원인이 있을 듯하다.

그러나 이런 여러 가지 이유로 우리말의 분열에 저항한 과정과 결과가 있다고 해도 실제로 우리말은 지역적으로 대단히 다양한 방언들이 발달한 사실도 간과할 수는 없다. 산이 많고 하천이 발달한 한반도의 지형은 지역인들의 이주나 교류를 제한했으며, 농업국가여서 정적인 생활 패턴을 유지했고, 왕조마다 정책적으로 국민들의 이동을 통제했기에 방언의 출현과 지속은 자연스럽게 이루어져 왔던 것이다. 지역공동체의 구성원으로서 자신들의 역할과 위상에 대한 자부심이나 그것을 확인하고 동참하려는 의식도 방언사용에 당위성을 부여했고, 유지에 대한 거부감이 없었을 것으로 판단된다. 그리하여 우리말은 거시적인 측면에서는 동일 언어를 사용하면서도 지역적으로는 세밀하게 구분되는 방언들이 자리하게 되었다.

우리나라 방언들의 지역적 차이와 지역에서의 동일성을 연구하는 노력의 역사는 그리 오래되지 않은 것으로 보인다. 한문이 아닌 순 우리말로 생각과 경험을 표기하는 전통이 어쩌면 아주 최근에야 출발했기 때문이다. 한글은 1446년(세종 28)에 '훈민정음'이란 이름으로 반포되었지만, 여러 선구적인 노력이 있었음에도 불구하고 한글이 보편적인 우리글로 뿌리를 내린 시기는 백여 년에 지나지 않는다. 글이 이럴진대 말에 대한 연구에서 방언에 주목하기는 현실적으로 어려웠을 것이다. 그러므로 우리말에 있어서의 방언 연구는, 이제 많은 학자들이 관심을 두고 작업을 진행하고 있지만, 아직도 가야할 길은 멀다고 말할 수밖에 없다.

또 방언 연구는 꼭 전문적인 학자들의 손에 맡기기에만 어려운 성격도 있다. 워낙 지역별로 촘촘하게 방언들이 개성적으로 사용되어 일일이 학자들이 관심을 기울여 연구하기에 인적 한계도 있지만, 지역민이 아니면 어휘를 수집하거나 의미를 이해하기에 어려운 특징도 있기 때문이다. 그러므로 각 지역 출신들이 자기 고장에 대한 애정과 그 고장 말에 대한 열의에서 자생적으로 형성된 연구 성과물은 여느 영역보다 소중한 자산이 되고, 장기적인 연구에 큰 도움이 되는 것이다.[1] 따라서 남북이 분단되어 북한 지역의 방언 연구가 일시적인 제약을 받고 있는 현재, 남한 지역의 방언 실태와 그것의 언어학적 실태를 연구하는 일만이라도 착실하게 쌓아 가야 할 사명이 우리에게 주어져 있다고 할 것이다.

이 글에서 소개하고자 하는 김주석의 경주말 수집과 정리 과정도 그런 점에서 큰 의의가 있다고 할 것이다. 김주석은 경주 태생이기는 하지만 언어학이나 방언학에 대한 학술적 배경은 많이 가지고 있지 않았다. 그러나 고향에 대한 애향심과 고향 말에 대한 지속적인 관심은 오래 전부터 경주말에서 주로 쓰이는 방언이나 어휘들, 나아가 지역에서 즐겨 쓰였던 속담, 그리고 경주 지역에서 활동했던 뛰어난 언어 사용자인 춘강(春岡) 정만서(鄭萬瑞, 1836-1896)의 생애와 일화에 이르기까지 그 자료와 현황들을 수집, 정리해 책으로 펴내는 작업에 뛰어들도록 만들었다. 이 때문에 사람들이 거의 돌아보지 않았던 소중한 문화 또는 언어 유산들의 현황을 어떤 물질적 보상이나 정신적 지지가 없는 가운

1) 필자가 살고 있는 경남 남해군의 경우, 부분적으로 국어학자들에 의해 '남해 방언'의 특성이 보고되고 있지만, 남해 방언을 체계적이면서도 양적으로도 비중 있게 다뤄 이루어진 성과는 김종도가 발간한 『남해사투리사전』(남해신문사, 2006년)이 있을 뿐이다.

데 주목했고 수집을 실천했으며, 또 그 자료집을 세상에 선보였을 뿐만 아니라 머지않아 더욱 체계적이고 방대한 결과물이 『경주 지역어 대사전』이란 이름으로 정리, 발간될 준비가 마무리되어 간다는 점에서 그 대강에 관심을 두고 보고할 필요성과 책임을 느끼게 된다.

2. 경주말 관련 자료 수집과 정리의 경과

김주석(金珠石)은 1938년(82세) 12월 22일 경북 경주시 건천읍 용명리 장승마을에서 태어났다. 이후 경주에서 쭉 성장해 경주공업고등학교를 졸업한 뒤 연세대학교 화학공학과에 입학, 졸업했다. 이후 공채 제1기로 한화그룹에 입사하여 에너지 분야에서 평생을 헌신했다. 그 동안 그는 경인에너지와 경상석유, 한국화약, 조영화학 등 국내 굴지의 회사에서 경영 책임자로 활동했고, 부인 이정자 여사(79세)와 결혼해 슬하에 2남 1녀를 두었으며, 지금은 경기도 용인에서 살고 있다.

그가 경주말 등에 관심을 가지게 된 계기는 약 40여 년 전으로 거슬러 올라간다. 고향 경주말을 수집, 채록하여 정리하는 일은 남에게 맡길 수 없으니 나라도 나서야겠다는 사명감에서 시작해 매주 짬이 날 때마다 고향에 내려가 어휘 수집에 나섰다. 특별한 방법론을 세우기 전에 어휘와 그 활용형들을 카드에 하나하나 적어나갔고, 시간이 지나면서 그 양이 5상자 분량으로 늘어나게 되었다고 한다.

그러던 중 이 작업에 학문적으로 참여할 수 있는 동지 한 사람을 만나게 된다. 그가 바로 당시 영남대학교에서 교편을 잡고 있던 방언학 연구자 최명옥 교수였다. 대구 서점에서 우연히 『월성지역어의 음운론』(1982년)이란 책을 보게 되었고, 수소문 끝에 만나 경주말 수집과 연구에 뜻을 모으게 되었다. 그는 현장에서 자료를 수집하는 일을 맡았고, 최명옥 교수는 이를 학문적, 이론적으로 체계화하는 작업에 치중했다. 이렇게 협력자를 만나게 되면서부터 그의 경주말 수집은 더욱 진척을 보게 된다.

그러나 방언 자료의 수집이란 개인이 전담하기에는 한도 끝도 없는 일이었고, 언제 마무리될지 가늠할 수 없는 오리무중의 작업이었다. 마냥 수집하는 일에만 매달리기에는 무리가 있다고 판단한 그는 우선 중간 보고서격인 책 『경주 속담 사전』을 출간했다. 경주 지역에서 많이 쓰였던 속담들을 경주말의 육성 그대로 채록하여 그 뜻을 밝히고 의미를 제시한 뒤 유사 속담 자료까지 덧붙인 책을 세상에 내놓았다. 그리고 이 책은 이미 수집, 정리한 경주말 사전 자료를 포괄하여 한 권의 책 『경주 속담·말 사전』(최명옥 공편저, 한국문화사, 2001년)으로 더 큰 빛을 보았다. 이어 2007년에는 역시 두 사람 공편의 『경주 지역어 텍스트 1』(역락)이 발간되었다. 서문에 따르면 경주어는 현대 한국어의 발상지라는 의의가 있는데, 그런 점에서 현대 한국어의 시원을 따지기 위해서는 경주말 연구와 이론화가 시급하다고 했다. 경주말은 크게 해안어와 내륙 민촌어(民村語)와 내륙 반촌어(班村語) 셋으로 구분된다. 이 책은 그 가운데 내륙 반촌어 자료를 바탕으로 그 원형과 국제음성 표기, 현대 한국어 표기 등을 일목요연하게 볼 수 있도록 구성했다.

현재까지도 두 사람은 『경주 지역어 대사전』의 최종판을 출간하기 위해 열성을 다하고 있다고 한다. 가까운 시일 안에 출간한다는 목표로 자료 정리에 박차를 가하고 있다니 조만간 다른 지역어 사전과는 크게 차별되는 사전이 우리들의 손에 쥐어질 것으로 기대된다. 불모의 땅을 개척하여 어엿하게 알곡을 생산해낸 김주석과 최명옥 교수의 노고와 집념이 일궈낸 성과라 아니할 수 없다.

그런 한편 김주석은 경주시 건천읍 건천리 고지마을이 배출한, 기상천외한 행각으로 한 시대를 풍미한 해학가의 일생에도 주목했다. 조선시대 말기를 살다간 정만서의 기행과 생애를 발굴하여 채집하는 일도 게을리 하지 않았다. 정만서는 영덕지역에서 비슷한 기행을 펼쳤던 방학중(方學重, 200년 전)과 함께 영남지역을 대표하는 기인(奇人)이었다. 정만서 동시대뿐만 아니라 이후 경주 지역을 중심으로 구비 전승된 그와 얽힌 이야기들을 채집하기 시작했는데, 단순히 흥미 중심의 기행담 수집을 넘어서 경주말의 원형을 되살리고자 하는 의도도 담겨 있었다. 경주 지역의 두루 답사하면서 많은 설화 제공자들의 이야기를 모으고 정리해 그는 먼저 『만화 같은 인생 정만서 해학』(공저, 1989년)을 냈고, 이어 『거꾸로 본, 정만서 세상』(글누림, 2011년)을 출간해, 전승되던 정만서 설화들을 집대성했다. 사전과 더불어 이 책은 경주말의 원형과 활용을 입체적으로 조감할 수 있는 큰 구실을 한다고 평가할 수 있다.[2)]

3. 김주석이 모은 경주 속담의 실제

그가 경주말과 관련하여 처음으로 낸 책은 경주 속담과 관련된 것이다. 지금 이 책은 『경주 속담·말 사전』으로 합본되어 전해지는데, 경주 지역민들이 즐겨 썼던 속담의 실제와 그 현황을 이 책을 통해 살펴보도록 하자.

속담은 그 특성상 어느 한 지역에서만 배타적으로 사용되기는 힘들다. 속담이 가진 교훈성과 풍자성, 다의성 등은 언중 전체의 암묵적

2) 김주석은 그간 모아온 관련 자료들을 "http://saturi767.tistory.com/"란 이름의 인터넷 홈페이지 안에 게시하고 있다. 관심 있는 분들이라면 유용하게 활용할 수 있을 것이다.

동의와 보편적인 사용이 전제가 되어야 하는 만큼[3] '경주 지역만의 속담'이 따로 존재하기는 어렵다. 그렇다고 해도 특정 지역에서만 즐겨 쓰이는 속담의 존재를 마냥 부인할 수도 없다. 속담은 구비전승적인 성격이 강해 지역에 따라 다양한 변이형이 나오게 되니, 그 지역만의 조건들이 융화된 속담의 존재는 충분히 예상할 수 있다.

경주는 신라 천년 동안의 수도로서 문화 및 행정, 교육, 경제 등의 중심지로 기능했다. 통일신라 멸망 이후 천여 년 동안 변방의 한 지역이 되었지만, 경주 지역민이 가진 문화적, 역사적 자부심은 대단하다. 그런 울력들이 언어 속에 녹아있을 것은 분명하고, 당연히 속담에서도 흔적을 남겼을 것이다.

필자가 경주 속담과 일반 속담의 변별점을 찾아내어 설명하기란 사실상 능력 밖이다. 그러나 언어 자료로서 이 자료집의 기능 외에 속담 자체로 경주 지역의 개성과 문화, 풍습 등이 틈입해 있는 속담들을 전혀 찾을 수 없지는 않았다. 아래 이 책에 실린 속담 가운데 경주만의 개성이 숨 쉬는 사례들을 몇 가지 소개하려고 한다. 필자의 분별력 부족으로 생기는 오류가 있다면 미리 양해를 구하고자 한다.

[가'는' 여~이~ 볼살' 땍'끼 녹코 가나] 〈가는 년이 보리쌀 쓿어 놓고 가나〉 이미 일이 다 틀어져서 그만두는 형편에, 뒷일을 생각해서 무슨 준비를 하거나 앞일을 걱정할 리가 만무하다는 뜻. (참) 마른 보리에다 물을 붓고 디딜방아에 찧은 다음, 겨를 까부른 후에 다시 물을 붓고 찧는 것을 '땍낀다'고 하며, 예전에 이렇게 두 번을 찧어야만 보리밥을 지을 수 있었음. ▸[도망갈' 여~이~ 바~아'~ 찌'거 녹'코 각'까].[4]

3) 『한국민족대백과사전』 '속담'조 참조.

'때끼다'는 경주말 방언으로 "거친 살·조·수수 따위를 찧어 깨끗하게 하다."[5]는 뜻이다. 경주 지역어가 활용된 속담이자 경주 지역의 농경 풍습이 배경으로 쓰였다.

[글′ 모′리능 구우′시′~이~ 어억꼬, 술′ 모옴′ 뭉′능′ 구우시′~이~ 어업따′] 〈글 모르는 귀신이 없고, 술 못 먹는 귀신이 없다〉 생전에 글자를 알건 모르건 또 주량이 많고 적음에 상관없이, 제사에는 지방을 써 붙이고 축문을 읽어야 하며 술잔을 올리는 격식을 차려야 한다고 이르는 말. ▶[술′ 모옴′ 뭉′능 구우시′~이~ 어억꼬′, 글′ 모′리능 구우시′~이~ 어업따′].[6]

경주 지역에서 이뤄지는 제사 풍속이 배경이 된 속담이다. 물론 지방(紙榜)을 붙이고 술을 올리는 일이 경주에서만 행해진 제사 풍속은 아니겠지만, 이 속담은 특히 경주 지역에서만 쓰인 것으로 보인다.

[머슴′ 잘′몬′ 두로′머 일′ 련′ 우′화~이~고, 자~아′~을′~ 지이′치′도 일′련′ 우화′~이~고, 메′느리 잘′몬′ 뚜로′머 뱅′ 연′ 우′화~이~다] 〈머슴 잘못 들어오면 일 년 우환이고, 장을 잘못 담아도 일 년 우환이고, 며느리 잘못 들어오면 백 년 우환이다〉 머슴과 된장이 잘못되면 일 년 우환이지만, 며느리가 잘못 들어오면 대를 두고 우환이 된다 하여 이르는 말.[7]

경주 지역에는 분지를 낀 전답이 발달했고, 반가(班家)가 많아 해마

---

4) 김주석, 최명옥 공편저, 『경주 속담·말 사전』, 한국문화사, 2001년, 7쪽.
5) 『경주 속담·말 사전』, 위의 책, 384쪽.
6) 위의 책, 30쪽.
7) 위의 책, 76쪽.

다 장을 담는 사실에 바탕을 둔 속담인 듯하다. 속담의 내용이나 교훈은 전국에서 두루 쓰일 수 있지만, 경주 지역민의 삶이 잘 묻어 있는 속담으로 판단된다.

[살구' 지'릉 까아 야'수 호'린'다] 〈살구 기름 가지고 여우 호린다〉 작은 미끼로 큰 것을 살살 꼬여 속여넘긴다. (참) 냄새가 좋은 살구 기름을 바른 미끼를 참외밭 두렁에 놓아두면 여우가, 첫째 날은 큰 의심을 품지 않고 주워 먹게 된다. 다음 날은 막대 끝에 같은 미끼를 매달아 두어도 고소한 냄새 때문에 먹지 않고는 배기지 못하게 된다. 마지막 날에는 그 미끼 속에다가 낚시 바늘을 감추어 두더라도 이미 살구 기름에 맛을 들인 여우는 미끼를 먹지 않고는 못 배기는 상태가 되어 그만 걸려들게 되고 만다 하여 생긴 속담. ▸[노구저'리 쉐'기드시 쉐'긴다]/[보리' 밥떡꺼'리 가'주구 이~이'~에'~ 낭는'다]/[예'수 살구지'름 미긴'다].[8]

경주 일대 산림 지역에서 벌어진 '여우 잡기' 풍습에서 나온 경험담이 소재가 된 속담으로 보인다. '여우 잡기'가 경주 지역에만 국한된 사냥은 아니었겠지만, 여우를 방심하게 만들어 잡아들이는 내용이 경주 지역에서 일상적으로 쓰였던 것을 알려주는 속담이라 하겠다.

[소'느'~ 처'~이~베 똥'마 앰' 마리'머 사안'다'] 〈소는 처넙에 똥만 안 마르면 산다〉 ①끈질기게 기다리면 좋은 일이 생긴다. ②소가 굶어서 죽는 일은 좀체로 일어나지 아니한다. (참) 가을걷이가 끝난 산골에서는 소를 들판에다 놓아먹이는데, 마을에 초상을 치르던 어느 날 소 한 마리가 없어지고 말았다. 그날 밤에 동네 장정들이

8) 위의 책, 123쪽.

횃불을 들고 온 들판을 뒤졌으나 헛일이었다. 사실 소는 그날 낮에 문이 열려 있어 상여 집에 들어가서 그 속에 쌓아 둔 마른 칡을 먹고는 구석에서 자고 있었는데, 장정들이 상여를 들여놓을 때는 어둠 탓에 보지 못했기에 그만 밖으로 자물쇠를 꽁꽁 채워버렸던 것이다. 소는 남의 칡을 먹어치운 다음에는 내내 굶고 지내다가 수삼일 후 다른 초상이 났을 때에야 발견됐는데 뼈만 앙상했지만 목숨은 붙어 있었다고 하는데, 이는 일제 강점기 때 경주시 산내면(山內面)에서 있었던 실화에서 생긴 말.[9]

이 속담은 구체적으로 경주에서 형성된 것임을 보여주는 예라고 하겠다. 경주시 산내면에서 소를 잃어버렸다가 찾은 실화를 바탕으로, 생활의 지혜랄까 생태 특성 등이 속담 안에 잘 녹아 있다. 이 속담이 만일 전국적인 분포를 보인다면 그 시원은 경주에 있다고 말해도 무방할 것이다.

[솔′꿰~이~ 마안′한′ 좉′ 타′나 바′래′가′아 이′ 지′인탄다] 〈소나무 옹이만한 좆 하나를 바라고서 이 짓을 한다. ①겨우 소나무 옹이만한 남자의 생식기 하나를 바라고서 이처럼 힘든 일을 한다 함이니, 들이는 노력에 비해서 성과가 너무 적다는 비유. ②명분이 있으면 힘든 일도 감수할 수 있다는 뜻. (참) 밀양(密陽)의 조병사(趙兵使) 어머니가 가마를 타고 시집가던 날, 높은 고개를 넘을 때 하인들이 너무도 힘들어하는 것을 보고 이 말을 했다 하여 전하는 말.[10]

역시 경주 지역에서 형성된 속담의 전형을 보여준다. 밀양은 경주

9) 위의 책, 133쪽.
10) 위의 책, 139쪽.

에서 남서쪽으로 경계가 닿은 가까운 고장이다. 조병사의 어머니가 경주로 시집올 때의 일인지 아닌지는 알 수 없으나 경주 지역에서 충분히 일화가 전해올 만한 친연성을 지니고 있다. 경주 지역 일대에서 형성된 속담으로 추측할 수 있다.

[어~어~양´~ 지´보~이~가 저´얼 놈 파´(파´라´) 뭉는´다] 〈(彦陽) 지본이가 겨울 논 팔아먹는다〉 남이 쓰지 않는 물건을 자기 것인 양 마구 다룰 때 깔보고 이르는 말. (참) 조선 말엽 언양에 살던 이지본(이지번)이란 사람이 가을걷이가 끝난 남의 논을 마음에 두고, 고개 너머 주막집에서 헐값에 팔겠다고 내놓았다. 지본은 남의 논을 모두 싸게 팔아 가지고 경주 기생집에 가서 싫도록 퍼마셔 버렸다. 이듬해 봄에 논을 산 사람이 그 논에 가 봤더니 모두 임자가 있어 모내기를 하고 있었다 하여 생긴 말.[11]

이지번(李芝蕃)은 정만서와 함께 짝패가 되어 경주와 한양 등지에서 해학과 기지로 명성을 떨친 인물이다. 언양은 경주시 남쪽 울주군에 있는 지역인데, 김주석의 책 『거꾸로 본, 정만서 세상』에도 단골손님으로 등장한다. 고향인 언양보다 경주에서 정만서와 함께 더 유명한 사람이니, 그의 일화가 경주 지역의 속담에 등장하는 것도 무리는 없을 것으로 보인다.

[엉´머´구리 니´도, 버어´머´리 보리´ 타아´작´카로 갔´띠´~이~나] 〈악머구리 너도, 범어리 보리 타작하러 갔더냐〉 숨을 헐떡거리는 사람한테 왜 그리 헐떡이느냐고 동정하는 말. (참) 경주시 강동면 호명리(虎鳴里) '범어리'란 마을에는 이런 전설이 전해 온다. 고려 현종(1009-

11) 위의 책, 162쪽.

1031 재위) 때 강감찬 장군이 경주부윤으로 있을 무렵, 여승으로 변한 세 마리의 범이 경주시 용강동에 사는 신도들을 해치고 다녔다. 이에 강 장군이 이들을 잡아죽이려 들자 범들이 도망을 가다가, 범어리 앞산에 이르고 보니 그만 산이 끊어지고 넓은 들판이 펴져 있어 갈 길을 잃게 되자 범들이 구슬피 울었다는 데서 생긴 땅이름이 '범울이'인데, '범어리'로 변했다. 이곳은 들이 넓어 보리를 많이 경작하므로 보리타작 때는 인근에서 품을 팔러 가는 사람이 많았고, 보리타작 하는 일은 참으로 힘이 들기 때문에 매우 헐떡거리게 마련이었음.[12)]

이 속담은 경주시 강동명 호명리에 있는 '범어리' 마을의 지명 유래와 함께 전해지고 있다. 시대적 배경도 상당히 구체적으로 고려 현종 때의 장수 강감찬 관련 설화로 전한다. 강감찬 장군에게 쫓긴 범의 진퇴양난을 소재로 하여 재미난 속담이 만들어졌다. 또 당시 범어리 지역에서 이뤄진 보리타작 노동의 힘겨움을 소재로 하여 생활환경이 속담으로 전화된 예로 꼽을 수 있겠다.

[저엉'마'안세 문'짜 애~이'~라도, 주'구미 초주'구미라] 〈정만서(鄭萬瑞) 문자, 아니라도 죽음이 초죽음이라〉 처음 겪어보는 일이라서 내용을 파악할 수 없거나, 앞으로 어떻게 될지를 전혀 짐작할 수 없다는 뜻. (참) 어긋난 성질과 별난 행동으로 방랑을 일삼던 <u>정만서</u>가 어느 섣달그믐께 고향으로 돌아왔다. 다들 명절 준비에 바쁜데 비해 자기 집에서는 끼니조차 거르고 있었다. 이를 본 정만서는 자신이 죽었다고 꾸며 마을에 소문을 퍼뜨리게 했다. 소식을 들은 이웃 사람들이 초상을 치르라며 돈과 먹을 것 따위를 보내왔다. 이로써 설을 쇠게 되었는데, 나중에 헛죽음의 연극에서 깨어난 정만서

---

12) 위의 책, 163-164쪽.

> 를 보고 사람들이 "저승이 어떻던가?"고 물었을 때, "죽음이 초죽음이라서 잘 모르겠다."고 한 데서 생긴 말로, 간략히 '주구미 초주구미라.'고도 이름. ▸[저엉마'안쉐 문'짜 애~이'~라도, 배'게느 청용' 황요'~이~ 길리'인따]/[죽'거 바아'야' 저스'~을~ 아아'지'].[13]

정만서는 경주 사람이라면 모르는 이가 없을 정도로 유명세가 있는 인물이다. 그에 대해서는 뒤에 따로 장을 마련했으니 길게 논의하지 않겠지만, 정만서 개인 실화가 그대로 속담으로 활용되었다는 면에서 토박이 경주 속담으로 간주할 수 있을 것이다. 이 이야기는 『거꾸로 본, 정만서 세상』 140-145쪽에 〈죽음이 초죽음〉이란 제목으로 실려 있다.

> [저엉마'안쉐 문'짜 애~이'~라도, 배'게느 청용' 황요'~이~ 길리'인따] 〈정만서의 문자가 아니라도, 벽에는 청룡황룡(靑龍黃龍)이 그려져 있다〉 집이 몹시 낡았다는 뜻. (참) 낡은 지붕에서 흘러내린 빗물로 벽에 얼룩이 진 것을 두고, <u>정만서</u>가 자기 집에는 청룡 황룡이 그려져 있고, 방안에 누워서도 하늘의 별이 보인다고 허풍을 떤 데서 생긴 말. ▸[저엉'마'안세 문'짜 애~이'~라도, 주'구미 초주'구미라.[14]

이 속담 역시 정만서 일화에서 나온 것으로, 경주 토박이 속담에 들어가기에 부족함이 없다. 낡아빠진 초가삼간을 고대광실인 양 사기를 쳐서 사람을 골탕 먹인 이야기에서 유래한 속담이다.

---

13) 우의 책, 192-193쪽.

14) 위의 책, 193쪽.

[조오'천' 줴'주~우~이~가 누 나'알로 비'인다] 〈교천(校川) 최준(崔浚)이 눈 아래로 보인다〉 ①경주 교천의 최준이라는 만석꾼이 눈 아래로 보인다 함이니, 음식을 배부르게 먹고 포만감에 젖어서 내뱉는 말. ②살림이 조금 넉넉해졌다고 거드름을 부리며 하는 말. (참) 최준이란 분은 조선조 말에 9대 진사 12대 만석꾼을 지냈다는 부잣집 주인으로, 그 가문에서 비전되는 술을 경주 법주라고 함. [등 따시'고 배'부'리다].[15)]

경주 교촌(校村)에서 대대로 살았던 만석꾼 집안 최준과 관련되어 만들어진 속담이다. 배고픈 설움보다 더 큰 설움이 없다는 옛 사람들의 회한이 그대로 묻어나는 속담이다. 아울러 작은 행복에 젖어 큰 불행을 기억하지 못하는 어리석음을 지적하기도 한다. 비슷한 교훈을 담은 속담이 없진 않지만, 경주 부자 최준을 소재로 만들 수 있는 것은 경주 지역민이 아니면 생각하기 어려운 발상일 것이다.

[크'니'일꾸는 여엉'천' 주남'뜨을게 가'도', 녹'칠'기로 나무' 매'끼 해애'가'아 무까'아 오'더'라] 〈큰 일꾼은 영천(永川) 주남들에 가도, 녹칡으로 나무 매끼를 해서 묶어 오더라〉 솜씨가 좋으면 재료나 연장의 좋고 나쁨에 얽매이지 않고 일을 잘 처리해 낼 수 있는 바, 쓸데없이 핑계를 대지 말라고 이르는 말. ▶[디'리'늠 부서'케 청사'~이~나 마린낭'기나(마린냉'기나)].[16)]

영천은 경주와 대구 사이에 있는 고을로, 경주 사람들이 대구에 가기 위해서는 반드시 거쳐야 할 길목이기도 했다. 또 넓은 주남 들판이

15) 위의 책, 196쪽.
16) 위의 책, 229쪽.

있는 곡창 지역이기도 해서, 인근의 장정들이 농번기 때 가 짭짤한 수입을 올리던 곳이기도 했다. 산 하나 없는 넓은 들판에 가서도 능력 있는 일꾼은 나무를 한 짐 해서 온다고 했으니, 뛰어난 생존 능력과 능란한 음기응변 솜씨를 알 만하다. 이런 일화에서 만들어진 속담으로, 역시 경주 일원에서 쓰일만한 속담이라고 하겠다.

이처럼 김주석이 공들여 모은 경주 속담에는 경주 지역 일대에서 생성되고 통용된 토박이 속담들이 적지 않다. 이 속담 사전을 만든 연유가 경주 방언의 활용 방식을 알아보고, 그 안에서 토박이 어휘들을 간추려내려는 의도가 크게 작용했겠지만, 뜻밖에도 경주 지역의 다양한 속담 변이형이나 토박이 속담을 발굴하는 데에도 적지 않은 기여를 했던 것이다.

우리는 그의 경주 속담 모음집을 통해 경주 지역민들의 삶의 편린들을 엿볼 수 있는 기회를 가진다. 또 속담의 유래가 된 이야기들을 접하면서 경주인들의 역사와 풍속, 언어와 사고방식 등도 공유할 수 있다. 짐작하건대 경주 속담은, 그것이 경주 지역에서만 통용되지는 않더라도, 아직도 많은 자료들이 민간에 떠돌고 있을 듯하다. 속담 사용자들이 사라지기 전에 그래서 속담이 기억의 저편으로 없어지기 전에 품을 들여 수집, 정리할 필요를 느끼게 된다.

4. 김주석이 모은 경주말의 실제

『경주 속담·말 사전』 255쪽부터 700쪽까지의 내용을 차지하는 것이 경주말 사전이다. 〈일러두기〉에 따로 표제어의 숫자를 표시하지 않아 정확하게 몇 개의 어휘가 수록되었는지는 알 수 없으나, 필자의 어림으로 볼 때 한 쪽당 평균 여덟 어휘가 실렸다면 약 3,500어휘 이상의 경주말이 실린 것으로 추측된다.

아래 소개한 몇몇 어휘의 내용을 참고하면 알겠지만, 이 사전은 단순히 경주말, 즉 방언(사투리)을 싣고 그에 다른 표준어를 소개하는 방식을 벗어나 있다. 필자가 경주말은 고사하고 일반 방언학에 대한 지식이 미미하여 함부로 평가할 수는 없지만, 의미 설명을 넘어서 실제 그 어휘가 경주 지방민들의 언어생활에서 어떻게 활용되고 있는지를 가감 없이 그대로 제시하고 있다. 그야말로 현장에서 발품을 팔아가면서 활용 상황을 직접 듣고(또는 녹음하여) 이를 그대로 재현했다. 뒷날 경주말 방언연구자가 직접 경주말을 청취할 수 없다고 해도 이 사전에 실린 자료를 충실히 활용한다면 그 현장성을 상당 부분 체감할 수 있게끔 만들었다. 이런 점에서 이 사전의 효용성은 한결 높아진다고 확신할 수 있다.

아래 소개한 몇 개 어휘는 필자가 사전 전체를 통독하면서 비교적 경주 지역에서만 쓰였을 것으로 판단한 예를 골라본 것이다. 오류가 분명 있겠지만, 필자가 확인한 범위에서는 경주말의 개성과 특징을 잘 보여주는 예가 아닐까 싶다.

걸깅이[걸'기~이~] (명) (운동장 한복판이나 소달구지가 다니는 한길 따위에서 마구 짓밟히면서 자라는) 풀이름. 그량?? ⁋서 장군 아페서러〈앞에서〉 쪼매에는〈조그만〉 초립띠이가 안저가아〈초립둥이 앉아서〉 걸깅이로(그량을??〉 조옴좀 뽀버 모둑코 이석꺼등〈좀좀 뽑아 모으고 있었거든〉, 그거로 보니 참 기가 차능 기라〈그걸 보니까 참 기가 차는 거라〉. 흔). (참) 늦여름이나 가을에 이 풀이 무성하게 자랐을 때, 길의 달구지 바퀴자국 양쪽의 풀을 얽어 가지고, 지나다니는 사람이 걸려 넘어지도록 묶어놓는 장난을 함. 여간해

서는 뽑히지도 않으며, 가물에도 잘 견디고 모질고 강인함. X질경이. ▶골강풀/걸갱이.[17]

댕겡이[댕겡´이] (명) 경주에 흔하던 꼬리가 없거나 짧은 개. 동경이. ⁋댕겡이〈동경이〉가 강생이로 나아도〈강아지를 낳아도〉 이이부더미 제에사느〈의붓어미 제사는〉 지내애야 대지요〈지내야 되지요〉〉 / 개애 중에느〈개 중에는〉 댕겡이가 기중 영악칸대〈동경이가 그중 영악한데〉… / 꼬리가 엄능 개애가〈없는 개가〉 겨엉주에〈慶州에〉 흔턴 댕겡인데〈흔하던 동경인데〉, 오새애느〈요새는〉 댕겡이로 모리는〈동경이를 모르는〉 사라미 마안타 마알시더〈사람이 많다는 말입니다.〉 / 우리 댕겡이가 으르렁거리니꺼네〈동경이가 으르렁거리니까〉, 저 집 강생이느〈강아지는〉 꼬랑대기로 사리골랑〈꼬리를 사리고서〉 낑낑대애데에요〈낑낑대더군요〉, / 사양하로〈사냥하러〉 갈 때느〈때는〉, 우리 댕겡이로 데엘꼬 나가머 아아무래도 수월치요〈동경이를 데리고 나가면 아무래도 수월하지요〉, / 어어떤 지븐〈어떤 집은〉 댕겡이로〈동경이를〉 한 식꾸로〈식구로〉 치는 집또 읻찌〈집도 있지〉, / 일쩨 말기에〈일제 강점기 말에〉 일분넘드리 댕겡이꺼정 다아 뚜디리 자버가아〈일본놈들이 동경이까지 다 두드려 잡아서〉 개터리기로 가아가늠 바라메〈개털을 가져가는 바람에〉 댕겡이 시가 말럽뿐찌 머어〈동경이 씨가 말라버렸지뭐〉. (참) 광복전 경주에는 '동경이'와 함께 '삽사리'와 '땅개' 같은 토종개가 흔했음.[18]

쉬언쟁이[쉬이´언´쟁~이~] (명) 그냥 넘어가도 될 것을, 도저히 말을 하지 않고는 못 견디는 별난 사람. ⁋나무〈남의〉 남자, 남대문 열리

17) 위의 책, 281쪽.
18) 위의 책, 360쪽.

잉 거로〈바지 단추 열린 것을〉 보고 기양 모온 인는〈그냥 못 있는〉 여자가 쉬이언쟁이 애니가〈쉬언장이?? 아니냐〉. / 여자 소옥처매〈속치마〉 삐이저 나옹 거로〈비어저 나온 것을〉 보고, 마알로 앤 해애 주고느〈말을 안 해 주고〉 모온 쩐디는〈못 견디는〉 남자도 쉬이언쟁이지〈쉬언장이??지〉. / 무신〈무슨〉 사라미〈사람이〉 아알고도 모리는〈알고도 모르는〉 척, 보고도 모옴 뽄〈못 본〉 척할 이이리지〈일이지〉, 쉬이언쟁이매애로〈쉬언장이??처엄〉 보는 대로 다아 마알로 해애야 대노〈다 말을 해야 되나〉? (참) '수다쟁이'와는 개념이 다름.[19]

저염말[저염´말´] (명) 오전(午前). ◁저염 아알 즉, 점심 아래. ¶그 야앙반〈양반〉, 저염마레 등거리〈오전에 장작〉 한 짐 해애다 녹코〈해다 놓고〉, 조굼 전네 나간심더〈조금 전에 나갔습니다〉.[20]

조피[조오´피´] (명) 두부. ¶이 지베서느〈집에서는〉, 조오피 함 모에〈두부 한 모에〉 얼마석 반능기요〈얼마씩 받습니까〉. / 여기 조오피느 우애 소옥낄래〈두부는 어찌 쑤었길래〉, 조오피 마시〈두부 맛이〉 이치리 구시노〈이처럼 구수하냐〉! / 서어월 사람드른〈서울 사람들은〉 조오피라커머〈조피´라면〉, 도통 무심 마아린동〈무슨 말인지〉 모온 아러듣띠이더〈못 알아듣습디다〉, / 기다리고 이시니〈있으니까〉, 오늘따러 조피쟁이도〈오늘따라 두부장수도〉 자 랜 오데에〈잘 안 오더군〉.[21]

지수다[지수´우고, 지수´우지, 지수´우더라, 지사´아도/지솨´아도, 지사

---

19) 위의 책, 513쪽.

20) 위의 책, 585-586쪽.

21) 위의 책, 594쪽.

´아서/지솨´아서] (동)(사동) ① 산이나 갓 따위에 나무가 무성토록 자라게 하다. 기르다. ⁋이이점버텅〈예전부터〉, "버어믈 처엉치 마고〈범을 청하지 말고〉 사늘 지수우라〈산을 짓게 하라〉" 캐앤니이라〈고 했느니라〉. ② 길게 자라도록 하다. ⁋(갑) 머리느 와〈머리는 왜〉 앵 깡능기요〈안 깎습니까?〉 (을) 지일구로 지수울라꼬요〈길게 기르려고요〉. / 디양까네느 와 풀로 앰 비이고〈뒤곁에는 왜 풀을 베지 않고〉 저레 버엄 나오두룩 지수우고 인노〈저토록 범이 나오도록 자라게 하고 있니〉? 흔). ▻지숳다.[22]

집땀말랭이[집땀말래´~이~] (명) 지붕. 지붕 꼭대기. 용마루. ⁋저 장따릉〈수탉은〉 꼭 집땀말랭이로 푸두둑 날러올러가가아〈지붕 꼭대기로 – 날아올라가서〉 활개로〈활개를〉 치고 우우는데〈우는데〉 … / 그 여엉가믄 빼뜩하머〈영감은 걸핏하면〉, "이너무 직꾸적〈이놈의 집구석〉 집땀말랭이예다가 불로〈지붕에다가 불을〉 확 사질럽뿔라 마아〈싸질러버릴라 그만〉" 컨는다니이더〈라고 한답니다〉. ▻집땀말랑.[23]

이 자료들을 바탕으로 지금 현재 경주 각지에 가서 방언의 실제 사용 상황을 확인해본다면 상당수의 어휘들이 사멸(死滅)되었지 않았을까 여겨진다. 그렇다면 이 사전의 가치가 얼마나 값진 것인지 증명될 것이다. 더욱이 이 사전 속의 어휘는 전체 경주말의 일부분일 뿐이다. 현재 김주석은 이것보다 훨씬 더 많은 분량의 경주말 어휘를 수집, 채록, 정리해두고 있다고 한다. 필자도 그 일부를 보았는데, 그의 계획대로 경주말을 총망라한 『경주 지역어 대사전』이 발간된다면 경주말

22) 위의 책, 613쪽.
23) 위의 책, 625쪽.

연구의 보고가 될 것임은 의심의 여지가 없을 듯하다.

본인도 아쉬워한 것처럼 이런 사전은 그 자료적, 학문적 가치는 대단히 크지만 상업적인 가치는 비례할 수 없다. 분량이 방대하니 제작비는 치솟을 것이고, 제작비를 벌충할 만한 판매고는 올리지 못할 게 분명하다. 경북도든 경주시든 공공기관에서 적극 나서서 이 사전의 발간에 힘을 실어줘야만 온전하게 빨리 발간될 수 있을 것이다. 이런 점에서도 우리가 관심을 가져 그의 평생에 걸친 노력이 무위에 그치지 않도록 협력해야 하리라고 본다.

5. 건천 출신 해학가, 정만서 삶의 재구

조선 말기를 살았던 정만서[24)]의 해학과 기행은 '정만서 설화'란 이름으로 진즉부터 알려져 왔다. 『한국민족문화대백과사전』에도 같은 이름으로 표제어가 실려 있으며, 『한국구비문학대계』(한국정신문화연구원, 1980-1988년)에도 여러 건의 설화들이 채록되어 있다. 그러나 그저 날것으로만 전해지던 정만서 관련 설화들을 모아 의미를 해석하고 전후 맥락을 따져보면서 우리 시대의 의미까지도 되짚어내는 수고를 아끼지 않은 이는 김주석이 처음이 아닐까 여겨진다. 그 책이 『거꾸로 본, 정만서 세상』이다. 김주석은 이 책을 발간하면서 정만서가 벌인 기행의 본질을 규명하여 '도립사상(倒立思想)'라 이름 지었다. 그런 주

24) 정만서(1836년 11월 27일[음]-1896년 12월 21일[음])의 본관은 동래며, 본명은 용서(容瑞)이고, 자가 만서(萬瑞)다. 호는 춘강(春岡)을 썼다. 경주이씨 선진(李善珍)의 따님과 결혼하여 두 아들을 슬하에 두었다. 아명이 '범이'였던 장남 정자규(鄭子奎)는 일찍 죽었고, 둘째 정재규(鄭在奎, 보통 '재선'으로 불렸다.)가 대를 이었다. 그의 무덤은 경주시 건천읍 용명리 밀구 뒷산에 동남향으로 모셔져 있다.

장이 인용된 구절을 읽어보자.

> 경주가 낳은 해학가인 정만서는 '양반이 사는 마을'이란 뜻의 (건천읍) 고지(高志) 마을에서 태어났다. 정만서는 병신년(1836) 경주에서 탄생하여 다음 번 병신년(1896)에 저세상으로 떠났으니 딱 60 평생이다.
>
> 정만서가 네 살 되던 해에는 천주교의 대탄압인 기해사옥(己亥邪獄)이 일어나서 '죽고 싶어서 까부느냐?'는 뜻의 '너 지금 천주학 하느냐?'는 속담이 생기기도 하였다. 이러한 시대에 천재적인 두뇌와 재주를 타고난 정만서는 문란한 현실에 혐오감을 느낀 나머지, 과거를 포기한 채 기행(奇行)을 일삼게 되었다.
>
> 어느 날 정만서는 양다리를 벌리고 엉덩이를 추켜든 채 고개를 숙이고 땅과 하늘이 도치(倒置)되도록 바라보는 치기를 스스로 연출했다.
>
> 그러면서, '왜 진작 이런 생각을 하지 못했을까. 이 더러운 세상, 아예 더럽게, 아주 철저히 어긋나게 살자' 하고 속으로 다짐했던 것이다.
>
> 이렇듯 물구나무서기로 세상을 보는 '도립사상(倒立思想)'을 싹틔우면서도, 어떻게든지 착실하게 살아보려고 했다. 그래서 결혼도 하고 두 아들까지 보았지만 그는 맏아들인 '범이'를 잃게 되었고 결국 처자와 고향을 등지고 영원한 방랑길에 오르게 된다.[25)]

엄격하게 말하자면 그의 '거꾸로 보기'는 '물구나무서기'는 아니다. 물구나무를 서면 세상이 거꾸로 보이지만 제 몸까지 거꾸로 뒤집어야 한다. 그런데 정만서의 세상보기는 바로 서서 몸을 굽혀 양 가랑이 사이로 세상을 거꾸로 보는 방식이었다. 자신의 곧음과 올바름은 지키면서 세상의 위선과 모순, 갈등과 욕망 따위를 갈파해내는 거꾸로 보기였다. 그런 점에서 그의 명명법은 정만서의 내면을 직시했다고 말할

---

25) 『거꾸로 본, 정만서 세상』, 글누림, 2011년, 68-69쪽.

수 있을 것이다.

『거꾸로 보는, 정만서 세상』에는 모두 53개의 이야기들이 모여 있다. 이 중에는 동시대 해학가인 방학중[26]이나 죽마고우였던 이지번의 이야기가 몇 개 실려 있기는 하지만, 현전하는 정만서 기행담이 일람되어 있다고 해도 좋을 듯하다. 정만서 설화는 문헌으로는 전하지 않고, 앞서 말한 『한국구비문학대계』에 일부가 채록 상태 그대로 기록되어 있다. 그 양을 필자는 아직 확인해보지 못했지만, 그의 책에는 본인이 경주말 수집을 위해 뛰어다니면서 들은 새로운 설화들이 망라되어 있을 것이다. 내용을 읽어보면 정만서 고유의 기행은 아니고, 김삿갓이나 정수동, 기타 이인(異人)들의 행적이 변주되어 실려 있는 것도 더러 보게 된다. 그런 점을 감안하더라도 정만서 설화에는 정만서만의 독특한 끼와 재치, 세상을 보는 눈 등이 생생하게 살아 있다.

그의 기행을 보면 때로 그는 의인(義人)의 행색으로 보기에는 난감한 일들도 숱하게 저지른다. 탐관오리의 수탈에 시달리는 민초들을 극악한 방법으로 속여 '등쳐먹는' 비열한 행각을 자행하기도 한다. 어쩌면 그는 '막 가는 세상'에서 '막 가는 언동'으로 세상을 조롱했는지도 모른다. 결국 그 조롱의 화살이 박힌 지점은 자신의 가슴이었겠지만, '의인'도 '의적(義賊)'도 되지 못한 마음의 상처가 자학적이고 파괴적인 기행으로 수렴되었던 것으로 보인다. 아래 이야기는 그런 정만서의 심정이 슬쩍 비쳐지는 일화라고 할 것이다.

> 정만서는 스스로의 인생을 만화처럼 살다간 사람이었는데, 그의 묘비에는 '증가선대부'란 벼슬 이름이 새겨진 것조차도 분명히 코미디랄

---

26) 그의 기행담은 『천하잡보 방학중의 해학과 풍자』(임재해 저, 민속원, 2014년)로 묶여졌다.

수밖에 없는 희극인 동시에 가관이 아닐 수 없다.

'춥고 배고픈' 나그네 길에서 안주 없는 강술을 퍼마셔 왔던 그가, 그만 배가 경주 남산만큼 부어오르는 복막염에 걸려 찾아갈 곳이라고는 수구초심(首丘初心)이라고, 버리고 떠난 처자식이 있는 고향뿐이었다.

어렵사리 달구지를 얻어 타고 마을의 차부(車部)에 도착하자, 동리 꼬맹이들 편에 그의 집으로 득달같이 기별이 닿았다. 신작로까지 목숨이 경각에 다다른 아버지를 마중 나온 사람은, 정 공의 둘째 아들인 재선이었으니, 그동안 정 공이 객지로 나돌아 다니는 사이에 장성하여 이미 장골이 되어 있었다.

병든 아버지를 어떻게든 업고 가야겠으나, 워낙 배에 물이 들어찬 중환자였기에 도저히 업을 방도를 찾지 못하다가, 결국 아이들이 '콩등지기 놀이'를 할 때처럼 아비와 자식이 서로 등과 등을 마주 대어 업고 가는데, 비록 죽음이 눈앞에 닥친다 한들 희대의 익살꾼이 어찌 한 마디 없을쏘냐?

등을 타고 아들의 체온이 따스하게 전해오자 숨이 턱에 닿은 목소리로 정 공이 아들을 부른다.

"야아야(애야)?"

"예, 아부지, 많이 불편하십니까? 좀 쉬었다 갈까요?"

가래가 끓는 목소리를 가다듬으며, 코맹맹이 소리로 정 공이 하는 말인즉,

"아니다. 이 애비는 지금, 기가 맥히게 기분이 좋구나!"

"사경(死境) 중에 계신 어른의 기분이 무엇이 그리도 좋으십니까? 오랜만에 집에 오시니 그래서 좋으신지요?"

하자, 다 죽어가는 정만서가 빽 소리를 질렀다.

"야, 이넘우 손아(이놈의 자식아)! 사람이, 몰풍정(沒風情)하기는? 그래, '등 따시고 배부리머(등 따습고 배부르면)' 그것으로 족하지. 또 뭐가 더 부러울 것이 있단 말이냐?"[27]

김주석은 설화 속에서 죽은 인물로만 떠돌던 정만서를 우리 시대가 꼼꼼히 되돌아보아야 할 낙천가 '정만서'로 부활시켰다. 아무래도 정만서는 몰인정하게 세상을 살았지만 그의 마음은 못내 따뜻했던 사람이었던 것이다.

이 책에는 단순히 설화를 읽기 좋게 다듬은 수준을 넘어서 저자의 해석과 정만서의 속내를 잘 버무려서 우스개 이야기를 읽는 데서 머물지 말고 한 해학가의 기행에서 자신의 삶과 언행을 되새겨보라는 권유와 설득이 도사리고 있다. 과연 정만서가 자기 시대 사람들에게, 나아가 후세의 사람들에게 들려주고 싶었던 이야기가 무엇인지 성찰의 시간을 갖도록 이끌고자 했다. 그럴 때 우리는 일세를 풍미한 사기한(詐欺漢)이 아닌 시대의 아픔을 버거워하면서 뒤뚱거리며 산 고뇌인(苦惱人) 정만서를 만나게 된다고 설파하는 듯도 하다.[28]

또 이 책에는 정만서와 관련된 설화를 재현하면서 안에 나오는 대화를 모두 경주어로 장식하고 있다. 때문에 이 책은 『경주어 사전』이 갖는 어휘 수집, 『경주 속담 사전』이 갖는 촌철살인의 금언 모음에 이어 실생활에서 쓰인 경주어의 움직임을 보여주어 경주어를 입체적으로 재구성하는 데도 크게 기여했다고 말할 수 있을 것이다.

---

27) 『거꾸로 본, 정만서 세상』, 앞의 책, 70-71쪽.

28) 〈NewDaily〉 2016년 1월 6일자를 보면 방학중을 모델로 한 창작극 〈천하제일 꾀쟁이 방학중〉이 1월 7일 예주문화예술회관에서 앵콜 공연되었다는 기사가 실려 있다. 또 영덕군은 방학중을 이 고장의 대표 콘텐츠로 개발하겠다는 계획을 세웠다고 한다. 정만서가 그런 아이콘으로 경주시를 대표하지 말란 법도 없다는 생각이 든다.

6. 끝맺는 말

이 글은 김주석이 평생을 각고의 노력으로 쌓아올린 경주말 수집, 정리의 경과와 그 의의를 살펴보기 위해 쓰였다. 이제 그의 기나긴 도정은 대미를 향해 나아가고 있는 것으로 보인다.

누구 한 사람의 큰 성원도 없이 스러지고 부서져가는 고향말의 파편들을 모아 깁고 다듬어 살아 있는 옥돌로 빚어낸 일은, 그런 인고의 길을 걸어보지 못한 사람으로서는 헤아리기 어려운 촉도난(蜀道難)에 다름없었을 것이다. 화공학도로써 자신의 천직을 성실히 수행하면서 남는 시간을 모으고 짜내 경주말 수집에 힘쓴 그의 업적은 어쩌면 이제부터 제값을 받을 단계에 이르렀다고 말할 수 있다.

이미 남겨놓았고, 앞으로 나올 성과를 기다리면서 그의 노력에 부응하는 길은 그가 남긴 자료들을 더욱 살아 있는 자산으로 활용하여 다양한 부산물로 다듬는 것이라고 여겨진다. 그럴 때 그의 노심초사는 참다운 빛을 발할 것이라고 생각한다.

유배의 문화사적 지형 연구
-전가입거(全家入居)를 중심으로-

1. 들어가는 말

유배는 조선시대에 시행된 다섯 가지 형벌, 즉 태형(笞刑), 장형(杖刑), 도형(徒刑), 유형(流刑), 사형(死刑) 가운데 유형에 해당하는 형벌이다. 유형은 죄인을 먼 곳으로 보내 그곳에 거주하게 하는 형벌로, 중한 죄를 범했을 때 차마 사형에는 처하지 못하고 먼 곳으로 보내어 죽을 때까지 고향에 돌아오지 못하게 하는 형벌이라고 정의할 수 있다. 그러나 '유배'형을 가리키는 용어들은 상당히 다양해서 귀양·정배(定配)·부처(付處)·안치(安置)·정속(定屬)·충군(充軍)·천사(遷徙)·입거(入居)·사변(徙邊)·병예(屛裔, 변방으로 내쫓음)·투비(投畀, 왕명으로 지정한 곳에 죄인을 귀양 보냄) 등으로 기록되었다. 또 간단히 배(配)·적(謫)·방(放)·찬(竄)·사(徙) 등으로도 불렀다.

역사를 거슬러 올라가 보면, 삼국시대 신라에는 유형으로 보이는 사변형(徙邊刑)이 있었다. 『고려사(高麗史)』 형법지에는 유(流) 2000리·2,500리·3000리 3등급으로 구분된 유형이 오형의 하나로 규정되어 있다. 이에는 속형(贖刑)이 허용되어 유 2천리는 장(杖) 17에 배역(配役) 1년과 속동(贖銅) 80근, 2,500리는 장 18에 배역 1년과 속동 90근, 유 3천리는 장 20에 배역 1년과 속동 100근이었다.

조선시대에는 『대명률(大明律)』이 형법의 법전으로 적용되었다. 그런데 반드시 유배형에는 장형을 함께 부과했는데, 장 1백에 유 2,000리·2,500리·3000리의 3등급이 있었다. 또한 『대명률』에 동전(銅錢)이나 오승포(五升布)로써 형을 면제받을 수 있도록 규정했다. 그러나 국토가 좁은 우리나라의 실정에 알맞지 않아 1402년(태종 2)에 유죄수속법(流罪收贖法)을 제정했다. 즉 유배 거리를 현실에 맞게 축소했던 것이다.

의금부나 형조에서 유배형을 받으면, 도사 또는 나장들이 지정된 유배지까지 압송했다. 그곳에서 고을 수령에게 인계하고, 수령은 죄인을 보수주인(保授主人, 안치된 죄인을 감독하고 보호하는 임무를 맡은 자)에게 위탁했다. 보수주인은 그 지방의 유력자로서 집 한 채를 거주할 곳으로 제공하고 유죄인을 감호하는 책임을 졌다. 그곳을 '배소' 또는 '적소(謫所)'라고 했다. 배소에 있는 유죄인의 생활비는 그 고을이 부담한다는 특명이 없는 한 스스로 부담하는 것이 원칙이었다. 따라서 가족의 일부 또는 모두가 따라가게 마련이었다. 1449년(세종 31) 휘지(徽旨)에 따라 유배인의 처첩 및 미혼 자녀는 함께 살게 하고 조부모·부모 및 기혼 자녀도 오갈 수 있도록 허락했다.

유형은 원래 기한이 없이 종신을 원칙으로 했다. 그러나 죄가 감등되거나 단순한 자리 이동으로 유배지가 옮겨지기도 하고 사면으로 형이 풀리기도 했다. 사령(赦令)이 일 년에도 몇 번씩 너무 자주 내린 탓인지, 1762년(영조 38) 고을 수령을 허위로 고소한 이천 사람 이득룡(李得龍)에게 물한년정배(勿限年定配)를 명한 것처럼 물한년의 조건을 붙인 형을 내린 예가 가끔 보인다.[1)]

---

1) 『영조실록』 38년(1762) 12월 19일조 : 이득룡에게 엄형을 가해 연한을 정하지 말고 흑산도에 정배하라고 명했다. 이득룡은 이천(利川) 백성으로서, 그 수령에게 원망을 품고 홍화문(興化門) 기둥에 익명서(匿名書)를 붙였는데, 포도청에서 그 무고(誣告)의 실

그런데 유배에 관한 기록이 3만여 건 기록되어 있는 『조선왕조실록』을 살펴보면 사면령의 발효가 적지 않지만 너무 광범위해 실효성이 있었는지 의심이 들기도 하고, 유배형을 부과할 수 있는 권한의 범위가 넓어 오용될 우려가 큰 탓에 사면에 따른 석방보다는 처벌의 빈도수가 훨씬 높았음을 짐작할 수 있다. 또 특별한 경우를 제외하고 유배는 종신형이라 죄질의 무게보다 가혹한 처벌이었음도 무시할 수 없다. 또 도형과 유형은, 도형이 연한을 정하고 있다는 차이 외에는 성격이 거의 비슷했고, 매질을 가하고 석방한 태형·장형과 도형·유형의 처벌 편차가 너무 심해, 처벌자의 의도에 따라 편중될 수도 있었다.

유배는 형벌의 성격만을 띠고 있는 것은 아니다. 죄인을 연고지에서 멀리 떨어진 지역에 종신토록 유폐시키다 보니 자연히 먼 거리에 있는 지역에 선정되었고, 따라서 한양 도성을 제외한 모든 지역이 잠재적인 유배지가 될 수 있었다. 그들은 낯선 지역에 가서 새로운 주민들과 협조 또는 복종하면서 적응해야 했다. 이런 과정에서 사투리가 타 지역에서 사용되는가 하면 각 지역마다 특색 있는 풍속이나 도구들이 혼용되기도 했다. 또 지역마다 다양한 인적 교류가 형성되는 계기를 마련해 지역 정보의 교환이나 음식이나 의복, 기물(器物) 등의 차이에서 생긴 문화적인 간극을 극복하고 새롭게 변형된 문화 현상들이 형성될 기회가 되기도 했다.

이처럼 유배는 형벌사의 범위를 넘어서 문화사적인 차원에서 논의될 필요가 있는 것이다. 이 글에서는 그런 성격을 띤 유배형 가운데 전가입거(全家入居) 또는 전가사변(全家徙邊)으로 불린 처벌의 현황을

상을 살펴 체포한 것이었다. 앞선 설명은 『한국민족문화대백과사전』 '유형(流刑)'조에서 빌려왔다.

살펴보려고 한다.

유배를 확장된 성격에 따라 새로 정의하면 유배는 “왕으로부터 왕족, 사대부, 평민, 천민에 이르기까지 사형에 처하는 대신 연고가 없는 외진 곳에 당사자 또는 가족 전체를 일정 기간 또는 무기한으로 고립시키거나 각종 노역에 종사하게 해 정신적·육체적으로 고통을 주거나 군역(軍役) 또는 천역(賤役), 노동력을 확보하는 형벌의 일종”이라고 말할 수 있을 것이다.

2. 입법 취지와 시행 과정

입거(入居)란 백성이 드문 지방에 들어가 사는 것으로, 변방(邊方)의 방비를 충실하게 할 목적으로 대개 평안도와 함경도의 변방을 충실하게 하기 위해, 사변(徙邊)의 형을 받은 죄인이나 남방의 인구가 많은 고을에서 자원(自願) 또는 강제로 온 가족을 입주시키는 것이다. 『대명률(大明律)』의 도형(徒刑)·유형(流刑)에 준하는 형벌이다.

전가입거 또는 전가사변은 온 가족이 변방에 들어가 살게 하는 것인데, 범죄인의 가족에게까지 형벌을 부과하는 일종의 연좌제라고 할 수 있다. 세종 때부터 북변(北邊) 개척이 시작되어 남쪽의 백성을 이주시킨 데서 유래했다. 초기에는 함경도 5진(鎭)으로 보내어 정착하게 했다. 이 법의 적용범위는 문서 위조자·좀도둑·우마도살자(牛馬盜殺者), 관리로서 백성을 억압한 자, 세미(稅米) 20석 이상 미납자 등등 비교적 가벼운 범죄를 범한 자들인데, 당시 이민정책의 한 방편으로 이용되었다.

이렇게 입거되는 예는 늑령입거(勒令入居)와 범죄입거(犯罪入居, 作

罪入居)로 대별된다. 늑령입거는 반드시 유형 이상에 해당하는 죄를 짓지 않았더라도 그에 버금하는 죄, 이를테면 강상을 어기는 등 통치에 방해가 되는 자를 사목(事目)으로 정하여 뽑아서 강제로 입거시키기도 하는데, 이런 경우가 늑령입거에 해당한다. 범죄입거는 말 그대로 범죄인과 그 가족들에게 부과되는 경우다.

조선시대 법전의 기초가 된 『대명률(大明律)』에는 입거란 처벌은 나오지 않는다. 그러다가 세조 때 최항, 노사신, 강희맹 등이 집필을 시작하여 성종 7년(1476)에 완성하고, 16년(1485)에 펴낸 『경국대전(經國大典)』에 공식적으로 입거 또는 사변(徙邊)에 관한 규정이 나오기 시작한다. 예컨대 『경국대전』에는 사민도망(徙民逃亡)의 율(律)이 있는데, "사민으로서 도망한 자는, 그 처자는 역(驛)의 노비로 소속시키고, 체포하면 그 호주(戶主)는 참형(斬刑)에 처하며, 자수하면 본래 옮겨졌던 곳에 환원(還元)시키고, 처자는 석방한다."는 것이다.[2)]

『일성록(日省錄)』에 보면 전가입거의 죄상과 그 처벌 기준을 정한 기록이 나온다.

> 대전통편감인청(大典通編監印廳)이 열성조(列聖朝)의 수교(受教)와 대신들에게 수의(收議)한 것으로 아뢰었다
>
> ○해청(該廳)이 아뢰기를, "호조판서 조준(趙琰)이 전후 수교를 찾아서 보내왔는데 그 내용은 아래와 같습니다. 선묘조(宣廟朝) 임오년(1582, 선조 15) 수교에는 '나이가 차지 않은 사람을 군역에 충정(充定, 충당해 배정함)한 자는 멋대로 이정(移定)한 예(例)에 의거하여 논죄하되 멋대로 이정한 것이 15명 이상이면 수령을 파직하고 10명 이상이면

2) 관련 정보와 사실들은 『한국민족문화대백과사전』과 『한국고전용어사전』 등에 나오는 설명들을 참고해 기술했다.

수령의 자급(資級)을 강등하며 9명 이하이면 장(杖) 80에 처한다. 색리(色吏)[3]는, 5명 이상은 전가입거(全家入居)하고, 3명 이상은 장 100에 도(徒) 3년에 처하며, 2명 이하는 장 100에 처한다.' 하였습니다.

숙묘조 임술년(1682, 숙종 8) 병조사목(兵曹事目)에는 '아약(兒弱, 어리고 연약한 사람)을 충정한 경우 수령은 제서유위율(制書有違律)[4]로써 논죄하고 감색(監色)[5]은 도배(徒配)에 처한다. 10명 이상인 경우 수령은 도년(徒年)으로 정배(定配)하고 감색은 전가입거에 처한다.'고 하였습니다. 그런데 6년이 지난 뒤에 경상우병사 권주(權儔)의 사계(査啓)로 인하여 아약을 10명에서 1명까지 충정한 수령으로서 현고(現告, 국가의 행정 지시 사항이나 일반 범죄 사실 등을 해당 관청이나 관원에게 신고하거나 고발함)된 자가 29명이나 되었고, 전임(前任) 중에 이미 체차된 자로서 다른 고을로 이배(移拜)된 자가 또한 20명에 이르렀습니다.……" -『일성록(日省錄)』 정조 9년(1785) 7월 6일

관료들이 행정상 과오를 범했을 때 그 수령과 하급관리의 처벌에

3) 고려와 조선시대 향리의 한 계층을 가리키는 말. 고려시대의 향리는 호장층(戶長層)과 기관층(記官層), 색리층의 세 계층으로 구성되어 있었다. 즉, 고려시대에 여러 가지 잡무를 담당하는 '사(史)'층을 색리층으로 볼 수 있다. 또한, 1051년(문종 5)에 제정된 〈향리승진규정표〉에 의하면, 호장층과 6방 향리층을 제외한 모든 향리는 색리층이다. 조선 초기의 색리층은 고려의 각종 '사'계통을 이은 본래의 색리와 고려말 조선초의 신분혼란과정을 거치는 동안 기관층에서 잡색리로 떨어진 부류를 포함한다. 따라서 향리 중에서 색리층이 가장 많았다. 이들은 천역에 가까운 모든 향역의 부담자였고, 신분은 지배구조의 하부를 맡고 있었으나 사회·경제적 처지는 천인과 다름이 없었다. 조선 후기는 일반적으로 말단향리를 색리라고 하기도 하였다.

4) 임금의 교지(敎旨)와 세자(世子)의 영지(令旨)를 위반한 자를 다스리는 율. 『대명률』 이율(吏律) 제서유위조(制書有違條)에 의하면 위반한 사람은 장 1백에 처한다고 규정했다.

5) 감관(監官)과 색리(色吏)를 아울러 이르는 말. 감관은 조선 시대에, 각 관아나 궁방(宮房)에서 금전·곡식의 출납을 맡아보거나 중앙 정부를 대신하여 특정 업무의 진행을 감독하고 관리하던 벼슬아치다.

대한 연혁을 정리해 보고한 것인데, 여기에 보면 감색에 해당하는 하급관리가 전가입거되는 경우가 어떤 때인지 알 수 있다.

전가입거를 당하는 계층은 폭이 넓긴 하지만, 주로 평민 범죄자들에게 많이 적용되었다. 『성종실록』에 보면 "거제(巨濟)에 전가입거한 최중산(崔仲山)·이산(李山)·윤모지리(尹毛知里)……" 등을 석방했다는 기록[6]이 있는데, '윤모리지'는 평민이었을 것으로 보인다. 또 전가입거가 북방 변경만이 아니라 남방 해안 지역에서도 이뤄졌음을 알 수 있다.

또 같은 『성종실록』에 "호조·형조에 전지하여 이르기를, '지난 신묘년(1471, 성종 2)에 제도(諸道)의 재상전(災傷田)[7]을 사정(私情)으로 증감(增減)한 자로서 1결(結)[8] 이상인 자는 전가입거하고, 50부(負)[9] 이상

---

6) 『성종실록』 3년(1472) 5월 24일조.

7) 바람이나 홍수, 가뭄, 서리, 황충(蝗蟲) 따위의 천재지변으로 인해 피해를 입은 토지. 조선시대에는 구분(九分)으로 연분(年分)을 나누어 그 재상(災傷)의 정도를 참작했다.

8) 농토의 면적 단위. 이 넓이가 농가 일가구에 나누어 주기 위한 면적이었으므로 '목'이라고도 하였다. 삼국시대에서 고려 문종 때까지 1결의 넓이는, 장년 농부의 10지(指)를 기준한 지척(指尺)으로, 사방 640척이 차지한 정방형으로 15,447.5㎡가 된다. 고려 문종 때부터는 전토(田土)를 3등급으로 나누어 옛 1결은 하등전(下等田) 1결이 되고, 중등전(中等田) 1결은 하등전의 9분의 6.25배, 상등전 1결은 9분의 4배에 해당하게 되었다. 이러한 삼등전 제도는 다시 개혁되어 조선 세종 26년(1444)부터는 6등급으로 나누게 되었는데, 1등전 1결의 넓이는 고려 때 하등전 1결의 3분의 2의 넓이로, 그 넓이는 주척 477.5척 사방의 정방형으로 하였다. 따라서 1등전 1결의 넓이는 9,859.7㎡로 변했다. 임진왜란 이후 다시 변하여 인조 12년(1634)부터 1등전 1결의 넓이는 10,809㎡가 되었다가 대한제국 광무 6년(1902)부터는 1만㎡인 1ha를 1결로 제정하였다. 1등에서 6등으로 갈수록 1결의 면적은 일정한 비율로 넓어진다.

9) 농토의 면적을 나타내는 단위. 삼국시대 때 농토의 면적을 표시하기 위하여 제정, 통용되었던 단위. 1파 또는 한 줌을 기준 면적으로 하여 10줌을 1속(束) 또는 한 단, 10속을 1부 또는 한 짐, 100부를 1결 또는 1목으로 하였으므로 부는 중간 면적 단위에 해당된다고 할 수 있다. 그 실질적인 제도는 장년 농부의 열 손가락 폭을 10지(指)로 한 지척(指尺) 64척이 만드는 정사각형의 넓이에 해당하는 것으로 실질적인 면적은 154.3㎡였다. 중국과는 달리 우리나라에서는 전토의 양전(量田)을 기준 면적 1결로 하지 않고 1부로 정하고 있었으므로 1부는 표준 면적 단위로 보아야 한다. 따라서 옛날에 조세량(租稅量)도 1부당 3승(升)씩 한 것은 그 때문이다. 이러한 1부의 면적도 고려 문종 때부터

인 자는 그 도의 역리(驛吏)로 정속(定屬)하며, 나머지는 모두 논하지 말라.' 하였다."는 기록[10]도 있는데, 역시 부정행위를 저지른 관리들이 전가입거의 처벌을 받았음을 알 수 있다.

『중종실록』에 보면 전가입거 형을 받을 만한 죄질의 범위를 규정한 사실이 나온다.

> 형조가 아뢴 전가입거(全家入居) 죄조(罪條)를 내렸다. "변방으로 옮기는 조건은 지금 시행할 것이 많거니와, 전일에 삭제한 조건 중에서 행할 만한 것은 위에서 부표(付標)하여 내렸지만, 여기에는 문기(文記)를 위조한 자도 입거시키는 것이 있으니, 비리(非理)로 송사하기를 좋아하는 자도 사변해야 마땅하다. 정부의 낭관(郎官)을 불러 합좌(合坐) 때에 의논하게 하도록 하라. 또 외공(外貢)을 방납(防納)[11]하는 일은 매우 심한 것이다. 무릇 외방에서 바치는 물건이 품질이 좋은 것일지라도 서원(書員)·고자(庫子)가 반드시 좋지 않다 하고, 제 물건으로 대납하려면 반드시 스스로 좋다고 방납하므로, 외공하는 물건이 거의 다 품질이 나쁘다. 요즈음 종이를 보면 아주 예전만 못하니, 다른 물건도 이러할 것이다. 이런 사람도 변방으로 옮겨야 마땅하다. 또 그 감찰(監察)과 본사(本司)의 관원이 한결같이 아랫사람의 말만 듣고 품질이 좋은 물건일지라도 점퇴(點退)하고 받지 않아서 외방의 공리(貢吏)가 경중(京中)에 머물러 지체하게 하니, 이러한 관원과 감찰은 다 사죄(私罪)로 추론(推論)하는 것이 어떠한가? 이것도 아울러 정부가 합좌할 때에 수의(收議)하는 것이 마땅하다."

3등급으로 나누어지게 되자 각 등급에 따라 1부의 면적도 다르게 되었으며, 특히 1444년(세종 26) 양전법 개정 이후에는 1부는 각 등전척(等田尺)으로 사방 10척의 정사각형 면적이 되었다. 대한제국 때인 1902년(광무 6)부터는 100㎡인 1a를 1부로 제정하였다.

10) 『성종실록』 3년(1472) 7월 29일조.

11) 공물을 바칠 사람이 직접 바치는 것을 막고 대신 바치는 것.

입거죄조(入居罪條)는 이러했다. 1. 외방 사람이 실어오는 물건을 중도에서 기다렸다가 억지로 매매한 자. 1. 법사(法司)의 아전(衙前)으로서 장사하는 사람들과 벗하여 연음(宴飮)한 자. 1.금령(禁令)을 범한 사람을 잡았다가 청촉(請囑)을 받고 도로 놓아 준 자. 1. 위조한 문기(文記)를 가지고 송사한 자는 조상이 한 것일지라도 온 가족을 입거시킨다. 1. 유죄(流罪)를 범한 자. 1. 외리(外吏)로서 공물(貢物)을 받아 남용한 자. 1. 전세(田稅)를 여러 해 바치지 않은 자. 1. 수령(守令)이 갈릴 때에 틈을 타서 마음대로 관물(官物)을 쓴 자. 1. 문기를 위조하여 간사(奸詐)한 것이 드러난 자. 1. 비리(非理)로 송사하기를 좋아하는 자. 공물을 대납한 자. 1. 품관(品官)[12]·이민(吏民)으로서 그 감사(監司)·수령을 고발한 자.[13]

주로 불법을 행한 하급관리들을 처벌하기 위해 마련된 조례로 보이는데, 조목에 따라서는 평민들도 포함될 여지는 많아 보인다. 또 조목이 11가지에 이르고 다소 포괄적이라는 점에서도 알 수 있듯이 수령이나 상급 관료의 재량에 따라 처벌 수위는 얼마든지 확대될 가능성도 높다.

이렇게 전가사변은 변방과 해안 지역의 사정에 따라 때로는 광범위하게 범죄에 적용시켜 운영되었다. 따라서 그 처벌의 받은 이들의 수자가, 기록되지 않은 부분이 많음을 고려하면 상당수에 이르렀음을 짐작하게 된다.

이어서 전가입거자들의 실제 상황은 어떠했는지 살펴보기로 하겠다.

---

12) 품계(品階)가 있는 관원. 여기서는 특히 정관(正官)이 아니라, 각 고을에 둔 향청(鄕廳)의 좌수(座首)·별감(別監) 등 유향품관(留鄕品官) 등을 뜻한다.

13) 『중종실록』 19년(1524) 7월 27일조.

3. 전가입거자들의 현실

실록은 매일 전국에서 일어난 사건 가운데 중요한 일들을 선별해 기록했기 때문에 평민들의 전가입거 상황에 대해서는 상세한 기록이 발견되지 않는다. 여기서는 실록에 보이는 몇몇 사례들을 열거해 그 대강을 살펴보기로 하겠다.

『중종실록』에 보면 왜관에 몰래 들어가 사사롭게 거래를 한 박맹필의 죄상과 그 처벌 상황이 나온다.

> 전교했다. "저번 박맹필(朴孟弼)이 왜관(倭館)의 담장을 넘어 왜인과 비밀히 무역한 일은, 이미 승복했는데도 금부에서 가벼운 법조문으로 조율(照律)했으니, 나는 너무 가볍다고 여겼다. 그러나 유사(有司, 담당 관리)가 반드시 법조문에 의거하여 조율해서 아뢰었을 것이므로 윤허했다. 그런데 그 뒤에 간원에서 '반드시 금물(禁物, 금지된 물품)을 가지고 있었으므로 담장을 넘어 비밀히 거래한 것인데, 금부가 거짓 꾸며댄 공초(供招, 조선시대 형사 사건에서 죄인을 신문한 내용을 초록해 놓은 기록문서)에만 의거하여, 금물을 가지고 간 일에 대해서는 추문하지 않은 채 가벼운 조문으로 조율하여 아뢰었다.' 하므로, 박맹필을 다시 추문하라고 하교한 것이다. 지금 박맹필을 추문한 초사(招辭, 공초의 내용)를 보니 '정식 시장이 열릴 때 무역하면 마음대로 할 수 없을 것 같았으므로 담장을 넘어가 무역했다.'고 했는데 이 말이 거짓인지의 여부는 알 수 없다. 그러나 산달피(山獺皮, 담비의 가죽) 50령(領)[14]을 많은 사람들이 모인 곳에서 무역하려면 반드시 뜻대로 무역할 수 없을 것이다. 또 금물을 가지고 담장을 넘은 일이, 만일 사간(事干)의 말끝에서 나왔고 대간이 확실히 듣고 와서 계문(啓聞)한

14) '옷 한 벌'의 뜻. 여기서는 수달 가죽의 장수를 가리킨다.

> 일이라면, 진실로 무수히 형벌을 가하여 죽어도 죄가 남을 것이다. 지금 이미 형벌을 4~5차례 했는데도 공초가 또 이러하다. 또 금물을 가지고 간 죄는 일죄(一罪, 사형)에 해당되니, 의심스러운 일을 가지고 끝까지 추문할 수는 없다. 금부에게 장(杖) 1백에 전가입거(全家入居)로 조율하여 입계(入啓)하게 하라."[15]

박맹필은 중대한 범죄를 저질렀음에도 피의자의 자백에만 근거해 가벼운 처벌을 내렸다. 이후에 자세히 살펴보니 이는 사형에 처해도 무방할 범죄였다.[16] 허가를 받아 시장에서 정식으로 거래를 하면 이익이 충분하지 않고 수량도 제한받기 때문에 그는 왜관으로 잠행하는 모험까지 하면서 범법 행위를 했다. 이제 죄상이 드러났지만, 이미 가벼운 처벌이 있었으니 사형은 무리인지라 전가입거로 처벌하라는 지시를 내린 것이다.

박맹필은 사형을 받을 것을 정황 때문에 전가입거로 감해진 경우였다. 그러나 개인적인 중형은 모면했지만 가족까지 처벌받게 만들었으니, 요행이라 할 수도 없는 처벌이었다. 왜관의 담을 넘는 대담한 행동까지 한 것을 보면 박필맹은 범죄 전력이 있을 듯하고, 담비 가죽을 50장이나 확보할 것을 보면 수완도 뛰어난 장사치였음을 알 수 있다.

다음 기록은 종실 사람인 이팽년이 절도죄로 전가입거형을 받았는데, 현지에 가서도 신분을 이용해 남의 아내를 겁탈하고 재물을 도둑질한 죄상에 대한 처벌을 보여준다.

---

15) 『중종실록』 26년(1531) 윤6월 24일조.

16) 실제로 조선시대 잠상(潛商, 밀무역)은 사형에 해당하는 범죄였다.

> 종부시(宗簿寺) 이팽년(李彭年)에 관한 공사(公事)를 정원에 내리며 이르기를, "이 종친(宗親)을 당초에 변방으로 옮기어 도성(都城)에 드나들지 못하도록 한 것은 그의 죄를 무겁게 여겼기 때문이었다. 이미 도둑질을 하여 죄를 지었기 때문에 진도(珍島)로 전가입거(全家入居)시킨 것인데, 여전히 스스로 징계하고 뉘우치지 않아 남의 아내를 빼앗고 남의 재물을 도둑질했다. 비록 이번에 남해(南海)에 옮긴다 하더라도【공사(公事)에, 남해로 입거(入居)시키기를 청했다.】다만 옮겨 놓기만 하는 것이니 폐단을 일으키는 것이 진도에서와 무엇이 다르겠는가. 완악(頑惡)한 자가 자기는 종실(宗室)이기 때문에 반드시 죽게 되지는 않으리라 여겨 더욱 그치지 않을 것이다. 그의 처자는 죄가 없으니, 그 사람만 남해에 위리안치(圍籬安置)하여 김세한(金世瀚)에게 한 것처럼 하는 것이 어떻겠는가? 그의 죄가 종사(宗社)에 관계되는 것이라면 죽여도 되지만 이는 종사에 관계되는 죄는 아니기 때문에 사형을 감한 것이니, 대신에게 의논해 보라." 하니, 대신들이 모두 임금의 분부가 지당하다고 했다.[17)]

이팽년은 종실 사람으로 수치스런 처벌을 받고서도 전혀 뉘우치지 않고 입거지에서도 횡포를 부렸다. 패악의 수준도 나빠졌다. 권력의 비호를 기대하면서 저지른 범죄이니 입거형을 넘어 유배형으로 수위를 높였다. 더욱이 처자들과 떨어져 혼자 유배지로 가니 고통은 배가 될 것이었다.

이 기록을 통해 종실 사람일지라도 전가입거형을 받을 수 있으며, 개전의 정황이 보이지 않을 경우 더 가혹한 형벌로 이어질 수도 있음을 알 수 있다. 다음으로 『성종실록』에 나오는 전가입거형의 예를 살펴보기로 하겠다.

---

17) 『중종실록』 32년(1537) 3월 27일조.

> 사헌부에서 충청도관찰사 윤탄(尹坦)의 계본(啓本)에 의거하여 아뢰기를, "청양인(靑陽人) 이검송(李儉松) 등이 그의 사원(私怨)으로 정산현(定山縣)에 이르러, 밤을 타서 산에 올라가 현감 서종수(徐宗秀)를 꾸짖고, 또 서종수의 불법한 일을 말하여 관찰사에게 알리도록 했으므로, 즉시 이졸(吏卒)을 보내어 체포하여 안치(按治)하게 했더니, 일이 모두 무실(無實)했습니다. 그러나 소민(小民)으로서 수령을 무함(誣陷)하고 모욕한 것은 풍교(風敎)에 관계있으니, 비록 일이 사유(赦宥) 전에 있더라도 징계하지 않을 수 없습니다. 청컨대 전가사변(全家徙邊)하소서." 하니, 명하여 대신에게 의논하게 했다. 윤필상(尹弼商)·노사신(盧思愼)·윤호(尹壕)·한치형(韓致亨)·유지(柳輊)·윤효손(尹孝孫)이 의논하기를, "아뢴 대로 시행함이 편하겠습니다." 하니, 그대로 따랐다.[18)]

청양 사람 이검송은 개인적인 원한으로 앙심을 품어 있지도 않은 현감의 죄상을 공개적으로 성토했다. 조사해보니 전혀 근거가 없었고 무고한 데다 하극상에 해당하니 정상참작의 여지가 없는 일이었다. 그래서 전가사변의 처벌이 응당했고, 대신들도 논의 결과 죄상에 어울린다는 보고를 올렸다. 이검송은 신분이 평민 이상은 되는 것으로 보인다. 현감과 사사로운 원한을 맺을 정도로 친분이 있었고, 관찰사에게 고발을 할 정도면 양반이었을 것이다.

위 세 가지 사례에서 볼 수 있듯이 전가사변형을 받은 계층은 종실에서부터 양반, 상인에까지 이르렀다. 아직 사례를 찾지는 못했지만 평민의 경우도 있었을 것으로 짐작된다. 천민의 경우는 사천(私賤)이든 공천(公賤)이든 소유주가 있기 때문에 임의로 전가사변령을 내리기

---

18) 『성종실록』 25년(1494) 6월 16일조.

는 어려웠을 것이니, 전가사변은 천민을 제외한 모든 계층에 해당되었음을 알 수 있다. 다만 명문가에 속한 사람에게는 집단적인 전가입거형보다는 개인적인 유배형이 더 적용되지 않았을까 추측된다.

4. 부작용의 노출과 그 폐지

전가입거 처벌은 워낙 포괄적이고 강제적, 계획적으로 진행되다보니 부작용도 적지 않았다. 죄질보다 무거운 형벌이라 여겨 반발이 있을 수밖에 없었고, 평생 가족들과 함께 유폐되는 일은 견디기 어려웠을 것이다. 그래서 입거지를 이탈해 달아나는 사례가 자주 나왔다.

> 전교했다. "근래에 법령이 해이해져서 백성이 두려워할 줄 모르며, 각도 관사의 전가입거·도류(徒流)·부처(付處)·안치(安置)·충군(充軍)된 사람들이 혹은 도망쳐 본가로 돌아가며, 혹은 다른 고을을 왕래하며, 혹은 공사(公事)로 인해 상경했다가 체류하여 돌아가지 않는 자가 간혹 있으나, 수령이 능히 법으로 검거하지 못하고 있다. 금후에는 각도 감사로 하여금 불시로 적간하되, 죄안(罪案)을 점고하여 만약 탄로된 자가 있으면 한갓 본인만 치죄할 것이 아니라 그 수령까지 아울러 치죄하게 하라. 이것으로 형조와 팔도 관찰사에게 교유하노라."[19]

유배형을 받은 죄인들이 도주하는 일은 전가입거자에게만 해당되지 않았다. 위에서도 보이듯이 도류와 부처, 안치, 충군된 사람들이 유배지를 떠나 본가나 고향으로 가거나 공적인 일로 이탈했다가 귀환하지 않는 사례도 있었다. 이런 죄인들에 대해 일일이 단속하거나 추

19) 『중종실록』 8년(1513) 5월 24일조.

후 체포하는 일이 쉽지 않아 방치되고 있었다. 그리하여 죄인들의 동태를 철저하게 점고할 것과 이런 사례가 적발될 경우 당사자뿐만 아니라 수령까지도 처벌하겠다고 교유했다. 전가입거를 포함한 유배형의 모순과 폐단이 적지 않았음을 알 수 있다.

다음 기록은 전가입거형을 피하기 위해 무리를 해서 가산을 다 잃어버리는 폐단에 대해 지적하고 있다.

> ……이청이 아뢰기를, "외방(外方)의 수령들이 지난해의 관조(官糶)[20]를 이미 거두어들이고서도 그 문적(文籍)을 두었다가 후년에 다시 거두어서 채우는데, 곤궁한 백성은 호소할 길이 없으니 몹시 억울합니다. 수령들이 사사로이 경비를 쓰고서, 갈려 갈 즈음에 해유(解由)[21]를 받아 내지 못할세라 각박하게 거두어들이는데, 이제는 또 관조 10석(石) 이상을 바치지 않은 자는 전가입거(全家入居)하게 하니, 이 때문에 민간이 소요하여 입거를 면하려고 앞을 다투어 가산을 기울여서 죄다 관부(官府)로 날라 갑니다. 이로 말미암아 올해는 조금 곡식이 잘 되었다고는 하나, 도리어 흉년든 지난해보다 괴로움이 심하여 달아나는 자까지 있습니다." 하니, 임금이 이르기를, "접때 듣건대, 수령들이 10석을 바치지 않은 자는 입거시킨다는 법을 빙자하여 요란하게 독촉하여 거두어들인다 하므로 이미 호조(戶曹)로 하여금 금지하게 했으나, 이제 각도에 따로 일러서 빨리 그렇게 하지 말게 해야 하겠다."……[22]

---

20) 조선시대 각 고을에서 봄에 백성에게 곡식을 대부해 주는 것을 말함. 이는 춘궁기에 곡물의 가격이 급등할 때 관(官)이 보관하고 있던 것을 방출하여 가격을 안정시키거나 생활이 곤란한 백성들을 구제하기 위해 실시한 것이다. 조적(糶糴), 환곡(還穀).

21) 조선시대 관원의 교체 시 전임자와 후임자 사이에 인수인계하는 법률적 절차. 후임자에게 그 사무와 소관 물건을 인계하고 재직 중의 회계(會計)와 물품 관리에 대한 책임을 면하는 제도이다.

22) 『중종실록』 11년(1516) 1월 3일조.

이런 폐단은 지방관의 부정부패 행위에서 촉발되는 경우가 많았다. 이미 관조를 완납했는데도 문서에 기재하지 않고 이중으로 거둬들이거나 인수인계 시 문제가 될까 두려워 독촉하거나 본때를 보이기 위해 전가입거형을 내리는 데서 발생했다. 항거할 방법이 없던 백성들은 가진 재산이나 농토를 팔아 납부하지만, 결국 그들은 파산의 길을 걸을 수밖에 없었다. 이런 부당한 횡포와 처사가 없도록 하라고 건의할 정도였으니, 빈번하게 이런 폐단이 벌어졌고, 평민들은 생계를 잃게 되는 악순환이 반복되었을 것이다.

다음 경우는 과다하게 처벌된 전가입거 죄인들의 관리가 순조롭지 못했고, 그에 따른 대책을 마련해야 하는 지경에까지 이른 형편을 말해준다.

> 제주에 전가사변(全家徙邊)한 죄인을 내지(內地)로 옮기도록 명했다. 조복양(趙復陽)이 임금에게 아뢰기를, "제주에 정배된 죄인은 모두 적도들로서 습성을 고치지 않아, 늘 도둑질하는 피해가 많았습니다. 이런 흉년을 만나서는 그 피해가 더욱 심하여 제주 백성들이 고통을 감당하지 못할 것입니다. 만약 지금 다른 데로 옮긴다면 온 섬의 사람들이 지탱하여 보존될 수 있을 것입니다." 하니, 임금이 따랐다.[23]

전가입거된 죄인과 그 가족들에게는 생계를 위한 농토나 주거지가 보장되지 않았다. 그들은 수고에 부응하는 보상을 받지도 못해 늘 굶주림에 허덕였다. 평시에도 생활이 힘겨웠는데, 흉년이라도 들면 더욱 고통이 커졌다. 결국 살기 위해 도둑질까지 자행했고, 그 피해는 주민들에게까지 미쳤다. 그리하여 일정 수의 죄인들을 이주시킬 것을

---

23) 『현종실록』 11년(1670) 9월 12일조.

건의하게 되었던 것이다.

앞에서도 지적한 것처럼 유배인은 그 비용을 스스로 조달해야 했다. 권력과 재물을 가진 양반 사대부들도 견디기 힘든 비용인데, 적수공권의 백성들로서는 더욱 각박한 현실이었다. 행정적인 편의로 죄인을 입거시키고 생활 보장에는 무관심했던 조정이나 관아의 무책임도 큰 문제지만, 이주 정책만으로 이를 해결하려는 안이한 태도는 폐단과 원망이 지속되도록 만들었을 것이다.

이런 문제점들이 속출하자 결국 조정은 이 형벌을 폐지하기로 결정했다.

> ……20년(1744년) 갑자(甲子)……여름 5월에 명하여 『속대전(續大典)』을 찬집(纂輯)하되 전가사변율(全家徙邊律)을 없애게 하셨다. 이에 앞서 성종조(成宗朝)에서 『경국대전(經國大典)』을 찬수했는데, 규모는 매우 바르나 조관(條貫)은 오히려 상세하지 못하므로 역대에서 증수(增修)하여 각각 한 서책을 만들었는데, 『전속록(前續錄)』·『후속록(後續錄)』·『전록통고(典錄通考)』·『수교집록(受教輯錄)』 등의 서책이 있었으므로 문호(門戶)가 번거롭고 많아서 고거(考據)하기에 불편했다. 이때에 이르러 왕께서 명하여 찬집청(纂輯廳)을 설치하고 아홉 당상(堂上)과 아홉 낭청(郎廳)을 차출하여 육전(六典)을 나누어 맡겨 번잡한 것을 삭제하여 간단하게 하고 날마다 전석(前席)에 인대(引對)하여 친히 감정(勘定)하셨는데, 전가사변율에 이르러 탄식하여 말씀하기를, '범한 자는 죄가 있으나 처자는 무슨 죄인가?' 하고, 드디어 명하여 없애게 하셨다.[24]

영조의 탄식처럼 죄인의 처벌이야 당연하다고 해도 가족들까지 연

---

24) 『영조실록』 〈영조대왕 행장(行狀)〉.

좌시키는 것은 법 집행의 원칙에 어긋나는 행위였다. 이런 도덕적인 측면도 작용했겠지만, 결국 전가족이 추방되어 고통 받는 가운데 벌어지는 폐단과 부작용의 발생도 그 폐지에 한몫을 담당했을 것이다. 입거형은 유지하고 전가사변율만 없앤 것인지 여부, 또 이 폐지가 실효가 있었는지는 분명하지 않은데, 이후에도 전가입거형에 대한 기사가 간혹 보이기 때문이다.

5. 끝맺는 말

전가사변형은 중국에도 없는, 조선시대 때만 존재했던 형벌이었다. 변방과 해안 지역 주민의 부족을 메우겠다는 발상으로 비롯된 전가입거형은 실제로 그 지역 노동력의 확충에 도움이 되었을 수도 있지만, 폐단도 적지 않았다.

한편 가족 전체가 함께 이주함으로써 억울함과 함께 지역 문화의 판도에도 변화를 이끌어냈다. 처벌의 원인을 제공한 범죄자가 사망했을 때 형벌의 부과도 끝나 나머지 가족들은 고향으로 복귀할 수 있었는지는 확인되지 않는다. 그러나 그것이 가능했다고 할 때 귀향한 사람도 있지만, 이미 오랫동안 정착해서 새로운 가정을 꾸리거나 연고를 쌓아 그대로 지역민으로 살아갔을 가능성도 크다. 그리고 지금까지도 그 후손들이 그 지역에서 공동체의 일원으로 살아오고 있을 것이다.

이런 길고긴 과정 속에 일어난 한 가족과 그 지역의 변화를 지금 재구하기는 쉽지 않다. 별다른 자료나 기록을 찾을 수 없고, 후손들도 조상들의 썩 자랑스럽지 못한 이력을 들춰내고 싶지 않을 것이기 때문이다. 그러나 전가입거형은 죄상에 상응하는 처벌이기보다는 부당한 조치였음을 생각할 때 당사자들뿐만 아니라 후손들 역시 피해자라고 할 수 있다.

앞으로 좀 더 적극적으로 관련된 사료나 후손들을 찾아 문화 교류의 구체적인 실상을 찾을 필요가 있다고 생각된다. 그리하여 유배라는 이름으로 일어났던 일련의 역사적 상황들이 형벌사의 범주를 벗어나 문화교류사라는 큰 틀에서도 논의될 수 있기를 희망한다.

정몽주 평전 집필을 위한 몇 가지 방안

1. 들어가는 말

요즘 우리나라에서는 '평전(評傳)'의 출간이 빈번하게 이루어지고 있다. 물론 많은 경우가 근대나 현대에 속하는 인물이 주된 대상이기는 하다. 그러나 우리 역사를 종합적인 시야에서 인식하려는 것이 아니라 개개인의 삶의 집적이라는 측면에서 이해하려는 노력이 확산되고 있는 것은 분명해 보인다. 즉 역사에 '집단사'가 아니라 '개인사'로도 접근할 수 있다는 발상의 전환이 이루어지고 있는 것이다. 역사를 어떻게 바라보고 이해해야 하는가에는 다양한 이론과 실천이 있을 수 있다. 결국 한 개인의 삶을 지배하는 것은 집단이었고, 또 집단의 운명은 때로 한 개인의 판단과 행동에서 비롯되기도 했던 것도 사실이다. 이 양자는 사실 대립되는 관계가 아니라 상호 보완하는 길항 관계에 있다고 보아야 할 것이다. 역사를 마치 흥미로운 스캔들의 저장고처럼 생각하면서 선물 보따리를 풀어놓는 것처럼 요란하게 다루는 것보다는 이처럼 개인의 삶을 다양한 각도에서 세밀하게 분석하는 것도 유익하고 진지한 시도임에 틀림없다.

근래에는 이런 평전의 출간에도 시대의 지평이 넓어져서 조선시대 중기나 초기까지 거슬러 올라가거나, 더 나아가 고려와 삼국시대 인물까지도 평전의 대상으로 삼기에 이르렀다. 과연 어떻게 쓰는 것이 '평전'의 정의에 어울리는 글쓰기가 될 것인가는 논쟁의 여지가 있지만, 한 역사적 개인을 비평적인 시각으로 시대의 흐름과 함께 의미를 해석하려는 작업은 바람직한 역사 읽기의 방식이 되리라 믿는다.

이 글은 그런 역사적인 개인 가운데 우리가 고려(高麗) 왕조와 운명을 같이해서 순절(殉節)한 충신으로 기억하고 있는 포은(圃隱) 정몽주(鄭夢周, 1337-1392)의 평전을 쓰기 위한 예비 작업으로 쓰여진다. 다소 몰개성적인 집단의 역사조차도 같은 시기를 다룬다면 여러 가지 이유로 해서 드러나는 것과 분석되는 내용이 달라진다. 하물며 개인의 역사라고 하면 그 편차는 더욱 심해질 것이다. 정몽주의 삶을 매개로 해서 그의 시대를 이해하는 것은 고려 말기의 역사를 우리가 생동감 있게 인지하는 데 대단히 유익한 경험이 될 것이다.

여말선초(麗末鮮初) 때 활동했던 인물들을 대상으로 쓰여진 연구물이나 평전은 몇 종류가 나와 있다. 개혁의 주역이었던 공민왕(恭愍王)을 다룬 책[1]에서부터 요승(妖僧)으로 평가절하 된 신돈(辛旽)[2], 역성역명(易姓革命)을 주도한 정도전(鄭道傳)[3], 야심 많았던 군주 태종(太宗) 이방원(李芳遠)[4] 등이 그들이다. 그 밖에도 다양한 방식으로 여말선초 때 인물들의 생애와 생각을 정리한 글들은 많이 나와 있다.

그럴 때 정몽주의 경우는 어떠한가? 아동을 위한 위인전을 제외하고 그의 생애를 심도 있게 다룬 '평전'은 아직 나온 적이 없다. 물론

---

1) 이기담 : 『공민왕과의 대화』, 고즈윈, 2005.
2) 김창현 : 『신돈과 그의 시대』, 푸른역사, 2006. / 김헌식 : 『신돈, 미천하니 거리낄 것이 없네』, 창해, 2006.
3) 조유식 : 『정도전을 위한 변명』, 푸른역사, 1997. / 한영우 : 『정도전, 왕조의 설계자』, 지식산업사, 1999.
4) 이한우 : 『태종』, 해냄, 2005.

정몽주의 역사적 활동과 업적을 점검한 논저들이 적지 않은 것은 사실이지만, 오로지 그를 중심에 두고 고려 말기의 역사 흐름과 그 안에서 정몽주가 감내하면서 판단하고 실천했던 삶이 가진 의의를 다룬 책은 찾아보기 어려운 것은 참으로 아쉬운 일이다.

『정몽주 평전』을 쓰겠다고 마음먹고 관련 서적들을 살펴보면서 필자에게는 어리석지만 당연한 의문이 떠올랐다. 왜 『정몽주 평전』은 없는 것일까? 그가 평전 한 권도 가지지 못할 만큼 부실하고 단편적이면서 도외시해도 좋을 삶을 살지 않았음은 누구나 인정할 것이다. 또 고려 말기를 살았던 누구보다 역사적 비중이 큰 인물인 것도 틀림없는 사실이다. 아마도 우리 고전 인물 가운데 보편적 인지도로만 따지면 당연히 수위[5]를 다툴 것이라고 믿어 의심치 않는 정몽주에 대해 이는 정당한 대우가 아닌 듯했다. 그런 그의 삶을 다룬 평전은 왜 아직까지도 쓰여지지 않은 것일까? 더구나 이렇게 다양한 평전이 출간되고 있는 형국에서 말이다.

문득 필자는 그런 답안이 나왔다. 그가 너무 유명해서가 아닐까? 자신의 조국을 지키기 위해 모든 노력과 정열을 쏟아 붇고 장엄하게 순절했다는 사실이 너무나 확연해서 그 밖의 정몽주의 삶은 가려져 버린 것이 아닐까? 그저 독서로 참여하는 일반 대중들뿐만 아니라 고려시대와 정몽주를 연구하는 학자들조차 정몽주의 순교자적 삶에 매몰되어 버린 것은 아닐까? 이는 물론 너무 즉흥적이기는 하지만 어쩌면 본질적인 대답이라고도 여겨졌다. 너무 유명해서 그의 생애가 어떠했는지 궁금해지지 않는 것이다.

어떤 사람은 너무나 유명하기 때문에 그의 전반적인 삶에 대해서는

---

5) 단군(檀君)이나 세종(世宗), 이순신(李舜臣) 정도가 그와 순위를 다툴 것이다.

무지해질 때도 있다. 정몽주를 너무 잘 안다고 하는 막연한 인식이 역설적이게도 정몽주를 제대로 이해하는 데 장애가 된다는 말이다.

필자 역시 그런 장애에서 자유롭지는 않다. 그러나 기왕에 정몽주에 대한 평전을 쓰기로 작정한 이상 어떻게 써야 하고 무엇을 써야 할 것인가를 고민하지 않을 수 없다. 충실한 자료의 독서와 이해, 기존 연구 성과의 수용 및 비판, 현장이 꼼꼼한 답사는 당연한 선결 과제다. 그러나 안다는 것과 그 아는 것을 쓰는 것은 다른 문제다.

『정몽주 평전』을 준비하면서 떠올랐던 집필에 따르는 몇 가지 의문과 관점에 대해 이 자리에서 논의해보고자 한다.

2. 사실史實과 허구의 조화

『고려사(高麗史)』와 『고려사절요(高麗史節要)』, 『포은집(圃隱集)』 및 기타 자료에 실려 있는 정몽주와 관련된 글들은 분량으로 보면 적지 않은 양이다. 거기에는 생애를 다루고 있는 부분에서부터 평가나 숨은 의미를 찾으려는 노력이 엿보이는 글들도 있다.[6] 그런데 그 가운데 정몽주의 생애를 석연하게 알려주는 자료들을 골라보면 의외로 그리 풍족하지 않다는 사실을 알게 된다. 먼저 간단하게 정몽주의 생애를 정리해보자. 아래 자료는 『포은집』 권4에 실려 있는 〈연보고이(年譜考異)〉를 바탕으로 정리한 정몽주와 관련된 전기 자료다.

6) 포은학회에서 펴낸 『圃隱 鄭夢周, 韓國文集類 所載 關聯記事集覽』(한국문화사, 2008)은 그런 자료를 모은 중요한 성과물이지만, 그 밖에도 역사서나 야담류, 필기류에는 아직도 많은 자료들이 산재해 있다.

- 1337년(丁丑, 1세, 충숙왕 복위 6) 12월 무자일(戊子日, 22일)에 영천군(永川郡)의 치소(治所) 동쪽에 있는 우항리(愚巷里)에서 태어났다. 처음에 어머니 변한국부인(卞韓國夫人)이 임신했을 때 난초 화분을 안았다가 놀라 떨어뜨린 꿈을 꾸고 깨어서 공을 낳았기 때문에 몽란(夢蘭)이라 이름지었다. 나면서부터 남달리 빼어났으며, 어깨에 검정사마귀 일곱 개가 북두칠성의 형상처럼 벌여 있었다.
- 1345년(乙酉, 9세, 충목왕 1) 변한국부인이 낮에 검은 용이 (배)나무에 오르는 꿈을 꾸고 나가 보니 선생이었기 때문에 이름을 몽룡(夢龍)으로 고쳤다. 관례를 치르고 나서 지금 이름으로 고쳤다.
- 1355년(乙未, 19세, 공민왕 4) 1월에 아버지 일성부원군(日城府院君)이 세상을 떠나자 여묘(廬墓)했다.
- 1357년(丁酉, 21세, 공민왕 6) 여름에 어사대부(御史大夫) 신군평(申君平)이 감시(監試)했는데, 공이 세 번째로 합격했다.
- 1359년 홍건적(紅巾賊) 1차 침입
- 1360년(庚子, 24세, 공민왕 9) 정당문학(政堂文學) 김득배(金得培)가 지공거(知貢擧)가 되고, 추밀직학사(樞密直學士) 한방신(韓邦信)이 동지공거(同知貢擧)가 되어 고시했는데, 선생이 삼장(三場)에서 잇달아 으뜸을 차지해 첫째로 뽑혔다. 33명이 급제했다.(文益漸) 한방신 : 1374년 공민왕의 피살에 연루된 아들 한안(韓安)의 죄에 연좌되어 유배되었다가 1376년(우왕 2) 죽음을 당했다.
- 1361년(辛丑, 25세, 공민왕 10) 홍건적(紅巾賊) 2차 침입. 공민왕이 복주(福州, 安東)로 피신했을 때 시종신(侍從臣)으로 호종(扈從)했다.
- 1362년(壬寅, 26세, 공민왕 11) 3월에 예문검열(禮文檢閱, 예문관 정9품)에 임명되었다. 이때 김득배가 홍건적(紅巾賊)을 물리치고 경성을 수복했지만, 도리어 김용(金鏞)에게 모함을 당해 상주에서

효수되었다. 선생이 스스로 김득배의 문생(門生)이라 하여 임금에게 청해 그 주검을 거두어 장사를 치렀다. 10월 수찬(修撰, 예문관 정8품)에 올랐다. 〈김득배를 제사하는 글(祭金得培文)〉을 썼다.

- 1363년(癸卯, 27세, 공민왕 12) 5월 낭장겸합문지후(郎將, 정6품 兼閤門祗候, 종6품)에 임명되었다. 7월에 선덕랑(宣德郎. 종6품) 위위시승(衛尉寺丞, 종6품)에 임명되었다. 8월에 종사관(從事官)으로 동북면도지휘사(東北面都指揮使) 한방신(韓邦信)을 따라 화주(和州)에서 여진(女眞)을 정벌했다. 이 때 이듬해 2월에 이성계(李成桂, 1335-1408, 兵馬使)와 처음 대면했다.
- 1364년(甲辰, 28세, 공민왕 13) 2월에 여진의 삼선(三善)과 삼개(三介)를 격퇴하고 돌아와 조봉랑(朝奉郎, 종5품) 전보도감판관(典寶都監判官)에 임명되고, 자금어대(紫金魚袋)를 하사받았다. 〈갑진년 한가위에 회포가 있어(甲辰中秋有懷)〉를 지었다.
- 1365년(乙巳, 29세, 공민왕 14) 전농시승(典農寺丞)으로 옮겼다. 1월에 어머니 변한국부인의 상을 당해 여묘했다.
- 1366년(丙午, 30세, 공민왕 15) 이때 상제(喪制)가 문란했지만, 선생만이 여묘하여 애례(哀禮)를 갖추었다 했다. 일이 임금에게 알려져 문려(門閭)에 정표(旌表)했다.
- 1367년(丁未, 31세, 공민왕 16) 선생이 복을 벗고 나서 통직랑(通直郎) 전공정랑(典工正郎)에 임명되었지만 나가지 않았다. 곧 예조정랑겸성균박사(禮曹正郎, 정5품 兼成均博士, 정7품)에 임명되었다. 이때는 전쟁을 겪은 뒤라서 학교가 황폐했는데, 이때에 이르러 성균관(成均館)을 새로 세우고, 큰 선비를 가려서 학관(學官)을 겸직시켰다. 이색(李穡)을 겸대사성(兼大司成)으로 삼았는데, 선생의 강설이 우뚝하여 여느 사람의 생각보다 뛰어났기 때문에 선

비들이 탄복했다. 이색이 자주 이를 일컬어 "달가(達可)의 논리는 횡설수설(橫說竪說)이 이치에 맞지 않는 것이 없으니, 동방이학(東方理學)의 시조로 추대한다." 하였다.

- 1368년(戊申, 32세, 공민왕 17) 봉선대부(奉善大夫, 종4품) 성균사예지제교(成均司藝, 종4품 知製教)에 임명되었다. 이때부터 모든 임명에 다 삼자(三字, 知製教)와 관각(館閣)의 관직을 겸대했다.
- 1371년(辛亥, 35세, 공민왕 20) 중의대부(中議大夫, 정4품) 태상소경(太常少卿, 정4품) 보문각응교(寶文閣應教, 정5품) 겸성균관직강(兼成均館直講, 종5품)에 임명되었다. 12월에 중정대부(中正大夫, 종3품) 성균사성(成均司成, 종4품)에 임명되었다.
- 1372년(壬子, 36세, 공민왕 21) 3월에 서장관(書狀官)으로 지밀직사사(知密直司事) 홍사범(洪師範)을 따라 부경(赴京)하여 촉(蜀)을 평정한 것을 축하하고, 아울러 자제(子弟)의 입학을 청하고서 돌아오다가 바다 가운데의 허산(許山)에 이르러 태풍을 만났다. 홍사범은 익사하고 선생은 거의 죽을 뻔했다가 살아서 말다래를 베어 먹은 지 13일 만에 황제가 듣고 배를 갖추어 도로 데려가서 후하게 돌려보냈다.
- 1373년(癸丑, 27세, 공민왕 22) 7월에 경사(京師)로 돌아와 황제의 명령을 선포했다.
- 1374년(甲寅, 38세, 공민왕 23) 2월에 경상도안렴사(慶尙道按廉使)에 임명되었다.
- 1375년(乙卯, 39세, 우왕 1) (4월에) 우사의대부(右司議大夫, 종3품) 예문관직제학(禮文館直提學, 정4품) 충춘추관수찬(充春秋館修撰, 3품)에 임명되었다. 곧(6월에) 성균대사성(成均大司成, 정3품)에 임명되었다. 이때 공민왕이 시해되고, 김의(金義)가 명나라 사신 채

빈(蔡斌)을 죽였기 때문에 나라 사람들이 두려워하여 감히 명나라에 사신을 보내지 못했는데, 선생이 큰 의리를 아뢰어 "요즘의 변고는 빨리 상세하게 주달(奏達)하여 중국으로 하여금 분명하게 알아서 의혹이 없게 해야 할 것입니다. 어찌 미리 스스로 의심하고 이반해서 백성에게 재앙을 만들어줄 수 있겠습니까?" 하니, 그제야 비로소 판종부시사 최원(崔源)을 보내 상(喪)을 알리고 시호를 청했다. 마침 북원(北元)이 사신을 보내오자 이인임(李仁任)이 맞아들이려 했는데, 선생이 박상충(朴尙衷)과 김구용(金九容) 등 10여 인과 함께 상서(上書)하여 다투고 대간(臺諫)도 이인임을 논핵(論劾)했다. 권신이 "간관이 재상을 논하는 것은 작은 일이 아니다." 하여 모두 하옥하고 장류(杖流)했다. 선생도 죄를 얻어 언양(彦陽)으로 귀양을 갔다. 이 때 〈원나라 사신을 맞아들이지 말 것을 청하는 소(請勿迎元使疏)〉를 썼다.

- 1376년(丙辰, 40세, 우왕 2) 선생은 언양의 폄소(貶所)에 있었다. 이 무렵 〈김해산성기(金海山城記)〉를 썼다.
- 1377년(丁巳, 41세, 우왕 3) 3월에 서울로 돌아왔다. 〈비가 내리는데 의성 북루에 올라(丁巳年三月雨中登義城北樓)〉라는 시를 썼다. 9월에 전대사성(前大司成)으로 일본에 사신을 갔다. 교린(交隣)의 이해(利害) 관계를 자세히 설명하니 주장에 경복하여 관대(館待, 客館에서의 대접)가 매우 후했다. 왜승(倭僧) 가운데 시를 구하는 사람이 있으면 붓을 들어 그 자리에서 써주니, 승려들이 모여들어 날마다 가마를 메고 경치 좋은 곳을 구경하기를 청했다. 이때 지은 시가 여러 편 있다.
- 1378년(戊午, 42세, 우왕 4) 7월에 일본에서 돌아왔는데, 구주절도사(九州節度使) 원료준(源了浚, 미나모토 이마카와 료오슌)이 주맹인

(周孟仁)을 시켜 함께 오게 하고, 잡혀갔던 윤명(尹明)과 안우세(安遇世) 등 수백 인을 돌려보냈다. 정순대부(正順大夫, 정3품) 우산기상시(右散騎常侍, 정3품) 보문각제학(寶文閣提學, 정3품) 지제교에 임명되었다.

- 1379년(己未, 43세, 우왕 5) 4월에 봉익대부(奉翊大夫, 종2품) 전공판서(典工判書, 정3품) 진현관제학(進賢館提學, 정3품)에 임명되었다. 윤4월에 봉익대부 예의판서(禮儀判書, 정3품) 예문관제학에 임명되었다. 19월에 전법판서(典法判書, 정3품) 진현관제학에 임명되었다.
- 1380년(庚申, 44세, 우왕 6) 3월에 판도판서(版圖判書, 정3품)에 임명되었다. 가을에 조전원수(助戰元帥)로서 태조(이성계)를 따라 전라도 운봉(雲峰)에 가서 왜적을 쳐서 크게 이기고 돌아왔다. 〈전주 망경대에 올라(登全州望景臺)〉 시가 있다. 11월에 밀직제학(密直提學, 정3품) 상의회의(商議會議) 도감사(都監司) 보문각제학 상호군(上護軍, 정3품)에 임명되었다. 이 해 7월 21일과 8월 5일, 11월 24일 등에 둔촌(遁村) 이집(李集)에게 네 통의 편지를 쓴 듯하다.
- 1381년(辛酉, 45세, 우왕 7) 2월에 성근익찬공신(誠勤翊贊功臣) 봉익대부(奉翊大夫) 밀직부사 상의회의도감사 보문각제학 상호군에 임명되었다. 9월에 첨서밀직사사(簽書密直司事, 정3품)로 옮겼다.
- 1382년(壬戌, 46세, 우왕 8) 4월에 주족금은진고사(輳足金銀進貢使)로 경사에 갔는데, 요동(遼東)에 이르니 도사(都司, 都指揮使司)의 차인(差人)이 성지(聖旨)를 적어 보이면서 "세공(歲貢)을 몇 년의 물건을 합해 한꺼번에 하니, 그 뜻이 정성스럽지 못하다." 하고 입경(入境)을 허가하지 않아 그대로 돌아왔다. 11월에 다시 청시사(請諡使)로 경사에 갔다. 〈홍무 임술년에 이원수를 따라 동정

하여(洪武壬戌從李元帥東征)〉 시를 썼다.

- 1383년(癸亥, 47세, 우왕 9) 1월에 요동에 이르니, 도사(都司)에서 "들이지 말라는 칙명(勅命)이 있다." 하고 진헌(進獻)하는 예물만 받고 입경(入境)을 허가하지 않아 그대로 돌아왔다. 8월에 동북면조전원수로 다시 태조(이성계)를 따라 정벌에 나갔다.
- 1384년(甲子, 48세, 우왕 10) 4월에 동북면에 가서 사변(事變)을 살폈다. 7월에 광정대부(匡靖大夫, 정2품) 정당문학(政堂文學, 종2품)에 임명되었다. 이때 하성절사(賀聖節使) 축하 사절을 서로 피하면서 미루는데, 임견미(林堅味)가 선생을 추천하니. 머뭇거리지 않고 바로 출발하여 절일(節日)에 맞춰 표문(表文)을 올렸다.(書狀官 鄭道傳, 1342-1398) 황제가 사정을 알고 전번에 촉을 평정한 것을 축하하러 온 사실도 알아 특별히 위무하고 예부에 명해 예대(禮待)하여 보내게 했다.(정몽주는 중국어[白話]를 구사했는가?)
- 1385년(乙丑, 49세, 우왕 11) 4월에 경사(京師)에서 돌아왔다. (여름에) 동지공거(同知貢擧)로 우홍명(禹洪命) 등 33인을 뽑았는데, 그때 사람들이 마땅한 선비를 뽑았다고 말했다. (이때 일부는 의비(懿妃)의 동생 노귀산(盧龜山)을 뽑으려는 염국보(廉國寶)의 농간 때문에 임금 외족의 자제가 선발되기도 했다.)
- 1386년(丙寅, 50세, 우왕 12) 2월에 경사(京師)에 가서 임금의 편복(便服)과 배신(陪臣)의 편복, 조복(朝服)을 청하고, 이어서 세공(歲貢)을 감면해 주기를 청했는데, 선생의 주대(奏對)가 상세하고 명백하여 5년 동안 바치지 못한 것과 늘려 청했던 세공의 상수(常數)를 면제받았다. 7월에 경사에서 돌아와 황제의 명령을 선포했다. 임금이 매우 기뻐하여 의대와 안마(鞍馬)를 내렸다.
- 1387년(丁卯, 51세, 우왕 13) 청하여 해직되고 영원군(永原君)에 봉작

되었다. 6월에 공이 하륜(河崙), 이숭인 등과 함께 건의하여 백관(百官)의 관복을 정하여, 호복(胡服)을 폐지하고 중국 제도를 따랐다. 이때 명나라 사신 서질(徐質)이 와서 보고 감탄하면서 "고려가 다시 중국의 관대(冠帶)를 따르리라고는 생각하지도 못했다."고 말했다. 12월에 경사에 가서 조빙(朝聘)을 통하기를 청했다. 이 해에 〈원증국사의 어록에 제하여(題圓證國師(普愚)語錄)〉를 썼다.

- 1388년(戊辰, 52세, 우왕 14) 1월에 선생이 요동(遼東)에 이르렀는데 들이지 않아서 그대로 돌아왔다. 삼사좌사(三司左使, 정2품)에 임명되었다. 이때 권세 있고 간사한 관리들이 백성들의 전토(田土)를 강탈했는데, 청하여 사전(私田)을 폐지하니 백성이 힘입어 살았다.(未詳, 私田革罷는 恭讓王 때의 일) 7월에 문하찬성사(門下贊成事, 정2품) 지서연사(知書筵事)에 임명되었다. 6월 위화도회군(威化島回軍)이 단행되어 우왕이 폐위되고, 창왕(昌王)이 들어섰다가 다음 해 폐위되었다.

  조반(趙胖)의 옥사로 이인임과 임견미가 제거된다.

- 1389년(己巳, 53세, 공양왕 원년) 6월에 예문관대제학(藝文館大提學, 종2품)에 임명되었다. 11월에 문하찬성사에 임명되었다.
- 1390년(庚午, 54세, 공양왕 2) 8월에 충순론도동덕좌명공신(忠純論道同德佐命功臣) 훈호(勳號)를 받고, 중대광(重大匡) 문하찬성사(門下贊成事) 동판도평의사사(同判都評議使司) 판호조상서시사(判戶曹尙瑞寺事) 진현관대제학(進賢館大提學) 지경연춘추관사(知經筵春秋館事) 영서운관사(領書雲館事) 익양군충의군(益陽郡忠義君)에 임명되었다. 11월에 벽상삼한삼중대광(壁上三韓三重大匡) 수문하시중(守門下侍中) 판도평의사사(判都評議使司) 병조상서시사(兵曹尙瑞寺事) 영경령전사(領景靈殿事) 우문관대제학(右文館大提學) 익양

군충의백(益陽郡忠義伯)에 임명되었다.
윤이(尹彝)·이초(李初) 사건 1390년 5월

- 1391년(辛未, 55세, 공양왕 3) 11월에 인물추변도감제조관(人物推辨都監提調官)에 올랐다. 12월에 안사공신(安社功臣) 훈호(勳號)가 더해졌다.
- 1392년(壬申, 56세, 공양왕 4) 2월에 선생이 지은 신율(新律)을 바치니, 임금이 지신사(知信事) 이첨(李詹)에게 명하여 진강(進講)하게 했는데, 무릇 엿새 동안 그 훌륭함을 여러 번 찬탄했다. 태조(이성계)가 개국을 꾀할 무렵 절의(節義)에 따라 돌아가시니, 실로 4월 초4일이었다. 이 해 7월 고려가 망했다.
- 1401년(辛巳, 태종 1) 태종이 대광보국숭록대부(大匡輔國崇祿大夫) 의영정부사(領議政府事) 수문전대제학겸예문춘추관사(修文殿大提學兼藝文春秋館事) 익양부원군(益陽府院君)에 추증(追贈)하고, 시호를 문충(文忠)이라 했다.

물론 이것이 우리에게 현재까지 알려진 정몽주의 생애 전체는 아니다. 그러나 이런 정도의 요약이 아주 소략한 것만도 아니다. 결론적으로 우리들에게는 정몽주에 대해 알 수 있는 전기적 자료가 결코 풍부하지 않다. 이것이 정몽주의 생애를 정리할 때 겪게 되는 첫 번째 한계다.

그에 대한 전기적 자료가 적은 이유는 여러 가지를 들 수 있겠지만, 무엇보다 그가 조선(朝鮮) 건국을 반대하다가 죽음을 당했다는 데서 찾을 수 있을 것이다. 조선시대 내내 정몽주에 대한 평가는 결코 나쁘지 않았고, 오히려 여러 면에서 격상되고 칭송을 넘어 숭앙(崇仰)되기조차 했다. 조선조의 사림(士林)이라 하는 사람들도 정몽주에 대한 올바른 인식과 평가를 하기보다는 학통과 지연을 강조하는 도식적인 이해에 안주했다. 그러니 그런 평가나 찬사가 정몽주라는 인격과 언행을 빛나게 해주기는 했지만, 그의 생애를 좀 더 풍부하고 상세하게 넓혀 준 것은 아니다. 개국에 반대했으니 그의 언행은 조선 초기에 가능하면 숨겨야 할 사실이었다. 조선 왕조에 불리할 수 있는 자료가 남겨지기란 불가능했을 것이다. 이렇게 의도적이면서 적대적으로 한 번 감추어지고 파괴된 생애를 다시 복구하기란 쉽지 않은 일이다. 그것은 노력이나 용기가 없어서가 아니라 아예 자료 자체가 폐기되어 버렸기 때문에 어떻게 할 도리가 없기 때문이다.

대개 평전의 대상 인물들도 비슷한 상황이겠지만, 이런 빈약한 전기 자료의 현실은 정몽주의 전기를 집필하는 데 장애 요인이면서 풍부한 가능성을 열어주기도 한다. 정몽주가 살았던 시대 상황을 다양하게 반영해야 하고, 당대에 교유했던 인물들의 삶과 생각들과 결부지어 그가 처한 현실을 재구하기도 해야 한다. 이를 넘어 삶의 고비마다 끊어져 버린 고리들은 창의적인 상상력을 발휘해 재구성할 필요도 있다. 이 때문에 우리는 정몽주의 삶을 묘사하면서 사실(史實)만큼이나 허구(虛構)를 활용할 수밖에 없다.

예컨대 공민왕 후기 때 핵심적인 인물로 정치를 보좌했던 신돈(辛旽)과 정몽주의 관계 등을 들 수 있다. 신돈은 공민왕이 재위 4년(1356)이 되던 해 반원(反元) 개혁정치의 시도 이후 몇 차례 위험한 고비를 넘기면서 점차 안정을 되찾았고, 또다시 개혁을 시도하기 위한 대안으로 신돈을 기용했다. 그리고 공민왕 19년(1370) 말 수원으로 유배될 때까지 국정(國政)을 장악했다. 이 시기에 정몽주는 아직 정계의 중심인물로 부상하지는 않았다. 과거에 급제하여 동북면 여진 정벌에 종사관으로 참여했고, 모친상을 치른 뒤 성균학관으로 임명되어 교육자로서의 길을 걷던 시기였다. 신돈이 실각했을 때 정몽주의 나이는 34살이었다.

이 시기에 정몽주는 거의 개성(開城)의 성균관(成均館)을 중심으로 활동했다. 같은 공간 안에 있었으니 신돈과는 어떤 방식으로든지 접촉이 있었을 것으로 보인다. 물론 대등한 관계는 아니었겠지만, 신돈이 일정 정도 진보적인 개혁 정책을 시도한 부분에 대해, 또 신돈 말기에 보여준 문제들에 대해 소견이나 대응이 없지는 않았을 것으로 보인다. 정몽주가 단순히 성리학의 이단(異端) 논리를 내세워 신돈을 폄하하지는 않았을 것으로 추측되는데,[7] 이런 점에 대해 조금 상상력을 확장할 수는 있을 것이다. 특히 신돈은 승려의 신분임에도 숭문관(崇文館) 옛터에 성균관을 중영(重營)하여 경술지사(經術之士)를 배양하는 데 일익을 담당했다.

아울러 정몽주 생애의 마지막 밤이었던 1392년 4월 4일에 일어난 일에 대해서도 그 경과에 대해 구체적인 대안을 마련해볼 수도 있지 않을까 여겨진다. 공식적인 설명은 이성계를 타도하기 위한 준비 과정으로서 문병(問病)을 갔다가 이방원의 사주에 의해 살해당한 것으로 되어 있다. 그러나 이미 병권(兵權)을 완전히 장악했던 개국파(開國派)의 입장에서, 그것도 아버지의 문병을 온 원로대신을 살해한다는 것은 백성들 사이의 여론이나 조정 중신들의 동태에 미칠 영향 등 여러 모로 보기에 좋지 않다. 그 공식적인 기술이란 것도 개국파들의 입김이 많이 가미된 사실을 생각하면 혐의가 짙은 것도 사실이다.[8]

물론 그러면 진실은 무엇인가 라는 측면으로 파고들 때 함부로 예측

7) 劉璟娥 : 鄭夢周의 政治活動 연구, 이화여대 박사논문, 1996, 16-17쪽 참조.

8) 공양왕 2년(1390) 5월에 발생한 윤이(尹彛)·이초(李初) 사건도 개국파들에 의해 조작된 사건이었을 가능성은 이미 어느 정도 설득력을 가지고 논의되고 있다. 승자의 역사인 고려 말기 역사의 기술에 대해 의혹의 눈길을 보내는 것이 아주 위험한 발상은 아닐 듯하다.

하기 어려운 부분도 많다. 사실(史實)의 신빙성에 의혹이 있다면 이를 절충적으로 해석할 여지는 있다고 보여진다.

이런 식으로 정몽주의 삶에서 끊겨 있는 고리들을 융통성 있게 연결시켜 본다면 정몽주의 생애는 좀 더 공시적으로도 통시적으로도 보완이 되리라 생각한다. 다만 상상을 한다고 해서 정도를 넘어서서는 안 될 것이다. 합리적인 연결 고리를 찾는 일이 무모하거나 무의미한 날조(?)를 허용한다는 말은 아니기 때문이다.

3. 시문의 창작 시기 산정刪定

정몽주가 자신의 삶을 살아가면서 남긴 저작(著作)이 실제로 얼마나 되었는지는 지금으로서는 정확하게 알 수 없다. 우리 손에 쥐어져 있는 자료는 『포은집』이 유일하다. 그러나 『포은집』은 분명 유고집(遺稿集)이다. 그가 성균학관 시절 생도들의 교육을 위해 또는 자신의 학문적 정진을 위해 자신의 생각을 담은 글을 남겼을 것은 분명해 보이는데, 아쉽게도 그 구체적인 자료는 전하는 것이 없다. 또 이후 사행으로 빈번하게 중국과 일본을 오가면서 공식적인 보고서든 사적인 체험담이든 산문 기록을 남겼을 것으로 짐작된다. 마지막으로 시중(侍中)으로 활동한 공양왕 시절에는 더욱 정치적인 목적으로 쓰여진 글들이 있었을 것이다. 그러나 이런 글들은 극히 일부를 제외하고는 전하지 않는다. 이런 현실 때문에 우리에게는 지금 남아 있는 『포은집』이 더욱 소중해진다.

그런데 『포은집』은 유고집이기 때문이기도 하지만, 작품의 창작 연대가 분명하지 않다. 작품이 쓰여지게 된 정황이나 작품의 제목 또는 내용을 통해 창작 연대를 유추할 수 있는 작품도 많지만, 그렇지 않은 작품도 적지 않다. 『정몽주 평전』이 일정 정도는 연대기적인 기술이 필요하기 때문에, 그의 저작으로 남아 있는 이런 작품들에 대한 연도 추정은 반드시 필요한 과정이다.

『포은집』에는 정몽주가 쓴 한시(漢詩) 작품 250여 편과 산문(散文) 약간 편이 수록되어 있다.

2권으로 나누어져 있는 한시 작품은 아래와 같이 구성되어 있다.

권1 : 사행시(使行詩) 중국(1372, 36세 / 1386, 50세) 117편(李穡, 〈書江南紀行詩藁後〉) 일본(1377년, 41세) 3편 12수[9] 〉 120편

권2 : 변방 출정 변새시와 교유시(중국 사신과 동료, 불교계 인사 등), 제영시(題詠詩) 만사(輓詞) 등(132편) : 총 252편

사행시 117편은 이색(李穡)의 〈서강남기행시고후(書江南紀行詩藁後)〉가 이 작품들에 대한 글로 추정한다면 우왕 12년(1386) 다녀왔을 때 남긴 것이 분명해 보인다.[10] 서장관으로 참여한 정도전(鄭道傳)의 부탁으로 발문을 썼다는 글의 내용이 이를 반증한다. 또 정도전도 〈포은봉사고서(圃隱奉使藁序)〉를 남겼는데, 내용 가운데 정몽주가 세 번 경사(京師)를 다녀왔다고 했으니, 3차 사행 때의 작품인 것이 더욱 확실해진다. 그러나 전체가 3차 시기 작품은 아니고 권1의 후반부에는 그리고 일본 사행시 13편은, 그가 일본을 다녀 온 것이 한 번뿐이니 우왕 3년

9) 『포은집』 속록(續錄) 권4 〈습유(拾遺)〉편에 보면 『월봉해상록(月峯海上錄)』에 실려 있는 〈홍무정사봉사일본작(洪武丁巳奉使日本作)〉이란 제목의 작품이 실려 있다. 이것까지 포함한다면 14수가 될 것이다.

10) 『포은집』 권1에 실려 있는 첫 번째 시 제목 하단에 『교서관본(校書館本)』에는 '3월' 위에 '병인(1386)' 두 자가 있다는 유성룡(柳成龍)의 교정자 주가 붙어 있다.

(1377)과 4년 사이의 작품일 것이다.

그런데 정몽주가 중국을 사행하여 남경(南京)까지 왕래한 것은 세 차례 있었다. 공민왕 21년(1372)이 1차고 우왕 10년(1384)과 12년(1386)이 2차와 3차다. 물론 그 사이에는 명나라의 입국 거부 때문에 되돌아온 경우도 세 차례 있었다. 117편의 작품은 3차 시기 작품이 앞부분에 실려 있고, 1차 시기 작품은 뒷부분에 실려 있다. 1차 사행 때 작품은 19편으로 추정된다. 그러면 1386년 2월 이후 출발하여 그 해 7월에 귀국하여 5개월에 걸친 여정이었던 3차 시기 작품은 98편이 된다. 5개월 여정을 고려할 때 작품양이 적지는 않다. 물론 이 시기에 다 썼다고 판단해도 무리일 것은 없지만, 그렇다면 2차 사행 때에는 한 편도 쓰지 않았다는 말이 된다. 그러므로 3차 사행시 98편은 주로 1386년 때의 작품이겠지만, 일부는 2차 작품도 포함될 여지도 있다.[11] 실제로 『포은집』 권1의 98번째 작품은 〈임자십월십이일발경사숙진강부단도역(壬子十月十二日發京師宿鎭江府丹徒驛)〉으로 되어 있는데, 그렇다면 확실히 이 작품은 첫 번째 사행인 1772년(壬子)에 쓰여진 것이 분명하다. 또 제목에 "태창(太倉)에서 9월……"하는 경우도 2편이 있다. 세 번째 사행은 2월에서 7월 사이니 '9월'이 나올 이유가 없다.[12] 사행시를 좀 더 찬찬히 분석해서 해명해야 할 과제로 남겨 두겠다.[13]

---

11) 이 문제에 대해서는 박현규(朴現圭) 교수가 2009년 8월 20일 중국 연태시(烟台市)에서 열린 제3차 포은학회 국제학술대회에서 〈明奉使時期 鄭夢周의 行蹟과 作品分析〉에서 비교적 소상하게 해명해놓고 있다. 이 발표에서는 첫 번째 사행이었던 1372년-1373년 시기 작품이 주로 논의되었다.

12) 정몽주의 1차 사행은 1772년 3월-1773년 7월이고, 2차 사행은 1384년 7월(?)-1385년 4월이며, 3차 사행은 1386년 2월-7월이다.

13) 정도전이 지은 〈포은봉사고서〉에 보면 "내가 홍무 18년(1384)에 선생을 따라 천수절(天壽節)을 축하하러 갔었는데, 이제 시를 외며 일에 따라 그 일을 생각하면 완연하게 보이는 듯하니, 시로서 볼 수 있다는 말이 미덥지 않은가!"라는 구절이 있다. 이를 자세

『포은집』 권3은 잡저(雜著)라 해서 찬(讚) 1편, 명(銘) 1편, 제문(祭文) 1편, 제시권시(題詩卷詩) 2편, 부(賦)로 보이는 작품 1편, 기(記) 1편, 소(疏) 1편, 습유(拾遺)로 시 1편, 분운시(分韻詩) 1편, 제문(題文) 1편, 서(書) 4편이 실려 있다. 이들 작품의 집필 연도를 살펴보자.

첫 번째 〈송헌이시중화상찬(松軒李侍中畵像讚)〉은 이성계의 화상을 보고 쓴 글이다. 이성계가 수문하시중(守門下侍中)이 된 것이 우왕 14년(1388)이니, 그 이후에 쓰여졌을 것이다. 공양왕 시기 동안 이성계와 정몽주는 동지적 관계에서 국정을 주도했던 만큼 호의적인 내용으로 이루어져 있다.

〈척약재명(惕若齋銘)〉은 정몽주와 각별한 사이였던 김구용(金九容, 1338-1384)의 호이자 재실(齋室) 이름인 '척약재'에 써준 글인데, 이 때 이색도 같은 글을 썼다. 김구용은 성균학관을 함께 역임했고, 공민왕 21년(1372)과 우왕 10년(1384) 두 차례 명나라에 사신을 갔고, 두 번째 해에 일이 잘못되어 유배를 가 죽었던 만큼 정몽주와 비슷한 지향을 가졌을 뿐만 아니라 각별한 동지적 유대감을 가지고 있었다.[14] 정몽주의 글이나 이색에 글 어디에도 글을 쓴 시기가 나오지 않아, 창작 시기는 좀 더 고민을 해야 할 듯하다.

〈제김득배문(祭金得培文)〉은 스승 은문(恩門) 김득배가 모함을 받아 죽은 해인 공민왕 11년(1362, 25세)에 쓰여졌다.

2편의 제시권시는 시대를 알 수 없다.

〈기절동패옥제겹사안(寄浙東佩玉齋郟士安)〉은 제목에 '절동'이 나오

히 뜯어 읽어보면 『봉사시고』에 실린 작품 중 일부는 1384년 때의 것도 있지 않을까 하는 의구심도 든다.

14) 흥미로운 사실은 김구용의 두 차례 사행시기가 정몽주와 같다는 점이다. 이것은 조금 복잡한 사연이 있었던 듯한데, 당장 해명이 안 되니 좀 더 검토할 사안으로 남겨둔다.

고 내용으로 보아 명나라 학자에게 써준 글이 분명하다. 그가 고려로 사신 온 사람일 수도 있지만, 명나라 사행 때 쓴 글에 가까울 듯한데, 〈강남기행시고〉도 있는 만큼 두 번째 사행(1384) 때일 가능성이 높다.

〈김해산성기(金海山城記)〉는 내용으로 볼 때 유배 생활을 끝낸 우왕 2년(1376, 40세) 이후에서 그리 먼 시기는 아닐 것 같다.

〈청물영원사소(請勿迎元使疏)〉는 이 일 때문에 유배를 갔으니, 우왕 1년(1375)에 쓰여졌을 것이다.

그 밖에 〈습유〉로 남은 〈차이태상운하이둔촌자지직등제(次李太常韻賀李遁村子之直登第)〉 3수는 이지직이 우왕 6년(1380)는 갑과(甲科) 제2인으로 급제했으니, 이 해에 쓰여졌을 것이다.

분운시 〈원주목사하윤원담지시축화승천감분운득내자(原州牧使河允源湛之詩軸和僧天鑑分韻得乃字)〉는 확인하기 어렵다.

〈제원증국사어록(題圓證國師語錄)〉은 내용으로 볼 때 우왕 13년(1387, 51세)에 쓰여진 것으로 보인다.

둔촌 이집(李集)에게 보낸 네 통의 편지글은, 내용에 척약재 김구용이 여묘(廬墓)살이를 한다는 구절이 나온다. 이 시기가 언제인지 확증된다면 창작 시기도 확인될 것이다. 또 네 편의 편지가 모두 같은 시기에 쓰인 것인지도 분명하지는 않다. 그런데 첫 번째 편지에서 정몽주가 7월부터 한 달 가까이 이질(痢疾)을 앓았다는 말이 나온다. 사소하지만 정몽주 생애의 한 일화를 확인할 수 있는 자료가 아닐까 싶다.

정몽주가 평생 남긴 시문의 창작 시기를 추론함으로써 그의 평전을 집필하는 데 적지 않은 도움이 될 것은 분명하다. 한시의 경우, 물론 시의 특성상 정황이나 시기가 정확하게 밝혀지기 어려운 부분은 있지만, 그의 개인적인 감회나 정서가 담겨 있다는 점에서 인간 정몽주의 내면을 파악하는 데는 크게 도움이 될 것이다.[15)]

4. 교유 관계를 통한 포은상(圃隱像)의 정립

정몽주는 벌열가문(閥閱家門) 출신은 아니다. 정몽주 이전 선조들의 행적을 살펴보았을 때 현직(顯職)에 오른 인물은 보이지 않는다. 의종(懿宗) 때 지추밀원사(知樞密院事)까지 오른 정습명(鄭襲明)이 있기는 하지만, 이후 정몽주 시대까지 이렇다 하게 두각을 나타낸 인물은 찾기 힘들다. 때문에 정몽주의 가문을 귀족가문(貴族家門)이라거나 고려 후기 권문세족(權門勢族)과 연결 짓기는 힘들다. 결국 정몽주는 스스로 실력을 키우고 능력을 갖추어 중앙 정계에 등장해 최고의 지위에까지 올랐음을 알 수 있다.[16] 이런 점에서 볼 때 정몽주가 평생을 살면서 일구었던 인맥(人脈)과 교분, 학맥은 그의 삶에 대단히 중요한 의미가 있었을 것을 짐작할 수 있다. 어쩌면 이것은 정몽주가 가졌던 가장 가치 있는 자산이었을 것이다.

누구나 다 마찬가지지만 인간은 혼자 살아갈 수 없다. 정몽주처럼 가문의 배경을 등에 업기 어려웠고, 좌주(座主)마저 모함이든 아니든 처형을 당한 처지고 보면 더욱 고립무원(孤立無援)의 입장에서 벗어나기 어려웠을 것이다. 이런 불리한 상황을 벗어나기 위해 정몽주는 부단하게 노력했을 것이고, 가장 손쉽고 지속이 가능한 방법이 친분 관계를 넓히는 것임은 자명하다. 더욱이 의리(義理)를 중시했던 정몽주의 성품으로 볼 때 한 번 맺은 인연을 가볍게 보아 넘기지는 않았을 것이다. 상주(尙州)에서 효수당한 스승의 시신을 홀로 수습하여 장례를 치르고 〈제문(祭文)〉까지 썼던 그의 외기가 분명 당시 사대부 계층

15) 『포은집 속록(續錄)』에도 정몽주가 지은 시문(詩文)이 일부 전해진다. 이 작품들의 창작 시기도 추후 살펴볼 예정이다.

16) 포은학회, 『포은선생집』, 포은 정몽주의 생애와 학문, 31쪽, 2008.

에게 큰 감명을 주었을 것이다. 이런 호감과 스스로를 단속하면서 의리를 중시하는 태도, 학문적인 성과와 국사(國事)를 위해 몸을 돌보지 않는 자세 등은 그가 많은 사람들과 간담상조(肝膽相照)하는 교분을 나누고 유지하는 데 크게 도움을 주었으리라 본다.

때로 이런 각별한 친분 관계는 그에게 불리하게 작용을 하기도 한 듯하다. '군자(君子)의 붕당(朋黨)'이 아니라 '소인(小人)의 붕당'으로 폄하하면서 질시하거나 이를 정치적으로 중상모략할 때 빌미로 삼을 수도 있기 때문이다. 심지어 조선 초기의 역사가들은 정몽주당(鄭夢周黨)이라는 용어까지 만들어 정몽주가 실력과 이념, 친분을 이용한 세력 넓히기에 몰두했다고 비판했다. 이런 지적을 사실로 받아들이느냐의 문제는 별개로 정몽주는 상당 기간 심혈을 기울여 인재(또는 동지) 모으기를 게을리 하지 않았다.

유경아는 자신의 논문에서 정몽주와 교유 관계를 가졌던 당시 인물들을 분석하여 총 25명에 이르는 명단을 작성해 놓고 있다.[17] 물론 이 속에는 선배부터 동료, 친우, 후배, 제자 등 다양한 연령과 계층들이 포함되어 있다. 또 여기에는 교류한 승려들은 제외되어 있으니, 실제로는 훨씬 더 많은 사람들과 교감을 가졌다고 보아도 무방할 것이다.

그런 만큼 『정몽주 평전』의 상당 부분과 내용에도 그의 교유 관계를 다루지 않을 수 없다. 『포은집』에 등장하는 작품 속에 보이는 인물들이 중요 대상이 되겠지만, 고려 말기 내내 점차 학문적, 정치적으로 성장하여 최고의 위치까지 올랐던 점을 고려할 때 그 밖에도 많은 사람들이 거론될 수 있을 것이다. 또 동시대 인물들이 남긴 문집(文集)을 살펴보면 정몽주와 시문(詩文)을 주고받은 경우가 다양하게 발견된다.

---

17) 유경아, 정몽주의 정치활동 연구, 앞의 논문, 46-50쪽.

이런 글들을 모아 분석하면 그것은 곧 정몽주와 동시대인 사이의 이념적, 정서적 교감의 역사가 될 것이다.

정몽주의 인물 교유 관계를 성향이나 역할에 따라 나눠 보면 크게 일곱 경우로 정리가 된다.

① 스승이나 선배 관계 : 김득배, 한방신, 이색, 전록생(田祿生), 이집, 홍사범(洪師範) 등
② 동료나 동방(同榜) 관계 : 김구용, 문익점, 이존오(李存吾), 박의중(朴宜中) 등
③ 후배나 제자 관계 : 이숭인(李崇仁), 정도전, 하륜(河崙), 권근(權近) 등
④ 적대적 관계 : 이인임(李仁任), 임견미(林堅味), 이방원(李芳遠), 조준(趙浚), 정도전 등
⑤ 방외우(方外友)로서의 관계(불교계 인물) : 신돈(?-1371), 원증국사 보우(普愚, 1301-1382) 등
⑥ 중국 인사들과의 교유 : 호련(胡璉), 호해(胡海), 장부(張溥), 임성(任誠), 주탁(朱倬), 단우(單宇) 등
⑦ 군신(君臣) 관계 : 공민왕, 우왕, 창왕, 공양왕, 태조, 태종 등

이렇게 다양한 집단과의 교유 관계의 흐름과 의미를 밝히고, 다시 정몽주 생애의 연대기를 작성한다면 『정몽주 평전』은 한층 다양하고 밀도 있는 내용을 담보하게 될 것이다.

5. 이성계와의 30년 애증 – 동상이몽이었나 난세의 동지였나?

정몽주는 이성계(1335-1408) 일파의 동태를 살피기 위해 낙마(落馬)해 병상에 누워있던 이성계의 집으로 문병을 갔다가 돌아오는 도중 이방원(李芳遠)이 보낸 흉한(兇漢)의 손에 최후를 마쳤다. 그리하여 이성계는 정몽주가 생애 마지막으로 만난 사람이 되었다. 정몽주가 세상을 떠나자 마지막 장애를 제거한 개국파들은 더욱 개국의 고삐를 당겨 결국 그해 7월에 조선이 정식 건국(建國)되었고, 이성계는 개국군주(開國君主)가 되었다. 이렇게 보면 정몽주와 이성계는 정적(政敵)이면서 이성계의 왕위 진출을 끝까지 가로막은 인물처럼 보인다. 당연히 두 사람 사이도 화기애애하지는 않았을 것이다.

정몽주는 이성계보다 2살 연하였다. 이성계 집안은 선조 이안사(李安社)가 원나라의 지배 아래 여진족(女眞族)이 살고 있던 간도 지방에 들어가 원(元)나라의 지방관이 된 뒤로부터 점차 그곳에서 기반을 닦기 시작했다. 아버지 이자춘(李子春, 1315-1360)도 원나라 총관부가 있던 쌍성(雙城)의 천호(千戶)로 있었으며, 1356년(공민왕 5) 고려의 쌍성총관부 공격 때 내응하여 원나라의 세력을 축출하는 데 큰 공을 세우고 고려의 벼슬을 받았다. 이로부터 이성계는 무장(武將)으로써 각지를 다니면서 외적과 왜구를 토벌하는 전과를 세웠다. 막강한 군사력과 미래의 지도자를 찾던 무리들의 지지를 받아 결국 그는 역성혁명을 마무리했다.

정몽주와 이성계가 처음 대면한 것은 1364년 2월 경으로 보인다. 이 때 정몽주는 한방신을 따라 종사관으로 화중(和州)에서 여진족을 토벌했는데, 그 때 병마사(兵馬使)로 온 이성계를 처음 만났다. 정몽주

나이 28살이었고, 이성계는 30살이었다. 두 사람 모두 한미한 가문 출신으로 중앙 정계에 뚜렷한 지지 기반은 없었지만, 새로운 시대를 열려는 열망으로 가슴이 뜨거운 나이였다.

이렇게 만난 두 사람이 다시 재회하는 것은 꽤 시간이 흘러 1380년(우왕 6) 가을이 되어서였다. 두 사람은 어느덧 나이 44살, 46살의 장년이 되어 있었다. 물론 그 사이에 전혀 만남이 없지는 않았겠지만, 어머니가 돌아가시자(1365년) 여묘살이를 하고, 성균학관으로 활동하던 중 사신으로 명나라를 다녀오는(1382) 등 조금씩 길을 엇갈려 서로 친근하게 접촉할 기회는 많지 않았을 것이다. 공민왕이 세상을 떠나고 우왕이 등극했다. 그러나 여전히 두 사람이 재회하려면 몇 년의 세월을 기다려야 했다. 1375년부터 다음 해까지 정몽주가 언양으로 유배를 갔고, 돌아오자마자 일본으로 사행을 나섰다. 그런 뒤 조전원수가 되어 이성계와 해후했다. 이때부터 두 사람은 밀접하게 가까워졌던 듯하다. 전장터로 나서면서 이성계는 함께 종군할 사람으로 정몽주를 택했다. 정몽주 입장에서는 아주 탐탁한 일은 아니었겠지만, 전란으로 위태로운 나라 사정을 외면할 수는 없었을 것이다. 그리고 3년 뒤에 다시 두 사람은 만나 1383년 9월에 동북면으로 정벌을 나서게 된다.

이후 다시 두 사람은 다른 길을 걷게 되지만, 이 두 차례 종군(從軍) 체험은 두 사람 사이를 격의 없게 만들었을 것으로 보인다. 전쟁터에서 횃불을 밝히고 술잔을 기울이면서 주고받은 세상 얘기, 시대에 대한 염려와 각성, 시대 상황에 대처해야 하는 마음가짐 등등 동년배나 다름없을 두 사람은 많은 화제로 밤을 지새우면서 이야기를 나누었을 것이다. 이때 형성된 공감대가 나중에 위화도 회군이 일어나고 공양왕이 등극하는 과정에서 힘을 합하게 되는 계기가 되었을 것이다. 평생 뜻을 함께 했던 사람들, 이색이나 이숭인 등과 등을 돌리면서까지 이성계와 협력한 데에는 여러 가지 사정이 있었겠지만, 정몽중의 심리적인 갈등과 고민도 적지는 않았을 것이다. 그럼에도 불구하고 그는 이성계를 택했다. 이성계가 단순한 야심가였거나 권력지상주의자였다면 이런 일은 일어나지 않았을 것이다. 정몽주는 이성계를 지략을 갖추고 덕망을 겸비한, 대단히 합리적이면서 충성심 있는 인물로 판단했던 듯하다. 정몽주 자신이 직접 쓴 〈송헌이시중화상찬〉을 보면 그가 얼마나 이성계를 높게 평가하고 있는지 알 수 있다.

風彩豪俊華峯之準	풍채가 크고 우뚝한 것은 화산(華山)의 도량이고
智略深雄南陽之龍	지략이 깊고 웅장한 것은 남양(諸葛亮의 고향)의 용이로다.
或判事廟堂之上	때로는 묘당에서 나라 일도 판단하고
或決勝帷幄之中	때로는 유악에서 이길 계책도 결정했지.
遏洪流於滄海	푸른 바다에서는 거센 물살을 막았고
扶日出於咸池	함지에서는 해 뜨기(君主의 登極)를 도왔네.
求古人於簡策	역사에서 옛 사람에게 구해보아도
盖如公者幾希	공과 같은 사람은 아마도 드물리라.

이성계를 그린 초상화를 보면서 쓴 글이다. 함께 국정을 좌우하던 공양왕 시절에 쓴 글이니 조금은 뜻 없는 찬사도 곁들였겠지만 정몽주가 이성계를 어떻게 생각했는지 이 글만큼 확연하게 보여주는 예도 없다. 제갈량(諸葛亮)이나 장량(張良)은 모두 자신의 주군(主君)을 위해 견마지로(犬馬之勞)를 다한 인물들이다. 정몽주가 이성계를 그렇게까지 깊이 신뢰한 까닭이 대안이 없었던 이유도 있었겠지만, 그보다는 난세를 바로잡아 국기(國基)를 튼튼하게 할 인물로 판단했던 것이 더 중요한 이유였다. 이성계가 고려 왕조를 뒤집어엎고 새 왕조를 개창

(開創)할 인물인 줄 알았다면, 정몽주는 결코 그와 손을 잡지는 않았을 것으로 믿는다. 문무(文武)의 길은 달랐지만 망국의 조짐으로 어두워 가는 왕조의 등불을 사수할 구원자로서의 역할을 정몽주는 이성계에게 기대한 것이 아닐까? 함께 전쟁터를 다니면서 다진 신뢰와 우정이 그에 대한 기대감을 더욱 키웠을 것이다. 그것이 14년 동안 군주로 섬겼던 우왕(禑王)을 져버리고, 공양왕(恭讓王)을 택한 이유였을 것이다.

그러나 결국 개국파들은 차츰 그들의 야욕을 숨김없이 드러냈고, 본색을 알게 된 정몽주는 큰 충격과 당혹감에서 헤어나지 못한다. 이것이 진정 이성계의 검은 속셈이었단 말인가? 사실 정몽주의 충격은 개국파들이 드러낸 계획보다는 이성계에 대한 실망에서 더욱 크게 다가오지 않았을까? 고려 왕조를 회생시킬 동지로 보았던 그가 결국은 왕조 최대의 역적(逆賊)이 되려는 것이다. 그리하여 결국 정몽주도 그로부터 등을 돌리지 않을 수 없었다.

20대 청년 시절부터 50대 중기까지 정몽주는 30년 세월을 이성계와 접촉했다. 그 가운데 마지막 5, 6년은 정치적으로나 인간적으로 아주 각별한 사이가 되었다. 그야말로 고락을 함께 나눈 사이라고 해도 크게 틀리지는 않을 것이고, 그렇게 극적으로 손을 잡고 등을 돌린 관계도 드물 것이다.

앞서도 잠깐 언급했지만 정몽주 최후의 날인 1392년 4월 4일로 돌아가 보자. 공식적인 역사 기록은 이성계의 야심을 알게 된 정몽주가 동지를 모아 그를 제거하기로 결심하고, 동정을 살피기 위해 와병중인 이성계를 찾아갔다. 그리고 더 이상 정몽주 일파의 준동을 좌시할 수 없었던 이방원의 사주로 이방원의 문객 조영규(趙英珪) 등의 습격을 받아 순절했다. 일이 이렇게 되자 이성계도 어쩔 수 없이 다음 날 공양왕을 만나 정몽주 일파의 흉계를 고변하면서 왕조 개창의 마지막 장애물을 제거했던 것이다.

그러나 이 기록은 순전히 개국파들의 손끝에서 쓰여진 것이라 전적으로 신뢰하기 어려운 부분이 있다. 문병 온 사람을 귀가 길에 죽였다는 혐의를 무릅쓰고 살해한 것을 보면 이 일은 원래 계획에 없던 일이거나 최소한 갑작스럽게 추진된 일임에 분명하다. 이성계를 도모하는 일로 봐도, 이미 군사력을 잃은 정몽주 입장에서는 건달 몇몇을 동원할 수는 있었겠지만(물론 조정에서 암살할 수도 있었겠지만 그것도 생각만큼 용이한 일은 아니다) 개국파 쪽에서 이성계의 안위를 그렇게 무책임하게 방기하지는 않았을 것이다. 얼마든지 좀 더 무난한 방법으로 장애물을 제거할 수 있었는데, 격살(擊殺)이라는 미숙한 방법이 채택된 사정은 무엇이었을까?

이방원이 정몽주를 살해하게 된 배경이나 과정에 대해서는 여러 가지 이야기들이 많아 나와 있다. 필자는 개인적으로 이방원의 권력을 잡는 데 기여하고 싶은 공명심과 자신의 정치적 입지나 가문의 미래에 대한 위기의식이 크게 작용한 것이 아닐까 판단된다.

그 당시 이미 대세가 기운 것을 정몽주가 몰랐을 리는 없다. 물리적인 힘으로나 경제적 기반 등등은 이미 개국파의 손아귀로 들어간 상태였다. 마지막 한 번의 바람이 불면 고려라는 촛불은 꺼질 상황에 직면해 있었다. 이럴 때 대세를 일거에 바꾸는 방법으로 개국파의 수장인 이성계를 제거하는 것만큼 확실한 방법도 없을 것이다.

그러나 그것도 성공했을 때의 이야기다. 아니 성공한다고 해도 사태의 흐름을 전환시키리라는 보장도 없다고 봐야 옳다. 이성계의 부재가 비록 왕조의 멸망을 조금은 늦출 수 있을지는 모르지만 이것이 이성계 일파의 몰락으로 이어질 가망성은 적었다. 그런 판단을 토대로 하면 정몽주가 선불리 무력을 쓸 결심은 하지 않았을 것이다. 아무리

몇몇 측근들을 유배를 보냈다고 해도 개국파의 입지가 와해된 것은 아니었기 때문이다.

정몽주는 학자였고 외교가였다. 그는 폭력이나 대결보다는 대화와 설득을 중시했다. 위기의 상황일수록 논리적이고 합리적인 대응이 필요하다고 믿는 사람이었다. 그렇기 때문에 그가 이성계를 문병 갔던 것은 동태나 염탐하자는 얄팍한 동기가 아니라고 생각되는 것이다. 오히려 대화를 통해 설득을 하러 간 것은 아니었을까?

30년 동안 공적으로 사적으로 교분을 나누었던 정몽주가 이성계의 성품을 꿰뚫어보지 못했을 리 없다. 필자 개인의 생각으로도 이성계는 왕조 개창에 대한 열정은 없거나 크지 않았다고 본다. 군주가 되려는 야심이야 물론 끝까지 속내를 드러내서는 안 될 비밀이었겠지만, 개국에 대한 욕망은 이성계 자신보다는 이성계 주변의 인물들에게서 더욱 뜨겁게 타오르는 불꽃이었다. 그는 오히려 이런 상황들이 부담스럽지 않았을까? 그는 당시 고려 왕조 최대의 역적이 되려는 외줄타기 묘기를 혼자 벌이고 있었던 것이다.

군주라는 지위에 대한 욕망이 크지 않았다는 점은 그가 조선이 개국된 뒤 왕자의 난이라는 '해괴한 꼴'을 보고는 환멸을 느끼고 선위(禪位)하여 상왕(上王)이 되어버린 데서도 알 수 있다. 형제들끼리 피 흘리는 꼴을 보자고 나라를 세운 것은 아니지 않은가? 함흥에 칩거하면서 태종 이방원이 보낸 사신들을 활로 쏘아 죽였을 때 사실 그 화살은 사신보다는 자신을 향했던 것이다. 그 무렵 이성계는 아마 조선을 건국한 것을 천추의 한으로 여겼을 것이다.

이성계의 주저하는 마음과 이방원의 야심을 간파한 정몽주가 그 날 밤에 이성계에게 들려준 이야기는 무엇이었을까?

어떤 면에서 보면 조선(朝鮮)과 이성계, 이방원의 관계는 중국 당(唐)

나라와 이연(李淵), 이세민(李世民)의 관계하고 아주 흡사하다. 수(隋)나라가 혼란에 빠졌을 때 절도사로 있던 아버지 이연에게 권해 병사를 일으키고 새로운 왕조를 세우는 데 이세민은 가장 크게 공헌했다. 그러나 권력은 정작 이세민 자신이 아닌 형인 황태자 이건성(李建成) 및 동생 이원길(李元吉)에게로 돌아가려 하자 이들을 제거하고, 황제가 되는 길을 열었다. 권력 때문에 형제가 칼을 휘두르며 살육을 서슴지 않는 모습을 본 태조 이연은 경악했고, 결국 626년 이세민(태종)에게 양위를 해버리고 말았다. 끝까지 수나라의 충신으로 남고 싶어 했던 이연의 이때 심정은 어떠했을까?

대단히 즉흥적이고 허점이 많은 발상이기는 하지만 정몽주가 이성계의 병문안을 가서 들려준 이야기는 혹시 당나라와 이연(태조), 이세민(태종) 사이에 얽힌 암투와 비극이 아니었을까? 이후에 벌어질 조선과 이성계(태조), 이방원(태종) 사이의 참극과 완전히 닮음 꼴이 아닌가?[18] 낙마한 부상으로 누워있던 이성계의 약해진 가슴 속에 이 이야기는 화살처럼 와 박혔을 것이다. 아들 이방원의 야심을 아버지 이성계가 진작 눈치채지 못했을 리 없다. 이럴 때 이성계의 마음이 흔들린다는 것은 개국파에게는 어쩌면 이성계의 죽음보다도 더 큰 재앙이었을 것이다. 그런 사실을 간파한 이방원에 의해 허겁지겁 저질러진 일이 그 날 밤의 정몽주 격살이었다고 상정한다면 대단히 무책임하고 위험한 발상이 되는 것일까? 판단을 유보한 채 필자는 이런 상상을 해보는 것이다.

마지막 가상은 차치하더라도 정몽주와 이성계 두 사람이 30년 세월

18) 재미있는 것은 그렇게 권력에 눈이 멀어 피붙이까지 죽인 두 왕(태종)이 모두 왕조의 기반을 탄탄하게 다진 성군(聖君)으로 자리하고 있다는 사실이다.

을 두고 엮어간 교분의 끈은 단순하게 보아 넘길 사안은 아닐 듯하다. 특히 정몽주의 생애에 있어서는 더욱 그렇다. 정몽주가 정치적으로 인간적으로 기대했던 이성계에 대한 희망과 좌절은 정몽주의 삶의 방향을 여러 차례 바꿔놓았다. 이런 사실들을 『정몽주 평전』을 쓰면서 할애해서는 안 될 것이다.[19)]

6. 끝맺는 말

이상으로 『정몽주 평전』을 집필하면서 염두에 두어야 할 몇 가지 사항에 대해 살펴보았다. 당연히 이 정도 논의가 논의의 완결은 아니고, 논의한 내용에서도 더욱 명확하게 하거나 신중하게 처리해야 할 문제들도 없지 않다. 정몽주는 명성이나 업적에 비해 그의 생애를 세밀하게 밝혀줄 전기적 자료들이 비교적 적은 편이다. 그가 망국(亡國)의 충신이었고, 더구나 개국을 주도한 인물들이 도덕적으로 그렇게 떳떳하지 못했기에 더욱 정몽주의 행적과 업적은 많이 전해지지 못했다. 또 개국파의 이해관계에 따라 단순히 삭제되는 정도가 아니라 아예 개변(改變)되거나 악의적으로 왜곡된 부분도 없지 않을 것이다. 이런 점은 이미 비슷한 시기를 살다간 이색(李穡)이나 원천석(元天錫)의 작품에서도 어느 정도 실태가 드러났다. 그러나 그럼에도 불구하고 우리는 그가 남긴 여러 자료를 바탕으로 그의 생애를 재구(再構)해내야 한다. 명성에 비해 상대적으로 부족한 기록을 극복하고 좋은 평전을 쓸

19) 물론 이런 사실들이 정몽주의 진정에서 우러나온 충절과 숭고한 희생을 퇴색시키는 것은 결코 아니다. 이미 그런 점에서 정몽주는 신화가 되어 있다. 평전은 결국 인간 정몽주의 생애를 다루는 것이다. 그만큼 인간적인 측면이 공존하면서 감동을 주어야 된다고 본다.

수 있는 방안이 무엇인가를 고민하면서 얻은 몇 가지 생각들을 정리해 보았다.

평전을 쓰는 것은 새로운 사실을 찾아내는 작업은 아니다. 오히려 사실을 타당하게 해석하고, 사실들을 합리적으로 결합시키며, 유추 관계를 논리적으로 연결시키는 일 등이 더 미덕으로 작용한다. 그러므로 공(功)은 힘껏 드러내고 과(過)는 애써 감추는 것이 좋은 평전을 쓰기 위한 첩경이 될 수는 없다. 『정몽주 평전』을 쓰는 것이 아동의 교육을 위한 위인전을 쓰는 것이 아닌 만큼 최대한 공정하면서도 당사자의 진심과 진실을 잘 드러낼 수 있도록 노력해야 할 것이다. 그러므로 『정몽주 평전』은 어느 한 개인의 힘으로 쓰여지는 것이 아니라 관심이 있는 모든 사람의 노력과 정성이 함께 깃들어야 한다고 생각한다.

제2부

현대문학과의 대화

음란의 역사, 그리고 소설 속의 음란
—D. H. 로렌스에서 마광수까지—

나는 잘 모르지만, 아마도 슬픔이란 인간을 색정적으로 만드는 모양이다.

—헨리 밀러, 『북회귀선』 212쪽, 오정환 옮김, 그레이트 북스 권159, 동서문화사, 2016년.

1

성욕(그것이 '사랑'의 출발이든 '애욕'의 실천이든)은 인간이 가진 본능 가운데 가장 직절적(直截的)이자 상상을 자극하는 욕망이라고 할 수 있다. 플라톤은 『향연』에서 성욕의 유래를 설명하고 있는데, 신을 공격하는 인간에 대한 처벌로 자웅동체(雌雄同體)였던 인간을 남녀로 분리해 그 힘을 약화시켰다고 기술했다. 그리하여 인간은 한 몸이었던 육신의 반쪽을 그리워하여 그 몸을 탐하게 되었고, 이것이 성욕의 기원이라는 것이다. 성(性)을 뜻하는 영어 '섹스(sex)'는 라틴어 '섹서스(sexus)'에서 유래했으며, 분할(分割, cutting)이라는 뜻을 담았다고 한다. 그러니 성욕은 잘려진 슬픔을 겪는 인간이면 어쩔 수 없이 감내해야 하는 숙명이 아닐 수 없다.

성욕과 이를 만족시키려는 태도는 결코 질책당하거나 불온한 행위로 간주되어서는 안 될, 인간 본연의 당연한 추구다. 동시에 이의 과도한 실현과 집착이 인류사에 다양한 갈등과 부도덕의 빌미가 되기도 했다. 이 때문에 성욕은 윤리적으로나 법적으로나 금기시되었다. 성욕을 실현하는 행위는 따지고 보면 지극히 개인적인 영역이니, 공개되거나 공론화되는 것은 자제되거나 기피해야 할 일이기도 했을 것이다. 이것이 지극히 당위적인 논점이지만, 성욕의 해소가 육체적 결합을 통해 시작되거나 끝나지 않고 또 다른 자극의 원천이기도 했기에, 금제(禁制)와 파계(破戒)라는 악순환이 빚어지게 되었다. 즉 성욕은 엄연한 현상이면서 상상이라는 공간이 개입되는, 다층적인 성격을 띠고 있는 것이다.

성과 성욕(또는 그 실현)은 윤리와 종교에서는 범죄적인 혐의의 대상이었지만, 예술의 영역에서는 도전과 표현의 충동을 건드리는 마성의 세계였다. 인간의 자유 의지가 도달하고 싶어 하는, 불가피하면서도 맹목적인 주문(呪文)의 하나였다. 벌거벗은 인간의 몸은 예술(그 함의나 외연이 시대와 장소에 따라 어떠했던 간에)과 예술가들에게는 그 실체를 반드시 구현해야 하는 과제로 늘 잠재하고 있었다. 비교적 미술(특히 회화)에서는 이 금제가, 이유야 무엇이든 일찍부터 해금의 빈틈이 허용된 듯하다.

그러면 문학에서 외설(猥褻) 또는 음란(淫亂), 더 나아가 신성모독(神聖冒瀆)으로 간주되는 불합리한 관습을 거부하고 정당하거나 과도한 성욕을 문자로 성취하는 과정은 어떠했을까? 이 과제는 다루어야 할 진폭이 너무 넓어 한 편의 짧은 글로 완주하기는 불가능하다. 여기서는 시론적인 접근, 또는 예시적인 안내로서 문제시되었던 몇몇 작품들을 살펴보는 것으로 논의의 단초를 마련하고자 한다.

2

먼저 이 글을 쓰고 있는 내가 어떤 계기로 외설로 낙인 찍혔던 소설에 관심을 가지게 되었는지 고백해야겠다. 나의 학문적 전공은 한문학이었다. 그러나 뜻한 바 있어(또는 다른 대안이 없어) 소설을 쓰게 되었다. 전공이 그렇다보니 주로 쓴 소설의 내용은 동양의 역사와 고전에서 취재한 것이 많았다. 배경 또한 고대거나 고대와 현대가 교직되곤 했다. 그러다 최근 새로운 소설을 구상했는데, 제목이 『아일린(Eileen)』인 이 작품은 소재가 '불륜(不倫)'이었다. 지극히 자극적인 소재지만, 남녀 사이 부도덕의 통제를 벗어난 애욕의 향연을 그리겠다는 취지는 아니었다. 오히려 사랑의 영원성을 다루고 인간은 이성(異性)의 어떤 측면 때문에 사랑 또는 성욕을 느끼는가 하는, 다소 진부한 주제를 그려내고자 했다. 내 작품에 대한 이야기는 이 정도에서 그치고(줄거리나 의도를 풀자면, 톨스토이의 말마따나 소설의 시작부터 다시 써야 할 노릇일 테니 말이다.), 작품을 쓰기 위한 예비 작업으로 남녀간의 과도하거나 비정상적인 애욕을 그린 소설에 흥미를 가지게 되었다. 그래서 여러 편의 소설을 읽게 되었고, 이 글은 그런 내 독서의 행적을 좇는 방향에서 진행될 것이다.

동양의 고대 문학(기록을 포함한 의미에서)에도 애욕의 (현재 시점에서 보자면) 무분별한 노출과 실현을 다룬 경우는 어렵지 않게 찾을 수 있다. 중국의 고대 역사서 등에는 특별한 반성이나 제재 없이 벌어진, 패륜이나 다름없는 일들이 적지 않게 수록되어 있다. 당나라 말기의 시인 두목(杜牧, 803-852)은 '무제(無題)'라는 제목 아래, 자신이 섭렵했던 색정의 계보를 은유적으로 표현했다. 『금병매』는 외설 문학이라고 비난을 받았지만 사람들은 사대기서(四大奇書)의 하나에 넣어 애독했다.

우리나라의 경우에도 『삼국유사』 등에 보면 당대의 윤리가 우리 시대보다 더 자유로웠음을 짐작하게 하는 예화들이 여럿 실려 있다. 『고금소총』에는 색정광(色情狂)들의 무용담이 거침없이 질주하고 있다. 고려속요 가운데 〈쌍화점〉이나 〈이상곡〉, 〈만전춘 별사〉 등은 남녀상열지사(男女相悅之詞)로 지탄을 받았지만, 기이하게도 궁중 음악의 가사로 채용되어 공공연하게 음송되기도 했다. 김만중의 한글소설 『구운몽』은 다른 관점에서 보자면 주인공 양소유의 성적 편력을 그렸다고 해도 무방하다. 『춘향전』과 『변강쇠전』을 필두로 호색의 현장을 생생하게 재현한 작품도 적지 않다.

서양의 외설 문학의 계보가 어떤지는 잘 알지 못하지만,(소포클레스의 『오이디푸스 왕』도 어찌 보면 외설적이다.) 20세기 들어서까지도 서구인들은, 적어도 소설에서는 더 엄격한 윤리적 잣대를 적용한 듯하다. 지금은 명작으로 불리는 많은 작품들이 한때 '외설'의 이름으로 논란의 중심에 섰거나 법적으로 출판 금지되는 일까지 일어났다. 그 단초를 연 작가는 로렌스(David Herbert Richards Lawrence, 1885-1930)였다. 사실 그보다 앞서 톨스토이(Lev Nikolayevich Tolstoy, 1828-1910)는 자신의 소설에서 지치지도 않고 불륜 소재를 등장시켰다. 『전쟁과 평화』, 『안나 까레리나』와 같은 장편은 물론이고 중편인 『크로이체르 소나타』에도 어김없이 불륜 소재가 채택되었다. 짜르 말기 러시아의 세태 풍속을 드러내기 위한 장치라고도 볼 수 있겠지만, 독자들의 말초 신경을 자극했을 것임은 틀림없겠고, 이런 요소들이 (그는 부자여서 크게 신경 쓰지는 않았겠지만) 소설 매출에도 도움이 되었을 것이다.

로렌스는 46살이라는 짧은 생애를 살면서도 문제적인 작품을 여러 편 발표했다. 외설 논란의 서막을 연 『아들과 연인』, 『채털리 부인의 연인』도 그 중 하나다. 특히 말년에 집필한 『채털리 부인의 연인』은

이 작품을 출간하겠다는 출판사가 없어 피렌체에서 자비로 출판해야 할 만큼 상황이 나빴다. 뒤이어 이 소설은 법원으로부터 출판 금지 명령을 받았고, 놀랍게도 영국에서 무삭제판에 대한 합법적인 출판 승인이 난 때는 그의 사후 32년만인 1960년에야 이루어졌다.

이 소설의 문학적 성취에 대해서는 여기서 굳이 췌언을 붙일 필요는 없겠다. 많은 비평가와 학자들이 찬사와 함께 다양한 측면에서 작품을 분석해 그 성과를 논의했으니 말이다. 다만 작품을 읽고 평가를 접한 나로서는 아직도 우리는 '외설'의 장벽을 넘어서지 못한 게 아닐까 하는 상념을 떨치기 어려웠다. 그들은 작품 속에 나오는 대담한 성행위 장면과 성적 묘사에 대해, 그런 편견을 갖지 말고 문학성을 먼저 보라고 설득한다. 그러나 그런 장면과 묘사는 분명 이 소설의 중요한 구성요소의 하나임은 부인할 수 없다. 얼마나 그것이 소설 속에 잘 스며들었는가가 중요하지(이 작품에서는 성공적으로 스며들었다고 나는 본다.) 그것을 '옥의 티'인 양 간주하는 것은, 여전히 이 시대의 연구자들도 외설의 색안경을 벗지 못했다는 인상만 남겼다. 성적으로 불구가 된 남편을 대신할 연인을 찾고, 그에게서 성적 욕구를 충족시키고 나아가 쾌락에 탐닉했다 한들 마냥 비난하거나 변명하는 쓸데없는 장치를 만들어, 소설의 맹점이라는 올가미 아래 희석시킬 필요는 전혀 없다고 생각한다. 어쩌면 그런 부분의 솔직한 노출이야말로 이 소설의 진정성을 높이는 게 아닐까.

제임스 조이스(James Joyce, 1882-1941)의 『율리시즈』도 외설 문제에 휘말렸던 모양인데, 아직 작품을 읽지 못한 나로서는 비판이든 옹호든 어느 편에 가담할지는 유보해야겠다.

3

로렌스의 뒤를 이어 외설, 음란 시비로 발목이 잡힌 작품은 헨리 밀러(Henry Miller, 1891–1980)의 『북회귀선』과 『남회귀선』이었다. 1934년 프랑스에서 간행된 『북회귀선』도 출판 금지 판결을 받아 1961년에야 미국에서 출판이 허용되었다. 흥미로운 점은 외설 또는 음란물로 낙인이 찍힌 작품에 대한 혐오와 금제가 작가의 모국에서 한층 엄혹했던 것처럼 보이는 사실이다. 『채털리 부인의 사랑』은 이태리에서 나왔고, 조이스의 『율리시즈』도 1918부터 1920년까지 뉴욕의 문예잡지 『리틀 리뷰(Little Review)』에 연재되다가 게재 금지가 떨어져 1922년 파리에 있는 셰익스피어 서점에서 출판되었다고 한다. 그런데 『북회귀선』도 파리의 오벨리스크 프레스사에서 출간되었다. 물론 이 무렵 헨리 밀러가 주로 프랑스에서 거주했으니 그렇게 되었다고 볼 수도 있기는 한데, 미국 출간이 허용된 때는 그로부터 30년이 지난 뒤였다. 선구적인 작품은 가장 먼저 작가의 모국에서부터 외면당하는 까닭이 무엇인지 모르겠다.

『북회귀선』은 내게는 다소 지루한 작품이었다. 작자 자신의 파리 생활이 바탕이 되었을 게 분명해 결국 작가가 주인공인 자전 소설이겠는데, 파편처럼 조각난 기억과 경험들이 깨진 거울 위에 그려진 기하학적 무늬처럼 연결되어 작품의 흐름을 쫓기가 쉽지 않았다. 외설적이라고 단죄되었을 장면들이 소설적 맥락에 충실하게 이어지지 않아 오해의 여지가 있었을 법도 했다. 찌들고 각박하면서 미래가 암울해 토탄 속에 묻혀 사는 군상들의 행렬은 마치 흙비가 내리기 직전의 음울하고 스산한 뒷골목 여항(閭巷)을 연상시켰다. 그리고 말세적 삶을 부유하면서 그들은 물에 빠진 자가 지푸라기를 잡듯 생존의 마지막 수단으로, 아니면 궁극의 유토피아로 섹스를 제웅으로 삼아 발악하면서 발광

(發狂) 직전의 현실에서 허덕거린다. 그들에게 이 섹스에로의 출분은 무슨 의미일까? 상당히 긴 인용이지만, 작품의 한 장면을 소개해서 그 실마리를 찾고자 한다.

> 새벽녘까지 우리는 돔의 테라스에 앉아 있었다. 우리는 이미 불쌍한 페코버 따위는 까맣게 잊고 있었다. 네그르 무도장에서 조금 흥분하여, 조의 머리는 어느 틈에 그의 영원한 관심사인 여자 생각 쪽으로 되돌아가 있었다. 비번인 날 밤이 그럭저럭 끝나가는 이 시점이면 그의 불안감은 최고조에 이른다. 반 노든은 초저녁에 스쳐 지나간 여자들과, 그가 싫증을 느끼지만 않는다면 오직 그만의 정부가 되어 달라고 부탁할 수 있었던 몇몇 여자들을 생각한다. 그는 으레 그 조지아 여자를 생각한다-그녀는 요즘 그를 쫓아다니며 자신을 돌보아 달라고, 일자리를 찾을 때까지만이라도 좋다고 부탁하고 있었던 것이다.
>
> "이따금 밥을 먹여주는 건 상관없지만 말이야," 반 노든은 말한다. "그러나 그녀만을 특정한 상대로서 떠맡을 수는 없어 …… 그녀 때문에 다른 여자들과의 즐거움이 망가져 버리니까."
>
> 반 노든이 무엇보다도 넌더리내는 것은, 그녀가 살집이 전혀 없다는 점이다. "마치 해골을 껴안고 자는 것 같다고." 그는 말했다. "지난번 밤에 그녀를 데리고 잤어-너무 가엾어서 말이야-그런데 그 정신 나간 게 무슨 짓을 저질렀는지 아나? 거기를 깨끗이 면도해 버렸더군 …… 음모가 하나도 없어! 거기를 면도해 버린 여자하고 자본 적이 있나? 기분 나쁘다고. 그리고 우스꽝스러워. 정말 미치광이 같아. 전혀 그것 같이 보이질 않아. 죽은 대합 같더라고."
>
> 반 노든은 호기심이 생겨, 침대에서 내려와 손전등을 찾았을 때의 상황을 설명해 주었다. "벌리고 있으라 하고 손전등으로 그걸 비춰 보았다고. 그때 내 모습을 자네가 봤어야 해 …… 희극이 따로 없었지. 나는 그녀가 있다는 걸 완전히 잊어버릴 만큼 그것에 열중해 버렸어.

지금까지 그토록 진지하게 여자의 그 부분을 들여다본 적이 없어. 그런데 보면 볼수록 그것에 대한 흥미가 사라져 버리더군. 결국 거기에는 아무것도 없다는 걸 알게 되었을 뿐이야. 특히 면도를 한 경우에는 말이야. 그것을 신비로워 보이게 하는 건 음모라고. 조각상을 보고 냉정하게 있을 수 있는 건 그 때문이야. 나는 딱 한 번 정말로 음부가 있는 조각상을 본 적이 있어-로댕의 작품이야. 자네도 언제 한 번 보라고…… 그 조각상 여자는 양다리를 크게 벌리고 있어…… 머리는 없었던 것 같아. 평범한 음부일 뿐이라고 자네는 말할지도 몰라. 하지만, 제기랄, 그걸 보니 섬뜩하더군. 사실-여자는 다 거기서 거기야. 옷을 입고 있는 여자를 보면 온갖 상상을 하지. 개성이 있다고 누구나 생각하지만, 당연히 그런 건 있지도 않아. 다리 사이에 째진 데가 있을 뿐이라고. 거기에 남자들은 모두 미치지-그런데 아무도 그것을 자세히 들여다보지 않아. 그게 거기에 있다는 걸 알고, 단지 그 속에 '총대'를 찔러 넣으려는 생각뿐이야. 마치 페니스가 대신 생각해 주는 격이지. 그런 건 환상이야! 무(無)를 향해 열을 올리고 있는 거라고…… 풀로 뒤덮인, 또는 풀이 없는 째진 곳에 미쳐 있는 거야. 내가 그것을 들여다보는 게 그토록 좋았던 것도, 그것이 절대로 무의미하기 때문이야. 10분 동안, 아니면 더 오랫동안 차분히 그것을 살펴봤어야 했다고 생각해. 그러한 태도, 냉정한 태도로 그것을 보고 있으면 이상한 생각이 떠오른다고. 성을 신비롭다고 생각하지만, 그게 무(無)라는 걸 발견하는 셈이야- 그냥 공백일 뿐이야. 그 속에서 하모니카나 달력을 발견하면 재미있겠지. 그런데 거기에는 아무것도 없어…… 전혀 아무것도 없어. 구역질난다고. 나는 머리가 돌아 버릴 것 같았어…… 알겠나, 그 다음에 내가 어떻게 했는지 알겠어? 재빨리 한탕 끝내고는 등을 홱 돌렸어. 정말이야. 나는 책을 집어 들고 읽었지. 책에서는, 아무리 쓸모없는 책이라도 무엇인가를 얻을 수 있어…… 하지만 음부는, 그저 시간 낭비에 지나지 않아……."

-『북회귀선』 146-148쪽, 앞의 책.(밑줄 필자)

음부로 상징되는, 삶의 희열이 시작되고 끝나는 지점이, 또는 삶 자체가 잉태되고 출생하는 지점이 사실은 텅 비고 째진 곳이며 시간 낭비에 지나지 않는 무(無)의 공간이라는 얼토당토 않는 깨달음을 반 노든은 길게 뇌까리고 있다. 여기서 음부의 부정은 곧 쾌락의 부정이자 삶의 부정으로 이어지는 것으로 보인다. 손전등으로 음부를 관찰하는 행위 자체도 엽기적이지만, 그가 찾은 공허의 심연은 삶을 완전히 무기력하고 무가치하게 만들고 만다. 그러면서도 인간은 성기에 매달린다. 그 때문에 긴 세월 동안 숨기고 싶었고, 숨기는 데 성공했던 가면이 훌떡 벗겨진다. 사실 인간은 색욕에 빠진 행위에 대해 군자연하면서 태연자약하지만, 끊임없이 곁눈질하거나 골똘히 주목하고 있었던 것이다. 그 위선의 역사가 이 한 에피소드를 통해 여지없이 폭로되어 버렸다. 양심적(?)이고 윤리적인 인간들은 해머로 뒤통수를 맞은 듯 눈동자가 튕겨져 나오는 충격을 느꼈으리라.

『채털리 부인의 연인』에서 성욕의 표현과 발현은 그래도 서사적 문법에 호응하고 있었다. 그러나 『북회귀선』에서의 그것은, 마치 깊이 잠재해 있다 꿈에서만 나와 자신을 칭칭 옭아매는 요녀(妖女)처럼 즉물적이어서 대비나 저항이 불가능하다. 의식했을 즈음에는 역시 꿈처럼 가뭇없이 사라지니, 모멸감과 자괴감에 치를 떨었을 것임은 자명하다. 또 책의 208쪽부터 216쪽까지 이어지는, 빈사 상태에 빠진 어머니가 있다고 말하는 한 매춘부와 동침하고, 화대까지 몽땅 되챙겨 달아난 주인공의 파렴치하면서도 우스꽝스러운 영웅담(?)은 성의 도구화와 그 속에 잠복해 있는 성(혹은 성욕)의 무화(無化)를 반영하는 단서일 수도 있을 것이다.

『북회귀선』은 한 번 읽어 실체를 이해할 수 있는 작품이 아닌 것은 분명하다. 책을 한 번만 읽는 것은 3시간짜리 영화의 시놉시스만 읽은 것과 다를 바 없다. 뼛조각 하나를 들여다보고 그 사람의 일생을 유추하는 짓과 닮았다.

4

외설의 굴레에서 가장 헤어나기 어려울 듯 보였지만, 작가에게 엄청난 명성과 부를 안겨주면서 출간 금지의 사슬에서도 자유로웠던 소설이 『롤리타』다. 블라디미르 나보코프(Vladimir Nabokov, 1899-1977)는 러시아를 모국으로 해서 태어나 유럽과 미국을 전전하다 결국 유럽에 정착해 스위스에서 생애를 마감한, 이른바 노마드(nomad)적인 삶을 산 작가다. 그가 『롤리타』를 출간한 때는 1955년 파리에서였는데, 미국에서는 3년 뒤 특별한 잡음 없이 출판되었다. 내용의 지독한 불온함에도 불구하고 이 작품은 미국에서 간행되자마자 날개 돋친 듯 팔려, 생계 때문에 맡았던 대학 강의까지 접어도 될 정도였다고 한다.

소설은 어딘가 작위적인 냄새를 많이 풍겼다. 주인공의 창작 노트가 롤리타의 어머니(동시에 주인공의 아내였는데)에게 발견되어 모든 것이 수포로 돌아갈 뻔하다 갑자기 집 앞에서 교통사고를 당해 죽는 바람에 고비를 넘기는 것이나 클레어 퀼티의 집요한 추격이 합리적이기보다는 설명으로만 정당화되는 점, 뒤늦게 롤리타가 결혼과 출산 예정을 알려온 동기가 석연하지 않다는 점 등, 소설은 충격과 흥미로움만큼이나 우연과 요행이 버럭버럭 눈으로 달려든다.

그런 약점은 접어두고, 모국어인 러시아어가 아닌 영어로 이처럼 유려하게 문장을 구사한 점은 놀랍기만 하다. 나는 비록 번역으로 읽었지만, 주인공의 내면이 펼쳐지는 장면이나 상황의 모호하면서도 적확한 묘사는 이 소설이 왜 명성에 값하는지 여실하게 보여주었다. 소아

성애자인 주인공의 변태 심리가 주었을 역겨움은 문체의 유머러스함으로 충분히 상쇄되는데, 비교적 덜 외설스런 장면을 실례로 들겠다.

> 이따금……이봐, 버트, 도대체 정확히 몇 번이야? 그런 일이 네 번 있었는지, 다섯 번 있었는지, 혹은 그 이상이었는지 생각 안 나? 혹시 인간의 심장이 두세 번 이상은 견딜 수 없는 일인가? 이따금 (자네 질문에는 대꾸하기도 싫다네) 롤리타가 안락의자에 가로로 드러누워 두 다리를 팔걸이에 올려놓고 연필을 빨아가며 대충대충 숙제를 할 때면 나는 교육자로서의 자제심도 팽개치고, 숱한 말다툼도 털어버리고, 남자로서의 자존심마저 망각한 채–문자 그대로 엉금엉금 기어서 네 의자로 다가가곤 했다. 나의 롤리타! 그때마다 너는 나를 힐끔 쳐다보았지. 씁쓸하고 못마땅한 물음표 같은 표정으로, "아, 이러지 마요." (어처구니없다는 듯이, 울화가 치민다는 듯이). 구체적으로 무엇을 하겠다는 속셈 따위는 없었건만, 그저 너의 체크무늬 스커트에 얼굴을 묻고 싶을 뿐이었건만, 너는 한 번도 그렇게 믿어주지 않았다. 나의 연인아! 맨살을 드러낸 너의 가녀린 팔–그때 내가 너의 두 팔을, 아니 투명하고 사랑스러운 사지 모두를 얼마나 안아보고 싶었는지, 웅크린 망아지 같은 너를 안고, 부끄러운 양손으로 네 머리를 감싸고, 양쪽 관자놀이께를 뒤로 밀고, 그래서 (중국인의 눈처럼) 가늘어진 네 눈에 입을 맞추고……그러나 너는 이렇게 말했다. "제발, 나 좀 그냥 내버려둬요, 네? 제발 귀찮게 하지 말란 말예요." 내가 바닥에서 일어나면 너는 물끄러미 쳐다보면서 일부러 얼굴을 씰룩거려 내 안면경련 증상을 흉내냈다. 그래도 괜찮다, 괜찮아, 나는 짐승일 뿐이니까, 괜찮으니까, 이 비참한 이야기나 계속해보자.
>
> –『롤리타』, 김진준 옮김, 문학동네 세계문학전집 권105, 306-307쪽, 문학동네, 2018년.

출입이 금지된 세계로 틈입하고 싶은 주인공의 갈망과 좌절의 여정이 상징적이면서도 절실하게 그려져 있다. 사실 작품에서 왜 하필 그의 '님펫'이 롤리타여야만 했는지 납득할 해명은 없다. 소년기 때의 첫사랑 애너벨과의 애틋한 만남과 "나의 연인을 내 여자로 만들려는 순간"(책 24쪽) 방훼로 말미암아 칼(?)을 거둬야 했던 열패감, 그리고 영원히 저승으로 가버린 13살 소녀의 육체에 대한 강박적인 집착 등등이 그로 하여금 그 나이 또래의 계집아이에게 욕정을 느끼게 만들었겠지만, 우연이 아니었다면 그 등가물은 누구라도 상관이 없었을 것이다.

내가 보기에 주인공 '험버트 험버트'는 '롤리타'를 영육(靈肉) 어느 쪽으로라도 사랑하지 않은 듯이 보인다. 그의 모든 행위는 아집(我執)과 미망(迷妄)의 그물망에 휩싸여 있었고, 세상에 존재하지 않는 어떤 상징을 허덕이며 쫓아다녔다. 그러기에 맹목적이고 유순했으며, 위악(僞惡)을 가장한 채 롤리타에게 매달렸다. 그런 심리였으니 변태성욕으로 드러날 수밖에 없었겠지만, 그는 자신의 충직함을 '진실한 사랑'으로 위장하면서 무지개 주변을 맴돌았다.

이 소설은 상황 자체가 음란성을 흠결 없이 드러내고 있지만, 성행위의 구체적인 묘사나 그 과정을 보여주는 데는 큰 관심을 두지 않았다. 서술자는 마치 실험실의 동물을 관찰하듯이 롤리타와 동행하면서 그 관찰의 기록을 남겼다. 이런 점이 음란하고 외설스런 소설로 규정되면서도 법적인 제재에서 피한 요인(출간된 프랑스에서는 판매금지 처분을 받기는 했다.)이 아니었을까 여겨진다. 물론 소설의 출간이, 이미 전례의 학습을 통해 외설에 대한 인식이 확장된 탓도 있을 것이다. 그래서 독자에게도 거부감이 덜했는데, 소설의 보고서적 형식은 오히려(작품의 서두에도 '존 레이 주니어'라는 정신분석학자가 등장하지만) 심리학자들의 학문적 호기심을 이끌어내 '롤리타 콤플렉스'라는 심리학 용어가

도출되기도 했다. 인간의 내면 깊이 감추어져 있던 성적인 욕망을 유려한 필치와 지적인 고증을 거쳐 허구의 틀로 구현한 『롤리타』는 '외설' 문학의 편견을 깬 대표적인 작품으로 발돋음했다.

5

이제 우리의 여정은 마광수(馬光洙, 1951-2017)의 소설 『즐거운 사라』에까지 이르렀다. 마광수 이전에도 소설의 음란성 문제는 심심찮게 있었다. 한국전쟁의 여진이 자욱했던 1954년 발표된 정비석(鄭飛石, 1911-1991)의 『자유부인』은 대학교수 부인의 불륜 행각이라는, 당시로서는 충격적인 소재를 소설화해서 음란한 작품으로 매도되어 이승만 정권에 의해 금서(禁書)로 내몰렸다가 4.19혁명이 일어나고서야 그 족쇄가 풀렸다. 염재만(廉在萬, 1934-1995)의 『반노(叛奴)』는 작가가 실형을 받기 직전까지 가 큰 파장을 일으켰다. 1969년 출간되자마자 음란출판물이란 이유로 작가는 검찰에 의해 기소되었다. 일심에서는 유죄였다가 항소심에서 무죄선고를 받기는 했지만, 완전한 해방은 1975년 대법원의 무죄 확정 판결이 나올 때까지 기다려야 했다.

마광수의 『즐거운 사라』는 1992년 출간되었다. 그리고 작가와 작품은 바로 나락으로 떨어졌다. 당시 나는 그런 풍파를 풍문으로만 잠시 들었을 뿐 큰 관심을 두지 않았다. 물론 작품도 읽어보지 않았다. 그 사이에 있었던 여러 사달은 이미 알려질 만큼 알려졌고 진정되는 기미까지 보였는데, 2017년 작가의 불행한 죽음 소식이 전해지면서 20년 넘게 가라앉았던 고통과 아픔의 시간들이 다시 불려나왔다. 한 작품의 음란성 문제가 결국 작가의 죽음으로 막을 내린 예(아직 재평가의 여지는 남았다고 해도)가 이전에 있었는지 모르겠지만, 법과 윤리의 저울대 위에서 단죄될 수 없는 사안이 우중(愚衆)과 먹물 식자층의 식탁 위에 먹잇감으로 오르면 어떤 비극으로 귀결되는지 다시 한 번 생각하게 만들었다.

이제 꽤 긴 시간이 지나 작가의 우울한 망령을 등에 업은 채 작품을 읽었다. 20대 미술을 전공하는 여학생 사라의 성적 체험이 비교적 적나라하게 독백 형식으로 기술된 이 소설은, 적어도 내게 재미는 있었지만 감동이나 고민거리를 던져주지는 않았다. 20년 전에는 그랬을지 모르나 이제는 당연하거나 일반화되어가는 현실이 충격을 완충하는 효과로 돌아왔을 수도 있겠다. 변태라기보다는 성적 패티쉬(Fetish)를 다양한 변주로 실천하는 사라의 체험기는 자극보다는 연민을 자아냈다. 스토리 위주로만 진행되는 작품이라 충분한 설득력을 확보하지 못했고, 공감에도 이르지 못했다. 그녀가 세상 사람들이 설복되기를 바라면서 내놓은 납함(吶喊, 외침)은 주인공의 희망도 작가의 기대도 채워주지 못한 듯하다. 그런 성격 때문에 이 작품이 앞서 읽은 작품들과는 달리 아직 명작이나 고전의 반열로 끌어올리는 추진력을 제공하지 못하는 게 아닐까 여겨진다. 작가는 소설 끝에 붙인 〈작가의 말〉에서 소설을 쓰게 된 동기에 대해 언급했다.

> 나는 소설의 목적이 〈계몽주의적 설교〉에 있다고는 보지 않기 때문에, 일체의 도덕적 코멘트나 이른바 〈전망의 제시〉 같은 것을 무시하면서, 헷갈리고 방황하는 가운데 스스로의 아이덴티티*Identity*를 확립해 나가려고 애쓰는 한 여대생의 시각을 통해 전환기의 우리 사회가 안고 있는 가치관의 문제를 조감해 보려고 했다.
>
> -『즐거운 사라』 360쪽, 청하, 1992년(13쇄)

이 토로가 담은 모순을 느끼면서 나는 작가 마광수의 자장(磁場)에서 발생한 균열의 현실을 보게 되었다. 작가는 스스로 '계몽주의적 설교'와 '전망의 제시'에는 관심이 없다고 했지만, 결국 그는 '설교'와 '제시'에서 벗어나지 못했다. 이미 그런 것을 의식한다는 것 자체가 한 징후겠지만, 자신의 지향점을 '설교'나 '제시'의 방식이 아니라 소설을 통해 담아낼 수는 없었을까? 스토리나 주인공의 외침으로만 드러내지 말고 그 논리를 문맥*Context* 사이에서 녹여냈더라면 더 좋지 않았을까 하는 미련을 지울 길 없다. 사라로서는 이상적인 연인이었던 한지섭이 '자유'라는 허울로 사라와의 관계를 정리하고, 나아가 첫사랑이었던 '기철'의 자살이 사라에게 '이상야릇한 쾌감'(소설 347쪽) 이상의 감정선을 자극하지 못한 이유도 여기에서 비롯된 듯하다. 자살 소식에 이어지는 사라의 상념 한 줄기는, 마치 작가의 최후 변론이 아닐까 하는 추측이 드는 것도 그런 이유에서다.

> 자기의 자살 소식을 듣고 목놓아 울어줄 여자 하나 없다는 사실을 저승에서 기철이가 알면 얼마나 섭섭해 할까? 자살이란 결국 최후의 데먼스트레이션이 아니더냐. 그럴 듯한 명분을 내걸고 하는 분신자살이든, 연애 또는 세상살이에서 참담한 실패를 경험한 뒤에 죽어버리는 비관자살이든, 모든 자살은 다 일종의 시위행위이다. 그래서 나는 기철이가 유서 한 장 남겨놓지 않고 담담하게 죽어갔다는 사실이 기특하게 생각되었다.
> –『즐거운 사라』 347–348쪽

지금 시대 문단에는 『즐거운 사라』를 무색하게 할 만큼 노골적이고 적극적인 '외설 요소'들이 범람하고 있고, 하나의 트렌드로 정착되는 기미마저 보인다. 그렇게 보면 『즐거운 사라』가 꼭 부정적으로만 평가될 것이 아니라, 오늘날 문풍(文風)의 조성에 디딤돌 또는 마중물 구실을 했다고, 그리하여 여전히 읽힐 수 있는, 읽어야 할 '문학'으로 남았다는 생각도 유용해지는 것이다.

6

이 글은 외설의 문학사적 계보를 따지고 의미를 분석하는 수준에는 이르지 못했다. 오욕칠정(五慾七情)의 굴레에서 벗어날 수 없는 인간은, 금욕의 수도승이 되지 않는다면 결국 그것의 실현을 위해 분투할 수밖에 없다. 그것이 인간이 가진 당연한 감정이고 질서이기 때문에 이런 지향과 태도에 함부로 타인이 개입해서는 안 될 것이다. 그리고 문학은 그런 개성(個性, Personality)를 지닌 문제적 개인들을 등장시켜 현실을 보여준다. 그 보여줌의 과정에서 자아는 타자와 대립하기에 일시적인 잡음이나 충돌, 압제가 가해질 수는 있지만, 그런 외압이 작가의 전진을 막지는 못한다.

내가 읽은 몇 편의, '외설' 논란에 걸렸지만 이를 극복하고 문학의 바다 위에 배를 띄워 항해 중인 작품들은 시대적 역할을 뛰어넘어 보편적 진실의 항구를 향해 순항 중이다. 난파의 위기를 헤치고 성취를 이룬 작품들이 있기에 도전을 두려워하지 않는 작가들이 작품을 쓰는데 용기와 의욕을 잃지 않는 것이다. 모든 예슬 장르들과 더불어 문학을 반복해 읽는 것은 거기서 이전의 독서가 끄집어내지 못한 새로운 감동과 의미의 결을 찾아내기 때문이다. 그리하여 모든 독서는 새로운 체험일 것이니, 경의를 안고 그들의 작품을 다시 읽으려고 한다.

생불(生佛)과 요승(妖僧) 사이, 권력이 왜곡한 개혁가의 초상

—『다정불심』에 나타난 신돈—

1

'역사는 승리자의 기록'이란 말은 우리가 역사와 마주할 때 가장 빈번하게 만나는 명제다. 맹자가 중국에서 가장 오랜 역사 문헌인『서경(書經)』의 서술을 두고, "그 기록을 다 믿는다면 차라리 없는 것이 낫다.(盡信書 則不如無書)"(『맹자』 진심장구 하 3장)고 갈파한 것도 역사를 오독하거나 맹신하지 말라는 경고를 담고 있다. 역사는 확실히 그것을 읽는 후세 사람들에게 교훈과 대안을 제시하기도 하지만, 때로 역사 인물의 진심과 실상이 아닌 서술자 또는 인용자의 편의와 적의를 전파하는 방편으로 악용되기도 한다. 우리가 귀에 못이 박히도록 들은 진시황의 '분서갱유'나 의자왕의 '삼천궁녀' 따위가 좋은 예가 되겠다. 역사를 대할 때, 바늘로 피부의 각성을 찌한 일을 쇠몽둥이로 머리를 부순 만행으로 과장함으로서 사실을 호도하고, 자신이 저지른 일의 정당성을 확보하려는 기술자의 속내를 간과해서는 안 될 것이다. 문맥 속에 감쳐진 진실을 애써 찾아 읽는 자세는 역사의 가치를 더욱 높이는 태도다.

돌이켜보면 역사는 곳곳이 권력자들의 횡포와 아집으로 얼룩져 있다. 역사라는 거울에 낀 먼지를 털어낼 사람은 누구여야 할까? 폭군이나 반역자, 파렴치한 사람으로 매도되었던 사람을 정당하게 평가하여 그 역사적 위상을 재평가하고 복권하는 일은 특정한 집단이나 전문가들의 손에만 맡길 일은 아니다. 임금님의 귀가 당나귀 귀였음이 골목을 뛰어다녔던 아이들의 노래에서 폭로되었듯이, 대중의 편견 없는 사고와 실천이 놀랍게도 진실을 대면하게 만들기도 한다. 권력이 두려워 스스로 눈 감고 입을 막는다면, 우리는 상처받은 피해자가 아니라 권력과 나란히 서서 진실을 토막 내고 매장해버린 가해자의 위치에 서게 될 것이다.

역사소설을 쓰고 읽는 일도 역사의 현장에 조금 더 가까이 다가가려는 몸짓의 하나다. 박제처럼 제시된 '죽은 역사'에 새 살과 숨결을 불어넣으려는, 작가의 노력한 결과물이 역사소설이 아니겠는가? 역사소설은 역사가 설명하지 못하거나 해명하지 못한 진실을 상상과 허구, 개연성이라는 도구를 통해, 역사를 푸는 한 방식을 독자에게 제시한다고 필자는 생각한다. 그리하여 역사소설은 때로 역사가 놓쳐버린 진실의 현장으로 우리를 안내하기도 하는 것이다.

이 글에서 다루는 역사소설 『다정불심』은 박종화(1901-1981)가 1940년 〈매일신보(每日申報)〉에 연재한 소설로, 1942년 박문서관에서 단행본 상・하권으로 간행되었다.[1] 흥미롭게도 소설의 제목 '다정불심(多情佛心)'은 작가의 창안이 아니라 일본작가 사토미 돈(里見弴, 1888-1983)이 1922년부터 23년 동안 〈시사신보(時事新報)〉에 연재된 대하소설과 제목이 같다.[2] 박종화가 작품을 발표한 1940년에도 연재 중이었

1) 필자가 읽은 텍스트는 2005년 자유문학사에서 1・2권으로 간행된 『다정불심』이다. 연재본이나 첫 단행본과 비교해 간극이 얼마나 되는지 확인하지 못했지만, 이 책의 편집자가 "당시 글맛(문체)을 가능한 한 원작 그대로 살려두었고, 오늘날의 한글맞춤법통일안에 비추어 띄어쓰기와 오탈자를 바로잡거나 불필요한 한자를 없애는 정도에서" 교정을 보았다고 밝힌 말을 믿고 읽었다.

2) 포털 사이트 '네이버'에 탑재된 『낯선 문학 가깝게 보기 : 일본문학』에 나오는 『다정불

을 테니 작가가 이 작품을 읽지 못했을 것 같지는 않다. 작가 박종화가 굳이 이 제목을 빌려온 까닭이, 공민왕(1330-1374)의 노국공주에 대한 과도한 애정을 '다정(多情)'에 견주었고, 신돈이 환속 전에는 편조(遍照)란 법호를 썼다는 점에서(다른 이유도 있겠지만) '불심(佛心)'을 가져왔다고 보이는데, 소설의 전체 흐름에 딱 부합하는 제목은 아니라는 개인적인 느낌이 들기도 한다.

박종화의 역사소설 『다정불심』은 공민왕의 노국공주에 대한 지고지순한(?) 사랑과, 국왕으로 등극하여 실현하고자 했던 개혁의 전망을 다루고 있다. 이 글이 집중해서 다루고자 하는 신돈이 등장하는 장면은 소설 전체로 볼 때 3분의 1 정도를 차지한다. 공민왕은 그가 통치한 23년(1351-1374 재위) 동안 다양한 개혁을 시도하는데, 노국공주가 난산 끝에 사망한 1365년 이후부터는 승려 편조(신돈)에게 섭정(攝政)이란 이름 아래 전권을 맡기고 본인은 노국공주를 추념하는 일에 몰두한다. 권한을 위임받은 신돈은 이때부터 모반을 꾀했다는 혐의를 받고(말 그대로 혐의다.) 수원으로 유배되어 죽는 1371년까지 약 6년 동안 절대 권력을 장악하면서 자신의 정치적 야망을 실천에 옮겼다.[3)]

신돈에 대한 역사적 평가는, 당대나 조선조 내내 '혐오'의 장본인이라는 낙인에서 벗어나지 못했다. 그가 모반 혐의로 죽은데다 승려로서 당시 권력자들의 이해관계와 충돌하는 개혁 정치를 펼쳤다는 점과, 말기 고려 왕조의 모순을 폭로하고 개국의 당위성을 확보하기 위한 일련의 노력 등이 평가의 잣대로 작용했기 때문으로 보인다. 그리하여 신

심』 해설을 참조했다.

3) 공민왕이 신돈을 처음 만난 시기는 재위 7년째인 1358년이었다. 공민왕의 신임을 받아 청한거사(淸閑居士)라는 호를 하사받고 왕의 사부(師傅)로서 본격적인 활동을 한 것이 1365년이었으니, 그는 이 7년 동안 이른바 '비선실세'로 활동했을 것이다.

돈은 조선이 개국한 뒤 편찬된 고려의 역사 『고려사』에는 '반역(叛逆)' 열전에 이름을 올렸고, 공민왕 이후 등극한 우왕과 창왕이 그의 혈육이었다는 주장도 당연한 것처럼 받아들여졌다. 신돈은 고려 왕조의 국기를 흔들고 사사로운 이익을 추구하기 위해 온갖 패륜과 불의를 자행하면서 국정을 농단한 '최악의' 인물로 규정되었다. 그런 평가가 모두 수렴되어 그에게는 '요승(妖僧)'이라는 불명예스런 오명이 붙게 되었다.

오늘날 역사학계의 평가는 이런 기존의 인식에서 많이 벗어나고 있기는 하지만, 신돈에게 씌어진 '요승'적 굴레는 쉽게 풀리지 않고 있다. 신돈은 과연 군주와 백성들의 눈을 가리고 권력을 농단한 요승이었을까? 소설 속에서 그는 어떻게 그려지고 있는가? 또 요승이라는 낙인에 숨겨진 진실은 무엇일까? 이런 점에 대해서 생각해보고자 한다.

2

결론적으로 『다정불심』에 나오는 신돈은 권력을 농단한 요승으로 묘사되어 있지 않다. 이번 기획의 큰 주제가 '권력농단'에 초점이 맞춰진 만큼 다소 당황스런 사실이었다. 신돈은 현실 정치에 등장한 때부터 피살을 당해 사라질 때까지 공민왕과 뜻을 함께 하면서 피폐해진 고려 사회를 건강하게 만들고 권력자들이 약탈한 전장(田莊)과 호구(戶口)를 정상화시키는 일련의 조치를 단행한다. 이런 개혁에 저항하는 세력들의 발호도 만만치 않았지만(실제로 그를 제거하려는 반란이 몇 차례 일어나기도 했다.), 그는 오직 구국안민(救國安民)의 열정과 대인배의 도량으로 이 난관을 극복한다. 사실상 『다정불심』에서 신돈의 부정적인 면모가 드러나는 내용은 거의 발견되지 않는다.

굳이 들자면 노국공주가 죽자 정신적으로 공황상태에 빠진 공민왕의 심리를 안정시키고자 반혼법(返魂法)이라는 묘술을 동원한 장면이 있다. 이는 물론 소설에서만 고안된 설정인데, 반야(般若)라는 묘령의 여성을 등장시켜 공민왕의 후사를 잇게 해주었다는 것도 역사에서 전하는 사실과는 배치된다.(어쩌면 이게 사실일지도 모르겠다.) 더구나 신돈은 이런 사술(邪術)을 썼다는 사실을 공민왕 앞에서 자백함으로써 자신이 제거될 위험까지 감수하면서 진실을 밝힌다. 그가 권력욕에 사로잡혀 국정을 농단하려고 했다면, 이렇게 불리한 증거를 공민왕 앞에서 자인하지는 않았을 것이다.

공민왕으로부터 전권을 위임받은 신돈은 승려 편조에서 속인 신돈으로 변신한다. 그리고 김란의 두 딸을 아내로 맞이하는가 하면, 시집갔다 소박을 맞고 돌아온 이운목의 딸을 첩으로 들인다. 승려였던 자가 처첩을 두었으니 유교 이념으로 무장한 권문세가들이 이 꼴을 곱게 바라볼 리 없다. 여색을 탐하면서 재산을 축적하고 패거리를 모으는 사악한 인간이라며 비난했고, 죽은 선비 허강의 아내 김씨를 겁간하려 했다는 누명까지 씌우게 된다. 강직했던 문사 이달충(李達衷)으로부터 면전에서 주색(酒色)이 과하다는 질타까지 받기에 이른다.[4] 그러나 신돈은 이런 반발에 대해 관심을 두지 않거나 호쾌한 웃음으로 받아넘긴다.

신돈이 겁간했다는 김씨는 젊은 나이로 수절 중이었다. 구전에 맛을 들인 중매쟁이가 개가를 주선하는데, 이런저런 사람을 소개해도 딱지만 맞자 신돈을 거론하기에 이른다. 당시 최고의 권력을 장악한 사람이었으니 아무리 완강한 김씨라도 귀가 솔깃할 것이라는 속셈이었다. 그러나 김씨는 그 자리에서 머리카락을 잘라 자신의 의지를 보여

---

4) 1366년의 일인데, 이 때문에 이달충(1309-1384)은 파면되었다. 이존오(李存吾, 1341-1371) 역시 같은 해에 신돈의 횡포를 탄핵하다가 장사감무(長沙監務)로 좌천된다.

주고 그 길로 여승이 되어버린다. 이런 사실을 뒤늦게 들은 신돈의 반응은 이랬다.

"정말 열녀로구나! 내버려두어라. 고려의 자랑이다."[5)]

물론 이런 사실은 소설에 나오는 허구다. 그렇다고 해도 작가 박종화가 신돈을 어떻게 인식했는지 잘 보여주는 예일 것이다. 그가 보여준 행동은 무너진 조정의 기강을 바로잡고, 도탄에 빠진 백성들에게 권리와 재산을 되찾아주며, 대륙에서 원나라가 소멸되고 명나라가 대두하는 극변기를 틈타 고구려의 옛 영토를 수복하려는 의지의 실천으로 점철되어 있다. 말년에 이르러 도읍을 서경(西京, 평양)으로 옮기고, 사심관(事審官) 제도를 부활해 수장으로 앉으며, 노국공주 영전(影殿)의 증축을 반대했다는 혐의를 받아 권력의 부재에 불안을 느낀 공민왕에 의해 일거에 권좌에서 제거되는 비운을 겪게 되지만, 신돈의 충심은 권력에 대한 욕망이 아닌 북벌남정(北伐南征)을 통한 국운의 쇄신에 있었음을 소설은 생생하게 묘사하고 있다.

이렇게 소설 속에 나타난 신돈은 조선조나 기존의 역사에서 비난했던 악인의 형상과는 큰 차이가 있다. 박종화는 조선조의 선비 학자나 역사가들이 폄하했던 신돈의 실상을 다른 방식으로 재구하고 있는 것이다. 박종화가 『다정불심』을 연재했던 1940년은 일본이 진주만을 공격해(1941년 12월 7일) 태평양전쟁이 일어나기 1년 전이었고, 1931년 발발한 중일전쟁이 치열하게 전개되던 시기였다. 식민지 조선 안에서의 수탈과 폭압도 악화일로를 걷고 있는 등, 일본 제국주의의 만행이 국내외에서 엄혹하고 흉포하게 저질러지던 때였다. 작가는 아마도 이런 끔찍한 시련의 시대를 맞아, 국가의 자주성과 백성의 온당한 삶을 재

5) 박종화, 『다정불심』 2권(자유문학사, 2005년) 147쪽.

현하려고 했던 공민왕과 신돈의 개혁 정신을 고취함으로써 독자에게 무언의 메시지를 던지고자 했을 것으로 짐작된다. 그렇기 때문에 작가는 기존의 평판과는 다른 신돈을 작품 속에서 구현했고, 비극적 종말과 반역자와 요승으로 매도되었던 이면의 진실을 보여주고자 하지 않았을까 판단된다. 한 걸음 더 나아가 신돈의 온몸을 모질게 감아 돌았던 거짓의 가면을 벗겨내 그의 참된 민낯을 밝혀 역사의 왜곡을 바로잡고자 했을 수도 있다.

3

『다정불심』에서 묘사된 신돈의 실상이 이렇다면, 신돈을 주인공으로 삼은 다른 소설에서는 어떻게 그려졌는지 궁금해졌다. 살펴보니 신돈이 주인공인 소설이 두 편 있었다. 이광웅이 쓴 『소설 신돈』(전3권)[6]과 황정일의 『신돈의 나라』[7]가 그것이었다. 이중에서 필자는 황정일의 소설은 읽었고, 이광웅의 작품은 제1부 전3권 가운데 첫 번째 권만 입수해 살펴보았다.

이광웅의 작품은 필자가 완독하지 못한 관계로 여기서 자세한 설명은 붙이지 않겠다. 그러나 1권을 살펴본 감상으로는 신돈에 대해 아주 부정적인 이해를 바탕으로 쓰이지는 않은 것으로 보인다. 그래도 비판적인 시선을 유지한 듯한데, 그런 입장은 작품의 모두에 실린 〈작가의 말〉을 통해서도 확인할 수 있다.

---

6) 푸른꿈, 1992년. 이 책은 제1부 야망편이 3권으로 간행되었다. 2005년에 영언문화사에서 『신돈』(전3권)이란 이름으로 같은 저자에 의해 출간되기도 했는데, 당장 입수할 방법이 없어 읽지는 못했다. 기존의 소설을 보완해 출간한 것으로 여겨진다.

7) 생각의 나무, 2005년.

> 이 소설의 제1부(1·2·3권)는, 미천한 출신에서 일약 고려의 최고 대신으로까지 출세했던 파계승 신돈을 중심으로 엮었다. 천애 고아인 신돈은 뛰어난 두뇌와 언변을 무기로 정계(政界)에 투신한다. 그는 도탄에 빠진 백성을 건져내고 위기에 처한 나라를 구하겠다는 신념으로 야망의 문을 향해 질주한다.
>
> 때로는 미인계(美人計)를 쓰고, 때로는 민심을 교묘히 이용하여 대중적 지지를 업고 돌진하는 그의 처세술에 왕은 흠뻑 최면되고, 반대파들은 미처 손쓸 사이도 없이 무너진다.
>
> 신돈은 출세가도를 달려 드디어는 왕을 섭정하는 권세까지 장악하기에 이르렀다. 그는 백성의 신망을 한 몸에 받으며 의욕적인 혁명과업에 손을 댔다.
>
> 그러나 그는 뿌리가 약한 나무였다. 천민 출신인 자신의 입지(立地)에 불안을 느껴 주변에 인(人)의 장막을 치는데, 그를 둘러싼 인물들은 하나같이 출세욕에 눈뒤집힌 아첨꾼들이었다. 게다가 신돈은 점차 교만해져 왕권을 장악하려고까지 하다가, 결국은 파멸의 구렁텅이로 곤두박혀 일신을 망치고 국가를 혼란으로 빠뜨리고야 만다.[8)]

〈작가의 말〉에서 읽혀지는 것처럼, 이 소설은 기존에 전해지는 신돈에 대한 평가를 일정 정도 수용한 듯하다. 그는 남다른 우국충정도 지녀 개혁 정치의 현장에 나섰지만, 권력욕도 강했던 인물로 묘사된다. 또 아부하는 사람들을 분간해내지 못하고 왕권에까지 눈독을 들이다가 자신뿐만 아니라 나라까지 파국으로 몰아간 인물로 다뤄졌다. 어쩌면 이 소설이야말로 신돈의 '국정농단'에 초점을 맞춘 작품으로 보이는데, 작품의 전모를 확인하지 못한 현재 상황에서 더 이상 논의를 전개하기는 힘들 듯하다. 후일을 기약한다.

---

8) 이광웅, 앞의 책, 1권 〈작가의 말〉 8쪽.

황정일의 작품에 등장하는 신돈에게서는 개혁 정치를 끝까지 밀고 나가다 좌절한 '비극적 영웅'의 면모가 확인된다. 소설의 전개에 다소 비약이 드러나고, 불필요한 사건이나 인물이 출몰하는 등 짜임새가 매끄럽지는 않다. 그렇다고 해도 신돈의, 국왕과 국가에 대한 헌신적인 충정이 희석되지는 않는다. 신돈은 '이세독립지인(離世獨立之人)'으로 평가를 받으며 조정에 만연한 부패를 척결하고 이상적인 국가를 건설하려는 의지를 관철하고자 혼신의 힘을 기울인다.

『다정불심』에서는 공민왕의 자식을 잉태한 것으로 나오는 반야가 이 소설에서는 '신돈의 씨'라는 관점을 유지하지만, 이를 자신의 정권 유지에 볼모로 삼으려는 계획은 세우지 않는다. 오히려 그 사실은 반대파에 의해 신돈을 모함하는 빌미로 활용된다. 신돈이 제거되는 과정이 공민왕의 의혹과 불안감에서 출발했다기보다는 반대파의 계책과 회유에 설득당한 왕의 방임에서 비롯된 것으로 추정하여, 개혁가로서의 신돈의 입지를 보장하려고 했다. 신돈의 개혁 의지와 올바르게 국정을 이끌겠다는 신념은 아래 두 구절에서 읽을 수 있다.

> 신돈은 도감(전민변정도감:필자)에 박차를 가하였다. 관원을 배로 늘리고 순군 소속의 군사 일백여 명을 도감에 배속하였다. 뒤이어 군사를 풀어 호강의 무리들이 운영하는 도성 인근의 농장과 사원을 수색하기 시작하였다. 조금이라도 의심이 가는 농지와 농노가 있으면 누구든 옥에 가두었고, 일꾼들은 물론 여자와 어린 식솔들까지도 불러다 조사했다. 자진하여 빼앗은 땅을 돌려준 자들의 농장과 사원도 그냥 지나치지 않았다. 아직도 많은 이들이 빼앗긴 땅을 되찾지 못하였고, 호강의 무리들은 여전히 빼앗은 땅으로 배를 두드리며 큰소리쳤다. 도감은 가난하고 힘없은 백성들의 희망이었고 백성들은 신돈의 희망이었다. 신돈의 강압적인 자세가 계속되자 호강의 무리들은 우왕좌왕하

였다. 신료들은 혀를 내둘렀다.[9]

신돈 역시 영전 짓는 것에 반대하였다.

"이성계(李成桂) 장군이 일만 오천 명의 대군을 이끌고 환인(桓因)의 우라산성(于羅山城)을 공략하기 위하여 압록강을 건너는 중이옵니다. 우라산성을 점령한 뒤에는 요동의 요충지인 요양(遼陽)으로 갈 것이옵니다. 요동이 어떤 곳이옵니까? 선조들의 옛 강토이옵니다. 전하께서는 즉위 초에 요동을 되찾기 위하여 원과 군사적인 대립도 마다하지 않으셨사옵니다. 또한 선조들의 옛 강토를 되찾는 일은 오백여 년을 일관되게 내려온 고려의 숙원이기도 하옵니다. 이제 그 숙원을 이룰 날이 얼마 남지 않았사옵니다. 전하. 북진에 힘을 쏟아야 할 때이옵니다."[10]

앞의 인용문은 신돈이 야심차게 기획한 전민변정도감(田民辨正都監) 사업을 의욕적으로 실행에 옮기는 장면을 묘사한 것이다. 그는 어정쩡한 성과보다는 확실하게 일을 마무리하고자 했다. 누구와도 타협하지 않았고, 현장에 직접 나가 진두지휘를 하면서 관리들을 다그쳤다. 그는 백성들의 '희망'이 되고자 했고, 아울러 백성들이야말로 나라의 '희망'임을 확신했다. 소설은 이런 굳건한 결기와 함께 저항에 부딪치자 흔들리는 신돈의 모습도 대조적으로 보여주지만, 신돈은 끝내 지론을 굽히지 않는다. 더불어 시나브로 마수를 뻗치는 권문세가들의 반격을 틈입시킴으로서 소설은 개혁가 신돈의 비극적 종말을 암시한다.

두 번째 인용문은 노국공주의 추모에 혈안이 된 공민왕이 이미 백성들의 고혈을 짜내 지은 거대한 영전이 빈약하다는 이유로 다시 지으라

9) 황정일, 앞의 책, 214쪽.
10) 황정일, 앞의 책, 229쪽.

는 명령에 반대하면서 제시한 논리다. 큰 과업에 쏟아야 할 국력을 영전 재건설에 탕진하는 일의 부당함을 논파한 대목이다. 이런 태도가 자신에게 비수가 되어 돌아올 줄 번연히 알면서도 신돈은 대의에 대한 믿음을 버리지 않는다. 결국 신돈의 반대에 신임이 흔들린 공민왕은 반대파의 모함에 귀를 기울이게 되고, 신돈의 대망은 그의 죽음으로 꺾여버리고 만다. 신돈의 믿음에 대한 배신은 공민왕의 크나큰 패착이 되었고, 결국 자신과 왕조를 파국으로 몰고 가는 기폭제가 되고 말았다.

이 두 편의 소설은 '야심가' 또는 '개혁가' 신돈을 전면에 등장시켜 망국의 위기에 몰린 한 왕조가 어떻게 몰락을 길을 걸어가게 되는지 생생하게 보여주었다. 이광웅은 개인의 야망과 욕심이 충돌하면서 빚어내는 파국적인 결말에 초점을 맞추었고, 황정일은 사욕에 물든 반대파와 모리배의 득세, 그들의 감언이설에 이성을 잃은 군주의 오판이 어떤 참사를 가져오는지 주목했다. 평가에 다소간 차이는 있지만, 능동적으로 시대의 모순을 바로잡고자 한 인간 신돈의 실패를 통해 난국에 대처하는 바람직한 자세가 무엇일까 고민하는 작가의 인식이 고스란히 드러난 작품이라고 평가할 수 있을 것이다.

4

신돈을 국정 파탄의 원흉으로 선언하고 왕조의 문을 닫은 뒤 조선을 건국한 세력들은 신돈을 '악의 화신'으로 단죄했다. 그는 국왕의 성총을 흐린 간신이었고, 유교의 이념을 부정하고 사악한 흉계를 꾸며 왕조를 패망시킨 원인 제공자로 간주되었다. 그는 최악의 역신(逆臣)이었으며 '늙은 여우의 환생'이었다. 그리하여 천륜을 저버리고 혹세무민한 요승으로 지탄을 받았다.

그러나 권력자들의 폭압에 신음하던 백성들에게 그는 성인(聖人)이었고 생불(生佛)이었다. 문수보살의 재림이었으며 고난에서 자신들을 구해줄 구원자라며 열광했다. 권력자들의 '요승'과 백성들의 '생불' 사이에는 아득한 거리감이 있다. 요승이 정필(正筆)의 준엄함이었고, 생불은 헛된 희망의 발로였을까? 이에 대해서는 필자로서도 단언하기는 어렵다. 다만 다음과 같은 점은 지적하고 넘어가고자 한다.

고려와 조선조에 걸쳐 '요승'으로 낙인이 찍힌 대표적인 인물은 세 사람이다. 서경 천도를 주장하면서 칭제건원(稱帝建元)과 금나라 정벌을 내세우다 반대파에 밀려 좌절되자 반란을 일으킨 묘청(妙淸, ?-1135)을 필두로 이 글의 주인공인 신돈, 그리고 문정대비의 비호 아래, 도첩제와 승과제(僧科制)를 부활시키는 등 억불정책 속에서 불교 중흥을 위해 힘쓰다 비명에 간 보우(普雨, 1509-1565)가 그들이다. 공교롭게도 200년을 주기로 오명을 뒤집어쓴 이들은 왕조시대 내내 신원은 고사하고 갖은 모욕과 비난을 감수해야 했다. 과연 이들에게 들씌워진 '요승'의 굴레는 정당한 것일까?

필자에게 이를 판석(判釋)할 능력은 없지만, 이들에게 그런 오명을 강요한 세력들의 의도에 대해서는 한 마디 하고 싶다.

우선 이들 세 사람은 모두 승려로서 개혁을 부르짖은 인물들이다. 고려시대에는 불교가 국교였으니, 승려가 일정 정도 정치에 관여할 여건은 마련되어 있었지만, 그래도 정치의 중심은 유가 지식인들의 몫이었다. 과거제도와 경제적 기반, 정치적 이념을 발판으로 이들은 벌열가문으로서 고려조와 조선시대 내내 가장 큰 권력 집단으로 행세했다. 그들 역시 개혁을 외치기는 했지만, 그것은 언제나 자신들이 다치지 않는 범위 안에서의 개혁이었다. 즉 '그들만의 개혁'이었다. 왕조라는 이름 아래 호가호위했던 그들에게 군주제를 바탕으로 둔 유교 국가는 결코 훼손되어서는 안 될 신성불가침의 성역이었다. 그들의 눈으로 봤을 때 이런 절대 성역에 도전해 무엄하게도 영역 밖에서 개혁의 손길을 뻗친 사람들이 이들 세 사람이었다.

묘청의 반란을 앞장서서 진압한 이는 김부식이다. 그를 정통 유학자라 부르기는 애매하지만, 문한직을 맡고 『삼국사기』라는 역사서를 편찬했으며, 문열(文烈)이란 시호에서 알 수 있는 것처럼 유교의 이념에 충실했던 사람이라고 해도 무방할 것이다. 철저하게 문반 중심으로 정치가 꾸려졌던 당시에 김부식 일가는 권력의 핵심이었고, 누릴 수 있는 부귀영화는 모두 그들의 몫이었다. 이런 가운데 승려 묘청을 중심으로 서경 천도 논의가 불거졌다. 이 계획이 실현된다면 개성을 거점으로 했던 유가 세력에 위기가 닥칠 것은 분명했다. 국가의 안위보다 자기 세력의 붕괴가 그들에게는 더 큰 위기였다. 김부식은 묘청의 반란을 가차 없이 응징했고, 이들에 동조한 무리들도 남김없이 숙청했다. 이들의 권력 독점이 얼마나 모순이었는지는 그로부터 35년 뒤인 1170년에 터진 무신의 난 하나만으로도 증명될 것이다.

신돈과 관련지어 흥미로운 것은, 그가 비선실세로 활동하던 1962년에 성균관(成均館)이 복원되고, 권력을 잡은 1367년에는 국학을 중영(重營)해 성균관의 학칙을 새로 제정하는 일이 있었다는 점이다. 이때 이색(李穡)은 대사성으로 중추적인 역할을 했으며, 김구용(金九容)을 비롯한 정몽주(鄭夢周), 이숭인(李崇仁) 등이 학관으로 기용되어 성리학의 보급과 발전에 기여했다. 고려 말기 유학을 선도했던 인물들이 대거 포진했던 것이다. 그때 신돈이 대승적으로 성균관과 국학의 중영을 받아들이지 않았다면 성리학의 보급과 발전에 큰 장애가 되었을 것이다. 그러나 신돈이 실각한 뒤 그를 옹호하거나 두둔한 유학자는 찾아볼 수 없다.

보우는 유가의 서슬이 시퍼런 조선시대에 대놓고 불교 중흥의 기치를 세웠으니, 반동의 파고가 얼마나 높았을지는 짐작하고도 남음이 있다. 한때 불교의 이치를 알기 위해 출가까지 불사했다는 이이(李珥)가, 보우가 실각하자 〈논요승보우소(論妖僧普雨疏)〉를 올려 유배를 보내라고 주청한 것만 봐도 알 수 있다. 그러나 보우가 죽고 30여 년 뒤 임진왜란이 터졌을 때 국가의 위란에 분연히 떨쳐 일어난 이들 가운데는 승병(僧兵)도 있었다. 특히 보우가 개설한 승과에 합격해 두각을 나타낸 사명유정(四溟惟政, 1544-1610)을 비롯한 많은 승려들이 왜란 때 활약한 사실을 생각한다면, 보우를 요승으로 격하시킨 당시 유가 지식인들의 편협성을 짐작하게 된다.

한 사람이 일생 동안 이룬 성과에 대해 평가하는 방식은 다양할 수 있다. 공에 대해서는 칭송하고 과에 대해서는 성토하는 것이 유가가 주장하는 포폄(褒貶)의 정신이다. 이들 세 사람이 유가의 이념에 근거하여(그 이념이 대단한 것도 아니지만) 이단이라 재단하고 공과의 판단에 관계없이 매도하거나 비난한다면, 이는 포폄 정신과도 어긋나는 딱한 착오다. 유가 지식인 집단의 이익을 위협했다 하여 배척하고, 개국의 당위성을 찾기에만 골몰해 터무니없는 의혹을 생산하며, 이들이 남긴 성과와 약속은 저버린 채 자당의 당론에만 매몰되어, 유가가 이들을 '요승'으로 규정한 문제점은 분명하게 드러난다. 이것이 올바른 지식인의 자세일지 다시 한 번 되짚어 볼 일이다. 이런 불합리하고 비이성적인 평가는 달리 살펴보면, 유가 기득권 세력에 의해 행해진, 뒤틀린 국정논단이었다는 비판도 아주 틀린 지적은 아닐 것이다. 대의를 저버리고 개인이나 패거리의 이익을 위해 월권하면서 상황을 호도하는 것이 국정농단이라면 말이다.

5

박종화의 『다정불심』에 등장하는 신돈의 개혁 정치가 '국정농단'이라는 전제 아래 묘사되었는가에 대한 궁금증은, 적어도 소설상으로 보면 그렇지 않다는 결론을 얻었다. 한 작가가 소설에서 다룬 내용이 역사적 평가를 대신할 수는 없다. 그렇다 하더라도 일반적인 견해와는 상반되게 그려졌다면, '요승' 신돈에 대한 국정농단 논의는 재론될 여지가 충분하다고 여겨진다. 함께 검토한 두 편의 소설을 통해 보더라도 신돈의 개혁 정치는, 비록 실패한 개혁에 그쳤다고 해도(그 책임이 신돈에게 있지 않다는 점을 고려하면) 그에게 비난의 화살만 매몰차게 겨냥했던 관습은 수정되거나 재검토해야 마땅할 것이다.

박종화가 『다정불심』을 썼던 때는 식민지시대 말기로, 우리의 문화 전체가 말살당할 위기에 놓인 시점이었다. 박종화는 거의 동일한 위기의 시대를 살았던 공민왕과 신돈을 주목함으로써 동시대 위기 상황에 대한 대안을 모색했다. 그렇기 때문에 그 평가에 착시가 있었다고 반론할 수도 있겠지만, 이후 쓰인 소설이나 역사학계에서의 평가를 감안한다면 더 이상 국정농단의 주범으로 신돈을 평가절하해서는 안 될 것이다. 특히 신돈과 함께 '요승'으로 지목된 묘청과 보우의 예를 대입해 살펴본다면, 일부 편협한 시각을 가진 유가 지식인들의 아전인수에 가까운 역사 해석을 간과할 수도 없다. 그들이야말로 국정농단의 희생양이었다.

'국정농단'은 우리 시대에 중요한 화두가 되어버렸다. 이 불행한 사태를 현명하게 극복하기 위해서라도 역사가 남겨놓은 오욕의 발자취를 되새겨볼 필요가 있다. 이성을 잃은 일부 무모한 세력들이 자기도취에 빠져 역사의 거대한 흐름에 저항하는 것이 얼마나 부질없는 짓인지, 우리는 역사 또는 역사소설을 통해 재인식해야 하리라 생각한다.

임진왜란 전후, 어느 젊은 의학도가 겪은 격변의 시기

―문성근의 『삼포시대』를 읽다―

1

근대 이후 그 의미와 가치가 정당하게 평가받은 '소설'은 맡은 기능과 역할이 다른 문학 장르와는 다소 차이가 있다. 소설은 현실을 허구적이면서 개연성 있게 재현해 낼뿐만 아니라, 궁극적으로 그 현실을 사는 사람에 관한 이야기다. 인물들을 둘러싸고 전개되는 현실과 사건은, 그것이 비록 이미 지나간 과거의 시점에서 펼쳐진다고 해도, 하나의 '대체현실'이 될 운명을 타고났다. 그러기에 소설은 신화나 전설과는 달리 현장감을 획득하고야 마는 것이다. 독자는 역사적으로는 과거에 속하는 이야기라고 해도, 그 이야기 속에서 현재의 역동성과 문제의식을 간파해내기 때문이다.

역사를 다룬다고 해도 소설은 사서(史書)에 실린 기록을 그대로 답습하지는 않는다. 역사서는 사건의 외연에 충실하고 관련자들의 증언을 근거로 하고자 하는데, 이는 사관(史官)으로서는 바람직한 태도이지만, 사건의 인과관계와 인물의 내면을 흘렀던 인식과 사고의 맥락을 소외시키거나 유추하지 않음으로 인해 간극이 발생할 우려도 없지 않다. 결국 그 간극을 메워주는 것은 인간 이성의 몫이고, 자연스럽게 상상력이 개입하게 된다. 그 개입의 울타리 안에서 소설은 꽤 넓은 영지(領地)를 확보해 왔다.

역사서나 역사가가 미처 감당하지 못한 역사의 끊긴 고리들은 어떻게 이어지고 다뤄져야 할까? 소설이라고 해서 공인된 사실들을 짓밟고 백일몽에 가까운 망상의 방향으로 질주해도 좋을 특권을 부여받은 것은 아니다. 누구도 그것을 대신 감당할 수 없기에 작가는 여기에서 조바심을 내어서는 안 될 것이다. 늘 자신이 재현하고 있는 허구적 현실과 인물이 역사의 궤도 밖으로 일탈하고 있지는 않은지 주의 깊게 관찰하고 교정하는 자세가 필요하다.

문성근 작가의 『삼포시대』를 읽었다. 모두 5권(1·2·3권[2016], 4·5권[2017] 효민디엔피)으로 출간된 이 소설은, 그 방대한 길이에도 불구하고 아직 완간되지 않은 작품이다. 8권으로 완간될 예정이라고 하니, 작가가 구상한 양에서 반을 조금 지난 정도의 분량이라고 할 수 있다. 청탁을 받았을 때는 이 사실을 몰랐고, 출판사와 작가에게 문의하고 난 뒤에야 알게 되었다. 이 점이 필자를 난감하게 만들었다.

아직 완결되지 않은 작품을 두고 평가를 내리는 것은, 아무리 이 글이 작품론은 아니라고 해도 대단히 부담스럽고 위태로운 일이라 아니할 수 없다. 때문에 작품을 다 읽고 나서도 쉽게 글을 쓸 엄두가 나지 않았다. 작품 속에서 다뤄지는 시간대는 6, 7년 정도에 그치지만, 대단히 많은 인물들이 등장하고 사건의 전개도 단순하지 않을뿐더러 공간 역시 조선과 일본, 중국을 거쳐 다시 조선으로 왔다가 일본으로 건너가는 등 만만찮은 스케일을 보여주고 있었다. 어떻게 이 작품에 접근해 기술해야 할지 난처했다. 완간을 기다려야 하는 게 아닐까 하는 염려도 있었는데, 가까운 시기에 완결을 기대하기 어려운 사정까지 알게 되었다.

고심 끝에 필자는 타협책을 찾았다. 5권까지 진행된 사건은 아직 본격적인 위기 상황까지 오지도 않았지만, 청탁의 의도를 감당하지 못할 정도는 아니라는 결론을 내렸다. 한일관계사라는 관점에서 이 작품의 의의를 논하기에 부족하지 않다는 심증 때문이었다. 훗날 완간되거나 개작되었을 때 평가가 달라질 가능성은 접어둔 채 논의를 시작하기로 했다.

2

문성근은, 작가로서는 아직 신인이라고 할 수 있다. 5권이나 되는 작품을 출간했지만, 『삼포시대』는 그의 첫 작품이다. 40대는 지났을 것으로 보이는데(통화하면서 나이는 물어보지 못했다. 나중에 알고 보니 거의 60대에 가까운 나이였다.), 그는 지금까지 작가나 작가 지망생이 아닌 변호사로 활동했다. 20년 넘게 변호사 생활을 했다니, 그 방면에서는 베테랑이라 할 수 있다.

외국에서는 드물지 않은 것 같지만, 우리나라의 경우 법조인이 작가로 활동하는 경우는 거의 찾아볼 수 없다. 시인이라면 더러 있을 테지만, 소설을 쓰는 법조인과 그 작품은 많이 접해보지 못했다. 여하간 대표적인 법조인 출신 작가라면 역시 추리소설을 주로 쓰는 도진기를 들 수 있다. 2010년 『어둠의 변호사』와 『라트라비아타의 초상』 두 권의 장편 추리소설로 문단에 나타난 그는, 부장검사로 있다가 지금은 변호사로 개업해서도 계속 작가 생활을 이어가고 있다. 그 사이 그는 20여 권에 가까운 소설을 출간했다.

도진기가 검사와 변호사로서의 경험을 살려 법정 추리소설을 썼으니 어쩌면 인과관계가 닿은 작가로의 변신이라고 할 수 있다. 그런데 문성근은 변호사라는 직업과는 꽤나 동떨어져 보이는 역사소설을 들고 나왔다. 이질적으로 보이면서도 참신하다는 느낌도 지울 수 없다. 그가 『삼포시대』에서 다룬 시간대가 임진왜란을 전후한 시기라는 점도 흥미롭다.

임진왜란은 역사를 배경으로 소설을 쓰고자 하는 작가라면 대단히 매력적인 소재임에 분명하다. 그러니 그가 이 시기에 흥미를 느꼈다고 해서 어색하지는 않다. 따져보면 임진왜란은 조선과 일본, 중국 세 나라가 조선의 땅과 바다에서 충돌한, 일종의 세계대전이었다. 뿐만 아니라 이 전쟁의 여파로 동아시아의 역사는 격변기에 접어들었다. 조선은 왕조가 교체되지는 않았지만, 정치와 문화, 사회 등 전방위에 걸쳐 침체기에 접어들었다. 중국의 명나라는 그렇지 않아도 쇠퇴기에 접어들었는데 결국 1644년 청나라에 제국을 빼앗긴 뒤 남쪽 지역에서 명맥만 유지하다가 1662년 완전히 소멸되었다. 일본 역시 1603년 도쿠가와 막부(幕府)가 들어서면서 정권이 교체되었다. 이런 파란의 시기는 동아시아 역사에서 유례를 찾기 힘들다. 그러면 문성근은 왜 이 시기에 주목했던 것일까?

『삼포시대』는 난세를 산 영웅들의 무용담을 이야기의 중심에 놓지 않았다. 남해안 하동(河東) 땅에 살던 젊은 지식인 문영학이 영웅의 자리를 대신하고 있다. 소설의 흐름으로 보건대, 작가는 역사의 전면에서 활약한 영웅들보다는 역사의 뒷면에 머물면서 이름 없이 살다갔지만 그 시대의 격변과 고통을 누구보다 처절하게 감내했던 민초(民草)들의 동향에 더 관심을 두고 있는 듯하다.

문영학은 양반가 출신이지만 영락한 처지여서 농사를 지으면서 학업에 전념하던 평범한 인물이었다. 그에게는 절친한 침구 최성진과 그의 누이 민지가 가까운 친우였다. 그의 꿈은 과거에 급제해 집안을 일으키고, 사랑하는 연인인 민지와 혼인해 행복하게 사는, 소박한 것이었다. 그런 그에게 삶의 전기가 찾아온 것은 우연히 지리산에 갔다가 봉변을 당해 은둔한 의학자를 만나면서부터였다.

그 스승은 세종 때의 어의(御醫)로 『의방유취(醫方類聚)』를 지은 전순의(全循義)의 후손으로, 지금은 은둔해 있지만 의학에 있어서는 누구도 견줄 수 없는 대가였다. 이때부터 의술에 관심을 가지게 된 문영학은 『의방류취』를 간략하게 편집한 책 『의방류취요결』 30권을 스승으로부터 전수받으면서 의학 수업에 매진하게 된다. 그러던 중 그는 조선에 침입했다가 관군에게 들켜 화살을 맞은 일본인 오토모 신조의 목숨을 구하게 되고, 『의방류취』라는 불멸의 의학서적의 존재를 알아 그것을 일본 땅에 전파하려는 신조를 비롯한 일본인들의 음모에 빠져 살인누명을 쓴 뒤 조선 땅을 탈출해 일본으로 건너가게 된다. 그 사이 스승과 함께 동래부에 갔던 문영학은 거기서 기생 '가희'를 만나 정을 통하게 되고, 평생 고락을 함께할 결심을 하지만 가희는 어느 날 자취를 감추고 만다. 문영학은 그녀가 평소의 소망처럼 일본으로 건너갔을 것으로 추측하는데, 이 일도 그의 일본행을 재촉하는 요인이 되었다. 문영학은 늙은 어머니와 약혼을 한 민지를 조국에 둔 채 머나먼 이국으로 떠나는 배에 오르게 된다.

그렇게 목숨을 부지하기 위해 찾아간 일본에서 문영학은 그곳 권력층들에게 대대적인 환영을 받는다. 그들은 문영학이 일본의 의술을 크게 발전시킬 것이라 기대하면서 모든 편의를 제공하고, 달리 대안이 없던 문영학은 이들의 제안을 받아들인다.

그 사이에 문영학은 퇴직한 대마도 도주의 안질을 치료하고, 도요토미 히데요시가 첩으로 들여 자식을 보고 싶어 하는, 오다 노부나가의 조카딸 기쿠코의 우울증을 치료해 히데요시와의 결혼을 성사시키고, 히데요시가 꿈에 그리던 아들까지 낳을 수 있도록 처방하는 의술을 발휘한다.

한편 당시 일본의 정국도 시시각각 변하고 있었다. 전국시대의 혼란을 수습한 히데요시는 조선 정벌을 공공연하게 공포하고, 이에 필요한 후원을 각 지역의 영주들에게 요구했다. 일본의 권력층은 이 문제에 대해 찬성파와 반대파로 나눠 암투를 벌이는 중이었다. 정벌 반대파들과 손을 잡은 문영학은 자신의 의술과 명성을 이용해 정벌 야욕을 막고자 하지만, 일은 생각대로 진행되지 않는다.

그 무렵 조선에서는 정여립(鄭汝立)이 역모를 꾸민다는 고변에 따라 대대적인 숙청 작업이 벌어지는데, 기축옥사(己丑獄死)로 불린 이 사건으로 수많은 지식인들이 비명에 죽어갔을 뿐만 아니라 문영학의 스승과 집안일을 돌보던 노비 '선돌'까지 처형되는 비극이 벌어졌다. 기축옥사가 조선의 방어력을 약화시키기 위한 일본 정벌 찬성파의 음모에 따른 결과였음을 안 문영학은 그 괴수인 무장 가토 기요마사에게 결투를 신청해 함께 죽음으로써 원수도 갚고 정벌파의 기세를 꺾고자 하지만, 이도 수포로 돌아가고 만다.

이에 문영학의 존재에 부담을 느낀 찬성파들은 그를 제거할 계획을 세우게 되고, 이를 눈치 챈 반대파들의 도움으로 문영학은 해외무역선단의 일원으로 일본을 벗어나 오키나와와 대만, 중국 대륙 남단에 있는 복주(福州)와 소흥(蘇興), 영파(寧波) 등지를 거쳐 조선 남해안으로 잠입해 고향 하동으로 돌아오게 된다. 그때 그는 무역에서 얻은 상당량의 황금을 가져오면서, 이것을 자금으로 이용해 조선의 관리들이 일본의 침략에 대비하도록 설득하고자 한다.

그러나 미처 계획을 실행하기도 전에 기쿠코가 낳은 아들이 위급하다는 소식을 전한 무사들과 함께 바다를 건너 일본에 가지만, 이미 때가 늦어 아들은 어린 나이로 병사하고 만다. 이를 기화로 일본의 정벌

찬성파들은 다시 자신들의 야욕을 히데요시에게 전파하면서 전운이 무르익게 된다.

소설은 여기까지 집필되었다. 이후의 시건 전개가 어떻게 될지는 알 수 없지만, 다음 해인 1592년 일본은 조선을 침략하게 되고, 오랜 기간의 전란이 참혹하게 벌어지게 될 것은 굳이 확인할 필요가 없을 것이다. 이 전란의 와중에 문영학이 어떤 활약을 하는지 현재로서는 미지수이지만, 궁금증이 커지는 것은 어쩔 수 없다.

작가는 동아시아 삼국이 충돌한 이 전쟁의 원인을, 조선 조정이 견지한 해금(海禁)과 쇄국(鎖國)에서 찾고 있는 듯 보인다. 조선 정부는 왜구의 잦은 침입을 막는 대책으로 1407년부터 부산포와 내이포, 염포를 개방해 왜관을 설치하고, 부분적인 교역을 허용했다. 처음에는 60명으로 제한되던 왜인의 수가 점차 늘어나 2천 명에 이르면서 문제점들이 노출되었고, 중종반정 이후 사정은 더욱 나빠져 제재가 강화되자 결국 1510년 삼포왜란이 터지고야 만다. 이 사건으로 양국간의 통교는 중단되었고, 임신약조를 통해 부분적으로 외교관계가 회복되었지만, 일본의 요구를 만족시키기에는 턱없이 부족한 양상이었다. 이 소설의 제목이 굳이 '삼포시대'인 것도 이런 판단이 전제되었기에 나왔을 것이다.

이런 일련의 쇄국과 해금 조치는 일본을 향해서만 그친 것이 아니라 모든 외국과의 교섭에서도 동일하게 적용되어, 조선은 그야말로 '우물 안 개구리' 신세가 되었다. 이런 조치들이 조선을 눈 뜬 장님으로 만들었을 뿐만 아니라 교역이 절실했던 일본의 침략까지 불러들였다는 것이다. 즉 임진왜란은 조선이 자각하고 방비에 치중했다면 얼마든지 방지할 수 있는 참극이었다는 말이다. 그러나 조선은 소수의 양반 기득권 세력이 안일하게 국제 정세에 대응하고, 자파의 이익 지키기에만 골몰해 재앙을 자초했다고 단정한다. 그밖에도 소설은 조선의 당시 난

맥상에 대해 다양한 지적을 가하면서 대안 제시에 소홀하지 않는다.

임진왜란을 전후한 시기의 위기와 갈등, 대응과 해결책이 소설 속의 분석이라면 예방이 가능했을지는 좀 더 논의가 필요할 듯도 하다. 그러나 적어도 그 진단이 사태의 핵심을 짚고 있음은 분명해 보인다.

3

이 소설은 상당 부분 주인공 문영학과 그 주변 인물들이 나눈 문답 중심의 대화로 이루어져 있다. 문답이 너무 많은 비중을 차지해 소설의 가독력을 떨어뜨리는 것은 분명하고, 또 소설로서의 완성도를 적지 않게 훼손하는 것도 사실이다. 이런 구성은 복잡한 국제 정세나 국내에서 벌어졌던 모순들을 일목요연하게 설명하기 위한 방책으로 채택된 것으로 보이는데, 이런 방식이 효과적일 때도 있고, 소설의 의도를 잘 설명해주는 경우도 많다. 그 한 예를 들어보겠다.

> "그럼 무로마치 막부는 백성들의 지지를 받았습니까?"
>
> "무로마치 막부의 쇼군은 위로 천황을 받들어 모셨습니다. 그러면서도 왕권을 억제하면서, 백성들에게 생업에 매진할 수 있도록 자유와 권리를 주고, 국가의 산업과 해외무역을 장려하였습니다. 지방의 도시에 광범위한 자치권을 주고 외국인에 대한 치외 법권도 인정하였지요. 이 때문에 여러 지역의 도시들이 경쟁적으로 성장했습니다. 또 국가 전체적으로 수공업이 발달하고 상업이 융성하여 백성들의 생활이 번창하였지요. 그런데 무로마치 막부가 안정될 무렵에 세워진 조선왕조는 백성들을 어떻게 대했는지 아십니까?"
>
> "조선은 어떻게 하였소?"
>
> "조선은 사농공상의 계급적 차별을 강화하고, 수많은 백성들을 노

비로 만들었으며, 백성들의 생업을 천시하고, 오로지 권력에만 순종하도록 만들기 위해 백성들의 자유와 권리를 빼앗고 통제에만 골몰하였습니다. 그러다보니 고려의 자유분방한 사회분위기는 사라지고, 수공업과 상업은 급격히 후퇴하였으며, 백성들의 삶은 도탄에 빠져들고, 정치는 썩을 대로 썩었습니다. 선생이 조선인이기는 하지만, 조선의 이러한 실정을 부인할 수 있습니까?"(『삼포시대』 제2권 222쪽)

다소 긴 인용이기는 하지만, 이 기술을 통해 우리는 이 소설의 몇 가지 특질들을 파악할 수 있다.

우선 작가가 소설을 쓰기 위해 대단히 오랜 시간 공력을 들여 자료를 모으고 분석했으며, 또 현지답사에도 소홀하지 않았다는 점이다. 한중일 세 나라를 오가면서 진행되는 소설의 전개는 각 지역에 대한 예비지식을 갖추고 현장을 꼼꼼하게 확인하지 않는다면 효과적으로 묘사되기 어려울 것은 두말할 여지가 없다. 소설은 이런 점에서 탁월한 성과를 거둔 것으로 보인다. 때로는 상식적인 설명과 예시가 없지는 않지만, 작가는 책을 통해서나 현장 답사를 통해서나 관련된 정보와 자료를 충분히 확보했을 것으로 보인다. 그런 점에서 이 소설은 역사소설이 갖춰야 할 미덕인 사실(史實)에 충실했고 현장성을 확보했으며, 해석의 타당성이라는 관점에서 따져도 그 성취도가 무척 높다고 인정해야 할 것이다.

한편 이 소설이 가진 문제점들도 위 인용문은 보여준다. 소설의 주인공은 분명 문영학인데, 소설이 상당히 진행되었음에도(어쩌면 5권이 끝날 때까지도) 주변의 누군가가 분석하고 지적하지 않는다면 그는 무지(無知)의 영역에서 벗어나지 못한다. 즉 너무 수동적으로 지식과 진실을 받아들일 뿐 스스로 이를 간파하는 경우가 거의 없다. 예시와 같은 형식으로 문답이 전개될 경우 빠지게 되는 한계라 할 수 있다. 주인공을 처음부터 끝까지 '바보'로 만들면서 소설의 주제나 의도를 구현하는 것은 결코 좋은 접근은 아닐 듯하다.

아울러 이 소설은 5권 분량의 작품임에도 불구하고 서사의 진행이 너무 평면적이다. 등장인물들은 대단히 많지만, 대부분의 장면들은 주인공 문영학이 출현해야만 진행된다. 주인공의 비중이 높은 만큼 어쩔 수 없는 일이라고 해도, 주인공의 판단이나 생각으로만 인물들의 캐릭터가 드러나고 사건의 핵심 또는 배경이 설명된다면, 흥미는 반감될 수밖에 없다. 소설은 결국 스토리와 플롯의 연쇄일 텐데, 문답과 설명이 과도하게 노출되어 스토리와 플롯이 본연의 기능을 하지 못하고 있다. 이래서는 다양한 등장인물들의 개성이 살아나기 어렵지 않나 여겨진다.

4

『삼포시대』는 대단히 흥미로운 소설이다. 지금까지 임진왜란을 전후한 시기의 극변했던 국제 정세를 조선과 일본, 명나라의 지식인 또는 유의미한 사고를 가진 사람들의 목소리를 혼재시켜 창작한 예는 필자의 독서 범위에서는 보지 못한 듯하다. 미리 적과 나를 구획지어 놓고 그 틀에 맞춰 이야기를 전개하는 방식이었지, 일정 정도 가치중립적인 시야를 유지하면서 내면을 이해하고자 한 작품은 필자로서는 처음 읽었다. 이를 통해 필자는 임진왜란 전후에 삼국에서 펼쳐졌던 관련자들의 내면의식을 객관적인 전망을 가지고 파악할 수 있었다.

앞에서 지적한 것처럼 이 소설은 장점과 단점이 확연하게 드러나는 작품이다. 다만 아직 완결되지 않은 소설이라 예단하기는 무리지만, 소설이 소설다울 수 있는 장치에 좀 더 충실하고 불필요하거나 과용

(過用)된 에피소드나 지식의 열거를 배제한다면, 독자로서는 아주 색다른 소설을 만나는 즐거움을 누리게 될 것이다.

근래 남북한 정상이 만나고, 북한과 미국의 지도자가 얼굴을 맞대는 등 우리나라를 둘러싼 국제 정세가 하루가 다르게 급격한 변화를 맞이하고 있다. 중국과 러시아, 일본까지도 한반도 문제에 개입할 틈을 노리고 있는 실정이다. 이 소설의 결말이 미완인 것처럼 한반도를 둘러싼 정세 역시 안개 속에 갇혀 있다. 그런 현재를 이해하고 미래를 예측하는 데 이 소설은 시사하는 바가 많은 듯하다.

머지않은 시기에 소설이 완성되기를 기대하면서 이 글을 읽는 독자들에게도 일독을 권하고 싶다.

소설로 복원된 월이(月伊), 그 숭고한 희생과 충정의 울림

1. 들어가는 말

임진왜란은 조선이 개국한 지 200년 만에 발발한 충격적인 재앙이었다. 사대부 관료들은 당파의 이익에 매몰되고 군주의 판단력이 흐려진 결과, 국가의 존폐를 최우선으로 삼아야 할 지배계층의 방관이 빚어낸 참화였다. 이 때문에 가장 큰 피해와 희생을 치른 사람들은 일반 평민들이었다. 국가와 관료들에게 자신의 생존권을 맡긴 백성들의 신뢰는 무참하게 짓밟혔고, 왜군들의 살육과 약탈을 고스란히 감수해야 했다.

결국 이런 재앙을 물리친 장본인도 보호에서 소외당했던 평민층이었다. 일부 지각 있는 지식층들의 선도에 따라 그들은 무기를 들고 전쟁터로 나갔고, 누구보다 용맹하게 적군을 막아냈다. 이렇게 의병과 승병(僧兵)들의 피어린 고투로 왜적의 예봉은 분산되거나 좌절되었고, 전국토가 유린당하는 비극을 피할 수 있었다. 해양에서는 이순신 장군을 주축으로 침입에 대비했던 수군이 개전 초기부터 남해안 지역 곳곳에서 승전보를 울려 육지에서의 참패를 만회하기도 했다. 1592년 5월 7일[1] 거제도 옥포동 앞바다에서 벌어진 옥포해전(玉浦海戰)에서 이순

1) 임진왜란 발발일은 그해 4월 13일이었다.

신이 이끄는 함대는 26척의 왜선을 격침시켜 거침없이 진군하던 왜군의 기세에 일침을 가했던 것이다.

이후 같은 날 5월 7일의 합포해전(合浦海戰, 5척 격침), 5월 8일의 적진포해전(赤珍浦海戰, 13척 격침),[2] 5월 29일의 사천해전(泗川海戰, 13척 격침), 6월 2일의 당포해전(唐浦海戰, 21척 격침), 6월 5일의 당항포해전(唐項浦海戰, 26척 격침) 등 한 달 사이에 왜선 1백여 척을 격파하고 수많은 왜군을 죽이는 큰 전과를 올렸던 것이다. 이 결과 왜군은 곡창지대인 호남 지역으로 진출하려는 계획을 포기해야 했었고, 의병들의 활약과 더불어 왜군의 보급을 지연시키는 효과를 거두었다.

이 글은 전란 초기 벌어진 여러 해전 가운데 고성 당항포해전에서 보여준 왜군의 이해할 수 없는 행동과 과오에 따른 승전에 주목하고자 한다. 고성 지역에서는 전란 이전 왜국의 첩자가 고성 지역에 와서 지형지물을 익히고 지도로 그렸는데, 그때 고성에서 기생으로 있던 월이(月伊)란 한 여성이 소소포(召所浦)와 고성만 사이에 수로가 있는 것으로 지도를 변조해 왜군들이 스스로 사지(死地)로 들었다는 이야기가 임진왜란 때부터 지금까지 전해져 오고 있다. 진주의 논개(論介) 못지않은 의기(義妓)로 추앙받는 월이의 행적은 아쉽게도 공식 기록에는 나오지 않지만, 여러 정황이나 전언을 근거로 할 때 사실로 인정받고 있다.

그런데 의병이나 수군들의 활약에 대해서는 이후 조선 정부의 포상

---

2) 적진포의 위치에 대해서는 종래 경남 통영시 광도면 적덕리 일대로 보는 견해가 유력했다. 그러나 근래에는 춘원포(春元浦, 경남 통영시 광도면 안정리·황리 사이 안정만), 당항포(唐項浦, 경남 고성군 회화면 당항리), 당동만(塘洞灣, 경남 고성군 거류면 당동리 구당마을), 남촌진(南村鎮, 경남 고성군 거류면 화당리), 신용리(新龍里, 경남 고성군 거류면 신용리 상원·하원 부근), 적포(赤浦, 경남 고성군 동해면 내산리 전도마을 적포만) 등 다양한 견해가 제시되고 있는데, 대체적으로 경남 고성군 일대로 비정하는 견해가 다수를 이루고 있다. 이 전투는 거북선이 처음으로 실전에 참가한 해전이다.

과 추숭(追崇)이 뒤따랐지만, 유독 월이의 남다른 노력과 희생에 대해서는 이렇다 할 논의가 없었다. 때문에 고성 지역 주민들이나 뜻있는 연구자들은 이 점을 안타깝게 여겨 자료 발굴이나 현장 확인 등을 통해 의기 월이의 업적을 알리고자 다방면으로 활동해왔던 것이다.

그런 노력의 결실 가운데 하나가 2012년 작가 정해룡에 의해 창작되어 발간된 소설 『조선의 잔다르크, 월이』(도서출판 경남 간행, 앞으로는 줄여서 『월이』로 부르겠다.)다. 이 작품은 전란을 전후한 조선과 왜국의 동향과 개전 직후 벌어졌던 일련의 전투 상황, 그리고 고성 지역을 중심으로 일어났던 여러 가지 역사적 사실들을 생생하게 전해주었다. 또, 사실과 사실을 연결하는 데 장애가 된, 사라져버린 고리들을 상상력으로 연결해 복원하여 개연성 있게 묘사함으로써 의기 월이의 용기와 희생, 장렬한 최후를 독자들에게 큰 목소리로 들려주고 있다.

이 글은 그런 『월이』의 소설적 의의와 작품 속에서 그려진 여러 상황들, 아울러 사실(史實)들이 구현된 방식 등에 대해 논의하고자 한다. 또 뒤이어 의기 월이의 행적을 동일한 상상력으로 재구한 작품인 작가 김인배가 쓴 『오동나무 꽃 진 자리』[3]에 나타나는 월이의 형상에 대해서도 비교, 검토했다.

이런 작업을 통해 그 동안 특정 지역과 소수의 사람들에 의해서만 공유되었던 의기 월이의 충심과 의거가 널리 공인받고, 논개에 못지않은 의인으로 자리매김하기를 바라마지 않는다.

---

3) 2015년, 푸른사상 발간.

2. 소설로 구현된 의기 월이의 모습들

정해룡의 소설 『월이』는 처음부터 끝까지 월이의 짧지만 거룩했던 삶의 자취를 충실하게 추적한 유일한 작품이다. 소설은 그녀가 왜 어리고 연약한 여성의 몸으로 기생이 되었고, 어떤 동기로 지도를 변형시켰으며, 또 이후 왜군 앞에 끌려갔어도 당당하고 의연하게 충심을 버리지 않고 죽음을 맞이했는지, 그 현장의 목소리를 울림 깊게 담아냈다. 물론 작가의 상상력은 기록에 근거로 둔 사실에 바탕을 두지는 않았지만, 동시에 사실에 뿌리를 둔 합리적 유추와 타당한 사건 전개를 적절하게 배합하여 사실 이상의 현장감과 함께 감동을 빚어냈다. 이런 점에서 이 작품은 무엇보다도 좋은 점수를 주고 싶다.

영웅적 인물을 문학으로 형상화할 때 작가의 선입견이나 과욕 때문에 주인공의 인간적 고뇌와 갈등, 현실과의 충돌과 좌절 등이 외면되는 경우가 없지 않는데, 이 소설에서 묘사된 월이는 인간적 체취가 물씬 풍겨나는, 말 그대로 '사람다운 사람'의 진면모를 그대로 노출시켰다. 그녀는 태어날 때부터 영웅이었던 것이 아니라 시대와 상황이 만들어낸 이인(異人)이었다. 때문에 그녀의 희생이 더욱 감동적이고 의미 있게 다가올 수 있었던 것이다.

1) 부모와 동생에게 닥친 비극과 한 떨기 꽃에 닥친 시련

월이는 지극히 평범한 평민의 가정에서 태어나 성장했다. 남다른 영특함이 없었던 것은 아니었겠지만, 피붙이 동생을 돌보고 부모의 일손을 돕는 딸이었다. 그런 월이에게 재앙의 마수가 닥친 것은 임진왜란이 터지기 십 년 전의 일로 거슬러 올라간다. 이미 삼국시대부터 우리나라 연안에 나타나 약탈과 살육을 자행하던 왜구(倭寇)의 만행은 고려시대와 조선시대에 이르러서도 크게 달라지지 않았다.[4] 조정에서도 이들을 제거하기 위해 심혈을 기울이기는 했지만, 항상 미봉책에 머물렀고 궁극적인 해결은 요원하기만 했다. 그 왜구의 칼끝이 월이의 가족에게도 지울 수 없는 상처를 남기고 말았다.

고성 해역에 출몰한 왜구는 "산비알에 있는 밭에서 거름을 져" 나르다가 뻘에서 개발을 캐 바구니에 담던 월이의 어머니를 덮쳤다. 왜구는 어머니를 납치해 배에 실었고, 이를 멀리 산등성이에서 밭을 일구던 월이 아버지의 눈에 들어왔다. 왜구는 잔인하게 엄마의 품에서 우는 월이의 동생을 칼로 베어 두 동강 내고 말았다. 이를 본 아버지가 아내를 구하고자 달려왔지만, 왜구의 일격에 허무하게 죽고 말았다. 어머니는 왜구에게 납치되어 생사가 두절되었고, 아버지와 동생이 죽임을 당하는, 끔찍한 참변에 고스란히 노출되었던 것이다. 이렇게 해서 월이는 천애고아가 되었다.

그런 월이를 거둬들인 이는 친척인 외숙부와 외숙모(붙들네)였지만, 그들 역시 아이가 셋이나 되어 돌볼 여력이 없었다. 그래서 궁여지책 끝에 월이는 외숙모가 일을 봐주던 무기산 아래에서 진주댁이 운영하는 기방 무기정에 들어가 허드렛일을 하게 되었다. 화목했던 한 집안이 하루아침에 풍비박산이 나 월이의 삶은 나락으로 떨어졌는데, 그 원흉이 바로 왜구였던 것이다. 우리는 당시 왜구들에게 고통을 당했던 당시 민중들의 현실을 월이의 수난을 통해 절절하게 느끼게 된다.

월이의 신산한 삶은 여기서 끝나지 않았다. 기방 무기정에는 노화

4) 많은 책에서 왜구의 만행을 읽을 수 있는데, 특히 여말선초 때 원나라에서 목화씨를 들여와 재배에 성공한 문익점(文益漸, 1329-1398)의 문집 『삼우당실기(三憂堂實記)』에, 고을마다 다니면서 경쟁하듯 주민들을 살상했던 참상이 구체적으로 전해진다.

(桃花)와 소향(素香)이라는 두 기생이 있어 손님을 접대했다. 그러나 둘 다 나이가 많아 손님들의 외면을 받자 진주댁은 대안을 찾게 된다. 그 몇 년 동안 더욱 성숙해진 월이가 진주댁의 눈에 들어왔고, 두 기생에게 월이에게 악기와 창을 가르치도록 한다. 실제로 한 여성이 기생이 되는 과정이 소설에서처럼 그렇게 단순하게 이뤄지는 것은 아니지만, 소설적 허용이라고 봐도 좋을 듯하다.

월이는 졸지에 가족을 잃고 원치 않는 기생의 길로 들어서고 말았다. 그녀는 당연히 크게 상심했지만, 이것도 운명이라 여기면서 담담하게 받아들인다. 열심히 악기를 익혔고, 창에 익숙해지면서 목소리를 가다듬었다. 이런 점에서 월이는 위기에 처했을 때 흔들리거나 도피하려는 성격이 아니라 적극적으로 대응하면서 새로운 길을 모색하려고 했던 강인한 기질이 있었던 것을 알 수 있다.

그러던 중 조선을 침략하기 전에 첩자를 보내 조선의 정세를 살피고 지형들을 지도로 옮기라는 밀명을 받은 고바야시 히데오(小林英雄)라는 이가 승려로 변장하고 남해안에 잠입했고, 그가 우연히 월이를 보면서 욕정을 품게 된다. 당장 목적을 달성하지 못한 밀정은 후일을 기약하면서 떠나는데, 이 사건은 이후 벌어질 사건의 전개를 위한 복선의 역할을 하게 된다.

2) 지도를 변조하기까지, 한 떨기 꽃의 처연한 희생

조선시대 여성 가운데 가장 미천한 대우를 받은 이들이 기생이었다. 해어화(解語花)라 하여 양반 문인 사대부와 어울리면서 화려한 생활을 누렸던 것처럼 전해지지만, 그 또한 일부에 지나지 않았고, 유희에 필요한 노리개 이상의 지위를 얻기는 거의 불가능했다. 그런 처지에 떨어진 것이 월이의 눈앞에 펼쳐진 그녀의 삶이었다. 심성이 고왔던 월이는 이를 감내했고, 진주댁과 주변 사람의 기대에 어긋나지 않고자 노력했는데, 마음 한 구석에서 움터오는 회한을 어쩔 수는 없었다.

그런 그녀에게 첫사랑이 찾아왔다. 기방 무기정에 필요한 기물을 팔던 과부 아낙 송계댁의 아들 이철석(李鐵石)이 그였다. 속칭 '쇠돌이'로 불린 이철석은 힘도 세고 기골이 장대했는데, 어릴 적부터 월이와 어울리며 마음에 연정을 품었다. 그런 아들의 심사를 읽은 송계댁은 진주댁에게 은근히 혼사문제를 꺼냈지만 냉정하게 거절당하고, 쇠돌이 역시 마음의 상처를 입는다. 월이 역시 쇠돌이에게 마음을 주었지만, 기생의 길을 가야 하는 그녀에게 순애보는 허용되지 않았다. 기생으로 전락하기 직전 월이는 무기산 언덕에서 그녀가 베풀 수 있는 마지막 선물인 순결을 쇠돌이에게 주었다.

그 무렵 정식으로 기생이 된 월이에게 진주댁은 첫 머리를 올려 줄 남정네를 찾는다. 이때 당사자로 나타난 이가 고성현령 김현(金絢)이었다. 벌써 여러 해째 현령 자리를 꿰차고 있던 김현은 무능과 부패, 가렴주구의 대명사였다. 갖은 이유로 백성들을 괴롭혔고, 투옥된 백성은 뇌물을 받고서야 등쌀에서 풀려날 수 있어 진즉부터 원성이 하늘을 찔렀다. 고을 유지 김부자가 모든 비용을 부담했고, 월이의 미색에 현혹된 김현은 월이의 첫 남자가 되고 말았다. 혼사가 그르쳐지고 월이가 기생이 된 일에 상심한 쇠돌이는 풍물패에 들어간다. 법천사 주지 스님에게 배운 택견과 춤으로 관중들을 사로잡았는데, 월이의 소식을 접한 쇠돌이는 그날 밤 무기산 봉우리에 올라 포효한다. 이로 말미암아 체포된 쇠돌이는 현령의 문초를 받으며 현령의 분노를 사 장형(杖刑)을 당하고 감옥에 갇히는데, 진주댁의 도움으로 간신히 풀려나게 된다.

한편 지난번에 욕정을 채우려다 뜻을 이루지 못하고 떠난 왜군의 밀정 고바야시 히데오가 1년 만에 다시 모습을 드러낸다. 그 동안 각지의 정세를 탐문하고 상세한 지도를 그려 소기의 목적을 달성한 그는 귀국하기 전에 월이를 품에 안아보고자 하는 일념으로 무기정을 찾아온 것이었다. 많은 재물을 내놓으며 잠자리를 요구하는 그를 월이는 거절할 수 없었다.

술기운이 오르자 밀정은 거칠게 월이를 품에 안았다. 그러면서 월이가 듣기 어려운 이상한 언행을 하는데, 부쩍 이 자의 정체에 의심을 품기 시작한다. 더구나 조선말이 아닌 기이한 말을 뇌까리는데, 그것은 월이가 어렸을 때 어머니를 납치해갔던 왜구들이 쓰던 왜어(倭語)였다. 밀정이 잠든 틈을 타 그 자의 바랑을 열어보니, 거기에는 여러 지역의 지도가 차곡차곡 쌓여 있는 것이 아닌가? 그 중의 하나가 바로 월이가 살던 고을 고성의 지리를 상세하게 그린 것이었다.

이 자에게 지도가 왜 필요한지 당장 간파하는 어려웠지만, 월이는 왜구와 동족인 사람이 좋은 뜻으로 일을 하지는 않았을 것이라 확신했다. 그래서 왜구에게 혼란을 주고자 멀쩡하게 끊겨 있는 소소포와 죽도포(竹島浦, 고성만) 사이를 마치 수로(水路)로 연결된 것처럼 변형시키고, 바랑 안에 넣었던 것이다. 다음날 아침 욕정을 만끽한 밀정은 또다시 훗날을 기약하면서 바람같이 사라지고 말았다.

이런 이야기 속에서 월이가 직접 부모와 형제의 원수를 갚기 위해 지도를 고친 것이 아님을 알 수 있다. 아무리 총명한 월이라 해도 지도가 전략상 대단히 중요한 도구이고, 이것이 실상과 다를 경우 빚어질 사태까지 예견할 수는 없었을 것이다. 그러나 월이는 섬광처럼 지나가는 예감으로 왜구에게 큰 장애가 될 수 있는 행동을 재치 있게 해냈다.

어쩌면 여기까지 이야기가 진행되고, 전란이 터지고 당항포에서 지름길을 찾던 왜군들이 지도를 맹신해 소소포로 들었다가 빠져나오는 사이 이순신의 수군에게 궤멸되었다면 하나의 미담 이상의 결과를 가져오지는 못했을 것이다. 의도하지 않은 행위가 의도하지 않은 결과를 가져온 것에 불과하기 때문이다. 월이의 위대함은 그렇게 승전을 거두게 한 뒤, 지도를 변조한 범인이 월이인 것을 안 왜군에게 체포된 이후에야 더욱 빛을 발하게 된다.

3) 성녀聖女의 탄생, 한 떨기 꽃이 불멸의 신화神話로 남다

지도를 변조한 사람이 월이였다는 사실은 안타깝게도 왜군들의 귀에도 들어가게 된다. 더구나 부왜(附倭)한 고을 사람들의 입으로 폭로되어 당시의 혼란했던 상황을 절감할 수밖에 없다. 진주댁의 무기정과 경쟁 관계에 있던 무학정(舞鶴亭)의 남산댁이 밀고했던 것이다.

밀고를 접한 왜군은 사람을 풀어 그녀를 수소문했고, 고성 무량산 법천사에 피신했던 월이는 동포의 손으로 붙잡혀 넘겨졌다. 월이의 미색에 반한 적장은 월이가 부정하면 살려주고 그녀를 차지하려는 욕정에 사로잡혔다. 아니라고 말하면 목숨을 구할 수 있는 상황에서 월이는 적들의 회유에 굴하지 않고 당당하게 자신의 소행임을 실토한다. 적장은 어쩔 수 없이 그녀를 옥에 가두었고, 자신의 상관과 함께 이 일이 외부에 알려지지 않도록 단속한다. 가짜 지도에 속아 패전했다는 사실이 알려지면 자신들도 문책을 받아 목숨을 부지할 수 없었기 때문이었다.

고성의 적장과 그의 상관인 웅천의 적장은 음심(淫心)을 이기지 못하고 마지막으로 월이에게 부정할 기회를 준다. 그러나 월이는 비겁하게 사느니 떳떳하게 죽는 길을 택한다. 그때의 정황과 월이의 각오는 직접 소설 속의 묘사를 읽는 것이 감동을 더해줄 듯하다.

월이는 그들 앞으로 끌려나왔다. 그녀는 헝클어진 머리카락 사이로 내비치는 일본도의 번쩍거리는 칼날을 바라보자 전신이 바르르 떨려왔다. 20살이라는 젊음이 죽음을 선뜻 받아들이기를 거부하는 몸짓이었다.

죽음 앞에서 그녀는 떨었다. 사지가 떨려왔다.

'내가 하지 않았다고 했으면 괜찮을 것을. 거짓말을 해도 될 것을.'

떨리는 마음속으로 나약한 생각이 파고들자 월이는 고개를 가로저어 두려움을 떨쳐냈다. 그녀는 눈을 감았다.

'저들은 내 부모를 죽인 원수들이 아닌가. 내 비록 왜놈인 줄 모르고 첩자와 하룻밤 동침을 했기로소니 그를 통해 부모의 원수를 갚지 않았는가! 부모를 죽인 원수들과 어찌 타협을 한단 말인가! 저들은 또 무단히 남의 나라를 침략하여 살생하기를 밤 먹듯이 하고 있지를 않은가!'

월이는 자신의 결정이 옳았음으로 죽음 앞에서 태연할 수 있었다.

"마지막으로 할 말이 있으면 말하라!"

끌려나온 월이를 보자 웅천의 적장도 선심을 베풀고 싶었다.

"……"

월이는 아무 소리 없이 허공을 응시했다. 순순히 죽음을 받아들였다.

'부모 없이 자라오던 그 숱한 고생 속에서 죽음의 그 허망함을 내 일찍 터득하지 않았던가! 손님을 받아 술을 팔고 그들의 노리개로 몸을 팔면서 죽고 싶다는 마음이 하루에도 몇 번이었던가! 차라리 잘 되었다. 살아 있다면 앞으로 내 남은 인생에 얼마나 더 험한 꼴을 볼 것인가! 그런 더러운 꼴을 보지 않고 이렇게 일찍 떠나는 것도 어쩌면 좋은 일인지도 모른다! <u>바다에 사는 물고기들도 나라의 은덕을 입고 산다는데 하물며 사람으로 태어나 내 비록 하찮은 일개 기생에 불과하지만 이 한 몸 바쳐 나라에 보탬이 된다면 이제 죽어도 무슨 여한이 있겠는가!</u>'

월이는 자신의 마음을 추스르자 이내 평온해졌다. 평온해지자 쇠돌과의 나누었던 뜨거운 첫사랑의 순간이 스쳐갔다. 자신도 모르게 '오빠!'하고 입속으로 불러보았다. 쇠돌과의 굳게 맺은 언약을 지키지 못하게 된 것이 가슴 아팠다.

왜놈에게 붙들려 끌려가며 비명을 지르던 어머니의 목소리가 어디서 들려오는 것 같았다. 어머니를 붙잡으려다 왜놈의 칼에 베이던 아버지의 울부짖음이 들려왔다. 어린 동생이 왜놈의 칼에 동강이 나 바다에 던져지던 모습도 떠올랐다.

'아부지! 엄마! 동생아!'

월이는 오랫동안 불러보지 못했던 그리운 이름을 하나하나 그녀의 입속으로 부르고 있었다.

'오빠!'

그녀는 마지막으로 쇠돌의 이름을 불렀다.

월이는 허공으로 응시했던 눈을 거두고 천천히 감았다.

선녀처럼 조용히 눈을 감고 기도하는 자세의 월이를 본 고성 수성장은 그녀에게서 어떤 알지 못할 외경심을 느꼈다. 지금 그가 그녀를 위해 할 수 있는 일이라곤 단칼에 목을 쳐서 그녀의 고통을 덜어주는 것뿐이었다.

눈을 감자 적장의 입에서 알아듣지 못할 비명에 가까운 기합 소리와 함께 눈앞으로 바람이 스치는 것과 동시에 예리한 칼날이 그녀의 목으로 파고드는 통증을 느낀 바로 그 순간이었다. 그녀의 목은 땅으로 떨어졌던 것이다.

월이의 목에서 흐르는 붉은 피가 한밤중 동헌의 청심헌 뜰에 번져가고 있었다.[5)]

이렇게 아름다운 조선의 한 떨기 꽃 월이는 삶을 마쳤다. 그러나 몸은 떠났어도 그녀의 정신은 영원히 조선의 백성들 가슴에 아로새겨졌

5) 정해룡, 『조선의 잔다르크, 월이』 257-259쪽. 밑줄 필자.

다. 의병을 조직해 항거하던 많은 사람들은 그녀의 의로운 죽음을 목도하면서 새로운 분투와 복수의 칼을 갈았다. 특히 월이의 첫사랑이자 영원한 연인이었던 쇠돌이의 오열과 분노는 조선 천지에 울려 퍼졌다.

> 그(쇠돌이)는 무기산으로 올라갔다. 월이와 처음으로 정을 나누었던 그 자리에 서서 울음을 삼키고 있었다. 가슴 깊은 곳에서 터져 나오는 그녀의 이름을 애타게 불렀다.
>
> "월이야! 월이야!"
>
> 월이를 찾는 그의 애잔한 목소리는 너른 고성 바닥 들판으로 흩어진다.
>
> "월이야! 진작 너를 데리고 멀리멀리 갔어야 하는데, 그러지 못했으니 내가 너를 죽인 것이구나! 나를 용서해다오! 날 용서해!"
>
> 삼켰던 울음은 이제 걷잡을 수도 없이 흘러내린다.
>
> "아! 월이야! 니 없는 세상을 나 혼자 어떻게 산단 말이냐!"
>
> 그는 엎어져 통곡을 한다.
>
> "내 사랑 월이야! 나도 곧 니 뒤를 따라가마!"
>
> 한참 후에 그는 일어서서 하늘을 응시했다.
>
> '월이야! 내 반드시 너의 복수를 하리라! 너의 아버지 어머니 어린 동생의 복수까지 내가 하리라! 사랑했던 월이야! 나의 이 맹서를 하늘에서 지켜봐다오!'
>
> 그는 입을 앙다물고 두 손을 불끈 쥐었다. 그녀와 첫 순정을 나누었던 그 자리에 서서 그는 월이가 살아 있는 것처럼 그녀에게 큰절을 올렸다.[6)]

쇠돌이가 몸담고 있던 의병 진영을 이끌던 의병장 최균(崔均)은 월

---

6) 정해룡, 앞의 책, 264-265쪽.

이의 장렬한 죽음 소식을 접하면서 이렇게 말한다.

> "월이는 나라를 위해 큰일을 했어! 아암! 큰일을 했고 말고! 현령도 도망가고 조정도 백성을 버리고 멀리 의주로 피신한 마당에 누가 그런 일을 하겠는가! 입만 열면 사대부요, 양반이요, 벼슬아치요 하는 작자들보다 훨씬 대단한 일을 했어!"[7]

평시에는 위국위민(爲國爲民)을 내세우며 사리사욕을 채우고 자신만 충신이요 어진 목민관이라 외치던 벼슬아치는 전란이 터지자 제 한 목숨 건지겠다고 달아난 이가 태반이었다. 군왕마저 백성을 등지고 의주를 넘어 명나라 땅으로 도망치려던 때였다. 그럴 때 월이와 백성들은 목숨을 바쳐 나라와 고향을 지키고자 했다. 최균의 이 말은 사대부들의 부끄러운 현실에 대한 솔직한 고백이자 참회록이라고 할 수 있다.

이 소설의 구성은 액자소설의 형식을 띠고 있다. 촉석루에 보이는 남강가 병원에 입원한 목영대를 병문안 온 친구들이 역사바로잡기라는 취지 아래 촉석루 안 의기사(義妓祠)에 걸린, 김은호가 그린 논개의 초상을 철거하라는 시위 소리를 듣는 것으로 소설은 시작된다. 친일했던 화가 김은호가 그린 논개의 초상이 그녀의 얼을 대변할 수는 없다는 주장이었다. 이런저런 이야기를 나누던 중 목영대는 논개 못지않게 임진왜란 때 큰 역할을 한 기생 월이(月伊)의 의로운 행적을 전해준다. 그리하여 본장에 들어가 임진왜란을 전후로 보여준 월이의 의행(義行)과 순절(殉節) 이야기가 펼쳐진다.

소설의 마감은 다시 현재로 돌아와서 목영대와 그의 친구들이 월이

7) 정해룡, 앞의 책, 266쪽.

의 짧지만 굵었던 생애에 큰 감동을 느끼고, 친구들이 월이가 살았던 현장인 고성을 찾아가 그 유적을 둘러보면서 감회에 젖는 것으로 되어 있다. 무기산과 무기정의 흔적, 지금은 고성천으로 불리는 소소강과 소소포, 고성 읍성을 둘러보았던 것이다. 고성군의 향토사학자로 나오는 허지월은 마지막으로 '속시개'의 유래에 대해 알려준다. 율천리 소소포와 두호리의 바다를 통틀어 속시개라 부르는데, 월이가 고친 고성 지도를 보면서 감쪽같이 속아 넘어가 궤멸 당한 장소이기 때문에 '속은 갯가'라 하여 '속시개'라 부른다고 일러준다.

소설 『월이』는 구전으로만 전해지는 월이의 일대기를 소설적 흥미를 충분히 담보하면서 역사적 사실의 고증에도 충실한 수작(秀作)이라고 정리할 수 있다. 역사소설은 어디까지 상상력이 작동해야 하는지 항상 논란이 되지만, 이 작품은 역사적 사실을 기반으로 하면서 월이와 그 주변 인물들의 언행은 합리적 상상력을 발휘해 표출해냈다. 그래서 알맹이는 끊어진 채 전해지던 월이의 삶을 설득력 있게 재현했다. 고성 군민들뿐만 아니라 일반 독자들도 꼭 일독해야 할 소설로, 이 작품은 큰 미덕을 보여주고 있다.

3. 소설 『조선의 잔다르크, 월이』에 보이는 역사적 사실의 활용

소설 『월이』는 역사소설이다. 때문에 역사적 사실들이 소설 전개의 밑바탕으로 작용한다. 소설은 이런 사실들을 적절하게 안배하여 소설의 신뢰도를 높이는 한편 역사의 흐름 속에서 움직였던 사람들의 행동에 역동성을 부여했다.

소설에 나오는 역사적 사실들은 대부분 실록이나 기타 사료(史料), 문집 등에서 확인할 수 있는 것이 많았다. 이를 토대로 꾸며진, 작가의 상상력에 따라 구현된 세부 사건들도 현장감을 확보할 수 있었다. 그만큼 작가는 작품을 구상하면서 꼼꼼하게 사실을 점검하고 배열하여, 월이를 비롯한 당시 민중들의 동태와 심정을 생동감 넘치게 전달할 수 있었던 것이다.

이 글에서 그 소설 속에서 원용되었던 모든 상황들을 실제 사실들과 어떻게 연결되었는지 증명하지는 않겠다. 다만 두 가지 사실들만 실제 기록 등을 대조해 작품의 충실도를 점검하고자 한다.

첫 번째는 고성현령(固城縣令)으로 나오는 김현(金絢)에 관한 것이다.

소설 속에서 김현은 백성들의 고혈을 짜내 이권을 독점하고 재물을 수탈한 인물로 그려져 있다. 왜란이 터지자 김현은 적들과 싸울 생각은 않고 이런저런 핑계를 대어 목숨을 보전할 묘안을 짜내기에 혈안이 되어 있다. 이로 말미암아 오랜 시간 고통에서 허덕였던 고성 백성들은 현령 김현이 읍성을 버리고 떠나자 자신들이 죽음의 구렁텅이에 빠졌음을 절감한다. 왜적과 싸우기에 그들은 정신적으로도 지쳐 있었고, 변변한 무기도 가지고 있지 못했으며, 그들을 결집할 지도자도 없었다. 결국 그들 가운데 일부는 "왜군이 쳐들온 것을 오히려 반겼다. 왜군이 설마 김현보다 더 가혹하겠는가 하는 심리가 팽배해 있었다. 그들은 왜군의 실체를 모른 채 단시 김현에 대한 적개심 하나로 왜군을 해방군으로 여겼다."[8] 그들은 패를 지어 관아로 달려가 남은 관원들에게 몰매를 가하거나 폭력을 행사해 죽이거나 불구로 만들기에 이르렀다.

이런 소설 속 묘사는 사실과 얼마나 가까운 일일까? 이런 행동에

8) 정해룡, 앞의 책, 168쪽.

대해 나라를 배신했다고 질책하기에 앞서 그들을 그렇게 만든 원인과 원흉이 누구인지 우리는 돌이켜볼 필요가 있다. 먼저 소설 속에서는 이 문제에 대해 다음과 같은 평가를 내리고 있다.

> 선량한 그들로 하여금 민란을 일으키도록 부추긴 것도 탐욕스런 관료였고 민란을 일으킬 수밖에 없도록 만든 것도 탐욕스런 관료였다. 그들은 결국 무능하고 부패한 조정과 관료들의 희생양이었다.[9)]

작가의 지적처럼 당시 조정과 관료들은 가렴주구와 불합리한 형정(刑政)으로 백성들을 도탄의 도가니 속으로 몰아넣었다. 김현은 고성에서의 재임기간이 5년을 넘어서 인진왜란 발발 때까지 7년에 이르렀다. 『세종실록』에 보면 당시 지방관이 임기와 자질 문제에 대한 논의가 나온다.

> 정연 · 정초 · 조계생 · 권진 · 맹사성 등은 아뢰기를, "60개월의 임기는 법을 만든 지 지금 벌써 9년이 되었는데도 그 효과를 보지 못하고, 비록 용렬한 무리일지라도 큰 과실과 나쁜 짓이 없으면 감사(監司)는 그 실적을 알지 못하고 이를 중등에 두게 되며, 네 번까지 중등이 되고 혹은 일곱 번까지 중등이 되어 오랫동안 그 임무에 있어 민간에 폐단이 발생하게 하는 사람이 있게 됩니다. 또한 법을 만든 이후로 사람들이 기간의 오램을 고통스럽게 여겨 온갖 방법으로 사고를 핑계하고 면하려고 하니, 청컨대, 『원이전(元吏典)』의 30개월 임기의 법을 회복시켜 조사와 공신 3품 이상의 아들과 사위 중에서 민사를 지내지 않은 사람에게는 모두 외직에 임명하는 것이 어떻겠습니까."[10)]

---

9) 정해룡, 앞의 책, 178쪽.

10) 『세종실록』 13년(1431) 10월 17일(무신)조, "……鄭淵 · 鄭招 · 趙啓生 · 權軫 · 孟思誠等以

임진왜란이 발발하기 150여 년 전의 기록이어서 차이가 있을 수는 있지만, 현령(또는 현감)의 기본 임기가 60개월, 즉 5년이었음을 알 수 있다. 그렇게 장기간 재임하자 부정부패를 일삼는 관리들이 나와 백성들의 고통이 크니, 이를 30개월, 즉 2년 6개월로 줄이자는 방안을 제시했던 것이다. 훌륭한 관리라면 임기의 연한이 문제가 없겠지만, 부패한 관리를 계속 한 자리에 두어 악습을 되풀이하게 해서는 안 된다는 취지의 주장으로 보인다.

그러나 임기 5년은 이후에도 변함없이 시행되었다. 『중종실록』에 보면 "전연사별제 정귀년은 전에 횡성현감으로 있을 때 근무 태도가 성실치 못했고, 번거롭고 소란스레 작폐를 일삼아 백성이 무척 고통에 시달렸는데도 정사를 잘한 것으로 되어 6년 임기를 채울 수 있었습니다. 지금 이중(二中)의 성적으로 별제가 되어 있는데도 실직되지 않아 더욱 징계하는 뜻이 없게 되었으니 개차하소서."[11]라는 간원(諫院)의 보고가 실려 있다. 오히려 임기가 6년으로 늘어난 사실을 알 수 있다.[12] 『중종실록』은 1534년의 기록이니, 임진왜란 때의 그것과 큰 차이는 없을 것이다. 글 안에 나오는 '이중'이란, 수령의 임기는 5년이고, 해마다 두 차례 성적을 평가해 모두 열 차례 진행하는데, 그 중 두 차례 중등(中等)을 받았다는 말이다. 고과 성적이 좋은 편은 아니다. 이런 사람은 무록관(無祿官)[13]에 서용(敍用)한다고 되어 있다.[14]

爲 六十箇月成法 今已九年 未見其効. 雖庸劣之輩 無大過惡 則監司未知其實 置之中等至於四中或至七中 久在其任 生弊民間者有之. 且立法以後 人皆苦久 多端托故窺免. 請復元吏典三十箇月之法 朝士及功臣三品以上子壻內 未歷民事者 皆令外敍何如?……"

11) 『중종실록』 29년(1534) 6월 25일(경신)조, "……典涓司別提鄭龜年 前爲橫城縣監時居官不謹 煩擾作弊 民甚疾苦 以善事得保六期 今雖以二中爲別提 猶不失職 無懲戒之意 請改差.……"

12) 늘었다기보다는 고과 성적이 좋아 1년 연장된 것으로 보인다.

소설에서 보면 김현은 5년을 넘어 7년까지 임기가 이어지는 것을 볼 수 있다. 김현은 실존인물이고, 이 시기에 고성현령으로 재직했다.[15] 임기는 5년이었는데, 고과 성적이 좋아 2년 연장된 것으로 추측된다. 실록에 그에 관한 기록이 단 한 번 나오는 것으로 볼 때 정치적으로 그리 비중 있는 인물은 아닌 것이 분명하지만, 그가 7년이나 재직하면서 저지른 비행은 임진왜란 중에 큰 파장을 불러왔다. 주민들이 그의 악정에 저항하여 왜적에게 부역하고, 동족끼리 서로를 해치거나 비방하는 참상에 이르도록 만들었던 것이다.

소설 속에서 그가 저지르는 악행은 세부적으로는 상상력의 소산이지만, 원천을 거슬러 올라가면 실록에서 찾을 수 있다. 경상우도초유사(慶尙右道招諭使)로 활동했던 김성일(金誠一, 1538-1593)이 올린 장계에 다음과 같은 구절이 나온다.

> "……진해·고성은 전일에 파선(破船)이 되어 육지로 올라온 왜적 40여 명이 고을 경내에 출현하자 진해현감이 먼저 도망하였습니다. 고성현령 김현은 부임한 지가 7년인데, 형벌이 너무 가혹해 민심을 잃은 지 오래였습니다. 진해에 적이 들어온 뒤에는 배반한 백성들이 사방에서 일어나 현령을 죽이려고 했습니다. 현령은 그 기미를 알고서 복병을 배치해 놓고 거짓으로 도망한 체하니 배반한 백성들이 앞 다투어 성안으로 들어가 관고의 물건들을 훔쳐내자 복병이 엄습하여 50여 명을 사로잡아 참수했습니다. 이로 인해 백성들이 더욱 원망해 배반하므로

---

13) 나라에서 봉록(俸祿)을 내리지 않는 벼슬을 가리키는 말.

14) 『경국대전(經國大典)』 이전(吏典) 포폄(褒貶)편 참조.

15) 고성현령을 지낸 김현에 관한 기록은 아래 『선조실록』 한 군데에서만 찾을 수 있다. 이전과 이후 어떻게 되었는지 확인되지 않는다. 이런 파렴치한의 종말이 어땠는지 궁금하다.

현령은 수사(水使, 元均)와 일시에 바다로 나갔는데, 이때 적이 이미 입성하여 사방으로 흩어져 분탕질하므로 현령이 도주했습니다.……"[16]

초유사 김성일의 보고는 소설에 나오는 김현의 악행과 비리, 만행을 간략하게 요약하고 있다. 작가는 이 사실을 바탕으로 소설의 내용을 보강했던 것이다. 사실 이 시기에 나라에 등을 돌리고 왜적에 부역을 지역이 한두 곳이 아니었다. 김성일의 같은 글에 보면 당시 왜 백성들이 부역하는 일이 잦았는지 해명하는 부분이 나온다.

"……그리고 근래에 부역(賦役)이 번거롭고 무거워 백성들이 편히 살 수 없는데다가 형벌마저 매우 가혹하므로 군졸이나 백성들의 원망하는 마음이 뱃속에 가득한데도 호소할 길마저 없어 그들의 마음이 이산된 지 벌써 오래입니다. 그러므로 왜국은 정수(征戍)나 요역(徭役)이 없다는 말을 듣고 마음속으로 이미 그들을 좋아하고 있는데 왜적이 또 민간에 명을 내려 회유하니 어리석은 백성들이 모두 왜적의 말을 믿어 항복하면 반드시 살고 싸우면 반드시 죽는 것으로 여깁니다. 그러므로 연해의 무지한 백성들이 모두 머리를 깎고 의복도 바꾸어 입고서 왜적을 따라 곳곳에서 도적질하는데 왜적은 몇 명 안 되고 절반이 배반한 백성들이니 매우 한심합니다.……"[17]

---

16) 『선조실록』 25년(1592) 6월 28일(병진)조, "……鎭海·固城 則前日破船登陸之賊四十餘人 縣境現形 鎭海縣監先遁. 固城縣令金絢則到任七年 刑罰太酷 久失民心 而鎭海賊入之後 叛民四起 欲殺縣令. 縣令知機 設伏僞遁 叛民爭先入城 偸取官庫 設伏掩擊 擒斬五十餘人. 因此民益怨叛 縣令則與水使 一時下海 時賊已入城 四散焚蕩 故縣令遁去.……"

17) 『선조실록』 25년(1592) 6월 28일조 같은 글, "……且近來賦役煩重 民不聊生 刑罰又從而大酷 軍民怨氣滿腹 無路可訴 其心離散已久. 聞倭國無征戍徭役 心已樂之 倭賊又出令民間以諭之 愚民皆信其言 以爲降則必生 戰則必死. 故沿海頑民 皆剃髮易眼而從之 處處作賊者 倭奴無幾 半是叛民 極可寒心.……"

이처럼 조선의 조정과 관료들은 폭정과 수탈로 백성들이 스스로 나라를 배반하고 왜적의 무리가 되도록 몰아갔던 것이다. 그런 백성들의 처지를 이해하기는 고사하고 그들을 함정으로 유인해 체포해 참수하는 일까지도 서슴지 않았다.

이 글에서는 두 가지 정도의 예를 들어 소설이 역사적 사실을 충실하게 활용하여 상상력을 펼치고 있음을 확인했다. 이런 노력들이 결국 소설의 완성도를 높였고, 허구의 이야기가 아니라 있었을 법한 개연성을 독자들에게 환기시켜 의기 월이의 의로운 행동에 대한 신뢰도를 넓혔던 것이다.

4. 소설 『오동나무 꽃 진 자리』에 나오는 월이와의 비교

월이가 등장하는 소설은 『조선의 잔다르크, 월이』 외에도 한 편이 더 있다. 2015년 작가 김인배가 출간한 『오동나무 꽃 진 자리』(줄여 『오동나무』라 부르겠다.)가 그것이다. 이 작품에서 월이는 주인공은 아니지만, 상당히 비중 있는 역할로 나온다. 또 월이의 의행(義行)이라는 기본 논점은 같지만, 그 과정에 대해서는 세부적으로 차이를 보여준다. 소설적 상상력이 사실을 두고 어떤 변주가 가능한지 보여주는 예이면서 월이의 역사적 위상을 다른 각도에서 조명한 작품이다. 그래서 간단하게 두 작품에 등장하는 월이의 위상에 대해 비교하고자 한다.

『오동나무 꽃 진 자리』의 시간 배경 역시 임진왜란이다. 거의 동일한 시간대라고 해도 과언은 아니다. 이 작품의 중심인물은 임진왜란 발발 때 최초로 민중을 모아 구국 전선에 뛰어든 의병장인 송빈(宋賓, 1542-1592)이다. 원래 의병장 송빈의 의열(義烈)을 추적한 〈진실의 늪〉

이라는 중편소설을 확장해서 송빈 전후 송창(宋昌)-송빈-송정백(宋廷伯)-송제성(宋齊聖) 4대에 걸친 이야기로 폭을 넓힌 것이다. 이런 경위로 이 소설의 중심에는 송빈이 놓이게 되었다. 그러면 정해룡과 김인배 두 작가의 손을 거친 작품 속에서 의기 월이는 어떤 대조를 보이고 있을까?

먼저 월이가 고아가 된 배경에서 다소 차이를 보인다. 『월이』에서는 왜구의 침입으로 어머니가 납치되고, 아버지와 동생이 살해당하는 설정을 통해 그 정황이 구체적으로 묘사되었다. 그런 반면 『오동나무』에서는 왜구들의 분탕질로 많은 사람들이 살해된 가운데 해안 바위틈에서 기절한 상태로 발견된다. 『월이』에서는 외숙부가 있어 그쪽에 의탁하지만, 『오동나무』에서는 의지가지없는 혈혈고아라서 그때 고성만호로 있던 송창이 거둬 집으로 데려오게 된다. 『월이』에서는 진주댁의 기방에 허드렛일을 하면서 고성을 떠나지 않지만, 『오동나무』에서는 잠시 소소강가에 있는 주막에서 일하긴 하지만 송창이 사직하고 돌아올 때 함께 고성을 떠나 김해로 이주해 성장하게 된다. 각기 다른 정황에서 월이의 행적이 추적되기 때문에 빚어진 차이일 뿐 월이의 딱한 처지에는 변함이 없다. 한편 『월이』에서는 무량산 법천사의 주지 허정(虛靜) 스님과 불연(佛緣)을 맺는 데 비해 『오동나무』에서는 김해 팔성사의 주지 월함(月含) 스님과 인연을 맺는다. 이 또한 거주했던 지역 차이로 빚어진 결과일 것이다.

임진왜란 직전까지 월이의 삶은 두 작품에서 확연하게 차이가 난다. 송창의 집에서 성장한 월이는 집안 어른들의 귀여움을 독차지하면서 비교적 순탄하게 자란다. 송창의 부인 김씨의 사랑을 받아 '애기보살'이니 '부처새끼' 같다는 칭송을 듣다가[18] 결국 수양딸로 신분이 상승하게 된다. 비교적 제대로 된 교육을 받았고, 미천한 일에 몸을 맡기지 않았다는 말이다.

이에 비해 『월이』에서의 월이는 갖은 고초를 겪으면서 성장한다. 처음에는 잡일이나 거드는 부엌데기였지만, 성장하면서 미색을 갖추자 자의반타의반으로 기생으로 전락했다. 첫사랑 쇠돌이와 정분을 쌓기도 하지만, 기생이 된 그녀는 현령부터 술꾼들에 이르기까지 몸을 더럽히며 살아야 하는 극한 상황으로 몰렸다. 심지어 왜국의 밀정과 적장들까지 그녀를 탐하는 비참한 지경에까지 이르렀다. 여성으로서 가장 수치스런 궁지로까지 그녀는 몰렸던 것이다.

평민의 딸이었던 월이가 기생이 되기까지 과정을 그리는 것도 두 작품은 다르다. 『월이』에서 그녀가 기생이 된 과정은 이미 앞에 설명했다. 그런데 『오동나무』에서는 그녀가 기생이 된 연유가 분명하게 밝혀져 있지 않다. 팔성사 주지 월함 스님의 목소리로 '기생이 될 팔자'[19]라는 암시는 나오지만 기생으로까지 떨어진 정황에 대한 설명은 보이지 않는다. 소설에서 보면 송창의 김해 집에 살던 월이가 여러 가지 사정으로 월함 스님과 무애 스님과 함께 고성으로 간 것은 1585년으로 보인다. 월이의 생년을 1571년으로 상정했으니 15살 때다. 순절하기까지 7년 동안의 행적이 조금이라도 묘사되었으면 하는 아쉬움이 남는다.

소설에서 월이가 다시 등장하는 것은 송정백이 아버지 송빈이 순절한 이후 의병에 뛰어들었을 무렵이다. 의병들로부터 당항포해전의 기이한 승리 과정에 대한 의문을 접하면서 지도를 변조한 이가 기생 월이였다는 말을 듣고 7년 전 월함 스님과 함께 집을 떠난 월이의 소식을 처음 듣는다. 어째서 스님과 함께 집을 나간 월이가 기생이 되었는

18) 김인배, 『오동나무 꽃 진 자리』 앞의 책, 107쪽.

19) 김인배, 앞의 책, 138쪽.

지 송정백도 의이하게 여기지만, 소설은 딱히 해답을 내놓지는 않는다. 아마도 『오동나무』에서는 월이가 조연이었던 탓에 구체적 정황을 제시할 여백이 없지 않았나 추측된다.[20] 당연히 『오동나무』에서는 월이가 밀정의 지도에 거짓 정보를 넣게 된 과정도 생략되어 있다.

끝으로 월이의 최후에 대한 정황 설정도 두 작품은 차이를 보였다. 『월이』에서는 왜적에 의해 참수를 당해 순절하지만, 『오동나무』에서 더 극렬해서 화형을 당하는 것으로 설정했다. 월이의 냉정하고 차분한 태도에 분노한 왜장이 극형 중의 극형인 화형에 처했다는 전언으로 사실을 알린다.[21]

이렇게 두 소설에 나오는 월이의 행적은 큰 범주에서는 동일하지만, 세밀한 묘사에서는 밀도의 차이를 보인다. 월이의 생애에 대한 자료가 없기 때문에 작가는 각기 다른 상황을 설정하고 상상력을 펼쳤기에 빚어진 결과다. 『월이』에서는 월이가 주인공이었고, 『오동나무』에서는 비중은 있지만 조연이었기에 발생한 차이일 것이다.

중요한 것은 두 소설 모두 월이의 의로운 행동에 대해 작가로서 경의와 흠앙(欽仰)의 태도를 보였다는 점이다. 앞으로 더 많은 구전자료가 발굴되고, 만의 하나 기록까지 나오게 된다면 더욱 생생한 월이의 삶을 담은 소설이 나오리라 기대한다.

---

20) 작가는 소설의 272쪽에서 주석을 달아 월이에 대한 관련 사항들을 정리했다. 작가가 밝힌 것처럼 그녀가 어떤 연유로 기생이 되었는지 알려진 바가 없기에 동일한 방식으로 처리한 듯하다.

21) 김인배, 앞의 책, 271쪽.

5. 끝맺는 말

이렇게 정해룡의 역사소설 『조선의 잔다르크, 월이』와 관련된 여러 사항들을 되짚어 보았다. 자료가 부족한 가운데에서도 작가는 월이의 삶을 추적해 박진감 있고 흥미로운 소설로 완성했다. 앞으로 월이의 의행을 추모하고 선양하는 데 이 소설이 기폭제가 될 것이라 믿는다. 앞에서 논의한 사항들을 정리하는 것으로 이 글을 끝맺고자 한다.

먼저 소설로 구현된 의기 월이의 모습들을 살펴보았다. 세 단락으로 나누어 월이에게 닥친 비극과 어린 시절의 시련이 어떻게 묘사되었는지 살폈다. 이어 기생이 된 월이가 어떤 연유로 지도를 변조했는가 하는 부분을 조명했고, 당항포해전의 승리 이후 그녀의 의행이 발각되어 순절하기까지의 과정을 살펴보았다. 필자는 월이를 순결하고 성스러운 '한 떨기 꽃'으로 상정했다. 『심청전』에서 심청이 아버지의 눈을 뜨게 하고자 몸을 팔아 죽음으로써 연꽃으로 부활하여 왕비가 된 것처럼 월이 역시 자신을 희생하여 어두운 밤을 환하게 밝히고 영원한 '조선의 꽃'으로 부활했다고 믿기 때문이다.

이어서 역사소설로서 이 작품이 어떻게 역사적 사실을 소설 속에서 녹여냈는지 검토해보았다. 임진왜란을 전후하여 고성 일대에서 벌어졌던 전투 현황과 해전의 추이, 그리고 당시 관료들의 부패상과 이에 따른 백성들의 항거 등등이 소설에서 배경으로 나타나는데, 그런 정황이 실제 사실과 얼마나 부합하는지 알아본 것이다. 소설에서의 상상력의 구현은 항상 자유로워야 하지만, 역사소설일 경우에는 또 지켜야 할 규범이 있다고 생각한다.

결론적으로 소설에서는 사실들이 잠깐의 흐트러짐도 없이 정확하면서 적절하게 배치되었다. 이 글에서는, 현령의 임기 문제와 부패상,

백성들의 저항과 관료들의 만행, 두 가지 경우에 한정했지만 세밀한 부분까지 작가가 사실을 폭넓게 이해하고 수용했음을 알 수 있었다.

끝으로 월이를 등장시킨 또 한 편의 소설 『오동나무 꽃 진 자리』에 나오는 월이의 행적과 이 소설의 그것과의 공통점과 차이점에 대해 간략하게 비교해 보았다. 살펴본 것처럼 알려진 사실에 대해서는 동일한 결말을 이끌어냈지만 세부적인 부분에서는 차이를 보인다. 이는 두 작품에서 월이의 비중이 각기 다른 데서 나타난 결과일 뿐 그 이상의 의미는 없다.

월이의 이야기는 단순히 임진왜란 때 있었던 미담이나 기담(奇談)으로만 받아들여서는 안 될 것이다. 나라가 극도의 위기에 처했을 때 민초(民草)들의 우국충정을 웅변으로 전해주는 이야기로서 그 의미와 위상을 넓혀나가야 한다고 믿는다. 월이의 일생은 바로 '영웅 신화에 등장하는 영웅의 삶'과 일맥상통하는 부분이 아주 많다. 아름다운 사랑 이야기, 국가에 대한 깊은 염려와 부모의 원수를 응징하고 당당하게 죽음에 임한 의연한 태도, 그것이 당대와 후대에 끼친 영향 등 다양한 각도에서 월이의 삶은 재현되어야 하리라 생각한다. 더 나아가 월이의 삶이 소설로서만 구현되지 않고, 동화나 인형극, 연극이나 영화, 뮤지컬이나 오페라 등으로 확산되어도 좋을 것이다.

그렇게 외연이 확장되는 데 소설 『조선의 잔다르크, 월이』와 『오동나무 꽃 진 자리』는 시발점이 될 것으로 필자는 확신한다.

기억과 응시, 삶의 고백으로서의 소설

-네 작가의 최근 소설을 읽다-

1. 천명관 : 신화의 세계에서 비속한 인간의 삶으로 내려 오다

장편소설 『고래』만으로도 영원히 기억될 작가 천명관은 이후에도 두 권의 장편소설 『고령화가족』(문학동네, 2010년)과 『나의 삼촌 브루스 리』(예담, 2012년)를 써냈다. 그러나 『고래』의 성공에 부담이 컸는지 두 장편은 심혈은 기울였지만 그다지 압도적인 무게감을 갖지는 못했다. 『고래』를 능가할 작품을 써야 한다는 중압감이 오히려 작가의 페이스를 흩뜨린 것이 아닌가 여겨질 정도였다. 그럼에도 불구하고 나는 그가 워낙 기량이 출중한 작가니 심기일전(?)하여 새로운 작품으로 우리를 경악케 할 것임을 의심치 않는다.

두 장편 이후 새 장편이 간행되지는 않았지만, 천명관은 2014년에 소설집 『칠면조와 달리는 육체노동자』(창비)를 내놓았다. 이 책에는 8편의 단편이 실려 있는데, 2010년 가을부터 2013년 가을까지 3년 동안 발표한 작품들이다. 여기 실린 작품들에서 나는 작가의 관심과 시선이 신화적 세계에서 시방세계의 인간 군상에게로 내려왔음을 느꼈다. 2007년에 낸 소설집 『유쾌한 하녀 마리사』(문학동네)에서도 몇몇 작품에서 맛을 보여 주었지만, 이 작품집에는 그 밀도가 한결 높아졌다. 뭐랄까,

남루한 사람에 대한 페이소스를 들려주는 작가의 육성이 고스란히 녹아 있었다.

어느 한적한 어촌에서 벌어진, 한 사내를 둘러싸고 벌어진 두 처녀의 갈등과 아이러니한 결말을 다룬 〈동백꽃〉은, 같은 제목으로 명작을 남긴 김유정에 대한 오마주를 보여주었다. 욕망이 가지고 있는 누추함이랄까 치열한 대결의 이면에 깔린 희극성 등을 가벼운 터치로 조명했다. 〈왕들의 무덤〉에서는 한때 잘 나가던 한 작가가 인기와 능력이 바닥나자 변신을 모색하지만, 더 이상 과거의 망상에 사로잡힐 수 없다는 깨달음의 심리를 잔잔한 시선으로 그려냈다. 작품의 마지막에 던져지는 주인공의 말 "죽은 왕들이 어쩌겠어요."는 '왕'들의 거룩한 일생보다는 평민의 삶에서 이야기를 풀어나가겠다는 작가의 심경 변화를 자조적으로 들려주고 있는 듯했다.

그 밖의 작품에서도 초라한 현실에서 허덕이는 비속한 인간들의 무너지고 훼손당한 삶들을 복원하고자 하는 작가의 의도가 읽혀졌다. 어딘가 등장인물들의 삶의 한 조각들을 다소 안이하게 던져놓고 있다는 통속성이 배여 있으면서도 결국 삶의 실체는 그런 주목받지 못하는 사람들의 고통 속에서 찾아야 한다는 결연한 작가적 태도가 감지되었다. 비록 그들이 신화적 장엄함 속에서 빛나지는 못하더라도, 실패 속에서도 끝내 버릴 수 없는, 무언가 가치 있는 것들마저 잃지 않으려는 자세에 작가는 애정 어린 시선을 던진다. 그들이 영웅으로서의 숭고한 품위와는 거리가 멀지만 좌절에 주저앉지 않고 희망을 찾아 분투하는 모습은, 평범한 인간들 또한 존중받아야 할 삶이 있음을 우리들에게 들려준다. 실패와 남루함에 허덕이면서도 "어디서부터 단추를 잘못 꿴 것일까?"(책 115쪽)라고 뇌까리는 그들의 넋두리는 작가 자신의 것이자 우리 모두의 것이기도 했다.

이들 작품에서도 부분적으로는 이전의 장편들이 보여주었던 어투나 관망하는 거리 두기에서 온전히 벗어나지는 못했다. 그러나 카메라가 한 인물의 행동을 연출 없이 좇아가듯이, 냉정하다기보다는 무심한 시선으로 추적하는 버려진 사람들의 우울한 결말에서 우리는 여전히 힘 있는 작가의 필력을 발견하게 된다. 이전의 글쓰기와는 달라진 사물과 사람에 대한 담담한 접근이 돋보였다. 평범한 사람들의 좌충우돌식 공방을 보여주었던 장편 『고령화 가족』의 그것과는 다소 다른, 부조리한 인생에 대한 긍정과 연민이 작품의 주조가 되어 있었다.

이는 어쩌면 작가가 새롭게 발견한 소설의 무대에 대한 서막 구실을 하는 것이 아닐까 하는 생각도 들었다. 그것은 인간의 삶과 의식을 글로써 재현하는 작가의 본질과 책무에 대한 자기 고백서이고, 앞으로 변화할 작품 세계에 대한 솔직한 안내문처럼 내게는 읽혀졌다. 이런 점들이 앞으로 쓰일 천명관의 작품에 기대를 걸게 만드는 것이다. 『고래』 이후 오랫동안 암중모색해 왔던 변화의 종착역에 작가가 거의 당도하지 않았나 하는 예감과 비슷하다.

좋은 의미든 아니든 천명관은 외도가 빈번한 작가라고 할 수 있다. 자신의 글이 출발한 지점인 영화에 대한 집착과 회귀는 그에게 글을 쓰는 강력한 추진력이자 성공 요인이었지만, 한편 영화와 소설의 간극을 망각하게 만들기도 했다. 소설은 비주얼한 효과가 약한 장르이면서 상상력에 크게 의존하는 영역이다. 언어와 행동이 주조를 이룬다는 점에서 닮았으면서도 그것이 현현되는 과정이나 결과가 반드시 일치한다고 할 수 없다. 이번 작품집에서 나는 작가 천명관이 그 사실을 흐릿하더라도 상당히 진지하게 인식한 징후를 느꼈다.(작품집으로서는 드물게 평론가의 그럴듯한(?) '해설' 없이 '작가의 말'만 있다는 점도 암시적이다.)

천명관은 정열과 능력을 갖춘 타고난 이야기꾼이다. 그 이야기의 달라진 스펙트럼이 이번 작품집에 깊이 관여하고 있다. 작품집을 되새김질해 읽으면서 앞으로 보여줄 작가의 변화한 성과물을 기다려도 좋을 듯하다.

2. 박성원 : 등을 보임으로써 미래의 안개를 헤쳐 나가다

박성원은 짧지 않은 문단 경력에도 불구하고(1994년 등단했으니 벌써 21년째다.) 아직까지 장편소설을 출간하지 않은, 특이한 이력을 보여주고 있다. 그렇다면 단편에 치중했다는 말인데, 거기에 걸맞게 지금까지 여섯 권의 소설집을 내놓았다. 내가 새롭게 읽은 것은 『하루』(문학과지성사, 2012년)와 『고백』(현대문학, 2015년) 두 권이다.

이 두 권의 소설집은 세 해의 터울이 있는데, 읽어본 사람이라면 누구나 느끼겠지만 스타일 면에서 상당한 변모가 있었다. 『하루』가 내면의 독백이 두드러졌다면 『고백』에서는 제목 그대로 꾸밈없는 자기 진술이 강해졌다. 아울러 작품이 개별적으로만 존재하지 않고 묘한 유기적 관계망을 형성하고 있다. 예컨대 『하루』에서 작품 〈하루〉와 〈얼룩〉은 같은 인물이 등장한다. 〈얼룩〉은 〈하루〉의 후속 이야기적인 성격이 강하다. 또 〈얼룩〉에 보면 여자가 시외버스를 타고 내린 곳에서 택시를 타고 간 카페의 이름이 '울란바토르'다.(책 94쪽) 이는 그 이전에 나온 단편집에 등장하는 가게 이름인데, 주인 남자 역시 그 작품에 나온 인물과 같은 사람인 듯하다. 『고백』에 실린 〈고백〉과 〈더러운 네 인생〉, 그리고 〈보너스 이야기〉 '하나'에는 직접 작가 자신이 실명으로 등장한다. 〈어느 날 낯선 곳〉의 내용 역시 실명은 나오지 않지만 작가 자신이 짙게 투영되어 있다. 〈침수〉에서 맞은편에서 오던 트럭에 치여 죽은 사내는

〈하루〉에 등장했던 견인차 운전자였음이 분명하다.(책 170쪽)

박성원은 앞선 소설집에서도 '연작'의 형태를 띤 작품을 보여주었다. 연작을 쓰는 이유는 무엇일까? 작품 하나만으로는 충분히 하고 싶은 이야기를 다 풀지 못한 탓이 클 것이다. 사건이나 인물의 다른 모습을 구현해 보거나 상세하게 묘사하고 싶은 의도도 없진 않겠다. 더 나아가 단편만으로는 이야기가 완성체에 이르지 못했다는 작가의 불만이 이런 식의 창작을 유도했을 수도 있다.

박성원은 대놓고 연작을 쓰기도 했지만, 이 두 작품집에서는 '연작'이란 타이틀을 걸지 않았다. 그가 근래에 이처럼 유기적 관계를 형성하는 단편들을 쓰는 데는 뭔가 이유가 있을 것이다. 연작 형식을 빌지 않은 연작을 쓰겠다는 설명만으로는 충분하지 않다. 또 연작이라 하기엔 작품 사이 길항 작용이 확실하게 드러나지 않는 경우도 있다. 꼭 필요한 설정이 아닌 듯 보이기도 하기 때문이다. 자신의 소설을 충실하게 읽었는지 쪽지 시험을 보려는 짓궂은 의도는 더욱 아닐 것이다.

개인적으로 나는 이것이 작가의 자기 점검의 결과로 보인다. 『고백』에 등장하는 인물들의 태도를 살피면 회고하고 반추하는 경향이 강하다. 〈침수〉에 등장하는 부부를 제외하고 대개 작가의 생체 나이와 비슷하거나 젊은 층이다. 그리고 '자전적' 요소들이 틈입했음을 굳이 감추려 들지도 않는다. 자신의 주변에서 일상적으로 마주치는(쳤던) 사람들이 곳곳에 출몰한다. 작가 자신의 분신 또는 현신이라고 해도 항변할 수 없을 정도다. 그는 과거 소설가 지망생이었거나 소설을 쓰고 있었던 시기의 자신에게로 기술의 좌표를 맞추어 놓았다. 화가가 등장하는 〈여름이 가기 전에 해야 할 일 세 가지〉 역시 예술가란 영역에서 맞물린다. 여덟 편의 단편 가운데 다섯 편이 이런 범주에 속한다.

작가는 앞으로 자신의 소설이 어떻게 변신할 것이며 해야 하는지 진지한 고민에 빠진 듯이 보인다. 마치 등산가처럼 앞으로 올라야 할 태산준령을 점검하기 위해 지금까지 등반한 과정이나 출발점을 되돌아보는 시간을 가지고 있는 것이 아닐까? 작가로서의 내가, 이유가 무엇이든 변신을 꾀하고자 할 때 지금의 나로 존재하게 만든 과거의 기억들을 퍼즐처럼 꺼내 들고 짝을 맞춰보는 태도는 새로운 실험을 위한 예비 작업이 되기에 충분해 보인다. 그가 앞으로도 이런 '고백'류의, 회고 경향의 작품을 계속 쓰지는 않을 것이 틀림없기에 그런 추측은 과히 어긋나지 않을 듯하다.

다른 각도로 보면 이야기의 짜 맞추기 문제에 대한 작가의 반응일 것도 같다. 소설은 현실의 경험과는 달리 기승전결이 인과관계로 탄탄하게 맞물려 진행되어야 한다. 우연이나 천우신조를 등장시켜 플롯을 연결시키거나 마무리한다면 좋은 작품이 될 리 없고, 좋은 작가란 소리를 듣기는 더욱 난망하다. 다른 작품의 정황이나 인물을 불쑥(또는 의도적으로) 끼어 넣는 것은 잘 짜인 소설에 균열을 주는 행위가 되기 십상이다. 더구나 그것이 없어도 소설의 진행에 아무 무리가 없을 때는 고개가 갸우뚱해지기 마련이다. 이물질이 끼어들어도 소설의 형식에는 아무 문제가 없을까? 이런 궁금증이 작가의 의식 저변에서 꿈틀댔을 때 그가 대입할 수 있는 방정식의 미지수가 이런 것이 된 것이 아닐까 여겨지는 것이다. 소설이 소설로 온전하게 자리할 수 있는 기반을 모색하는 과정의 결과물로 이런 현상을 설명한다면 터무니없는 대답이 될지 나 자신도 궁금해진다.

그러면 그는 미래 자신의 소설을 어떤 형상으로 그려내고 싶은 것일까? 내가 읽은 기억 속에 〈몸〉이나 〈심해어〉, 〈보너스 이야기〉 '둘'처럼 호러적인 성향을 보이는 박성원의 작품은 떠오르지 않는다. 죽은 아내가 다시 살아났다거나 엽기적인 살인에 이르는 병자가 보여주는 서늘한 공포의 흔적, 어제 내가 꾼 꿈이 오늘 타자의 현실이 된다는 설정 등은 이전의 박성원 소설에서는 보기 힘들었던 상황이다. 『하루』의 표지가 작가 자신이 등을 보인 모습을 실루엣으로 처리하고, 『고백』의 표지에서는 작가(또는 독자)가 먹구름 속에서 책을 보고 있는 장면을 담은 것은 이런 점에서 암시하는 바가 크다.(물론 표지 도안에 작가가 참여하지는 않았겠지만) 등을 보인다는 것은 오던 길을 되돌리거나 미지의 방향으로 걸음을 재촉하는 암중모색의 첫 발자국일 것이다. 또 먹구름 속 작가의 시선은, 모호하거나 혼란스럽지만 현재에 머무르지 않고 주어진 상황을 재정립하려는 행위의 은유일 수도 있다.

박성원은 어쩌면 기로에 서 있는 듯이 보인다. 지금까지 써 온 작품들과 앞으로 써야 할 작품이 어떤 방식으로든 달라져야 함을 절실하게 느끼고 있다. 그리하여 여러 가지 대안(代案)을 그려나가고 있다. 그가 도달할 대안(對岸)이 무엇인지 함부로 추정하기는 어렵지만, 구름과 안개에서 벗어났을 때 그가 들고 나올 소설은 분명 우리가 오늘까지 읽은 그것과는 상당히 달라져 있으리라고 나는 예감한다.

끝으로 『고백』을 읽을 때는 '유투브'를 열어 놓고 검색할 준비를 단단히 갖춰야 한다. 그의 소설을 읽으면서 주옥같은 팝의 명곡들을 재발견했던 일도 또 하나의 즐거움이었다.

3. 원종국 : 사다리를 타고 내려온 화호류구畵虎類狗의 꿈들

원종국은 정말 과작(寡作)하는 작가다. 1999년 등단해 16년째 소설을 쓰고 있는 그가 지금까지 낸 작품은 소설집 두 권에 불과하다. 2006년 첫 작품집 『용꿈』(문학과지성사)을 내고 7년이 지난 2013년에 두 번째 작품집 『그래도』(문학과지성사)가 나왔다. 이런 추세라면 우리는 그의 세 번째 작품집은 7년 뒤인 2020년에나 읽을 듯하다.(나를 포함해 그의 작품을 탐욕스럽게 읽는 독자로서는 감질 때문에 몸살이라도 앓을 만하다.)

'믹스언매치(Mix-and-Match, 어울리지 않는 것끼리의 짝 지음)' 연작은 이전 작품집에 이어 이번 작품집에서도 큰 비중을 차지하고 있다. 〈용꿈〉에 이어 〈개꿈〉을 써서 비루한 인생들의 용트림을 '판소리적' 사설로 반죽해 쏟아냈다. 이런 점에서 보면 원종국은, 한 번 먹잇감을 물면 좀체 놓아주지 않는 사냥개적인 근성을 지닌 작가라고 해도 좋을 듯하다. 그가 과작을 고수(?)하는 것도 이런 끈질김의 당연한 귀결인 듯도 싶다. 그러면서도 이번 작품집을 읽으면서 원종국의 소설이 새로운 국면으로 접어들 것 같은 인상을 지울 수는 없었다.

우선 '믹스언매치' 연작은 더 이상 쓰이지 않는다. 여섯 번째 에피소드로서 이 연작은 장대한 서사극의 종막을 알렸다. 난마처럼 얽혔던 갈등이, 독자인 나로서는 조금 편리하게 정리된 아쉬움은 남겼지만, 많은 생각할 거리와 여운을 남긴 채 수습되었다. '용꿈'에서 '개꿈'으로 낙하해버린 희망의 소멸은 소설의 마지막에 나오는, '■' 부호로 점철된 "너덜너덜해진 수첩"(책 161쪽)처럼, 어쩌면 인생의 부표가 마땅히 이르러야 할 종착점을 암시해 주었다. 〈개꿈〉의 한 인물이 절박하게 내뱉는 외침마냥 그의 소설은 "아무튼 다시 태어나고야 말"(책 160쪽) 방향을 찾아야 하게 되었다. 그러니 그가 새롭게 고안해 낼 '달리'가 누구일지 궁금해지는 것은 당연지사다.

두 번째 작품집 『그래도』에는 같은 제목의 작품이 없다. 그래서 '그래도'는 암시적일 수밖에 없는데, 작품집을 읽다보면 그 정체가 다소 허무하게 드러난다. 〈서울, 2009년 봄〉에 성공한 보험설계사가 운영하는 (꽤 있어 보이는) 술집 이름이다. 김소월의 시 〈가는 길〉에 나오는 한 구절 "그립다 말을 할까/하니 그리워/그냥 갈까/그래도 다시 더 한 번"(밑줄 필자)도 연상되지만, 작가가 작품집의 제목을 '그래도'로 한 데는 전혀 전략이 없지는 않았을 것이다. '그래도'에는 미련과 순환, 포기와 절망 등 여러 심리가 복잡하게 얽혀 있다.

작품 속 성공담처럼 인생역전을 꿈꿀 수 없는 게 소설가의 숙명이다. 그래도 꿈꿀 수 없다 하여 그대로 나가자빠져야 할 일일까? 지금까지 지켜온 것들을 버리고 미지의 문을 여는 것은 누구에게나 두려운 선택이다. 어쩔 수 없이 돌아보게 되고 한 번 더 보듬어보고 싶어진다. '개꿈'도 꿈이다. 이름들이 사라져 추억의 토막들마저 갈가리 찢겨진다고 해도 얼굴을 환하게 밝힐 '새잎'이 더 많이 돋아날 날을 포기해서는 안 된다.(책 190쪽)

이 작품집에 등장하는 인물들에게 주어진 화두는 '다시, 살아가는 일'이다. '2009년 봄'은 과거의 허물을 벗어던지고 신작로를 찾아가려는 몸짓이 은유적으로 표현되어 있다. 바래진 기억과 흔적을 주워 모아 내일의 샘물에서 기를 한 모금의 감로수를 얻고자 불편한 거동을 멈추지 않는다. 묵은 무덤에 성글게 돋아난 잡초들을 제거하고 살아 있는 인간들의 세상으로 하산하는 모습들은 볼썽사납지 않다. 연작류의 소설을 제외한 다른 작품에서 우리는 이렇게 새로운 여정을 걷기 위해 신발 끈을 바투 여미는 군상들을 발견하게 된다. '개꿈'일지언정 꿈을 버리는 것은 삶을 포기하는 것과 다름없다.

호랑이를 그리려다 개를 빚어낸 오해와 시행착오의 과정들. 어쩌면 이런 방향 수정은 원하지 않았다고 해도 화룡점정(畵龍點睛)의 선택이 될 수도 있을 것이다. 호랑이보다는 개가 더 현실에 밀착되어 있으며, 더욱 생생하고 핍진하게 우리의 무너지고 비틀어지고 부러진 삶을 대변할 수 있다. 낙담하지 않는다면 '개들의 세상'이 '호랑이 세상'보다 더 살 만한 세상일지도 모르고, '개만도 못한 중생'들에게 호랑이의 포효를 들려주어 오줌을 찔끔 싸게 만들 수도 있다.

아끼고 감춰두다가 우리가 잊을 만할 때 슬그머니 작품을 보여줄지도 모르지만, 우리는 그런 원종국의 작품을 읽으면서 "그래도, 역시!" 하면서 그의 작품을 반가워하리라고 나는 믿는다.

4. 박형서 : 엑조틱해서 더욱 리얼한

이미 앞서 발표한 작품들을 통해 '실험성'이 강한 작가라는 평을 들은 박형서는 작년에 낸 작품집 『끄라비』(문학과지성사)에서도 그 발군의 재능을 유감없이 과시했다. 실린 작품들의 제목만 일별해서는 도대체 무슨 이야기를 풀어놓으려는지 감조차 잡히지 않는다.

그는 무엇보다 평범한 소재에 머물기를 좋아하지 않는다.(평범과 비범의 구별이 애매하기는 하지만) 이미 장편소설 『새벽의 나나』(문학과지성사, 2010년)에 등장했던 무대 태국을 배경으로 한 단편 〈끄라비〉와 〈아르판〉이 실려 있고, 서울발 대전행 KTX 열차가 나오는가 하면(〈무한의 흰 벽〉), 꽤나 먼 미래일 것이 분명한, 빅뱅의 팽창이 수축으로 돌아서는 시기 창조주의 존재를 지키려는 만사브디르들의 고투를 그린 미래소설(?)도 나온다.(〈티마이오스〉) 그런가 하면 한 천재 여성수학자의 일생을 그린 작품(〈Q.E.D.〉)도 있다.(Q.E.D.는 "Quod erat demonstrandum"의 약자로 "이상이 내가 증명하려는 내용이었다."로 번역되는데, 수학에서 증명을 마칠 때 주로 사용한다고 한다. 이 작품을 읽으려면 무수하게 출몰하는 수학지식 때문에 땀 좀 쏟을 각오를 해야 한다.) 연이어 세 사람의 죽음을 목격한 택시운전 기사와 작중 화자에게 뜻밖에 주어진 성공담이 얽히는

〈맥락의 유령〉은 우연으로 이어진 불확실성의 세계와 이를 완벽하게 연결짓는 직관의 세계 사이에서 유영하는 자아의 혼돈을 읽게 해 주었다. 그리고 마지막 작품 〈어떤 고요〉는 마치 박형서 자신의 문학적 자서전을 엮은 듯이 보이면서 작가란 무엇 때문에 존재하는지에 대한 어렴풋한 해답을 던져준다.

이처럼 그의 소설은 여느 작가와 비교해도 기발하지만 이전의 그의 소설과 견주어도 변화무쌍한 변신을 보여주었다. 작가가 실제로 대단히 학구적인 취향을 지녔는지는 알 수 없으나, 그의 소설을 읽노라면 가볍든 무겁든 상상과 경험의 소산으로만 쓰이지는 않았음을 짐작하게 만든다. 독자를 적잖이 당황스럽게 만드는 한편 서사의 맥락이 굵은데다 어디로 튈지 종잡을 수 없어 흥미를 끊어내기 어렵게 이끈다. 〈무한의 흰 벽〉 마지막 장면은 어딘가 일본 작가의 소설에서 본 듯한 느낌도 들지만,(주인공이 의자 속에 들어가 여자를 관찰한다는 내용이었다.) 소재와 장소를 자유자재로 편취해 내는 솜씨는 이 작가의 탁월한 장기인 듯하다.

〈아르판〉 같은 단편은 허구의 활용이 어디까지 갈 수 있는지 보여주는 작품이다. 이 소설은 단순한 표절 시비를 넘어 서사의 원형 문제에 대한 작가의 판단과, 윤리와 도의의 적용이 본질의 가치를 얼마나 훼손할 수 있는지 잘 보여주었다. 그는 자신이 낸 작품집 『자정의 픽션』이 타인의 구상과 원작을 통째로 절취해 왔음을 아무렇지도 않게 밝힌다. 이런 내용을 읽노라면 우리는 과연 이 소설의 진술이 어디까지 진실이고 허위인지 순간적으로 혼란에 빠지게 된다. 앞에서 읽은 박성원의 소설처럼 박형서 또한 작가 자신을 소설에 등장시켜 작품의 개연성을 높임과 동시에 사실과 허구의 장벽을 가차 없이 무너뜨리는 것이다. 작가가 실명 또는 거의 실명으로 등장하는 허구적인 작품의 의미와 효과에 대해 생각할 거리를 던지고 있다.

서사의 호흡과 여운이 대단히 긴 것도 박형서 소설의 한 특징인데, 이번 작품집에서도 그런 경향을 보여주는 작품이 적지 않았다. 〈티마이오스〉와 〈Q.E.D.〉, 〈어떤 고요〉는 장편적인 구성을 가진 단편이라고 해도 크게 틀리지는 않을 것이다.

박형서 소설이 진행되는 공간적 배경은 아주 구체적이다. 태국의 '끄라비'와 '와카'(이곳이 실재하는지는 분명하지 않은데)가 나오는가 하면 대전행 KTX가 거쳐 가는 역명이 상세하며, 사당동에서 한양대까지의 행로가 생생하게 전달된다. 그런데 이렇게 너무나 지명이 정확하게 기술되기 때문에 우리는 거기서 익명성의 목소리를 듣게 된다. 너무 현실적이라 꿈과 같은 일이 있는 것처럼 너무 구체적이라 추상적으로 다가오는 상황을 이런 작품들에서 느끼게 된다는 말이다. 차라리 〈티마이오스〉와 〈Q.E.D.〉처럼 모호한 공간과 시간 속에서 전개되는 작품이 구체적인 공간을 환기시키는 효과가 더 크니 희한한 일이다.(두 작품에 인용되는 현란한 정보들에 도취된 탓도 있을 것이다.)

박형서는 어떻게 받아들이든 남들이 좀체 시도하지 않는 방식으로 소설을 써 왔다. 이에 대해 〈어떤 고요〉에서 "나는 나 자신이 잘 쓰는 작가가 아니라 다르게 쓰는 작가라 생각해왔"(책 269쪽)다고 고백하는 데서도 드러난다.(소설을 진실로 곡해하는 어리석음은 인정하겠다.) 다르게 쓰기는 잘 쓰기보다 훨씬 어렵다. 상상과 지식만으로 해결될 수 없는 부분이 있기 때문이다. 그만큼 더 준비를 해야 하고 창작 외적인 문제에 더 골몰해야 한다. 이런 창작 방식이 작가 개인의 취향 때문이든 소설을 이해하는 방식에서 온 것이든, 그의 '다른' 소설 쓰기는 지금까지 상당한 성공을 거두었다. 물론 그 성공이 미래의 작품에까지 적용될지는 두고 봐야 할 일이지만, 적어도 그의 소설에 계속 주목하게 만드는 큰 요소인 것만은 틀림없다.

소설의 와해, 그리고 새로운 시작의 단초
-최제훈의 『퀴르발 남작의 성』과 『천사의 사슬』, 이갑수의 『편협의 완성』을 읽다-

1. '소설'이 난도질당하는 세상에서

지난 한 해 한국 사회는 이전에는 접하기 힘들었던 파국에 가까운 요동을 경험했고, 그 파장은 여전히 진행형이다. 오랜 시간 압축되었던 가스가 일시에 폭발하듯 믿기지 않는 부패와 비리가 폭로되었고, 이에 따른 질타의 목소리와 과거의 권력을 고수하려는 세력의 반동이 쉴 새 없이 충돌했다. 이런 혼돈이 어떻게 귀결될지는 좀 더 시간을 두고 지켜봐야겠지만, 그 혼란을 야기했던 장본인들의 대응은 이전과 별반 달라지지 않은 듯 보인다. 그런 사건의 진위나 옳고 그름의 문제가 이 글의 관심사는 아니다. 다만 그들이 자신에게 들씌워진 의혹에 대해 해명하거나 회피하면서 구사한 수사는 글을 쓰는 사람으로서 우려스럽거나 심지어 개탄의 목소리를 자아내게 만든다.

무슨 소린가 하면 이들은 진실이 완전히 드러나기 전까지는, 아니 드러나고 난 뒤에도 여전히 자신의 무죄를 주장하면서 하나의 어휘가 입에서 떨어지는 일이 없었다는 말이다. '소설'이라는 어휘다. 누구라 할 것 없이 다들 "완전히 소설을 쓰고 있다."는 말로 자신의 청렴결백함을 증명하는 면죄부로 삼았다.

여기서 굳이 문학사전에서 규정하는 소설의 내포와 외연을 부연하지는 않겠다. 그러나 이들 정치인이나 경제인들이 난폭하게 뇌까렸던 '소설'이라는 말은 소설의 본질을 아주 심하게 왜곡시켜 버렸다. 그들이 사용한 '소설'은 '거짓'이나 '가짜'라는 의미와 거의 일치했다. 소설을 지탱했던 허구(虛構)라는 주춧돌이 망상(妄想)이나 괴담(怪談)이라는 부식토로 대체되어 버렸다. 덕분에 사전에 소설의 새로운 정의가 하나 더해져 감사하게도 '문학의 영토'가 넓어지게 생겼다.

그렇지 않아도 문학이 극도의 침체기로 접어든 근래 이들이 친절하게 '소설'이라는 어휘를 면피용으로 마구 활용해 줌으로서 좁게는 소설, 넓게는 문학 전체에 대한 독자의 불신이나 의심은 확산되었다. 문학은 사실이 아닌 진실을 '있음직한 일'을 통해 구현하는 것인데, '가짜 이야기'거나 '혹세무민(惑世誣民)의 도구' 정도로 강등되어 버렸다. 그런 소설 또는 문학을 누가 애정과 관심을 가지고 보듬겠는가? '가짜뉴스'만한 신뢰도도 확보하지 못한 문학에는, 그것을 읽고 의미를 찾는 노력이 '이 세상에서 가장 어리석은 일'이라는 낙인이 찍히고 말았다.

문학이 식물인간 상태에 빠지고 독자의 외면을 받는 까닭이 전적으로 앞서 말한 사람들의 발언 때문에 기인한 것은 아니지만, 일조했음도 부인하기는 어렵다. 소설 쓰기가 가장 파렴치한 '악행'으로 매도되어 버렸다. 한 해 내내 '소설'이 흉악범처럼 출몰하고 있는데도, 우리 문단의 대처는 안이함을 넘어서 "그런 일이 있었어?" 하는 무지에 상태를 벗어나지 못했다. 작가들의 이익을 대변한다는 문인협회나 소설가협회 어디서도 '소설'이라는 말의 사용을 자제하라거나 소설을 위해 항변하는 목소리를 들을 수 없었다. 오히려 일부 작가의 탈을 쓴 사람들이 이런 불신을 조장하거나 자초하는 짓까지도 서슴지 않았다.

'소설'이라는 말 대신 '드라마'나 '영화' 같은 말을 그들이 구사했다고 해보자. '막장 드라마'나 '삼류 영화' 같은 세간의 투어(套語)가 있으니 훨씬 청자들의 이해력이 높아지고 설득력도 상승할 텐데 왜 이 말은 쓰지 않을까? 영상 예술과 활자 예술의 간극에서 온 것일까? 만만한 게 '소설'이기 때문이기도 하겠지만 후환이 가장 없는 말이기 때문이기도 할 것이다. '소설'을 썼는데 여기저기서 항의하거나 '분신자살'(?)하는 사태가 벌어졌다면 그들은 당장 목구멍 속으로 '소설'을 삼켜버렸을 것이다. 그런데 아무런 저항도 없네? '드라마'나 '영화'라는 말을 썼다면 그 동네에서 풍찬노숙(風餐露宿)하는 사람들이 얌전히 감수했을까? 반응이야 쓰지 않았으니 알 수 없지만, '소설'이 마구잡이로 두드려도 되는 동네북이 되었음은 분명해 보인다.

변죽은 이 정도로 울리고 본론으로 들어가 보자. 언어를 가장 높은 수준으로 가공한 결과물이 문학임은 오랜 묵계였는데, '새빨간 거짓말'을 가득 담은 폐기물 봉투로 간주되는 현실에 대해 자성과 함께 대안을 찾아볼 때가 왔다. 남이 던진 오물을 덤덤하게 뒤집어쓴다고 작가를 '성인(聖人)'의 반열에 올려줄 지지층이 나타날 가능성은 거의 없다.

2. 최제훈-허구와 진실 사이에 간극은 없다

근래 내가 관심을 두고 읽은 두 작가가 있다. 최제훈과 이갑수가 그들이다. 요즘 소설이 종래의 창작 토양을 기반으로 하면서 새로운 자양분을 찾으려는 노력이 활발해지고 있는데, 부작용도 없진 않지만 바닥나거나 협소해진 상상력의 진폭을 넓히려는 모색이라는 점에서 긍정적으로 이해된다. 이 두 사람은 그런 모색의 한 단면을 보여준다.

1973년 서울 태생인 최제훈은 문단의 이력이 짧은 작가가 아니다. 2007년 『문학과사회』 신인문학상을 받으며 등단해 단편집 『퀴르발 남작의 성』(2010년, 문학과지성사)을 시작으로 장편소설 『일곱 개의 고양이 눈』(2011년, 자음과 모음)과 『나비잠』(2013년, 문학과지성사), 『천사의 사슬』(2018년, 문학동네)을 세상에 내놓았다. 단편집에서부터 기발한 상상력을 촘촘히 쌓아올리더니 장편에서는 범죄와 추리라는 요소를 가미해 세속적 흥미를 돋우면서 창작이 어떻게 삶의 진실을 포착해야 하는지 고민하는 독서를 이끌어냈다.

『퀴르발 남작의 성』에는 모두 일곱 편의 단편이 실려 있는데, 그 중 네 편의 배경은 서양이다. 〈퀴르발 남작의 성〉은 중세 어느 성과 그에 딸린 장원에서 벌어진 기이한 식인풍습(Carnivalism)의 전모를 독특한 구성으로 제시했다. 〈셜록 홈즈의 숨겨진 사건〉은 은퇴한 탐정이 자신을 창조한 작가인 코난 도일 죽음의 실체를 파헤친다는 설정이 뼈대인데, 현실과 가상이 어떻게 분별되는지 혼란에 빠뜨려 개연성의 예술적 진실의 의미를 숙고하게 만든다. 상당히 긴 제목을 가진 〈마녀의 스테레오타입에 대한 고찰-휘뚜루마뚜루 세계사1〉에서는 오늘날 우리가 알고 있는 '마녀'의 외양이나 본질이 얼마나 왜곡되었는가를 서양 문화사 전반을 논의의 중심으로 끌어들여 문명 비판적인 결론을 해학적으로 이끌어냈다. 끝으로 〈괴물을 위한 변명〉에서는 '괴물'의 대명사로 일컬어지는 '프랑켄슈타인'의 정체가 우리가 알고 있는 사실과는 전혀 다른 맥락에서 확산되었기 때문에 재평가될 필요가 있다는 추정을 제시해 기존 통념의 전복을 시도했다.

이들 네 작품은 모두 서양이 배경이 되거나 대상이라는 점에서도 흥미롭지만, 우리가 당연히 받아들이는 '사실(事實 또는 史實)'이 오해와 편의, 심지어 악의에 의해 균열되고 왜곡되었음을 폭로했다는 점에서 주목을 끈다. 즉 허구의 바벨탑을 견고하게 구축했다가 허구의 허구성을 난폭하게(?) 제시해 우리 인식이 '참'이라 여겨왔던 공리(公理)의 진정성에 심각한 의문을 던졌다는 말이다. 이렇게 지속적으로 반전과 설득을 거듭함으로써, 독자는 기존의 착시와 상식의 지평이 흔들리는, 진지하고 지성적인 의혹을 체감함으로써 묘한 쾌감에 사로잡힌다.

이런 식의 소설 쓰기의 성격은 자신의 소설 부제로 쓴 '휘뚜루마뚜루', 즉 "이것저것 가리지 아니하고 닥치는 대로 마구 해치우는 모양."이라는 사전적 설명과 완연히 일치한다. 그는 사실과 가상 사이를 가로지르는 장벽을 수시로 넘나들거나 아예 무시함으로써 독자가 좀 더 진실을 다층적으로 인식하기를 바란다. 최제훈은 소설이 담아내야 할 현실을 허황된 홀로그램으로만 제시하지 않고 직핍(直逼)한 근거와 추론으로 끼워 맞춰 개연성의 공간 안에 역사가의 시선까지 틈입시킨다. 그리하여 소설의 허구성을 허구에만 머물게 하지 않고 독자의 심미적 유전자와 맞닿아 있는 현실 세계로 연착륙시키는 것이다.

그러면서 재미있는 점은 이러한 일련의 소설들이 일정 부분 추리를 통해 진실을 찾아가는 궤적을 보여준다는 사실이다. 몇 가지 단서와 증거를 제시하면서 타당하게 범인을 유추해내는 추리소설의 문법들이 그의 소설 도처에서 발견되는데, 이는 소설의 성패를 추리에 기대고 있다는 비판보다는 소설적 진실에 추리라는 사다리를 보완함으로써 소설에 대한 신뢰를 높여주는 효과를 불러일으켰다. 단편집 이후 쓰고 있는 몇몇 단편이나 장편소설 세 편은 사실상 잘 만들어진 추리소설이라고 보아도 무방한데, 이런 소설의 행적은 이미 단편집의 소설들이 확보한 영역을 고려하면 당연한 행보로 보인다.

이 단편집의 끝에는 '작가의 말'이라고도 볼 수 있는 〈쉿! 당신이 책장을 덮은 후……〉라는 짧은 소설이 실려 있다. 일곱 편의 소설에 등장한 인물들을 다시 등장시켜 엽기적인 살인사건의 진실을 찾아가는 이야기인데, 소설의 등장인물들이 허구의 틀에서만 존재하는 박제가 아니라 세속의 정글 속에서 언제 어디서나 상존(常存)하여 관계를 맺는 생명체로 인식하게 만들려는 의도로 추측된다. 소설의 마지막 페이지가 덮일 때 그들은 가뭇없이 사라지는 것이 아니라 자율적으로 활동하면서 자신들 나름의 인식과 체험을 바탕으로 지적 사고와 행동을 하는 인물로 자리매김하고 있는 것이다. 내가 보기에 작가는 이를 통해 허구를 막연히 '가짜'라고 이해하는 사람들의 어리석은 편견과 통념을 보기 좋게 뒤집어 놓았다.

최근에 그가 출간한 장편『천사의 사슬』을 읽어보자. 혼혈아 출신 십대 청소년 '마롤리'가 감쪽같이 저지른 일련의 연쇄살인사건의 진실을 더듬어가는 이 소설은, 작가가 소설의 흐름에 개입하고 등장인물 다수의 시점이 혼재하는 데다 소설 전반부의 완결된 플롯이 후반부에 와서 역전되어 기술됨으로써 독서의 속도를 머뭇거리게 만든다. 기이하게도 그 머뭇거림은 독서에 탄력을 부여하는 부작용(副作用)을 빚어내지만, 한편 이런 잡박(雜駁)한 기술법은 사건의 핵심을 오히려 명징하게 부각시키는 방향으로 수렴된다. 사건의 진행이 암시나 복선 없이 질주해 생경하게 다가오거나 당황스럽게 만들기도 하지만, 태풍이 바닷물을 뒤집듯이 결론 자체가 전복 또는 부정되어 버려 파편화된 복선이 아닌 커다란 말뭉치 전체가 복선이었음을 깨닫게 만든다. 작가의 내공이 읽히는 부분이다.

이 소설은 이 다난한 인간계의 선과 악이 어떻게 구별되며 어떻게 응징되어야 하는가를 두고 고민하지는 않는다. 오히려 악행의 윤리성을 문제 삼는다. 마롤리는 현행법상으로 보면 범죄를 저질렀고 징벌의 대상이 되어 법의 심판을 받아야 하지만, 알고 보면 그는 사회적인 약자였고, 한줌도 안 되는 권력이나 우월한 위치를 가진 이들에 의해 끊임없이 고통 받았던 희생자였다. 어떤 면에서 그는 선인(善人)의 인성마저 갖춘 존재로 제시된다. 작가는 범죄자인 마롤리를 규탄하고 탄핵할 수 있는 권능을 가진 자는 아무도 없음을 역설하고 있는 듯하다. 마롤리가 피해자이자 가해자인 것처럼 그에게 살해당한 피해자들과 그를 둘러싼 일군의 사람들 역시 가해자의 역할에서 크게 벗어났다고 볼 수는 없다. 가해자와 피해자가 불이(不二)의 존재가 아니니 선과 악은 대치물이 아니라 등가적으로 공존한다는 부조리한 현실이 현현되기에 이른다.

물론 이런 설정 때문에 우리가 단죄의 불가지론에 빠질 필요는 없다. 반대로 단죄가 불가피함을 절감하면서 부정과 불의가 만연한 현실을 직시하는 힘을 가지게 된다. 소설이 설득이 아니라 제시라고 봐야 한다면, 최제훈은 그 제시만으로 충분히 독자를 설득하고 있다.

3. 김갑수-새로운 소설의 영역을 찾는 도움닫기

이갑수는 1983년 서울에서 태어났다. 2011년에, 최제훈과 마찬가지로 『문학과사회』 신인문학상을 받아 등단했다. 이후 꾸준히 작품을 발표하더니 작년에 『편협의 완성』(문학과지성사)이라는 단편집을 발간했다. 8편의 소설이 실려 있는데, 〈우리의 투쟁〉은 단편일 수는 없고, 상당히 긴 중편이거나 성격으로 보면 장편이라고 봐도 무방할 듯하다.

그의 소설은 무협지에 크게 신세를 지고 있는 것으로 보인다. 무협(武俠) 또는 의협(義俠)으로 불렸던 무술인들의 무용담을 풀어낸 무협지는 가장 극명하게 허구의 맨얼굴을 보여주는 장르라 할 수 있다. 장풍(掌風)을 날리거나 경공술(輕功術), 역용술(易容術), 축골공(縮骨功) 따위가 자유자재로 구사되는 공간은 판타지소설만큼이나 허구적이다. 일견 그럴 듯해 보이지만 무협지 안이 아니라면 결코 실현될 수 없는 사건들이 소설의 곳곳에서 출몰한다. 작가의 등단작인 〈편협의 완성〉부터 무협지의 냄새가 솔솔 풍겼다. '월공섬'이라는 한 가지 기술만 익히면 모든 기술에 달통할 수 있다는 논리는 대단히 멋져 보이고 반론불가의 담론처럼 보이지만, "내 말이 옳으니 무조건 그렇게 믿어!"라며 맹신을 윽박지르는 사교 교주의 설교와 다를 바 없다. 그러나 독자들이 이런 충돌에 위화감을 느끼지 않은 까닭은 그만큼 소설 안에 '허구'가 성공적으로 녹아 있기 때문이겠다.

무림의 고독한 검객으로 설정된 검도인 안인력의 절대무비의 무공(武功)과 함께 코카콜라가 달 표면에 선전판을 세워 전지구적 광고 효과를 노린다는 설정은, 마치 실제로 그런 일이 있었다는 착각을 불러일으킬 만큼 한 공간 안에 무탈하게 세워진다. 무협지라는 활극과 불세출의 검술이 난무하는 중세적 요소와 음료 시장을 석권하려는 글로벌 기업 간의 매출 전쟁의 대비는 일견 접점이 없어 보이지만, 무림의 고수들이 벌이는 담판이나 거대기업 간의 피 말리는 경쟁은, 결국 비정한 제로섬 게임임을 암시한다.

〈T.O.P〉에 오면 무협지는 더 이상 배경이 아니라 현실 세계로 들어온다. 제목이 무슨 뜻인지 거듭 읽으면서 고민했는데, '고수(高手)'를 비유적으로 표현한 것으로 짐작했다. 전생이 소림사의 무술 고수였던 승려 일각은 무림의 알력 끝에 빚어진 전투에서 호감을 가진 여성의 배신으로 죽음을 당하고 지금 시대에 환생해 어느 공원의 커피자판기가 된다. 죽으면서 외친 소원이 '금강불괴'의 몸으로 태어나고 싶은 것이어서 강철 통을 두른 자판기로 실현되었다니 어이가 없지만 유비적(類比的) 변신이라고 보면 납득은 간다. 난공불락으로 보이는 무림 고수의 등극이 이 시대에는 안정적인 취업으로 격하되어버린, 꿈이 빠져나가고 몰락해버린 우리 시대 신화(神話)의 현주소가 은연중에 드러난다.

그러고 보니 이갑수 소설 속에 나오는 인물들이 궁극적으로 추구하는 것은 '금강불괴(金剛不壞)'의 경지에 이르는 것이 아닐까 하는 생각이 든다. 무협인들의 유토피아라 할 수 있는 '금강불괴'는 도검불침(刀劍不侵)의 금강지체(金剛之體)와 수화불침(水火不侵)의 불괴지체(不壞之體)를 합쳐 이르는 말이라고 한다. 어떤 암수와 무기를 써도 뚫을 수 없는 도저한 무공의 경지를 일컫는다. 지난 시대에서도 그랬듯이 이 시대에도 그런 경지는 매혹적이다. 〈편협의 완성〉에 나오는 안인력, 〈T.O.P〉의 일각, 〈서점 로봇의 독후감〉의 '로봇', 〈품사의 하루〉에서 합기도장을 운영하면서 킬러의 길을 걷는 '동사', 그 밖에 여러 등장인물들의 언행에서 우리는 '금강불괴'의 정점을 보여주는 단서들을 발견하게 된다.

이들은 작품 속에서 나름의 성공을 거두지만, 실현된 '금강불괴'의 괴력이 고작 그 정도에 머물까 하는 의문도 남긴다. 그들이 실패의 나락에서 주저앉거나 성공에 안주하지 않고 자신에게 주어진 길을 묵묵히 걸어간다는 점이 '금강불괴'의 일면을 보여주기도 하지만, 일 년에 한번 달이 깜빡이지만 아무도 발견하지 못하고, 거대기업의 야심찬 계획도 무관심의 대상으로 전락하며, 일각이 강철 자판기의 숙명에서 벗어날 수 없다거나 천국을 쫓다가 사고로 죽은 오토바이광 아가페의 자멸은 생존의 톱니바퀴에서 벗어나 아무도 도달할 수 없는 경지에 이르려는 '금강불괴'로의 질주가 결국 도로에 그칠 수밖에 없음을 말해준다.

이갑수 소설에서 전개되는 '현실'은 모순되게도 현실에서는 실현될 수 없는 망념(妄念)의 세계다. 그러나 소설 속의 인물들은 망념을 벗어나 해탈의 세계에 도달하고자 수련과 고민을 악착같이 반복한다. 그리고 실패하지만 좌절하지 않고 다시 자신이 가야 할 길로 발걸음을 옮긴다. 그들이 성공할지는 알 수 없지만, 적어도 실패는 없을 것임은 믿을 수 있다. 그것이 비루하고 잔혹한 현실에서 인간이 절망하지 않고 버텨내는 유일한 대안일 것이니, 무협지적인 가상공간은 이런 기제로 말미암아 '가짜'로 둘러싸인 허구가 아니라 더욱 진실하고 '진짜'다운 현실로 재탄생하게 되는 것이다.

4. 그래서 다시 소설이 있다

'소설'이 골칫거리만 양산하는 천덕꾸러기거나 위선 또는 짝퉁의 동의어로 변질된 세상에서 창작이 자리할 수 있는 여백은 분명 비좁아졌다. 이것을, 무지와 자기 합리화의 졸렬한 언동에서 빚어진 오염이니 일시적인 현상이라고 자위하며 외면할 수 있는 현상일까? 소설이란 게 워낙 사회 현상과는 무관한 자족적인 세계라고 말한다고 소설을 고립의 차꼬에서 해방시키는 발언이 될까? 조지 오웰이 지적한 것처럼 문학은 어쨌거나 '정치적'인 행위다. 지금처럼 정치적인 논쟁이 극단으로 치닫는 환경 속에서 문학이 갈피를 잡지 못하거나 오산한다면 문학 스스로 자신의 숨통을 조여 질식사하고 말 것이다. 그렇게 소멸한다고 해도 아무도 조상(弔喪)하지 않을 터이니, 문학 무용론만 기승을 부리지 않겠는가?

문학이 승승장구할지는 모르겠지만 소멸하는 일은 없으리라 나도 믿는다. 문학이 사라진다는 것은 언어가 사라진다는 것이고, 결국 무반성적 사고가 일상화되거나 아예 사고조차 사라짐을 의미한다. 현재의 정치적 아노미 현상도 따져보면 문학이 제 기능을 못한 데서 나온

파탄이라고 나는 생각한다. 이런 위기의 시대에 문학은 무엇을 해야 하는가?

최제훈과 이갑수의 소설은 문학 속에 현실보다 더 핍진한 현실이 구현될 수 있음을 보여주고 있다. 그 방법이 비의(秘儀)를 수반한 컬트(Cult)적 요소를 장착하는 것이든, 현실의 통념에 다시 한 번 거칠게 비수를 꽂아 전복하는 방식이든, 더욱 허구적인 기제를 강화하는 것이든, 두 사람의 소설은 현실을 현저하게 뒤틀면서도 현실의 모순과 부조리에 경종을 울리는 북으로 작용하고 있다. 개인의 취향을 언어화하면서도 기저에는 현실의 토대가 굳건하게 버티고 있어 결국 소설은 현실로 되돌아와 현실을 반영하고 폭로한다.

뭐니 뭐니 해도 두 사람의 소설은 대단히 재미있다. 그리고 독서를 끝내고 책장을 덮어도 여운이 남는다. 표지를 보고 목차를 읽으면 다시 읽고 싶은 충동에 사로잡힌다. 두 사람의 소설이 가짜로 범벅이 된 '소설'이라면 냉소하거나 폐기할 수 있겠지만, 거듭 그들의 작품에 손이 가고 또 어떤 작품이 나올지 기대와 궁금증을 불러일으키니 진짜임이 분명하다.

작가는 칠흑 같은 어둠 속에서도 용케 먹이를 찾아내는 고양이와 같다. 어떤 미로가 앞길을 가로막고 장벽이 빙산처럼 둘러쳐 있어도 기어이 틈새를 찾아내 그들이 도달하고자 하는 자장(磁場)을 쟁취한다. 물론 그렇게 솜씨 좋은 장인(匠人)이 산재해 있는 것은 아니지만, 이 두 작가는 시샘이 날만큼 교묘하게, 그럴 수 있는 역량을 갖추고 있다. 이 때문에 두 사람의 작품을 보면 나도 모르게 군침이 도는가 보다.

어둠 안에서 별이고자 했던 시인을 육성으로 만나다

—송희복의 『윤동주를 위한 강의록』을 읽다—

그가 누구든 한 사람의 삶을 온전히 이해하기란 쉽지 않다. 우리가 연결시킬 수 없는 빠진 고리들도 있고, 그 행위의 의미가 무엇인지 설명을 듣기도 어렵기 때문이다. 그래서 망자의 삶을 대할 때면 숙연해질 수밖에 없다. 더구나 그 사람이 스물일곱 살 꽃다운 나이에 식민지인의 굴레에 갇힌 채 이국의 싸늘한 감옥에서 비극적인 최후를 맞은 시인이라면 과연 뭐라고 말할 수 있을까?

이번에 진주교육대학교에서 학생들을 가르치고 있는 송희복 교수가 출간한 『윤동주를 위한 강의록』(2018. 글과마음)은 우리의 모습을 되비추는 거울과 같은 역할을 하고 있는 시인 윤동주(尹東柱, 1917.12.30.-1945.2.16.)의 삶과 문학을 분석한 책이다. 분석이라니까 과하게 진지하고 지나치게 어려운 논리와 용어를 구사한 글이 아닐까 저어할지 모르겠지만, 이 책은 기존 논의와는 꽤나 색다른 방식으로 윤동주의 삶과 문학을 독자들에게 전하고 있다.

제목에서도 알 수 있듯이 이 책은 문학평론가이기도 한 저자가 자신이 몸담고 있는 학교의 학생들에게 한 학기 동안 윤동주의 문학을 중심으로 강의한 내용을 몸체로 삼고 있다. 글이기에 앞서 이 책은 먼저 말로 구연되었고, 그래서 책도 거의 구어(口語)의 음성으로 이루어져 있다. 누구나 알고 있지만, 그래서 소홀하기 쉬운 윤동주의 삶과 문학이 어떤 배경을 가지고 완성되었는지 딱딱한 질감의 글이 아닌 따뜻한 체온이 담긴 말로 풀어내고 있다. 그래서 편안하고 열린 마음으로 책을 펼칠 수 있는 미덕이 독서를 이끌고 간다.

글이 구어로 진술될 때 문어체의 글에서는 느끼기 힘든 생동감과 교감의 장을 가지게 되고, 설득이나 논증보다는 공감과 소통의 세계와 손잡게 된다. 그래서 전달에 치중하기보다 대화하려는 자세가 요긴해진다. 아울러 대화의 청취자가 젊은 학생들이기에, 그들의 감수성과 세계관에 틈입할 수 있는 제재와 언어를 필요로 하기 마련이다. 이 책의 저자는 학생들을 수강자가 아닌 친근한 대화상대로 만나고 있어, 글을 읽는 독자 역시 가까운 지인의 즐거운 책읽기 체험에 동참하고 있다는 기분을 느끼게 된다.

책을 읽게 되면 맨 먼저 보는 것이 그 책의 표지다. 이 책은 표지에서부터 군더더기가 느껴지지 않는다. 붉은색으로 인쇄된 제목보다는 푸른색 파스텔 톤으로 전면을 차지하고 있는 시인의 초상화가 인상적이다. 그림 속의 시인은 선량한 미소를 머금고 단정하게 교복을 입고 있지만, 윤동주의 삶이 어떻게 마감되었는지 알기에 서러운 감회가 앞서는 것을 막을 길 없다. 이 단아한 청년이 자신의 온몸을 던져 써낸 시가 어떠했고, 누가 왜 이 건강한 청년의 몸에 더러운 비수를 꽂아 헤집었는지 궁금증과 의혹을 가지게 된다. 그렇게 나도 이 책을 펼쳐 읽었다.

이 책은 모두 아홉 개의 강의로 구성되어 있다. 내가 알고 있는 시인 윤동주의 생애와 문학에 대한 이해가 그리 넓지 않았기에 즐겁고 무람없는 대화를 통해 그를 만나게 되리라는 기대를 가졌다. 그리하여 나는 그 기대를 훨씬 넘어서는 수확을 얻었다. 비교적 책은 시인의 탄생과 성장, 죽음까지 이르는 과정을 편년체의 방식으로 기술했지만, 밋

밋하게 연대기식 진술에만 머물지 않았다. 저자는 시인 윤동주의 삶과 문학을 가름했던 여러 가지 주제들을 다양한 측면에서 다루었는데, 저자만의 독특한 시각을 맛깔나게 제시하면서도 기존의 연구가 이룩한 성과도 외면하지 않고 잘 소화해서 균형을 유지했다. 한편으로 증거와 근거에만 얽매이지 않고 타당한 상상과 추론까지 가미해서 윤동주의 삶과 문학에 입체감을 제공했다.

이 책을 읽으면서 특히 나의 흥미를 돋우었던 부분은, 그가 사랑했던 여인이 있었는가를 살펴본(치졸한 동기에서 나온 것은 아니고, 청년의 삶에서 빠질 수 없는 장면이기에 그랬다.) 제3강 〈동(冬)섣달 꽃 같은 청년 시인, 연심을 품었다〉와, 윤동주의 시에서 가장 빈번하게 등장하는 천문(天文) 소재 시어들, 예컨대 '별'과 '달' 같은 언어들을 근거로 시세계를 탐색한 제6강 〈점성술의 관점에서 바라본 윤동주의 시세계〉였다.

윤동주 사후 3년 뒤에 나온 유일한 시집인 『하늘과 바람과 별과 詩』에서도 읽히지만 그에게 있어 지상을 떠난 천공(天空)에 존재하는 모든 물상들은 그의 시적 상상력을 자극하고 완성하는 등가물이었다. 저자는 다른 강의에서 윤동주의 공감과 예감 능력을 시를 통해 잘 간파해냈지만, 천문 현상의 시화(詩化)를 통해 시인은 동심(童心)의 천진난만함만이 아닌 예언적이고 운명론적인 시인의 전율이 어떻게 파동했는가에도 치밀한 접근을 시도했다. 저자의 말처럼 윤동주의 시를 이렇게 이해한 평론가는 없었던 듯하다. 그래서 참신했을 뿐더러, 윤동주의 시가 분출되고 흘러갔던 또 하나의 수맥(水脈)을 발견하는 설렘도 느낄 수 있었다. 때문에 이 책은 윤동주 시의 해설에 값하면서도 자장의 진폭을 확장하는 구실도 한다.

삶의 실타래가 잠시 헝클어졌을 때 시인 윤동주가 우리들에게 다가오면 으레 그의 주옥같은 명편들, 〈서시〉나 〈자화상〉, 〈참회록〉, 〈별

헤는 밤〉 등을 읊거나 떠올린다. 거기서 우리는 위로와 용기, 그리고 미래로 향할 힘을 얻는다. 나 역시 평범한 독자로서 이런 시들이 내 마음의 '별'이 되곤 하지만, 개인적으로는 〈팔복(八福)〉이라는 시에서 울컥 세상을 사는 나와 세상을 살았던 윤동주에 대한 연민이 솟구쳐 오른다. 윤동주는 시인으로서 온 누리의 어둠을 빛으로 밝히고자 했지만, 그러면서도 살별처럼 밤하늘을 가르는 슬픔과 불길함을 못내 떨쳐내지 못했던가 보다.

이 책이 갖는 또 하나의 미덕은 편안하면서 살가운 대화의 운율만큼이나, 우리가 놓치고 지나갔던 윤동주의 아름다운 시들을 새삼 발견하게 만드는 점에도 있다. 이 책을 읽으면서 곁에 시인의 시집을 두고 함께 읽는다면 독창(獨唱)의 집중력만큼 합창(合唱)의 함성과 메아리도 넉넉하게 체감하게 될 것이다.

잔잔한 서정에서 우러나는 따뜻한 온돌의 미학

—김용엽의 시집을 읽고—

1. 남해에서 시인을 만나다

남해는 아름다운 자연과 훈훈한 인정이 함께 어우러져 숨 쉬는 흥미로운 고장이다. 하나의 섬을 완성한 산과 들, 바다와 하늘은 사람들에게 그 물상들의 여운을 일깨워 이를 서정의 가락에 담도록 이끈다. 남해의 자연 풍광 속을 거니노라면 새소리와 바람 소리, 파도 소리가 안내하는 잔잔한 흥분의 오솔길로 들어설 수밖에 없다.

이런 땅 위에 깃들어 사는 생령들의 품성은 또 어떤가. 투박한 질그릇의 품성을 닮아 거칠면서도 온화한 마음 씀씀이의 드넓은 울짱을 빚어 놓았다. 인간이기에 어쩔 수 없이 희로애락의 아우성을 벗어날 수 없지만, 막무가내로 감정에만 휘둘리지 않는 든든한 지혜의 숲도 가꾸었다. 이렇게 눈부신 자연과 기름진 인정의 울타리가 있기에 남해에는 마음의 온기를 녹여 윤기 나는 언어로 되새기는 사람들이 많은가 보다. 우리는 그런 솜씨를 지닌 장인(匠人)들을 일러 시인이라 부른다.

남해에서 살면서 나는 자랑은 하지 않아도 자부심에 넘치는 시인들을 여럿 만났다. 남의 것을 차지해야 내 것이 된다는, 도시 사람들의 매섭고 날카로운 표정을 남해의 시인들에게서는 발견할 수 없었다. 그들은 손을 내밀어 함께 걷기를 좋아했고, 길손의 잔에 마음에서 우러난 술을 채우는 데 자신의 술동이를 아끼지 않았다. 세상의 거센 공격에 멍이 들고 상처 입은 사람들이 남해를 영혼의 치유 장소로 찾아오는 것은 다 그만한 까닭이 있어서임을 나는 결국 느낄 수밖에 없었다.

그런 사람 가운데 하나가 김용엽 시인이었다. 자주 대면하지는 못해도 어쩌다 만나면 항상 넉넉한 웃음으로 반가워했다. 남해의 훈향을 먼저 맛본 사람으로서 배려하고 이끌어주려는 다정함이 한 조각 말에서도 울려 나왔다. 그것은 단지 같은 대학을 나왔다는 동문으로서의 인연에 떠밀려 보여주는 몸짓이 아니었다. 오히려 글이라는 깊은 심해를 함께 헤엄치는 도반(道伴)으로서 서로의 글이 갖는 소중함을 알아 글의 날개에 풍력을 더해주려는 알뜰한 마음에서 솟아난 것이었다. 공자는 “세 사람이 길을 가면 반드시 나의 스승이 될 만한 사람이 있다.”고 했는데, 김용엽 시인은 내게 부족한 것이 뭔가를 깨닫게 해주는 나침반 같은 존재가 되기에 충분했다.

그런 시인이 이번에 시집을 낸다면서 내게 자신의 시를 살펴볼 기회를 주었다. 이미 남해에서 발간되는 신문 등에서 시인의 작품을 접할 기회를 가졌던 나로서는 반가우면서도 적지 않은 부담이 되는 부탁이었다. 자신의 시의 영토로 들어가는 입구 하나를 열어줄 사람으로 나를 떠올려주었으니, 내 역량이 그런 기대에 부응할지 여부를 떠나 고마운 일이었다. 그러나 한 편의 시를 읽어 작품에 담긴 의미와 시심의 자취를 찾기도 쉬운 일이 아닌데, 오랜 기간 시혼(詩魂)을 담은 작품들의 흐름을 발견해 이를 글로 자아내기란 참으로 어려운 일이어서 걱정이 앞서기도 했다. 하지만 나는 부담보다는 반가운 마음을 따르기로 했다. 나 역시 남해에 살면서 이곳의 다양한 풍경과 자취들을 담아낸 소설을 써왔기에(그런 글들을 모아 얼마 전에 『테마소설집 : 남해, 바다가 준

선물』을 출간했다.) 시에 담긴 남해의 소리를 듣고 싶은 욕심 또는 기대감에서였다.

이번 시집에 실린 작품들의 소재나 배경이 모두 남해는 아니었다. 그러나 시인이 남해에 살면서 겪고 듣고 떠올린 일들이 시로 승화되었기에 그의 시집은 결국 남해가 일궈낸 보석들의 창고임을 확인할 수 있었다. 이 글이 그의 시가 번져나가는 자장의 넓이를 모두 짚어냈으면 좋겠지만, 그렇지 못했다고 해도 내 나름대로 숙독하면서 얻은 열매가 되기를 바랄 뿐이다.

2. 자신을 찾아가는 길목에서 길어낸 시인의 자화상

시집을 읽어나가면서 나는 먼저 이 시집에 시인 자신을 은유적으로 노래한 작품이 많다는 사실을 알았다. 작품 속에서 자신을 드러내는 일이 얼마나 짐이 되는지 어렴풋이 알고 있는 나로서는 이런 시인의 성찰하는 자세를 발견하고 그 솔직함과 떳떳함에 마음을 다잡아야 했다. 자서전을 쓰면서도 미화하거나 윤색하는 일이 미덕처럼 자리한 요즘 세태에서 그의 이런 시들은 독자들에게 겸허함의 내밀한 울림을 전해주게 될 터이다. 시집의 모두를 장식하는 첫 작품부터 시인은 자신을 꾸밈없이 드러낸다.

오십 년 전 수리내 안에 소 풀 먹이러 가면
굶은 점심 대신 피라미를 잡아 밥처럼 먹었네
그 때 성미 급한 피라미가 나였네
번쩍이는 정의감만 믿고 큰 물줄기는 타지 못하고
옆의 작은 물줄기만 타다가 어설픈 작은 손에 잡혔네

팔딱거리며 나부대며 살아보겠다고 물만 흐렸지
저 물길을 바꾸지도 못할 깃털 주제에 몸만 뜨거워
갑질하는 세상에 주먹 내밀다
깡소주 나팔만 불었지
메밀꽃이 강물처럼 보일 무렵
아직도 살려고 버둥대는 마지못해 을질이나 하는
자연스레 몸에 맞춰진 맞춤옷 같은
피라미 한 마리 여적 살아있네.

—〈피라미〉 전문

시인은 자신을 물고기 가운데 가장 보잘것없다고 치부되는 '피라미'에 견주었다. 물방울 하나에도 우주가 담겨 있다는 이치로 따지자면 '피라미'의 마음속에도 대붕(大鵬)의 웅지가 어찌 없겠는가! 그러나 시인은 웅지보다는 '피라미'의 몸부림에서 세상과 자신을 읽어냈다.

물욕과 야망에 눈이 먼 세상의 폭압을 향해 내지른 주먹이 끝내 깡소주의 자학과 자괴감으로 매듭지어졌을지라도 시인은 이를 부끄럽게 여기지 않는다. 때로 왜 남들처럼 기성복의 안전한 흐름을 타지 못하고 물길을 거슬러 올라가 근원을 찾으려다가 패배와 나포의 구렁에 빠졌을까 탄식하지만, 이를 자신이 받아든 삶의 최종 성적표로 여기지는 않는다. 달갑지 않은 세상에 대해 목청껏 항의하다 얻은 건강한 상처로 받아들인다. 오히려 먹이사슬의 가장 하층부를 형성하고 있기에 '갑질'의 부조리함을 증명하는 달가운 표식으로 내세운다.

물론 시인은 육십 년 세월을 '피라미'로 살아온 자신의 삶을 귀감으로 삼으라고 권하지는 않는다. 그러나 거짓과 불의로 배를 채운 식육어(食肉魚)의 폭력이 지닌 야만의 허울에 현혹되지는 말자고 은연중에 외친다. 그것은 들리지 않는 외침이기에 어쩌면 더 완강하고 뼈저리게 다가오는지도 모른다. 그래서 흉물처럼 외면당할지라도 당당함이 있고, 미래에 대한 희망을 노래하는 여유를 얻었을 수도 있는 것이다.

자화상을 그린 듯한 또 한 편의 시에서 우리는 이런 맥락을 읽게 된다.

가을도 저 혼자 저리 등 돌린 채 깊어만 가는
숲속 부챗살 햇살 등에 업고
초록으로 동화한
상접한 피골에
부라린 겹눈
생사를 다투는 외줄타기에
어금니로 무장하고
든든한 창을 쥔 관음장
숲속으로 난
마음 속 깊이 새겨진 아린 길
제짝을 흔적도 없이 잡아먹고도
다시
이승 저승을 넘나드는 입맛 다시는
저 완연한 결기와
내세를 기원하는 간절한 두 손 모음으로
유전자는 간신히 유지에 성공했다.

–〈당랑(螳螂)〉 전문

이 시의 제목과 내용을 살피노라면 자연스럽게 당랑거철(螳螂拒轍)의 고사성어가 떠오른다. 거대한 수레를 피하지 않고 두 발 집게를 곧추세우며 대결하는 '사마귀'는 제 분수도 모르고 생명을 도박하는 미물일 수도 있다. 셈속 빠른 사람이라면 그 어리석음에 혀를 차면서 자신의 닳고 닳은 지혜를 뽐낼 것이다. 그러나 시인은 '사마귀'를 자신이 세상을 대했던 태도와 빗대면서 '부라린 겹눈'이나 '관음장'의 '결기'에 찬 모습으로 대응시킨다. 비록 '상접한 피골'에 "생사를 다투는" 현실이 가혹하다고 해도 그는 외부의 억압과 위협에 굴복하지는 않는다. 그리하여 "내세를 기원하는 간절한 두 손 모음"으로 현실의 고통을 참으면서 미래에 대한 희망을 잃지 않고자 한다.

물론 이 시의 제재로 쓰인 '사마귀'는 불굴의 의지와 투쟁심으로 부정적인 세상에 맞서 싸우는 영웅의 모습은 아니다. 그러나 시인은 앞서 등장시킨 '피라미'와 마찬가지로 세상 사람들이 가장 하찮게 여기는 생명체로 자신을 환치시켜 소시민 또는 민초(民草)들의, 번뇌와 신산으로 얼룩져 살아가지만 꺾이지 않는 질긴 생명의 약동과 면면한 생존 의지를 과소평가하지 말라고 강변한다. 이것은 누구나 지녀야 할 삶에 대한 건강한 자세일 것인데, 더욱이 언어로 삶의 빛과 어둠을 구가(謳歌)해야 할 사명을 띤 시인에게는 더욱 있어야 할 태도일 것이다.

시인은 자신을 세상에서 성공한 사람으로 간주하지 않는다. 엄격하게 말하자면 그는 패배한 사람으로 치부될지 모른다. 그럼에도 불구하고 시인이 패배의 진창에서 신음과 비명으로 자포자기한 사람으로 자신을 몰아가지 않았다. 결코 물러설 수 없는, 마지막까지 지켜야 할 가치에 대한 믿음을 그가 잃지 않았고, 한 번도 그에 대한 신념을 포기하지 않았기 때문일 것이다. 그의 시들이 보여주는 다양한 정서들도 이런 시인의 외유내강(外柔內剛)한 마음가짐의 폭넓은 울림임에 분명하다.

3. 유년 시절과 고향에 대한 간곡한 그리움

시인은 현재 지천명(知天命)의 나이를 지나 이순(耳順)의 시간을 맞고 있다. 간지가 한 번 순환해 자신이 태어난 시간으로 되돌아오는 그 어름을 살고 있다. 그러기에 노년의 시간은 결국 유년의 시간들과 만나게 되는 모양이다. 인간의 삶에서 가장 순수하고 무구했던 시절, 세상으로부터 받은 상처나 세상을 헤아리는 교만함도 없이 사물을 선한 본성의 눈으로 보고 인식했던 순간은 곧 시인의 본질과도 통하는 부분이 있다. 이번 시집에서 그런 시편들을 서두에 놓은 까닭도 그런 데 있었을 듯하다. 아프면서도 아름다웠던 편린들에 대한 기억들을 시인은 뚜렷하게 각인시키고 있다.

보리쌀 두어 말 이고
시오리 5일장 간 어머니는 오지 않고
흙벽 뚫고 들어온 북풍이
문풍지에 무서운 소리 내고 뒤란 돌아가는 밤
호롱불 밑에서 숙제하며 기다리는데
덜거덕거리는 문고리
대문간 요란한 깡통소리
쥐약 먹은 어미 개가 마루 밑을 헤집는데
무서워 이불속을 파고든다
산수 공부하며
기다려야 한다는 말이 뭔가 생각하던 중
댓돌 위 오르는 엄마 소리에
눈물이 왈칵 솟는데
윗목에서 나처럼 얼었던 보리밥 데우는
내 유년을 다독거린 따뜻해진 방구들은

엄마가 부르는 소리.

―〈기다림〉 전문

장을 보러간 어머니가 밤이 늦도록 돌아오지 않는다. 철없는 어린 아들은 그런 '엄마'의 귀가를 기다리며 숙제도 하고 산수 공부도 하지만, 귀는 온통 마당과 대문을 향해 열려 있다. 그것은 염려의 마음이면서 기다림의 안달일 것이다. 집 안팎을 휘젓고 다니는 흉흉한 바람 소리와 불안하게 짖는 개 울음소리, 쉬지 않고 덜컹대는 깡통소리 등등. 아이의 주변에서 울리는 소리들은 하나같이 불길하게 다가온다. 세상은 춥게만 느껴지고 위태로운 움직임으로 가득하다. 그리고 마침내 '엄마'가 돌아왔다.

'엄마'와 한 이불 아래 시린 손발을 녹임으로서 세상은 다시 평화를 회복한다. 보리밥은 먹기 좋게 데워지고 방구들은 따뜻해진다. 무너지고 일탈했던 유년의 세상이 온전하게 복원되는 것이다. '엄마'가 자신을 부르는 그 소리는 이전의 모성(母性)이 부재했던 때 들렸던 각박하고 냉혹한 소리들을 멀리 내쫓았다. 나를 지켜주고 내 존재의 버팀목이 되었던 '엄마'의 소리는 이후 시인의 모든 삶과 행동에 등불을 밝혀주었다. 가난하고 초라했던 어둠을 몰아내고 몸의 빈곤을 정신의 풍요로움으로 바꿔놓았다. 이리하여 유년은 시인에게 흔들리지 않는 굵직한 기둥으로 든든하게 자리했다.

가난했던 시절의 풍요로운 기억은 구체적으로 유년의 삶을 되새길 때도 그대로 재현된다.

여름에 밀가루 반죽으로 칼국수를 밀어 내던
반상에 겨울이 갱죽으로 올라 왔다

시큼한 계절의 모서리에서 꺼낸
배추김치로 식은 밥을 메워 넣은
파가 들어가면 달달해지는 겨울
뒷 봉창에서 새어 나온 바람에 훅훅 불어
온 식구들이 둘러 앉아 식혀 먹는
가난으로 비굴해지지 말자던 다짐이
엉켜 있던
갱죽 반찬은 또 김치다
고추를 고추장에 찍어 먹듯
그 겨울은 뜨거웠다
갱죽만큼.

–〈갱죽〉 전문

묵은 김치와 식은 밥을 물에 풀고 거기에 콩나물이며 멸치, 가래떡을 섞어 만드는 갱죽은, 극빈의 시절 허기진 배를 뜨뜻하게 채우는 가멸찬 먹거리였다. 한 그릇 후루룩 비워내면 하루를 거뜬하게 버틸 힘이 솟아났다. 온 식구들이 도란도란 둘러앉아 뜨거운 국물을 훅훅 불어내면서 서로를 마주할 때 가족의 소중함과 세상의 잔인한 침탈을 막아주는 빗장이 있음을 깨닫게 된다. 그리하여 "가난해도 비굴해지지 말자던 다짐"은 단순한 허세가 아니라 삶에서 포기하면 안 되는 강령으로 올곧게 서고야 만다. 매섭게 몸과 마음을 할퀴던 겨울조차 힘을 쓰지 못하고 뜨거운 가족애 앞에서 쓰러지고 마는 것이다.

이번 시집 속에서, 가난했지만 세상의 신산을 막아주던 힘의 원천으로서 유년의 기억들이 쉬지 않고 재생되는 것은 이런 시인의 기억과 반추에서 빚어진 결실로 읽혀진다. 비록 "미공법 480조의 질긴 밀가루 반죽"(〈수제비〉에서)으로 얼룩진 유년이지만, 그런 험난한 시절에도

"세상에서 꼭 필요한 일을"(〈똥친막대기〉에서) 하자는 다짐을 세우고 "가진 게 많아서 신나는 사람보다는/ 가진 것만큼 충분히 신나던 사람"(〈흔적〉에서)이 되고자 분투하도록 이끌었다. 사람이라면 버려서는 안 될 가치가 무엇이며 그에 대한 믿음을 견지하게 만든 단단한 터전과 굳센 방패가 되었던 것이다.

4. 아름답게 길어 올린 남해에서의 나날들

유년 시절의 고향이 시인의 미래 삶과 행동의 터전으로 자리한 주춧돌이었다면 장년 시절과 현재를 살고 있는 남해는 시인에게 또 하나의 고향이나 다름없다. 시인의 문학적 생애에서 유년이 혈맥(血脈)을 통하게 한 바탕이었다면, 아직도 끝나지 않은 이 시기는 혈맥이 돌아 땀과 눈물, 호흡과 온기가 넘쳐나는 살아 있는 무대라고 할 수 있다. 인생이라는 연극 무대에 분노와 고립, 핍박과 멸시가 없을 수는 없다. 인생이란 실망을 희망으로 바꾸어 해탈로 나가는, 지루하지만 흥미로운 산행 길이다. 시인은 남해에서의 삶을 기억하면서 희망에 늘 주목했고, 따뜻한 인정과 느긋하게 갈마드는 손길을 징검다리로 여기며 건너왔다. 그런 자세가 일군 시편들 속에서 우리는, 시인의 남해에 대한 애정과 남해 사람들을 축복하려는 정성에 공감하게 된다.

바다가 하늘을 손잡은
남해에 오면
바람마저 마늘향이 난다
유채꽃 자락 휘날리는 마을
순한 사람들이 유자 속처럼 살 부비며 사는

남해에는
맑은 바람이 맨살로 소나무 휘어감고
햇살은 하얀 맨발로 들녘을 누비고
새벽별은 모두 사슴 눈 같다
시금치 새 잎같은
추억 몇 개 돋아나는 날
남해에 오면
도다리 꼬리 흔들며
감성돔이 줄 지어 선
따뜻한 바다가 가슴에 안길 것이다
나는 하늘같은 남녘 바다 하나
안고 산다.

–〈남해에 오면〉 전문

시인의 '남해 찬가'라고 해도 좋을 작품이다. 많은 시인들이 남해가 품고 있는 아름다움과 빛나는 모습들을 노래했는데, 이 시 또한 그런 헌사(獻詞)의 목록 안에 반드시 넣어야 할 감동이 담겨 있다.

시인은 이 시에서 언어를 그럴듯하게 꾸미는 데 관심을 두지 않았다. 제목 그대로 '남해에 오면' 보이는 것들, 느껴지는 것들을 아주 담백하게 열거하고 있다. 그리하여 너무 평범하게 보여 다시 눈길을 모으게 만든다. "진짜 큰 기교는 졸렬해 보인다."는 대교약졸(大巧若拙, 『도덕경』 45장)의 진면모를 이 시는 여지없이 드러낸다. 바람이 코끝을 스칠 때 버무려지는 '마늘향'이 감도는가 하면 '유자 속처럼' '순한 사람'들의 눈빛에서 살가운 마음이 느껴지고, 새벽별조차 티 없이 맑은 '사슴 눈'을 떠올리게 만드는 곳이 남해다. 그런 남해의 속살은 가슴에 새겨져 영원히 바래지지 않는 추억과도 같다. 시인은 그런 추억을 다시 만나고 싶다면 주저하지 말고 남해로 오라고 손짓한다. 들에는 싱싱한 시금치가 입맛을 돋우고 바다에서는 도다리와 감성돔이 춤추면서 길손을 맞을 것이라고 들뜬 목소리로 외친다.

이런 권유들이 속 보이는 공치사나 낯간지러운 변죽으로 들리지 않는 까닭은 시인 자신이 이미 절절하게 느꼈고 몸에 익숙한 상황에서 노래하고 있기 때문이다. 한때 그도 남해에서 길손이었지만 이제는 어엿한 주인이 되어 이 고장의 금빛 숨결을 마시고 있기에 가능한 표현들이다. 이 작품을 읽으면서 고개를 끄덕이다 못해 무릎을 탁 치게 되는 것은 비단 이 글을 쓰고 있는 나만의 경험은 아닐 것이다.

시인은 이런 절정에 오른 심정을 아주 구체적인 경험과 느낌을 통해 우리들에게 전하기도 한다.

금산 어귀 키 낮은 다알리아 너머에
우뚝 선 바위 하나 늦게 온 자식 기다리고
가난을 곁에 두고 파초가 선비 같던 집,
비스듬히 기운 소나무 위로 막걸리 냄새 익어가고
호박고지가 마당에서 신나게 익어갈 즈음
파전이 곧 해물과 어깨동무 한다
50년 곰삭은 된장이
신선한 산나물과 위압적인 조화를 이룬 사이
우조(羽調)로 부는 서늘한 바람 발미에
가을이 등성이에서 소걸음으로 다가오는
그 산 어귀의 우듬지인 그 집.

—〈재두산장〉 전문

'재두산장'은 시인의 설명에 따르면 남해 금산 어귀에 있는 식당 겸 산장 이름이라고 한다. 남해라 하면 가장 먼저 떠오르는 풍경이 금산

(錦山)이다. 이 산의 우듬지에 가장 빛나게 자리한 절집이 보리암인데, 그 인근에 자리해 남해 냄새가 물씬 풍기는 맛집[食堂]이자 잠집[山莊]이 재두산장이라고 시인은 단언한다. 다알리아와 파초가 단아한 선비의 품격을 담은 채 피어 있고, 큰 바위 하나가 어서 오라는 듯이 산행에 지친 유상객(遊賞客)들을 맞이한다. '늦게 온 자식'이라 목마르고 허기졌을 테니 그대의 메마른 목과 텅 빈 속을 채워줄 음식으로 대접하겠다고 두 팔을 벌린다. 소나무 그늘 아래 막걸리를 채워두고 상을 벌였고, 호박고지와 해물이 듬뿍 든 파전을 지져 하루 끼니의 즐거움을 만끽하게 만든다. 곰삭은 된장으로 산나물을 버무려 칼칼한 혀끝에 감칠맛이 돌게 하고, 호탕한 기세와 남성적인 호기가 넘쳐나는 바람은 산행에 젖은 땀을 씻어내 주리라며 추임새를 넣는다. 소걸음처럼 느리지만 우직해서 꾸밈이나 거짓이 없는 이 산장의 매력에 시인은 아주 깊이 매료된 듯하다.

이런 생각은 물론 시인의 개인적인 경험에서 우러나온 소회일 것이다. 사실 금산과 보리암을 둘러싸고 있는 등산로며 길목에는 하나하나 제 모습에 어울리는 맛과 멋을 지닌 맛집과 잠집이 알알이 손님을 맞을 준비를 하고 있다. 시인은 아마도 그 중 하나를 내세웠을 뿐이리라. 어디를 찾아간들 웃음과 위안으로 맞는 동네와 사람들이 있는 곳이 남해이기 때문이다.

앞에서도 나온 것처럼 남해를 상징하는 랜드마크를 굳이 들라면 금산 보리암을 손꼽지 않을 수 없다. 강화의 석모도 보문사, 강원도 양양군의 낙산사와 함께 우리나라 3대 관음성지로 이름난 보리암은 해발 705미터에 이르는 금산의 정상 기슭에 자리하고 있어 그 신성함과 웅장함을 더해준다. 보문사와 낙산사가 바닷가에 있어 수면 위에 낮게 떠 있는 느낌을 주는 데 비해 보리암은 산 정상에 터를 잡아 까마득히 아래로 검푸른 바다와 은빛 물결들이 펼쳐져 관음보살의 거룩한 가피력이 온 세상에 충만한 듯한 환상을 빚어낸다. 이처럼 관음보살의 고장답게 남해에는 천 년 이상의 역사를 자랑하는 사찰을 비롯해 많은 절집들이 골짜기마다 바둑알처럼 배치되어 있다. 그런 만큼 풍성한 불교문화 유산들도 곳곳에서 확인할 수 있다.

시인은 이런 남해의 불교문화 유산에도 많은 관심을 기울였다. 아마도 짬이 날 때마다 답사하고 관찰하면서 그 안에 담긴 진리의 말씀과 깨달음의 샘물을 맛보았을 듯하다. 그리하여 시집에는 적지 않은, 남해 불교 유산들과 관련된 시들이 실리게 되었다. 여기에서는 그 가운데 화방사와 망운사의 정경을 읊은 작품을 읽어볼까 한다.

화방사 채진루 마루에 앉아 있으면
오래된 기와 추녀 사이로 떨어지는 낙엽들
배고파 졸고 있는 목어 깨우는
솔바람의 일렁임이 보입니다
스님들 책장 넘기는 소리에
산닥나무 속 둥지의 오목눈이가
염불하듯 노래합니다.
억겁의 진리가 풍경소리로 맴도는데
노을 속 산비둘기 입으로 진리를 모으니
망운산 수국 꽃대 벌어져 지는 소리
개울의 산개구리 동안거 들어가는 소리에
가을 햇살이 놀라는 것도 보았습니다.

―〈화방사 채진루에서〉 전문

사람과 자연, 사람과 생물이 함께 어우러지는 사찰 공간의 조화로운 모습이 시구 갈피마다 정성스럽게 녹아 있다. 소박하면서도 장엄한 수묵화의 정취를 진하게 느낄 수밖에 없는 작품이다. 망운산 북쪽 기슭에 자리하여 허리로 맑은 개울을 끼고 있는 화방사는 상구보리(上求菩提)하는 자리행(自利行)과 하화중생(下化衆生)하는 이타행(利他行)을 함께 실천하는 도량으로 명성이 높은 사찰이다. 그 가운데 채진루(採眞樓)는 정면이 5칸, 측면이 2칸, 대들보 5량(樑)으로 구성된 팔작지붕의 맞배집이다. 누대 이름처럼 진리를 모아 깨달음의 염원을 이루자는 취지에서 세워진 건물로, 이곳에 서면 대웅전과 설선당, 종무소, 요사채, 선방 등이 한눈에 들어온다. 사찰의 중심을 잡아주는 역할을 맡고 있다고 봐도 좋다.

시인의 눈에는 사찰의 정경이 가득할 터인데, 시인이 묘사하는 대상은 온통 소리들이다. 수행에 정진하는 스님들의 경전 넘기는 소리하며 오목눈이의 우짖는 소리는 염불삼매경으로 사람들을 이끌고 간다. 풍경소리와 목어소리가 있는가 하면 산개구리 울음소리까지 사방에서 메아리친다. 거기에 실제로 들릴 리 없는 낙엽 지는 소리와 수국 꽃대가 벌어지는 소리까지, 천지가 소리들로 가득 차 있다.

눈에 보이는 풍경이 색(色)이라면 소리는 공(空)일 것이다. 더욱이 낙엽 지는 소리와 꽃대 벌어지는 소리 등, 마음의 귀로 들어야 하는 소리들까지 울려나온다. 그야말로 색즉시공(色卽是空) 공즉시색(空卽是色)의 궁극의 세계가 시인을 법열(法悅)의 경지로 이끌고 간다. 이런 감동의 순간을 시인은 경건을 다한 목소리로 단장하고 있는 것이다. 그 법열의 순간은 이 한 편에만 머물지 않고, 망운사를 찾아가는 길목에서 지은 작품에서도 생생하게 드러난다.

새벽녘 안개가 남아있는 비렁길 옆
아직 두 손 모은 자귀나무 옆에
이른 공양 나온
다람쥐 한 마리 지난해 자궁 벌어진 밤톨 하나
잡고 합장 삼배
염주 목에 건 보리수 나무
용맹 정진하는 중에
어둠 속 석문 안에서 들리는
풍경소리에
깜짝 놀라 돌아보는 묵언정진하던 고요
대웅전 벽 심우도 바라보며
면벽하던 석등
부처님 앞에서 누가 참인지 묻는
중생들의 아우성에 슬그머니
미소짓는 부처님.

—〈망운사 가는 길〉 전문

화방사가 망운산 북쪽 산기슭 아래편에 자리한다면 망운사는 망운산 동녘 산기슭 정상 어귀에 있다. 원래 망운암이었다가 거의 폐사가 되었던 것을 선화(禪畵)로 이름이 높은 성각(成覺) 스님이 큰 원력을 품고 재건한 사찰이다. 사찰 마당 끝에 서면 남해읍 일대를 비롯해 드넓은 강진만과 멀리 창선면까지 한눈에 다 들어와 절로 마음이 환하게 열린다. 이 절집을 찾는 길은 꽤 멀고 가파르다. 사찰 입구까지 찻길은 나 있지만, 낭떠러지를 아슬아슬하게 지나기도 하고 폭도 좁아 마음을 졸여야 한다. 차를 타고 오르든 걸어 오르든 깨달음에 이르는 과정이 얼마나 어려운지 길 자체가 말해준다.

시인은 이 길을 걸어 올랐던 것으로 보인다. 자귀나무의 흔들리는 가지는 수행에 정성을 더하려는 합장(合掌)으로 보이고, 밤톨을 안고 가는 다람쥐의 자태에서도 합장 삼배하는 염원을 읽게 된다. 걸음을 옮길 때마다 먼지 낀 사바세계와는 멀어지고 진리의 맑은 용화세계가 열린다. 용맹정진 하는 보리수나무를 지나 심우도(尋牛圖)가 그려진 대웅전 벽과 석등에 이르러 시인의 순례 행진은 마감된다.

앞에서 읽은 시가 풍경보다는 소리에 초점이 맞춰졌다면 이 시는 소리보다는 풍경에 더 눈길을 주고 있다. 색계(色界)의 인식과 수용을 통해 성불(成佛)의 과정을 톺아가는 시인의 관점이 읽혀지는 대목이다. 그래서 망운사 가는 길은 단지 절간에 이르는 길이 아니라 깨달음으로 가는 길이 되는 것이다. 앞 시와 비교해 가면서 읽어보면 그 깊이와 울력이 배가될 것도 같다.

5. 해학과 재치로 수놓은 풀림의 시세계

김용엽 시인의 시는 이제까지 읽은 것처럼 그의 삶에서 건져 올린 그리운 기억들과 추억들, 남해에서의 생활에서 엮어낸 따사로운 되새김으로 큰 갈래를 나눌 수 있을 듯하다. 대체로 그의 시는 기교나 논리에 의지하기보다는 관조와 반추를 통한 서정 쪽에서 성공을 거두고 있다. 이는 아마도 그가 〈자서〉에서 밝힌 것처럼 "자유로워 불확정적이지만 아름다운 존재"인 언어를 '다양함'을 통해 드러내고자 하는 창작 의식에서 발현된 결과물로 보인다. 쉽게 말해 그는 머리로 쓴 시보다는 눈과 몸으로 쓴 시를 더 윗길로 이해하는 것이다.

이번 시집에서 우리가 맛볼 수 있는 또 다른 즐거움은 언어와 사물을 다루는 그의 독특한 기법이라고 할 수 있다. 시는 독자에게 이념이

든 경험이든 외재적인 가치를 강요하지 않고 물이 옷감을 적시듯 자연스럽게 마음에 스며들어야 한다. 그래서 머리로 읽는 시가 아니라 마음으로 읽는 시에 이르고자 시인은 노력한다. 그런 마음가짐의 한 갈래가 다음과 같은 시들로 형상화되었다고 나는 생각한다. 이런 시편들은 비교적 길이가 짧은 작품들에서 많이 발견된다.

노인들이 가장 많은 양로원
햇새우 묵은 새우
모두 할배다
고래한테 등터지기 싫어
양로원에 모여 산다.

–〈새우양식장〉 전문

촌철살인(寸鐵殺人)하는 언어의 압축과 즙물처럼 배어나는 해학이 시를 맛깔스럽게 만든다. 대상을 직관적으로 분석하고 거기에 담신 심상을 한 달음에 짧은 언어로 응축시켜내는 시인의 솜씨가 재미있다. 새우의 굽은 등을 보고 '양로원'을 연상해내는 흐름은 얼핏 쉬운 유추처럼 보이지만, 세상을 긍정적으로 이해하면서 그 속에서 웃음을 찾아내는 시인의 시선이 아니면 수월하게 나올 표현이나 묘사가 아니다. 그래서 이 시는 동시적인 느낌마저 진하게 풍긴다.

'피라미'와 더불어 바다 생물 가운데 먹이사슬의 밑바닥을 형성하는 '새우'를 두고 힘없고 나약한 '할배'로 상정하는 재치도 흥미롭다. 약하고 의지할 바 없는 존재이기에 이들은 "고래한테 등터지기 싫어" 모여 산다. 실 한 올은 작은 힘에도 끊어지지만 그것이 천 올 만 올 모이면 집채도 들어 올리는 강인함으로 결집된다. 어쩌면 이 작품도 그런 '약자들의 함성'을 듣고 싶은 시인의 염원이 드러난 작품일 수도 있겠다.

아래 작품도 그런 해학과 재치가 아로새겨진 좋은 본보기다.

근엄한 양반집 규수가
고래등 기와집 처마 밑에서
얼굴 붉히더니
기어코 일냈다
재 너머 불어오는
뜨거운 바람맞고
족보에도 없는 처녀임신

–〈무화과〉 전문

꽃이 피지 않고 열매를 맺는다는 무화과의 속성을 해학적으로 짚어낸 작품이다. 제목을 읽고 내용을 살피면 누구라도 빙그레 웃음 짓지 않을 수 없는 재치가 작품 안에 잘 버무려져 있다. 힐난이나 풍자하려는 상투적인 움직임은 느껴지지 않는다. 그저 상큼한 단맛을 기꺼이 맛보면서 세상에 이로움을 주는 무화과의 미덕을 부드러운 터치로 알리고 싶은 시인의 순수하고 편안한 마음이 이 시의 매력이다. 그래서 시는 가볍다기보다는 경쾌하고 발랄한 이미지들로 다가온다.

6. 시집을 덮으면서

한 사람의 시인이 시집을 내는 일은 쉬운 듯 보이지만 사실은 대단히 오랜 인고와 모색, 그리고 창작의 시간을 가져야만 이뤄지는 일이다. 시란 외연하는 존재와 내포되는 형상을 언어로 쌓아올린 완벽하고 성스러운 구성체이기 때문이다. 그러므로 시는 몸체는 짧지만 그것을 읽어내는 데는 진지하고 오랜 사색의 시간이 필요하다.

김용엽의 시에는 격정이나 선언, 과격한 행동의 권유 같은 회오리 바람은 없다. 그것은 시인의 심성에서 비롯된 바 크겠지만, 그보다는 시인이 생각하는 시의 목표에서 연유한 것으로 보인다. 막무가내 감정에 휘둘리기보다 좌정한 채 조용히 자신과 주변을 살피는 차분함에서 시어(詩語)를 건져내는 태도를 시인은 좀 더 바람직한 자세로 생각했다. 그리하여 이를 실천에 옮긴 결과물로 자신의 작품을 우리들에게 보여주는 것이다. 들끓어 오르는 감정은 잘 다스려져 저만치 물러나 있다. 대신 세상과 사람을 긍정의 눈길로 보듬어 안는다. 그리하여 시인이 구현한 시는 잔잔한 서정의 호수 안에 머물게 된다.

또 시인은 비감에 젖은 정서의 과격한 유출보다는 서서히 달아올라 오랜 동안 온기를 머금은 온돌의 진중한 열기를 독자들이 체감하기를 바란다. 그는 슬픈 정조를 바탕으로 마음에 호소하는 길에서 벗어나 웃음과 생기가 넘치는 언어들에서 독자들이 감동의 길을 찾도록 길라잡이 역할을 해낸다. 횃불의 순간적인 뜨거움보다 온돌의 밋밋하지만 영혼 깊숙한 곳까지 불길이 닿는 꾸준함을 더 높은 가치로 생각하는 것이다. 이런 일련의 노력과 배려가 이번 시집을 지탱하는 큰 뼈대라고 나는 본다.

앞으로도 김용엽 시인이 그런 시심을 든든히 유지해 좋은 작품을 꾸준히 써내기를 기대한다. 아울러 현재를 디딤판 삼아 새로운 변화의 세계로 나간다면 더할 나위 없이 좋은 일이겠다. 이런 바람을 간직하면서 김용엽 시인의 시에 대한 내 생각들을 마감하고자 한다.

저항의 격정을 품고 서정의 적요(寂寥)를 터전으로 삼다

—홍진기의 시조집 『무늬』를 읽다—

어느 하늘이 내렸기에 바다는 저리 푸르고
얼마나한 꽃을 피워 노을은 또 붉은가[1)]

—〈옛길에 앉아〉에서

1

시인과 마찬가지로 시 또한 유기체다. 시인이 현재를 산다고 해서 그에게 과거나 미래가 없다고 말할 수 없는 것처럼 그가 쓴 시 또한 현재를 정점으로 과거와 미래가 있다. 현재가 미래의 나침반이 되듯이 현재를 알고자 하면 과거에 주목할 필요가 있다. 즉 시의 이력서를 읽어보는 일은 시인의 지금 여기에서의 시를 이해하는 데, 꼭 필요하다고 할 수는 없어도 적지 않게 도움이 된다. 사정이 이렇기에 올해로 팔순을 맞은 젊은 노시인(老詩人)이 세상에 내놓은 시집 『무늬』를 받아 든 나도 그의 시력(詩歷)을 되짚어보는 탐색 과정을 놓칠 수는 없겠다.

---

1) 이 시구에는 '하늘'과 '바다'가 한 공간에 자리하고 있다. 그리고 하늘의 꽃인 '노을'과 지상의 노을인 '꽃'이 같은 누리에서 푸르고 붉게 빛난다. 그리하여 천지현황(天地玄黃)의 대자연이 담고 있는 지고지순한 세계상을 하나의 호흡 속에서 길게 노래한다. 외연보다 내포가 훨씬 넓은 시인의 목소리가 울려나온다.

홍진기 시인은 『무늬』 이전에 여섯 권의 시집을 내놓았다. 첫 시집 『파수꾼』 이후 『기다리는 마음』, 『울음 우는 도시』, 『추억의 푸른 눈빛』, 『빈 잔』, 『거울』이 그것이다. 가장 최근의 시집 『거울』이 2011년에 나왔으니, 이번 시집은 4년 만에 출간되는 셈이다. 시인은 『현대문학』을 통해 등단했는데, 초기에는 자유시를 썼다고 한다. 시인이 언제부터 자유시의 울타리를 벗어나 시조의 국경 안으로 들어왔는지는 안타깝게 나는 잘 알지 못한다. 죄송하게도 시인의 시집 전체를 읽지 못한 탓이다. 다만 이번 시집 『무늬』의 제5부는, '시인의 말'에서 지적하고 있다시피 예전 시집에 실린 작품들을 "가벼운 손질을 거쳐" 재수록하고 있는데(제목이 바뀌거나 표현을 일부 수정했다.), 거기 실린 첫 작품이 〈빈 잔〉인 것을 보면 제5시집 『빈 잔』부터 시조 창작의 성과물들을 모은 게 아닌가 여겨진다.

그러나 내가 읽을 수 있었던 시인의 지난 시집은 『거울』뿐이었다. 시집 제목처럼 이번 시집의 '거울'이 되는 작품집이라 하겠는데, 4년 터울의 두 시집을 함께 읽으면서 나는 두 시집 사이의 거리, 즉 성장과 변화를 엿볼 수 있었다. 그래서 먼저 『거울』을 읽은 느낌부터 전해 이번 시집의 지형도를 살펴보고자 한다. 다만 유기체라 했지만 완전히 다른 생명체가 되는 것은 아니니, 이번 시집에서는 잘 읽혀지지 않는 특징만 논의한다.

2

『거울』에는 이번 시집에서도 보이는 정서와 경험이 녹아 있는 작품도 많았지만, 『거울』에서만 맛볼 수 있는 시들도 적지 않았다. 나는 이 시인의 문학을 든든하게 받치고 있는 큰 기둥은 '전통에 대한 존중'

에 있다고 본다. 물론 '전통'의 영역을 어디까지 규정해야 하는가는 달리 숙고와 대화가 필요한 부분이다. 범박하게 '시간'으로만 보자면, 시조의 첫 출현이 고려 말이니 6백 년이 넘는 전통을 이어왔다. 고시조와 현대시조로 외연을 크게 나누기도 하는데, 나는 그런 토막 내기는 별 의미가 없다고 생각한다. 당연히 두 영역이 지향하는 토대에 큰 변화가 있었던 것은 분명하다. 세계관과 정치체제, 미학적 신념 등등 많은 점에서 고시조와 현대시조는 얼굴을 달리 한다. 그러나 그렇다고 이 둘이 전혀 접점을 찾을 수 없을 만큼 별개의 토양에서 성장했다고는 아무도 말하지 않을 것이다.

오늘날 시조 작가들이 크게 빚지고 있는 고시조의 정서를 찾을 수 있는 작품이라면 나는 주저 없이 고려 말의 작가 이조년(李兆年, 1269~1343)의 시조를 들 것이다. 〈다정가(多情歌)〉라는 별칭으로도 많이 알려진 그의 작품은 이렇다.

이화(梨花)에 월백(月白)하고 은한(銀漢)이 삼경(三更)인 제
일지춘심(一枝春心)을 자규(子規)야 알랴마는
다정(多情)도 병인양하여 잠 못 들어 하노라

이 통속적이면서도 그윽한 내면의 울림을 담아낸 작품은 멜랑꼴리한 우울미(憂鬱美)가 주조를 이루면서도 거기에는 재치와 유머, 해학이 서려 있다. 이조년은 단순히 사랑에 병들고 처지를 탄식하는 부정적 심리만 이 시에 담지 않았다. 여기에는 일종의 '건강한 감상(感傷)'이 녹아 있어, 이후부터 현재까지 시조를 포함한 우리 문학사 전반에 크게 영향을 끼친, 묵직하고도 굵은 정서의 축을 형성해 놓았다. 그리고 나는 홍진기의 두 시집에서도 '이조년' 정서의 변주된 다양한 악곡

(樂曲)을 들을 수 있었다. 다만 간과하지 말아야 할 사실은, 그것이 변주되었고 더구나 시인만의 개성을 담았기에 이것은 '존중'이지 '답습'은 아니라는 점이다.

한편 『거울』에는 전통에서 한 발 물러난(어쩌면 또 하나의 전통일 수도 있는데) 작품 세계가 펼쳐져 있었다. 그것은 '생활의 현장'에 든든히 뿌리박고 있는 저항과 참여의 목소리였다. 합창을 듣는 것처럼 어우러지는 목소리들 가운데 한 편만 읽어보자.

> 잡초는 스스로가 잡초라고 살아간다
> 생색을 내지 않고 공치사도 멀리 하며
> 먼 훗날 시인에게 붙을 이름이나 비웃듯이
>
> 벌떼처럼 일어나는 도시의 새벽에도
> 그 새벽 밟고 나와 숨이 멎는 저녁에도
> 가슴 속 핏빛 상처를 어루만질 손은 없어도
>
> 그러나 잡초는 안다,
> 성엣장을 안고 살며
> 허사뿐인 한 생애 누릴 땅은 없지마는
> 철따라
> 피었다 지는
> 청산의 주인임은
>
> ―〈민초의 노래〉 전문

뜨거운 붉은 피를 담은 20대 청년 시인의 작품이라고 해도 놀랄 수밖에 없는 감동의 울림이 섬뜩하게 살아 있다. 한 시인의 날카로우면서도 절제된 현실 인식이 정글 속 사자의 포효처럼 하늘과 땅을 두드린다. 지난 80년대 '참여시'가 헤집어놓은 생경한 언어와는 다른, 장중하면서도 걷잡기 어려운 '삶을 향한 육성'이 육중한 북소리가 되어 온 누리에 울려 퍼진다. 진정한 현실의 '거울'이라고 상찬할 만하다.

이처럼 홍진기 시인의 싱싱한 시 정신은 이 시집 곳곳에서 발견된다. 그것은 육체의 건강성이나 원시성이 시구 속에서 질주하고, 육질(肉質)의 팽팽한 탄력이 거침없는 노출되는 데서 찾아진다. "그리피스 조이너의 달리는 건각 같은/탱탱한 바람 타고 상큼한 물이 들면"(〈4월에는〉에서)이나 "난바다 물금 넘는 한 사내를 바라본다//영토를 읽어버린 알섬[2] 같은 사내를"(〈가을 낙수[落穗]〉에서), "어둠이 적막을 입술처럼 핥고 오면/가슴에 턱을 대고/허벅지를 끌어올려"(〈별로 뜨는 이름〉에서), "경미한/날갯짓으로/발정 난 춤을 춘다)"거나 "풋것의/향그런 숨결/불쑥 불쑥 솟군다"(〈천주산 운[韻]〉에서)처럼 일일이 열거하기도 힘들 만큼 이 시집의 도처에서 출몰한다. 시 전체의 정서와는 상관없이 이런 시구들에서는 태초의 자연에서 발가벗고 내달리던 건강한 원시의 세계, 문명과 교지(巧智)로 물들기 전 투박하면서도 활기 넘치는 우리 의식의 원형질들이 태양 빛을 받은 물비늘처럼 눈부시게 반짝거린다.

그러나 더욱 흥미로운 것은 이런 거시적 담론의 굵은 테두리를 드러내면서도 삶의 현장 속에 살아 있는 미세한 결이 읽히는 작품도 있다는 점이다. 망원경을 통해 봐야 하는 광대한 세계가 있듯이 현미경을 통해 느껴야 하는 미시적 공간에도 시인은 주목하고 있다. 그 중 한 편을 읽어보자.

---

2) '알섬'은 '무인도'의 순수한 우리말이지만, 구릿빛 근육이 빛나는 사내의 '알몸'이 연상된다.

알람시계 그 재난이 하루를 우는 새벽
바람 빠진 리어카에 폐지뭉치 담아 싣고
뼈마디
쑤시는 길을
달을 지고 오르더니

가난이 대죄라며 푸석한 웃음으로
촉수가 낮은 외등 끔벅 조는 밤도
상처를
후비는 바람
맨몸으로 막더니만

음해가 살[矢]을 맞고 동토는 풀린다며
종마처럼 달리다가 곰처럼도 춤추더니
마지막
일수를 찍는 날
마침표를 찍고 갔나[3)]

–〈유통기한〉 전문

이 작품은 여러 면에서 주목을 요한다. 우선 이 작품은 『거울』에도 실려 있지만, 이번 시집 『무늬』에도 수록되었는데, 정서와 자질은 비슷하다고 해도 같은 작품을 바라보는 시인의 눈은 큰 차이를 보인다. 제목이 달라졌고 부제(副題)가 붙었을 뿐더러 시어와 시연(詩聯)을 배치하는 방식에서도 적지 않은 변화가 나타났다. 『무늬』에서 크게 달라진 작품을 읽어보면 금방 알게 된다.

3) 마지막 구절에 나오는 의문형이 '다'의 오식인지는 모르겠지만, 그 자체로서도 여운이 살아 있어 좋다.

알람시계 그 재난의 하루가
우는 아침
바람 빠진 리어카에
폐지 뭉치 풀어놓고
등줄기
굽은 계단을 말없이 오르더니

가난도 죄가 된다며 허한 웃음
흘리면서
촉수가 낮은 외등
불이 꺼진 그믐밤도
무늬만
찬란한 도시에
꿈을 안고 버티더니

못된 것들이
살[矢]을 맞아
결빙이 풀리겠다며
종마처럼 달리다가 곰처럼도 춤추더니
마지막
일수를 찍듯
마침표를 찍고 갔다

–〈황노인의 죽음–개표 마치고〉 전문

이 개작(改作)은 단지 앞의 시에서 이해가 용이하지 않은 구절을 수정하고 좀 더 감각적인 표현을 내놓았다는 정도의 차원에서 논의될 성질이 아니다. 같으면서도 다른 작품이 되어 버렸다. 시인에게 있어서 이 작품은 과거의 것이 아니라 현재의 것으로 승화되어야 했다. 그것은 시인의 정신적 성숙이라든가 세태의 변화에 따른 필요에서만 오지 않았다. 세계를 바라보고 현실을 인식하는 시인의 눈에 상당한 도약이 있었음을 상징한다. 여기서 그 도약의 내포와 외연에 대해 길게 설명할 겨를은 없지만, 시인 홍진기가 탐구하고 해석한, 문학의 구실이나 시인의 깨어있음의 의미와 의무가 얼마나 진지하게 그의 내면을 사로잡고 있는지 이해하는 길잡이가 될 것이라고 나는 확신한다. 또 이런 점이 홍진기 시인의 문학적 변모와 유기체적 문학의 본령일 것이어서 그의 시집 전체를 꼼꼼히 살펴보아야 할 당위이기도 하다. 그가 오랜 시간 교사로 살면서 '선생'이 아닌 '스승'의 자세로 '학생'이 아닌 '제자'를 길러냈음도 믿어 의심치 않게 만든다.

3

올해 출간된 시집 『무늬』는 제목 그대로 새로운 '무늬'를 새겨 놓았다. 크게 보면 들끓었던 격정(激情)이 차분한 서정(抒情)으로 가라앉았다. 역사 앞에서 집단의 운명과, 그 운명의 올바르지 못함에 대한 울분의 목소리가 지난 시집의 큰 덩치가 되었다면 여기서는 집단의 구성원일 수밖에 없는 '개인의 의미'에 더 마음을 주고 있다. 이는 '시심의 위축'이라기보다는 '거처 옮기기'라고 표현하는 게 적절하다. 시인은 육신과 이성의 눈으로 보던 세계는 잠시 접어두고 마음과 감성의 눈으로 매만지는 내면에 더 관심을 기울이고자 애썼다. 구호와 외침의 가능성과 가치를 가슴에 새기면서(그런 마음 씀씀이의 한 거처가 이 시집의 제5부일 것이다.) 자칫 그런 격한 반응들이 가질 수 있는 공소함을 지울 방도를 찾아 나선 것인지도 모르겠다.

그 증표는 '민초'가 '소녀'로 형상화된 데서 선명해진다. 굳셈과 핍

박의 이미지가 강한 시어가 섬세하고 감각적이면서 영혼의 물결 위에 파문을 일으키는 오브제로 옮겨진 것이다. 아리따움과 순수, 불멸의 완전체에 가깝다고 할 '소녀'는 시인 홍진기가 시를 쓰는 내내 끈질기게 도달하고자 했던 시원(始原)의 세계를 상징한다. 그녀가 누구인지 어디서 살고 있는지 무엇을 하고 있는지는 전혀 중요하지 않다. 그녀는 존재한다는 그 자체만으로 시인에게 위안과 설렘, 삶의 희열과 생명의 영구불변함을 가득 채운다. 싱싱한 푸성귀이기도 하고 농익은 거름이기도 한 소녀는 시인에게는 궁극의 인간상이다. 그의 가슴 속에는 항상 살아 있지만 동시에 영원히 찾아야 하는 미완의 존재이기도 하다. 그렇기 때문에 시인의 시혼(詩魂)은 잠들 날이 없다.

저기 저 빈 가지에 흔들리는 바람 한 점
내 소녀 걸어 놓은
봄을 담던 쑥 바구니
오늘도
선량한 눈빛
단발머리 아른댄다

아지랑이 봄을 졸다 미끄러지는 안산 자락
참꽃이 한창 피어
발싸심 나는 장끼란 놈
내 소녀
어디 갔느뇨
목이 쉰다, 풀꾹새는

-〈풀꾹새〉 전문

시의 제목인 '풀꾹새'는 '뻐꾸기'의 경상도 사투리다. 뻐꾸기는 두견과에 속하는 조류인데, 이 시에서는 소쩍새 또는 접동새, 자규(子規),[4] 귀촉도(歸蜀道), 망제혼(望帝魂)으로 불리는 새를 대신한다. 소쩍새와 귀촉도에 얽힌 전설은 익히 알려진 내용이다. 그 다시 돌아갈 수 없음의 세계, 그러나 영원히 우리와 함께 공존하는 감성의 영역이 이 시어에는 붙박여 있다.

'나'일 수밖에 없는 풀꾹새와 장끼란 놈은 목이 쉬도록 '내 소녀'를 찾아 울부짖는다. 미치도록 그립지만 봄을 담듯이 쑥을 캐던 소녀는 바구니와 바람 한 점만 남겨놓은 채 어디론가 사라졌다. 꿈을 꾸듯 선량한 눈빛과 아롱대던 단발머리. 나는 참꽃이 흐드러지게 핀 아지랑이 날리는 봄 산에 다시 왔건만 소녀는 어디에도 보이지 않는다. 애타는 마음에 발돋움하면서 사방을 둘러보지만 소녀의 행방은 아득하기만 하다. 소녀는 단순히 그리움의 대상이 아니다. 시인에게 그녀는 세계 전체다. 내 존립의 시작이자 끝이다. 숨결의 따스함이고 눈물의 결정체이자 혼백의 안식처다.

그런 존재이기에 사실 소녀는 실존할 수 없는 운명을 타고나기도 했다. 그녀가 가시적이고 가촉적(可觸的)이라면 결코 불멸의 대상이 될 수 없기 때문이다. 물방울처럼 이슬처럼 안개처럼 만지면 사라지는 존재다. 시인이 "부르다가 죽을"(김소월의 〈초혼(招魂)〉) 이름이면서 '충만한 부재'(〈네 이름을 어찌할꼬〉)이자 잔인한 상실이다. 그래서 시인은 풀꾹새도 되고 장끼도 되고 멧비둘기도 되어 소녀를 찾아 헤맨다.

> 한때는 내게 너는
> 꽃이었고
> 별이었네

---

4) 앞에서 읽은 이조년의 시조에 나오는 '자규'를 생각해보자.

속눈썹 가지런한
네 눈은
꿈이었네

내 가슴
가져갔구나
송이 버는 사랑까지

하마는 볕쬐기에
민들레사 피겠지만

천지가 봄이라 해도
꿈은 이미 떠난 것을

처녀꽃
기립박수를 쳐도
돌아보지 안 할란다

-〈빈 가슴〉 전문

소녀는 구애의 극락세계이자 좌절의 구렁텅이다. 그녀를 찾아가는 길목에는 좌표도 시간도 도움이 되지 않는다. 시인이 이 시집에서 숱하게 등장시키고 있는 온갖 꽃들, 예컨대 옥매화와 산수유, 두견화, 참꽃, 금낭화, 상사초, 민들레, 목련꽃, 백매화, 설연초(복수초의 다른 말), 박꽃, 돌양지꽃, 동백꽃, 달맞이꽃, 앵두꽃, 억새꽃, 망초꽃, 보춘화(報春花, 춘란의 다른 이름), 제비꽃, 진달래꽃, 불두화(佛頭花), 목련꽃, 구절초, 오동꽃 등등은 시방세계 어디에나 미만해 있는 소녀의 분신이자 그 자체였다. 마침내 시인은 낙화(落花)에서까지도 소녀의 형상을 찾아내고자 한다.

그러나 시인은 이런 자아 분열의 조짐까지 보이면서 소녀에 집착하지만 의식의 파탄에까지는 이르지 않는다. 소녀는 맹목적인 숭배의 대상이 아니라 함께 길을 걷는 동반자이기 때문이다. 소녀는 그에게 구원을 주는 마돈나이자 마야부인이었지 육신과 영혼을 현혹하는 판도라거나 양귀비는 아니었다. 어쩌면 뮤즈거나 황진이였을 것이다. 위 시의 마지막 구절 "돌아보지 안 할란다"는 그런 시인의 다짐을 구체적으로 표현한 것이다. 시인은 구원의 여인상 '소녀'를 통해 자아를 실현하면서 진지하고 가없는 수행의 삶을 톺아나간다. 이번 시집에 자주 드러나는 시인의 몸짓, 즉 성찰(省察)하는 구도자 이미지는 그런 그의 모습의 한 '무늬'인 셈이다.

조그마한 벌레 한 마리 내 찻잔에 앉는다

진딧물을 잡아먹는 알록달록한 무당벌레

딱 잡아
죽이고 난 후회
아! 나는 무엇인가

무시로 비우는 마음 품자하며 다졌는데

불쑥 튀어나온 이
살의(殺意)는 그럼, 무엇인가

때까치
앙칼진 웃음
봄 볕살이 두렵구나

―〈나는 무엇인가〉 전문

작품은 소녀에 대한 그리움이 미물에 대한 관심과 사랑으로 확산하는 순간을 그려내고 있다. 무당벌레 한 마리, 한 톨 쌀보다 작은 이[虱]에게도 그들만의 존재와 의식이 있음을 시인은 깨닫는다. '나'로 하여 퍼져나가는 사랑의 넓은 동심원이 이제 막 출발 선상에 놓였다. 그는 아직 해탈의 경지에까지는 이르지 않았지만, 그곳으로 가는 길목에 서 있는 것이다. 앞선 시집에서 시인을 뜨겁게 달구었던 정념 또는 격정이 새로운 생명의 세계로 안착하려는 도정에서 시인은 신발 끈을 동여맨다. "무시로 비우는 마음" 그 하심(下心)의 문을 이제 열고자 한다. 그리하여 '소녀'는 '어머니'가 되었다.

옥매화 앳된 눈매 얇게 뜨는 속눈썹에
파랗게 시린 얼굴 새벽달이 걸려있네

돌아올
길손을 위해
차마 눈을 뜨고 있네

산보다 높이 떠서 산처럼 굽은 허리
수척한 내 영혼이 끌어안고 울고 싶은

만리를 밝히는 꽃등
가슴 저미는 내 어머니

―〈새벽달〉 전문

집 나간 자식을 위해 천 년 세월을 뜬 눈으로 지새우는 어머니는 '소녀'의 성숙한 모습이자 성찰하는 시인의 자화상이기도 하다. 차마 눈을 감지 못해 "파랗게 시린 얼굴"로 길손을 굽어보는 "앳된 눈매"에서 우리는 어머니와 소녀의 눈빛을 함께 느낀다. “달에 앉은 어머니”는 억새꽃을 익게 만들고 야윈 살을 채워주는, 차고 넘치는 “다듬이 소리”가 된다.(〈달에 앉은 어머니〉에서) 그리하여 소녀와 어머니는 곧 나로 되살아난다. 소녀를 마음에 품고 어머니의 눈매를 익힌 나는 두 존재의 모성성(母性性)에 몸과 마음을 맡기는 것이다. 그의 시에 어떤 계절보다 ‘봄’이 자주 등장하는 것도 이런 일련의 성찰과 관조의 힘겹고 벅찬 과정을 시인이 겪었던 까닭인지도 알 수 없는 일이다. 매서운 추위와 아린 찬바람을 이겨내고 따뜻한 훈기와 맑은 봄기운을 얻어내어 생명을 작동시키는 흐름은, 성찰과 해탈이 절로 오는 것이 아니라 고행과 번민 끝에 오는 값진 열림임을 암시한다.

이처럼 시인의 눈은 성찰과 수행을 거듭하면서 소녀에서 어머니로 그 사색의 공간을 넓혀나간다. 시인이 이번 시집의 곳곳에서 별빛처럼 뿌려놓은 시어 ‘적막’도 상실에 대한 무기력을 토로한 것이 아니라 ‘비움’으로 가득 채웠기에 얻어진 ‘넉넉한 적요(寂寥)’의 세계인 것이다.

끝으로 시인이 들려주는, 자신이 팔십 평생 고향집 텃밭을 일구듯이 길러온 문학에 대한 성찰의 고갱이를 살펴보자. 문학은 문인에게 천직이자 숙명이면서 멍에다. 뼈저린 고통이면서 무한한 열락이기도 하다. 서늘한 파충류의 감촉이면서 따스한 포유류의 핏줄이기도 하다. 그런 문학에 대한 시인의 성찰을 읽어보는 일은 흥미를 넘어 즐거운 여행이다. 이 시집에 실려 있지만 꽤 오래 전에 썼을 법한 작품부터 살펴본다.

언제나 내 곁에는 빈 잔이 놓여 있다

가진 것 모두 담아도 차지 않는 이 잔을

단숨에
그대로 들면
은회색 허공이 된다

어쩌다 달빛 한 줄기 이 잔을 다녀가고

아내의 콧노래도 가끔은 들르지만

시대의
증언을 풀면
전쟁 같은 물이 고인다

–〈빈 잔〉 전문

왜 시인은 오래 전에 썼던 시를 이 시집에 담은 것일까? 추측컨대 문학에 대해 고민하고 각고했던 흔적들을 되새겨 지금 그가 쓰는 시의 지팡이를 삼고 싶었기 때문일 것이다. 자신의 문학이 시작된 곳을 더듬어 지금 문학이 가야 할 향방을 찾는 가늠자로 두고자 한 것이다.

문학은 말을 담는 것이 아니라 말이 고이는 것이라고 시인은 말한다. 처음에 시인은 막무가내 말을 담았는데, 담아보니 넉넉해 보여 단숨에 들이켰지만 은회색 허공만 남을 뿐이었다. 나름대로 말이 시로 형상화되었다고 믿었으나, 구성을 끝내고 보면 모두 헛된 것이었다는 뜻이다. 문학이라는 '빈 잔'은 무엇인가를 담았어도 채움이 보이지 않는 우주적 공간일진대 시인은 늘 자신이 무엇을 담아 채웠다고 자부했다. 내 말에 빛깔이 있고 체적이 있어 세상을 물들이고 허방은 튼실해지리라고 오해였다. 바닷물을 마시면 갈증이 더해지는 것처럼 말로 빈 틈을 채우려드니 말은 더욱 공허해졌다.

그렇게 의구와 불안감이 돋을 때 시인은 차분히 빈 잔을 응시했다. 때로 빈 잔 위로 달빛 한 줄기도 지나가고 아내의 콧김도 스쳤다. 그것들은 말과는 아무 상관도 없는 무형무취의 존재들이었다. 그런데 이런 것들이 문학의 빈 잔을 비껴가니 문학은 빛이 났고 숨결을 데우는 것이 아닌가? 그제야 시인은 작위(作爲)로 고른 말들은, 억지로 지어낸 몸짓들은 진실한 문학이 될 수 없음을 알게 되었다. '시대의 증언'이니 '전쟁 같은 물'이라는 다소 과격하고 딱딱한 표현을 썼지만, 그것은 '살아 있는 말', '몸소 겪은 일'들이라는 뜻과 별반 다르지 않다. 자신의 내면에서 우러나오는 목소리와 위선이 아닌 진실이 담긴 체험들이 나오고 스치기를 진중하게 기다리는 인내와 혜안이 필요하다는 말이다. 그런 말과 행동이 우러날 때 비로소 그것은 '빈 잔'에 절로 고이는 문학이 되리라는 것이다. 이전 시집에서 보였던 문학적 태도는 아마도 이런 시인의 문학론(또는 시론)에서 응결된 이슬방울일 것이다.

이번 시집이 있기까지의 몇 년 세월 동안 시인의 생각은 이 지점에서 아주 멀리 벗어나지는 않았지만 무념무상(無念無想)의 골은 더욱 깊어진 듯하다. 마음을 비우고 매미를 잡을 때 그 매미가 마음의 공포를 지워 절로 손에 잡힌다는 장자적(莊子的) 사고[5)]가 더욱 내밀하게 다져졌다.

목련꽃 볼이 붓고 생살이 트더니만
벚나무 겨드랑에 싹눈이 돋더니만
꿀벌 떼
발싸심 한다
난타한다, 봄날 하루

5) 『장자』 외편 달생(達生) 제4, 안동림 역(현암사, 1993년) 468쪽 참조.

우리는 생각 없이 꽃눈을 만지다가
돌팔매 멀리 쏘아 어린 새도 겨누지만
사월은
네 살 난 아이
말문이 마구 터진다

−〈말문 트는 날〉 전문

어린아이의 말은 의지와 욕망으로 하여 억지로 터지는 것이 아니다. 옆에서 어른들이 떠들면서 말을 쏟아 붓는다고 유창해지지 않는다. 그것은 한겨울에 꽃이 피지 않는 것과 같은 이치다. 사방을 막고 장작불을 일으켜 기온을 올려 피운 꽃이라면 잠시 찬바람만 쐬어도 시들고 만다. 목련꽃에 생살이 트고 벚나무에 싹눈이 돋으려면 그럴 만한 때를 기다릴 줄 알아야 한다. 꽃눈을 매만지면서 트이기를 조장(助長)하거나 강압과 으름장으로 새가 날기를 기다리는 것은 문학에 도움보다는 해가 된다. 그저 봄이 인사하는 4월이 되면 누가 뭐라 하지 않아도 생살은 트고 싹눈은 돋는다. 그렇게 때를 기다려 그 때가 왔을 때 네 살 난 아이가 말문이 터지듯 문학도 생생한 살결과 숨결을 가질 수 있다고 시인은 보고 있다. 이 시에서 '네 살'이란 꼭 나이만이 아니다. 기다림이 무르익는 적당한 시간을 대신할 뿐이다.

이 시를 읽으면서 나는 명나라 때의 시론가 이탁오(李卓吾, 본명은 贄, 1527-1602)[6]가 주장한 문학론 동심설(童心說)을 떠올렸다. 이탁오

6) 명나라 진강(晉江) 사람. 회족(回族). 본래 성은 임(林)씨며, 이름은 재지(載贄)다. 자는 굉보(宏甫)고, 호는 탁오(卓吾) 또는 독오(篤吾)며, 별호는 온릉거사(溫陵居士)다. 마성(麻城)에서 강의할 때 제자가 수천 명이나 되었는데, 여성도 끼어 있었다. 공자(孔子)의 시비를 위한 시비에 반대하고, 입으로는 도덕을 뇌까리면서 군자연하지만 마음에는 높은 관직과 부유함만 추구하는 세태를 비판했다. 금욕주의와 신분차별을 강요하는 예교(禮教)를 부정하면서 인간성을 옹호한, 가장 극좌적 사상의 소유자였다. 불교나

는 "무릇 어린 아이의 마음은 참된 마음이다. 만약 동심이 옳지 않다고 여기면 이러한 태도는 참된 마음이 옳지 않다고 보는 것이다. 거짓을 끊고 순수하고 참되어서 최초의 한결같은 생각만 했던 본연의 마음(夫童心者 眞心也 若以童心爲不可 是以眞心爲不可也 夫童心者 絶假純眞 最初一念之本心也)"(〈동심설〉)을 잃어서는 안 된다고 말했다.

그는 동심은 문학 작품을 창작할 때 대단히 중요한 작용을 하기 때문에 "세상의 뛰어난 문장 가운데 동심에서 나오지 않은 것이 없다.(天下之至文 未有不出於童心焉者也)"고 강조했다. "진실로 동심이 늘 있으면, 도리가 행해지지 않고 견문 같은 것도 서지 않아, 문장이 없을 때가 없고 문장이 없을 사람이 없으며, 체격과 문자를 지어내도 문장이 되지 않는 경우가 없다.(苟童心常存 則道理不行 見聞不立 無時無文 無人不文 無一樣創制體格文字而非文者)"(『분서(焚書)』 권3)고 보았다. 그가 말한 '도리'와 '견문'이란 뭔가를 억지로 하고자 하고 시켜서거나 남의 눈치 때문에 마지못해 하는 말과 행동, 또는 글을 가리킨다. 홍진기의 문학적 입장은 이와 상당히 닮은 듯 보인다.

때가 되어 절로 터진 말문처럼 인내와 관조 끝에 얻어진 말로 이룬 글이야말로 참된 보배요 문학인 것이다. 이 시는 그런 자연스런 문학, 인위가 배제된 문학에 대한 시인의 깨달음을 내밀하게 응축해내고 있다. 감히 말하건대 홍진기의 이번 시집에 실린 작품들은 그런 시인의 문학 정신과 노력이 빚어낸 예술작품일 것이다.

도교도 가까이했고, 머리를 깎고 승려 모습을 하는 등의 태도로 유학자들을 비웃었다. 남녀평등론도 주장한 바 있다. 이런 일련의 언설 때문에 결국 탄핵을 받고 투옥되어 옥중에서 자살했다.

4

시인 홍진기의 문학이 앞으로 어떻게 전개되고 어떤 옷을 입게 될지 나로서는 조금도 예측할 수 없다. 그는 마음속에서 단련하기를 잊지 않는 시인이다. 말투가 조용하고 쉽게 흥분하지 않는 성품을 지녔을지는 몰라도(직접 시인을 만나보지는 못했으나 몇 차례 통화를 통해 느낀 바가 그렇다.) 문학과 창작에 대한 날선 열의와 허튼 말장난은 하지 않겠다는 결의는 단단하다.

쇠 절구공이를 갈아 바늘을 만들려니(磨杵作針) 남들에게는 둔하고 난망하다는 책망과 우려를 들을 수도 있다. 그러나 그렇게 만든 바늘로 한 땀 한 땀 지어낸 옷은 천의무봉(天衣無縫)될 것이 분명하다. 물론 이것은 내 생각일 뿐이니 실제로 그런 성과를 이룰 장본인은 시인 자신이다. 시인도 내 말에 쏠리지 말고, 그간 보여준 도저한 노력과 실천의 길에서 내려오는 일이 없기를 바란다.

몇 년의 세월이 필요하고 어떤 풍파가 문학의 길을 가로막을지 알 수 없지만, 어느 날 문득 시인이 새로 시집을 엮는다는 소식이 들리기를 기다리는 나의 마음은 벌써부터 간절하고 부산하다. 그저 시인이 내내 건강해서 벌목꾼이 천 년 고목을 베어내듯 도끼를 잡은 손아귀에 힘이 떨어지는 일이 없기만 기원할 뿐이다.

미치도록 사랑하는 세상을 향한, 말의 달음질
-이달균의 근작 시조를 읽다-

1

시조시인 이달균은 팝송을 즐겨 부른다.(처음 알았을 때는 내심 좀 놀랐다.) 그와 친분이 있는 사람이라면 새로운 소식도 아닐 것이다. 술 한 잔 걸치고 헤어지기 아쉬워 노래방엘 가는데, 그가 단골 메뉴로 고르는 곡은 대개 그런 노래들이었다. 물론 그가 애창하는 팝송은 요즘 유행하는 랩이나(본인도 '랩시(詩)'는 못 쓴다고 했으니) 하드 락 계열은 아니다. 이른 바 '올드팝'이라 불리는, 서정적이면서 멜로디나 가사 내용이 마음에 와 닿는 그런 곡들이다. 어설프게 부른다면 무슨 청승이냐 어울리지 않는다고 타박이나 하겠는데, 가창 실력이 아주 명창(名唱)급(?, 문학적 과장을 용서해주기 바란다.)이다. 그는 노래를 충분히 삭혀낸 뒤에 자신만의 목소리로 토해낸다.

노래를 잠시만 들어보면 그가 단순히 가수의 창법을 흉내 내기에만 조급하지 않는다는 사실을 눈치 챌 수 있다. 어떤 때는 은근슬쩍 추임새도 들어가고, 감정이라도 복받칠라치면 스리슬쩍 노래 안에 방점도 꾹 찍는다. 그는 노래 안에 자신의 가락을 담아낼 줄 안다. 그래서 그의 시도 팔짱만 끼고 앉아 있지 않고 팔뚝을 걷어붙인 채 한 판 힘겨룸을 하는 국면으로 치닫는가 보다.

고백하건대 이달균 시인의 작품을 나는 오래 전부터 읽지는 못했다. 얼굴을 대면한 것도 이제 한 이태쯤 되어가나 보다. 오랜 동안 버겁기만 했던 서울 생활을 거둬들이고 남해로 내려와 살다가 가까운 지인의 소개를 받아 인사를 나누었다. 그가 시향(詩響)을 고르고 있는 땅 통영에서였다.

통영과 남해는 같은 바닷가에 있는 고을이지만, 분위기는 사뭇 다르다. 남해에는 조촐한 느낌을 주는 한적한 시골동네의 이속(離俗)한 정취가 가득한데, 통영은 번화하면서도 뚝심과 결기가 살아 있는 예혼(藝魂)의 싱싱한 바람을 뿜어낸다. 그런 곳에 터전을 잡고 이달균은 시를 노래한다. 밤이 고즈넉해져서 항구의 불빛이 노을처럼 붉어질 때, 시인의 시는 적당히 오래된 한옥의 여유와 묵향을 들려주면서 다가온다.

이달균 시인은 젠 체 하는 사람이 아니다. 만날수록 묵은 장맛의 구수함이 느껴진다. 건강한 예리함을 잃지 않으면서도 슬며시 그림자로 스밀 줄도 안다. 시를 읽기 전에 사람부터 먼저 마음에 든다면 시를 색안경 끼고 보는 염려도 없진 않지만, 어쩌겠는가? 문학은 결국 사람에게서 나오는 것이 아니겠는가! 그래서 그의 신작 시조를 접했을 때도, 약간의 부담과 함께 반갑기 그지없었다.

2

이달균 시인의 시력을 살피노라면 문득 표변(豹變)의 거침없는 울력을 감지하게 된다. 처음에 그는 자유시로 문학의 모습을 드러냈다. 1987년 시단의 호수에 얼굴을 드리우더니 그해 첫 시집으로 『남해행』을 세상에 선보였다.(그날의 초심을 잃고 싶지 않았는지, 시인은 이 시집을 2001년도에 '다층시인선'으로 다시 냈다.) 그리고 꽤 시간이 흐른 뒤인 2011

년에는 두 번째 자유시 시집이라 할 『문자의 파편』(도서출판 경남)을 냈는데, '시인의 말'에서도 밝힌 것처럼 "오래된 시들을 묶은" 것이다. 시집 제목에 '파편'이란 겸사를 쓴 것도 그런 연유겠다. 그러니 이 두 시집은 그가 자유시로 시감(詩感)을 벼렸던 젊은 시절 그의 시세계를 탐색할 수 있는 자료라고 해도 좋을 듯하다. 아쉽게도 나는 아직 그의 이런 초기 시들을 꼼꼼히 읽어보지 못해 그때의 시가 어떤 맛과 멋을 담았는지 너스레를 떨 처지는 못 된다. 그래도 첫 시집이 『남해행』이라서 낯설지 않았다. 남해라면 내가 지금 몸담고 있는 둥지가 아닌가?

그의 두 초기 시집들을 통독하면서 나는 시의 호흡이 상당히 길다는 형식적인 측면과 함께 시인의 청춘 시절 신산(辛酸)했던 젊음의 역정들과 암담함, 그래도 끝까지 지진 않겠다는 독한 다짐 등등을 잔설(殘雪)처럼 밟을 수 있었다. 오전 10시 10분 하루를 일용할 양식거리를 싸 짊어지고 마산발 남해행 낡은 시외버스를 오르는 그 시절 시인은 혹한과 열풍에 내몰린, 나를 팔아 세상을 사야 하는 지치고 상처 입은 한 마리 짐승이었다. 남해를 비롯한 세상은 이 시절의 나처럼 딱히 낙원은 아니었을 것이다. 그러나 꼭 지켜야 할 약속처럼, 부대끼면서도 버리지 못할 내면의 '옥가락지'가 아니었을까? 눈에 힘을 주고 사방을 경계하는 눈초리가 느껴졌다.

그러다가 시인은 언제부턴가 자신의 시심(詩心)을 담을 그릇으로 시조를 마음에 담았다. 초기 시의 긴 호흡이 정련의 기교와 한 호흡에 사물을 베어야 하는 면벽의 품새로 바뀌었다. 1995년경이었던 것으로 보인다. 몇 년의 담금질 끝에 첫 시조시집 『북행열차를 타고』(태학사, 2001년)가 세상에 나왔다. 그리고 창작의 고삐를 늦추지 않고 『장롱의 말』(아침고요, 2005년)을 내놓았다.

때늦게 두 시집을 읽으면서 나는 이런 의문이 들었다. 무엇이 시인의 연장을 이리도 누추한 집으로 이끌게 했을까? 왜 그는 시조에 넋을 빼앗겼을까? 어떤 계기로 그곳을 허방이 아니라 칠보가 빛나는 곳간으로 여긴 것일까? 찬바람 숭숭 불고 처마의 이엉은 너덜거려, 풍우(風雨)와 한설(寒雪)에 부르르 몸을 떨어야 하는 낡은 가옥 앞에서 시인의 심성은 무슨 자극을 받았던 것일까? 그래서 올벼에서 뽑아낸 함초롬한 볏짚으로 지붕을 갈고, 해풍 맞으며 튼튼해진 소나무 원목으로 송진 냄새 진한 기둥과 서까래를 올리고, 검댕이 앉은 구들장 안으로 불길을 넣어 새 생명의 고갱이를 데우려고 했을까? 그 궁금증은 시집을 읽으면서 적잖이 풀렸는데, 나는 '장롱'이 시인에게는 곧 '시조'였을 것이라 믿게 되었다. 『장롱의 말』 앞머리에 실린 '시인의 말'에는 "말없이 수십 리를 에돌아가는" 아름다운 남강의 이미지가 나온다. 그리고 그 강물처럼 자신도 "그렇게 가고 싶다"고 고백한다. 이렇게 느리게 우회하는 여정이, 모든 것이 복작거리며 쉴 새 없이 변화에만 눈독을 들이는 세태와 화해할 수는 없는 일이겠다. 그래서 그는 '장롱'을 찾았다. 구구절절 사람의 사연을 담은 장롱이 가구의 구실을 너끈히 하면서 우리 삶의 전면과 이면을 냄새로 담은 것처럼, 시조는 시인에게 갈등에 대한 대안이요 완주(緩走) 끝에 가다듬는 들숨이었을 것이다.

머지않아 들숨은 시인의 욕망을 담으면서 날숨으로 터져 나왔는데, 길고 뜨거웠으며 넓게 쟁쟁거렸다. 『장롱의 말』 제6부 〈상여 놀이〉에서 조짐을 보이더니 와지끈 뚝딱 사설시조집 『말뚝이 가라사대』(동학사, 2009년)가 마른하늘에 벼락 치듯 '말사위'를 흐드러지게 펼쳤다. 시인이라면 외면해서는 안 될 자기 변신과 반조(返照)의 결실로 보인다. 이 시집에 오면 시인의 감정과 목소리는 격랑 속으로 달려갔다. 시인의 속내에 차고도 넘치는 격정과 신명, 악다구니를 차분한 조형미가 미덕인 시조로서는 차마 감당할 수 없었던 게 분명하다.

육성과 육두문자가 대판 춤을 추면서 '예라 이 염병할!' 족속들에게 고함과 쑥떡을 먹이는 회오리바람이 속물들이 진을 친 골목을 휩쓸고 지나갔다. 호흡을 흐트러뜨리지 않으면서 발길질도 서슴지 않는 말본새가 시의 마당을 휘감아 올렸다. 마패도 차지 않은 주제에 겁도 없이 내달리는 말뚝이 식 '어사 출도'는 김열규 선생이 갈파한 것처럼 "눈물 투성이인 채로 박장대소하고 그래서 그들 배가 터지면 그 여세로 못난 세상, 모순덩어리의 세상, 그 잘난 체면이 박살"나게 만든다. 말의 야생마는 대못 박힌 민초들의 막힌 가슴을 시원하게 뚫어주고 지나갔다. 정숙함이 거추장스러워진 시인은 이제 원색의 탈을 쓰고 시의 말을 마구 부려먹었다.

좀 더 덧붙이자면 이 시조집에서도 시인은 자신이 왜 (사설)시조라는 언어를 담는 집에 거주하는지 밝히고 있다. 〈25. 비비 타령〉에 보면 "육간대청도 내가 붙으면 폐가가 되고, 화려 뽐낸 자개장도 내가 들면 헌 농이 되니, 아무 씨잘데기 없는 미물이기도 하고 넘볼 수 없는 놈 재판하는 판관이기도 하다."는 구절이 나온다. 번쩍거리는 육간대청이나 화려한 자개장은 눈길은 사로잡을지언정 거기에는 사람의 손때, 수택(手澤)이 없다. 내가 붙고 내가 들면 폐가가 되고 헌 농(여기서도 '장롱'의 이미지가 나온다.)이 되는데, '폐가'와 '헌 농'은 딱히 부정적인 함의를 담은 것으로 보이지는 않는다. 그것은 '미물'이면서 '판관'이다. 어떻게 그럴 수 있는가? 나로 지칭되는 '비비'는 '폐가'와 '헌 농'에 깃들어 있다. '미물'이자 '판관'인 '비비'가 깃들어 있다면 이는 예사로운 물건일 수 없다. '비비'의 이 무소불위한 놀음은 결국 (사설)시조가 문학판에서 펼치는 그 놀음과 아주 가깝게 닿아 있다. (사설)시조의 구실을 밝히는 시인의 계략이 이 구절에 제대로 농쳐져 있는 것처럼 보인다.

3

그리고 오늘 나는 이달균 시인의 최근작을 읽고 있다. 2009년의 『말뚝이 가라사대』 이후 오늘까지 6년의 터울이 있다. 그 사이 시인은 말뚝이의 분방한 '말사위'에서 내려와 새로운 말의 도화원(桃花源)을 궁리했던 듯하다. 다섯 편의 신작 시조에서 나는 그 궁리의 향방이 겨냥하고 있는 지평을 엿본다.

다섯 편의 작품은 다시 평시조로 돌아왔다. 땀에 젖고 가쁜 숨을 몰아쉬며 내달리던 사설시조의 질주 끝에 이 야생마는 샘물가에 고삐를 늘어뜨리고 다음에 당도해야 할 목적지를 향해 눈길을 던지는 품새를 취한다. 그러나 평시조라고 해서 사설시조 이전의 평시조와 같다고 보면 곤란하다. 왜냐하면 시인은 진즉에 '시를 찾는 행위'는 '시든 꽃'과 작별하는, '허약한 체념'으로부터 헤어지는 의식으로 보았기 때문이다.(〈생명을 위한 연가 13-시를 찾아서〉, 『북행열차를 타고』) 그가 다시 사설시조 이전의 세계로 돌아간다는 것은 '시든 꽃'에 미련을 두고 '허약한 체념'에 매달리는 꼴이다. 시인은 언어로 표현할 수 있는 근원에 대해 탐구하지만 무턱대고 원점(原點)에 사로잡히지는 않는다. 시의 질주에 반환점이란 없다. 시란(넓은 의미로 시조까지 포함하는) 혁명이라고 시인은 노래한다. 지루한 노래일랑 더구나 판에 박힌 상상일랑 다 불속에 던져버리라고 시인은 외친다.

> 혁명하라 길들여진 모든 것들에 대해
> 노래가 지루하다면 불속에 던져버려라
> 상상을 뒤엎는 상상, 그 불기둥에 입 맞춰라
>
> -〈시조(時調)〉 전문

이런 점에서 볼 때 이달균 시인은 문학에 있어서 아나키스트, 무정부주의자다. 시조란 따져보면 로마시대의 원형극장만큼이나 오래된 양식이다. 그러니 얼마나 길들여졌겠는가. 시인은 그런 익숙한 것들을 뒤집어엎고 혁명하라고 일갈한다. 그렇다면 시조를 택한 시인의 결심은 일견 모순된 것처럼 보인다. 가장 익숙한, 그래서 길들여진 형식을 바투 잡고서 혁명을 운위하다니, 자기모순이 아니라고 말할 수 없다. 말뚝이 가라사대, "이게 어찌된 심판이여?!"

그러나 그가 비루하게 여기는 길들여진 것들, 또는 익숙함에 대한 비판은 형식에 대한 담론에만 머물러 있지 않다. 내가 보기에 시인은 '자유시'의 길들여진 체제에 대해 덧정이 떨어졌다. 그래서 더 길들여진 형식인 시조 안에 새로운 포도주를 담고자 했다. 한번 덤벼보는 것이다. 이전의 시조가 담았던 낡은 세계, 닳고 닳은 언어들을 대차게 덜어내고 그 형식에 새로운 세계, 펄펄 뛰는 언어들을 퍼 담았다. 그리하여 낡은 형식이 어떻게 신생(新生)하는지 시험에 나섰다. 이 실험 끝에 시인은 시조가 낡은 구태를 벗어버리고 우리 시대 변화하는 물결을 담아내는 그릇이 될 수 있음을 확인하고자 했다. 잿더미 속에서 다시 탄생하는 피닉스의 열정과 불멸을 기억하라고 다그친다.

당연히 그 실험은 아직도 끝나지 않았다. 이전의 평시조가 보여준 터전과 변화를 꿈꾸며 누볐던 사설시조의 광야에서 한 바탕 '말사위'를 놀려보니, 이제 시인은 그 또한 길들여진 것임을 깨달았다. 그러므로 이 작품에서 우리는 그가 다시 한 번 시조의 개벽을 위해 신발 끈을 단단히 조이겠다는 선전포고를 듣는 것이다. 시인에게 있어 창작은 항상 출발점일 수밖에 없다. 반환점은 있을 수 없으며, 골인 지점이란 난센스다.

이렇게 〈시조〉가 창작의 원론에 대한 시화라면 〈나무〉는 방법론의 탐색에 가깝다.

나무는 잎으로 걷고
잎으로 생각한다

고통은 열매로 맺고
슬픔은 잎새로 진다

새들도 깃 접은 날엔
나이테를 그린다

―〈나무〉 전문

이 작품은 나무의 한 해를 노래하면서 나무의 일생을 거머쥔다. 나무의 생명 순환은 뿌리에 근원하지만 그 실체는 잎으로 드러난다. 잎이 나부끼는 것은 '걸음'으로 비유되는 행동이고, 고요히 고개 숙이고 있으면 이는 나무의 '생각'인 지각 작용으로 수렴된다. 고통과 슬픔은 동어반복처럼 들리지만 사실은 연쇄작용이다. 우리는 슬프기 때문에 고통을 받고, 고통으로 말미암아 슬퍼한다. 그 양자 사이에 영육(靈肉)의 변별점이 무엇인지는 확언할 수 없다. 둘이 공존할 때 우리의 감성과 지각도 함께 숨쉬기 때문이다. 내가 보기에 '나무'는 시 자체이고, '잎'은 시어(詩語)를 가리킨다. 말이 구태의연해서는 안 된다. 시가 생명력을 가지는 것은 잎의 광합성 작용처럼 말의 신진대사에서 비롯된다. 그것이 있어 시는 시로써 형식과 내용을 가지게 된다. 그러므로 '고통'과 '슬픔'은 딱히 부정적인 감정에만 국한되지 않고 시가 담아내는 모든 정서를 구현한다. 결실(結實)과 조락(凋落)은 그 정서가 극한에 이르렀을 때 보여주는 반응을 상징한다.

결국 이 작품도 형식 속에 내용을 담는 방법론에 대한 궁극적인 해답은 아니다. 그러나 시인은 잎과 열매를 보고 만지면서 완성으로 향하는 몸부림을 치게 된다. 아마도 "새들도 깃 접는 날"이란 그 완성의 구경(究竟)을 말하는 것이리라. 귀소(歸巢)의 모습은 가시적이나 나이테의 쌓임은 보이지 않는다. 나무가 산 생명의 시간의 총화가 나이테다. 깃 접는 새를 보고 우리는 하나의 작품이 완성의 선을 긋도록 모색에 모색을 거듭해야 한다. 또 이미 그려진 나이테에 머물지 말고 새로 그려질 나이테에 주목하라고 권한다. 보이지 않기에 뭐라고 형용할 수는 없으나 분명히 존재하는 어떤 세계에 도달하는 일. 그리고 다시 새로운 세계를 구상하는 일. 이것이 곧 나무를 아는 일, 시를 쓰고 다시 쓰는 일이라고 시인은 다짐하고 있다.

4

담론적 성격이 강한 두 편을 제외한 세 편에서 나는 일상적 삶에 뿌리를 두고자 하는 시인의 에스프리를 진하게 느낀다. 우선 좁게 보자면 〈캔디 가라오케〉와 〈사과〉는 같은 공간(그것은 물론 '가라오케'로 대변되는 노래방일 것이다. 좋든 싫든 노래방은 시인에게 신명과 홧병을 토로하는 솟대인가 보다.)에서 춤추고 노래하는 두 주체의 기묘한 동서(同棲)를 읽을 수 있다. 〈캔디 가라오케〉에서 술 취해 비틀거리면서 '봄날은 간다'를 부르는 주체는 누구일까? 이른바 보도방이라 불리는 곳에서 실려온 도우미를 연상한다면 나의 지나친 외설적인 상상일까? 찌든 생활의 재충전과 윤리적 일탈이 공존하는 비좁은 공간에서 그 경계를 아슬아슬하게 지키며(또는 무너뜨리며) 줄타기를 하는 비무장지대인 '노래방'. 누구에게는 생활의 앙금을 정화하는 휴식의 장소이지만, 누구에게는 삶이 치열하게 분투하는 현장이다. 그 충돌과 균열을 이 두 작품은 대조적인 시선을 유지하면서 보여준다.

취객의 비위를 맞추며 노래하고, 향응의 대가를 모아 월세를 내야 하는 사람에게 유흥의 공간도 지옥에 다름 아니다. 술기운으로 긴장의 장력이 느슨해진 틈을 타서 내 지갑을 노리는 도우미를 형사의 눈으로 염탐하는 '우리'도 마냥 즐거울 수는 없다. 서로 어깨를 비비고 웃음을 나누면서도 도우미와 취객은 이웃도 친구도 될 수 없다. 어쩔 수 없는 이 인생의 거래와 흥정. 수습되지 않는 대차대조표. 허세와 교태가 나비처럼 나부끼고, 의심과 무장해제의 틈새에서 신경은 점점 더 날카로워진다. 그리하여 마침내 원만히 합의를 보고 떠나는 노래방. 기약은 있지만 술 깨고 나서 기억해야만 유효한 약속들.

〈캔디 가라오케〉는 궁핍한 삶에 쪼들리는 페이소스가 여과 없이 드러나는 데 비해 〈사과〉는 불안하게 흔들리는 정서와 개미굴에서 허우적이면서 더 깊이 빨려 들어가지 않으려는 소시민의 원죄의식이 애처로울 정도로 무력하기만 하다.

당연한지도 모르겠지만 이 시의 제목인 '사과'는 양의적인 단어로 내게는 이해된다. 말 그대로 '원죄'를 잉태하게 만든 장본인인 과일의 이름이면서 용서를 빈다는 뜻의 '사과(謝過)'로도 들린다. 별 것도 아닌 몇 푼 때문에(술값이 별 것인 때도 적진 않지만) 인간을 인격으로 보지 못하고 대역죄인 취급하는 남루한 우리 삶에 대한 부끄러움을 반어적으로 보여주는 듯한 인상을 지울 수 없다. 알고 보면 그 '꽃뱀'도 다음 달 월세를 걱정하는 힘없는 소시민일 뿐이지 않는가.

시인의 눈에 노래방에서 벌어지는 소소한 충돌조차 심상한 일로 보이지는 않았다. 우리가 사는 이 구차한 세상 자체가 '노래방'의 확대판일 수도 있기 때문이다. 상사에게 또는 부하에게 눈치를 보고 허점을 잡으려고 또는 잡히지 않으려고 발버둥 치는 생활의 풍속도가 노래방 풍경으로 치환된다. 도우미나 취객인 회사원이나 다음 달 월급 걱정하기는 매일반이다. 결국 앞에서 장황하게 정황과 심리를 늘어놓았지만, 이 두 작품은 진드기처럼 달라붙어 이 세상에서 낙오하지 않으려는 고단한 군상들의 초상화였던 것이다.

시인은 이런 그릇된(?) 세상에 대해 진저리를 쳤을지도 모르겠다. 그 풍경 속의 인물들을 애써 타자연하면서 관찰하지만 나 또한 생활 속의 어릿광대에 지나지 않는다는 쓸쓸한 진실이 떨쳐지지 않기 때문이다. 그런 깨달음이 무슨 대단한 오도(悟道)일까마는 시인은 혐오와 연민 속에서 갈피를 잡지 못한다. 무엇을 어떻게 해야 할 것인가? 차안의 고단한 삶을 뿌리치고 해탈의 피안으로 갈 수 있는 뗏목은 어디에 있는가? 공산이나 다름없는 선문답에 대한 해결책은 어디에도 보이지 않는다. 다람쥐 쳇바퀴 돌 듯 무기력하고 불가역한 삶에 대해 시인은 다소 냉소적인 시선을 거두지 못한다.

> 한 동안 묵혀둔 메일함을 열었다.
>
> 수백 통의 말씀들, 수백 통의 쓰레기
>
> 덧없다 묵언수행은 이것으로 끝이다.
>
> —〈메일〉 전문

누군가 우스갯소리로 이런 말을 하더라. "왜 메일인줄 알아?" "모르겠는데?" "매일 열어봐야 해서 메일이래. 짜샤!"

영국의 축구 감독 퍼거슨이 말한 "SNS는 인생의 낭비"란 명언을 복음처럼 숭상하는 나는 메일 이외에는 어떤 메신저도 사용하지 않는다.(참 잘 났다!) 여하간 메일은 우리가 부처님 말씀이나 하나님 말씀보다 더 열심히 자주 들여다보는 경전이 되었다. 메일에는 우리 인생의 온갖 정보와 사실들이 벌떼처럼 모여 있다.(그래서 가끔 치명적으로 쏘일 때도 있다.) 청구서와 스팸메일, 안부인사, 해고 통지서, 심지어 청첩과 부고까지. 메일도 없이 인류가 그 동안 어떻게 매일 살았는지 의아할 정도로 메일은 우리와 세상을 연결해주는 젓줄이 되었다. 정보가 넘쳐나지만 감시의 그물도 그만큼 촘촘한 오늘날, 이 공간은 그나마 우리의 삿대질을 받아주고 닦아내는 틈새요 세탁기다.(요즘은 거기서도 몸조심해야 하지만)

내 삶의 흔적과 미래를 찾기 위해 오랜만에 메일함을 열었다. 차곡차곡 쌓였다가 와르르 쏟아지는 메일들. 어떤 것은 말씀이고, 어떤 것은 쓰레기다. 하나하나 버리거나 열어보면서 시인은 문득 이런 짓이 다 "덧없다"고 깨닫는다. 종내 말씀과 쓰레기가 분간이 되지 않는다. 노래방 안의 치졸한 대결이나 메일함 속의 아우성이나 무엇이 다른가? 소통은 막히고 오해와 왜곡, 때로는 협박과 으름장이 득시글거린다. 육성의 교환은 사라지고 일방적인 전달만 남은 세상. 그리하여 시인은 이 난잡한 문명의 이기를 폐쇄해 버리기로 결심한다. 손가락 끝으로만 퍼져나가는 메마른 통신법에 하직 인사를 올리는 것이다. 그리하여 얼굴을 마주 보면서 침도 튀기고 멱살도 잡는, 진짜 사람이 사는 세상으로 나갈 채비를 한다.

어쩌면 이런 시인의 태도는 "길들여진 모든 것들"에 대한 또 다른 혁명일 것이다. 새들이 깃 접는 광경을 두 눈 부릅뜨고 보려는 자아의 치열한 차선 변경이 될 듯하다. 그리하여 사람들에게 체온이 담긴 수신호를 보내려고 말이다.

5

변화가 없는 시인은 나무토막에 불과하다. 불쏘시개 말고 어디에 쓰겠는가. 아직 이달균 시인의 시에 대해 깊은 천착을 하지 못한 나로서는 이번 신작 시조를 읽고 할 수 있는 생각은 이 정도다. 내가 오독(誤讀)을 했을 것은 틀림없지만, 몇몇 사람들이라도 고개를 끄덕여 주었으면 좋겠다.

『법구경』에 보면 이런 말이 나온다. "미워하는 사람도 만들지 말고, 좋아하는 사람도 만들지 말라. 미워하는 사람은 만나서 괴롭고, 좋아하는 사람은 못 만나서 괴롭다." 부처님 반 토막도 안 되는 나는 미워하는 사람은 되도록 만나지 말고 좋아하는 사람은 자주 만나려고 애쓸 뿐이다.

근래 무슨 인연이 닿았는지 시인들을 많이 만난다. 이달균 시인은 만나서 즐거운 사람인데, 그의 시집들과 최근 작품들을 읽고 나니 더욱 만남이 즐거울 것 같다. 만나 노래방에라도 가 그가 부르는 팝송을 듣는다면 더욱 신명날 것이다. 나도 내가 좋아하는 김광석의 노래를 몇 곡 선사해야겠다. 조만간 또 그의 작품을 읽는 즐거운 일이 있기를 바란다.

부록

당호록(堂號錄) 해제

1. 정의

삼국시대부터 조선 후기(1800년 전후로 추정)까지 유명 인물들의 당호(堂號)를 모아 정리한 책이다. 당호의 일반적인 의미는 자신의 서재나 별재(別齋), 정자(亭子) 등에 편액을 걸면서 붙이는 이름이지만, 이 책에서 수집된 범위는 우리가 일반적으로 쓰는 호(號)의 의미에서 크게 벗어난 것으로 보이지는 않는다. 그러므로 유명 인물들의 호를 수집·정리했다고 보아도 좋을 것이다.

2. 편저자사항

편저자에 대해서는 확인할 수 없다. 책의 표지나 본문 어디에도 편저자의 신원을 확인할 수 있는 내용은 발견되지 않았다. 책의 성격상 편저자를 밝힐 필요가 없었다고 판단한 듯하다. 책에 나오는 당호의 하한시기로 추정하건대 영조 무렵에 태어나 1800년 이후까지 생존했던 인물로 보인다.

3. 구성 및 내용

책의 크기는 가로 약 17cm, 세로 약 25cm이고, 표지에는 '堂號錄

全'이란 제목이 쓰여 있으며, 면수(面數)는 목차 포함 140여 면(쪽수로 따지면 280여 쪽)이 될 것이다. 필사본(筆寫本)이다.

책의 목차를 통해 그 구성과 내용을 알 수 있다. 당호의 마지막 글자를 기본 항목으로 설정해 관련된 당호를 수집·정리하고 있다. 먼저 책의 서두에 붙은 목차를 보면 다음과 같다.

菴 / 齋 / 堂 / 軒 / 亭 / 村 / 窩 / 樓 / 所 / 窓 / 室 / 門 / 皐 / 石 / 麓 / 巒 / 壑 / 陵 / 仙 / 園 / 圃 / 隱 / 溪 / 洲 / 塘 / 泉 / 川 / 江 / 湖 / 潭 / 淵 / 海 / 渚 / 汀 / 浦 / 灘 / 溟 / 澗 / 浪 / 波 / 山 / 峰 / 岳 / 阿 / 坡 / 岡 / 崖 / 谷 / 岩 / 子 / 人 / 士 / 叟 / 翁 / 田 / 漢 / 源 / 坪 / 愚 / 松 / 竹 / 梧 / 西 / 南 / 北 / 郭 / 雨 / 雲 / 雪 / 霞 / 月 / 下 / 玉 / 査 / 休 / 靜 / 口 / 蘿 / 華 / (其他)

목차상으로 보면 총 80개 항목으로 당호가 정리된 것으로 나온다. (단 기타로 처리된 부분은 따로 항목 이름이 표기되어 있어 않아 79개가 된다. 본문에는 '기타'란 말은 쓰지 않았고, 후대의 누군가에 의해 붉은색으로 '雜'이란 글자가 첨기되어 있다.)

그러나 이 목차는 본문의 내용과 일치하지 않는 부분도 더러 발견된다. 먼저 '雪'과 '月' 항목은 본문에 없다. 또 목차에는 없는 항목이 들어 있기도 하다. '里'와 '牖'·'屋'·'廬'·'閣'·'扉'·'灣'·'沙'·'濱'·'陰'·'東'·'洞'·'巷'·'林'·'臺' 등이 그런 항목이다.

또 목차상의 순서와 다르게 편차되어 있는 경우도 왕왕 눈에 띄었다. '淵'은 '海' 다음에 나오고, '汀'은 '海' 다음에 나오며, '溟'은 '澗' 다음에 나오고, '竹'은 '梧' 다음에 나오며, '華'는 '靜' 다음(그 사이에 없는 항목 '巷'이 있다.)에 나온다.

목차와 본문에는 원 편저자가 기록하지 않은 표시들도 나온다. 이 책의 수장자에 의해서였을 것으로 보이는데, 우선 책은 '卷一'과 '卷二'로 나뉘어져 있고, 권별로 두 면(面)마다 일련번호가 매겨져 있다. 신활자로 찍힌 것으로 보아 수장자에 의해 첨기되었을 가능성이 높다. 또 목차에서 누락된 항목은 붉은 색 글자로 작게 삽입되어 씌어져 있다. 권1은 총 '六十四'번까지 찍혀 있고, 권2는 '七十五'번까지 찍혀 있다.

본문은 원 편저자가 기록한 내용 외에도 후세 사람이거나 편저자 본인에 의해 나중에 보충된 부분도 보인다. 글자의 크기가 다르거나 필체에 차이가 이 사실을 확인해준다.

확인 결과 이 책에는 총 2,668개의 당호가 수집·정리된 것으로 보인다. 항목 수자는 92개인데, 기타 부분에 수록된 12개의 당호를 더하면 숫자는 더 늘어날 것이다. 이어 열람자의 편의를 위해 각 항목당 실린 당호의 개수를 부록순서에 맞춰 정리해둔다.

菴(183개) / 齋(330개) / 堂(241개) / 軒(116개) / 亭(114개) / 村(92개) / 里(10개) / 窩(34개) / 樓(4개) / 所(6개) / 窓(22개) / 牖(1개) / 屋(2개) / 廬(1개) / 室(4개) / 門(11개) / 閣(5개) / 扉(2개) / 皐(11개) / 石(13개) / 麓(6개) / 巒(5개) / 壑(2개) / 陵(6개) / 仙(5개) / 園(15개) / 圃(23개) / 隱(84개) / 溪(127개) / 灣(2개) / 沙(20개) / 洲(37개) / 塘(16개) / 泉(30개) / 川(46개) / 江(24개) / 湖(53개) / 潭(32개) / 海(6개) / 汀(5개) / 淵(4개) / 渚(5개) / 浦(21개) / 灘(16개) / 濱(3개) / 澗(13개) / 溟(6개) / 浪(4개) / 波(1개) / 山(57개) / 峰(83개) / 岳(6개) / 阿(2개) / 坡(17개) / 隂(10개) / 岡(19개) / 崖(21개) / 谷(141개) / 岩(74개) / 子(28개) / 人(18개) / 士(15개) / 叟(17개) / 翁(72개) / 田(6개) / 漢(2개) / 源(2개) / 坪(2개) / 愚(5개) / 松(14개) / 梧(4개) / 竹(11개) / 西(12개) / 南(10개) / 北(2개) / 東(2개) / 郭(4개) / 雨(3개) / 雲(10개) / 霞(5개) / 洞(3개) /

下(6개) / 玉(2개) / 査(2개) / 休(3개) / 靜(2개) / 巷(3개) / 華(2개) / 林(3개) / 臺(3개) / 口(2개) / 蘿(2개) / 其他(126개) / 총 2,668개

이 책의 편찬 시기를 1800년 전후로 추정한 것은 당호가 수록되어 있는 인물들의 상한 시기를 참조해 판단했다. 번암(樊巖) 채제공(蔡濟恭)의 당호는 실려 있는데, 채제공의 생몰연도는 1720년에서 1799년이다. 비슷한 시기를 살았던 연암(燕巖) 박지원(朴趾源)의 당호는 나오지 않는데, 그의 생몰연도는 1737년에서 1805년이었다. 원 편저자가 작고한 인물을 기준으로 이 책을 편찬했다면, 채제공 사후에서 박지원 생존연도 사이인 1799년과 1805년이 편찬 시기로 추정할 수 있을 것이다. 조선 말엽 때의 인물인 김병학(金炳學, 1821-1879)의 당호인 영초(潁樵)가 나오기는 하지만, 이 부분은 후대인의 첨기가 분명해보여 예외로 보아도 좋을 듯하다. 따라서 전체 수록 인물의 생몰연도를 살펴보면, 이 추정은 수정될 가능성도 있다.

각 항목의 내용 기재 순서는 당호(堂號)-본명(本名)-자명(字名)-관향(貫鄕)-약력(略歷)-저술(著述)-시호(諡號) 순으로 되어 있다. 몇 사람의 예를 들어본다.(자명 이후는 작은 글자로 한 줄 또는 두 줄로 기록되어 있다.)

息菴 金錫胄 斯伯 淸風人 顯宗壬寅科 左相 文畵 有集古文百選 歸溪佐明子 文正公

[김석주의 시호는 문충공(文忠公)이니, 오류인 듯하다.]

樗軒 李石亨 伯玉 延安人 世宗辛酉生 進壯又文科壯 丁卯重試文章之一 領中樞佐理功臣府院君 文康公 有集義興板 大學衍義輯略原州板

[이석형의 출생연도는 1415년 을미년(乙未年)인데, 여기에는 신유년(辛酉年, 세종 23년, 1441)으로 되어 있으니, 오류인 듯하다.]

柳川 韓浚謙 益之 淸州人 宣祖丙戌別文 領中樞國舅西平府院君 己卯生壯元祁 丁巳生甲午卒 文翼公

[이석형의 사망연도는 1627년 정묘년(丁卯年)인데, 여기에는 갑오년(甲午年, 효종 5년, 1654년, 추정)으로 되어 있으니, 오류인 듯하다.]

이처럼 당호의 소유자 약력이 비교적 상세하게 기록되어 있지만, 부분적인 오류가 자주 눈에 띈다. 다만 예시한 자료는 약력이 상세한 것을 고른 것이고, 일부는 당호와 성씨, 예컨대 '竹川 林'만 기록된 경우도 있으며, 예시보다 간략한 경우가 훨씬 더 많다.

당호가 수집된 인물의 범주는 주로 문인(文人) 정치가 위주이지만, 승려도 적지 않게 수록되어 있고(예컨대 '小性居士 僧曉元'[元曉가 曉元으로 기록되어 있다.]이나 '懶翁 僧惠勤', '碧松 僧智岩'), 기생의 당호('梅窓 扶安妓生') 등도 일부 나온다. 또 같은 당호 인물이 중복 개재된 경우('息菴 金錫胄'와 '西臺 金冲' 등)도 발견되며, 이름이 잘못 기록된 경우('梅湖 陳曄'은 진화(陳澕)의 오류)도 종종 나온다.

항목을 배열한 순서는 전반적으로 빈도수가 높은 항목을 앞에 둔 것으로 보인다. 그러나 빈도수가 떨어지는 항목은 비슷한 성격의 것을 모은 흔적이 완연한데, 산수 변(氵)이 붙은 항목을 모으거나 산악(山岳)과 관련된 항목을 따로 모은 것 등이 그러하다.

또 같은 항목 안에서의 배열 순서를 살펴보면, 뚜렷한 규칙성을 찾기는 어렵지만 그렇다고 임의로 나열한 것 같지도 않다. 예컨대 '溪' 항목에서 첫 글자가 나열된 순서를 보면 '東·西·南·北·梅·竹·蘭·木·松·桐·茅·藍·芝' 등 일련의 규칙성을 확인할 수 있다.

4. 자료 가치

① 서지적 가치

목차나 내용, 필사 방식, 현존 상태 등을 고려하건대, 이 책은 본격적인 호보(號譜)를 만들기 위해 자료를 수집하는 과정에서 만들어진 것으로 판단된다. 부분적인 첨삭(가필되거나 수정된 사례가 자주 눈에 띈다.)이 있거나 중복 수록, 필체가 다른 것 등에서 그런 사실을 확인할 수 있다. 조선 후기에 나온 다른 호보들과 대조해 보면 어떤 책의 준비본인지 확인될 수도 있을 것이지만, 본 해제의 범위를 넘어서는 작업이라 후속 작업을 기대해본다.

기본적으로 이런 종류의 목록서는 역사 자료나 인명 자료를 작성하거나 수정할 때 참조하기 위해 만들어졌다. 기본의 호보들이 미비한 부분에 대한 불만에서 만들어졌을 것이므로 보완하는 기능을 수행할 것으로 보인다.

이 책이 일본에 소장되어 있는 한국학 관련 문헌으로 남은 점도 흥미롭다. 일본인 수집가로부터 문헌적 가치를 인정받았다고 예측할 수 있으며, 궁극적으로 한국인들의 자호(字號)를 총망라하는 작업에 유용하게 이용될 수 있을 것으로 보인다. 다만 현존하는 다른 호보와 비교할 때 양적으로 아주 적다고는 할 수는 없지만, 이후 나온 호보들에 비해 양적으로 비교적 부족한 점은 아쉬움으로 남는다. 그러나 후대의 방대한 호보가 편찬되는 데 이 책이 큰 도움을 주었을 것임은 분명하다.

② 내용적 가치

본격적인 호보를 편찬하기 위한 수집본으로 만들어진 책이므로 문헌적 가치를 상대적으로 높게 평가하기는 어려울 듯하다. 그러나 조선 후기에 광범위하게 진행된 박물학적 문헌 정리 흐름의 일단을 이 책을 통해 확인할 수 있다는 점은 간과할 수 없다. 호보학(號譜學)의 역사적 흐름이나 계보, 특징 등을 연구하고 정리하는 데 기여할 것으로 보인다. 그런 점에서 편찬자나 편찬 시기 등을 정확하게 확인할 수 없는 점이 못내 아쉽게 여겨진다.

5. 참고문헌

본 자료는 학계에 처음 소개되는 책이라 이를 연구하거나 평가한 기록은 찾을 수 없다. 때문에 특별한 참고문헌은 열거하기 어렵고, 관련 도서를 소개하는 것으로 대신한다.

임종욱, 『한국인명자호사전』, 이회문화사, 2010.
임종욱, 『중국인명자호사전』, 이회문화사, 2012.
편자 미상(순조 연간) 『호보(號譜)』(6권 6책) 장서각 및 연세대 도서관 소장.

6. 기존 서지사항의 수정사항

없음. 다만 책의 중간 부분에서(수정자의 면수 기록으로 볼 때 권1 65면(또는 권2 1면)에 '堂號錄'이란 책명이 다시 씌어진 점을 참고하면 2권 1책으로 보아도 무방하지 않을까 판단된다.

조선명현호보록(朝鮮名賢號譜錄) 해제

1. 정의

삼국시대부터 조선시대 중엽까지 유명 인물들의 호를 모아놓은 책으로, 1권 1책이다. 책의 후반부에는 부록(附錄) 형식으로 다양한 자료들이 첨부되어 있는데, 자세한 내용은 목차를 통해 확인할 수 있다.

2. 편저자사항

편저자는 미상이다. 저술로서의 가치가 크게 중요하지 않은 책이라 따로 밝히지 않은 듯하다. 책 속에 나오는 인물들의 생몰연도를 확인한 결과 조선 영조 후기거나 정조 초기 무렵에 편찬되었을 것으로 보인다. 정조 시대에 활동한 대표적인 인물인 번암(樊巖) 채제공(蔡濟恭, 1720-1799)이나 연암(燕巖) 박지원(朴趾源, 1737-1805)에 대한 자료가 없는 것으로 볼 때 이런 추정이 가능해진다.

3. 구성 및 내용

책의 크기는 가로 약 15cm, 세로 약 23cm이다. 표지에는 아무런 기록이 없고 속표지에 '朝鮮名賢號譜錄'이란 제목이 펜글씨로 쓰여 있는

데, 이는 후대에 첨기한 것으로 보인다. 본문에서는 '號賢綠'으로 되어 있으니, 이것이 이 책의 정식 이름이라 해야 할 듯하다. 면수(面數)는 목차 포함 2장(帳) 1면(面)하여 총 80면이 된다. 필사본(筆寫本)이다. 각 장(帳) 좌우 양편 상단에 해당 장에 실려 있는 항목을 부기해 놓았다. 새로운 항목이 시작될 때에는 따로 한 행을 비워 항목 글자를 적어 두었는데, 이것이 없는 경우도 왕왕 있다.

책의 모두에 나오는 책의 목차를 통해 그 구성과 내용을 알 수 있다. 순서대로 정리하면 다음과 같다.

齋 / 堂 / 谷 / 菴 / 潭 / 軒 / 亭 / 村 / 溟 / 窓 / 海 / 窩 / 雲 / 樓 / 沙 / 門 / 泉 / 隱 / 巖 / 下[1] / 溪 / 淵 / 川 / 磵 / 洲[2] / 湖 / 陰 / 江 / 浦 / 灘 / 渚 / 濱 / 汀 / 浪 / 沼 / 瀼 / 塘 / 田 / 土 / 山 / 麓 / 西[3] / 南 / 崖 / 石 / 崗 / 皐 / 所 / 坡 / 圃 / 園 / 竹 / 松 / 西[4] / 岳 / 峯 / 叟 / 仙 / 翁 / 一[5] / 子 / 夫 / 里 / 霞 / (其他, 雜)

여기까지는 정상적인 호보(號譜)의 목차라 할 수 있다. 그런데 목차는 사화(士禍)와 관련되는 것으로 보이는 간지(干支)와 인명들이 열거하고 있는데, 본문에서는 이런 내용을 확인할 수 없었다.

1) '下' 항목은 '巖' 항목 아래 작은 글자로 씌어 있다.

2) '洲' 항목은 '磵'과 '湖' 항목 사이 상단에 작은 글자로 씌어 있다.

3) '西' 항목 아래에 작은 글자로 '下'자가 씌어 있는데, 본문 대조 결과 '西'자가 끝에 나오는 호를 의미하는 것으로 보인다.

4) '西' 항목 아래 작은 글자로 '上'자가 씌어 있는데, 본문 확인 결과 '西'자가 먼저 나오는 호를 의미하는 것으로 보인다.

5) 이 항목에는 아무 표시가 없지만, 본문 확인 결과 '一'자가 먼저 나오는 호를 의미하는 것으로 보인다.

우선 목차상에는 빠져 있지만 실제로는 수집·정리된 항목이 있다. '瀼'과 '塘' 사이에 '色'과 '觀' 항목이 추가되어 있고, '土' 앞에는 '畹' 항목이, 뒤에는 '叢'과 '林' 항목이 이어져 있다. 마지막 항목인 '霞' 다음에 목차에는 나오지 않지만, 항목으로 엮을 수 없는 호들이 취합되어 있다.

기타 항목에 이어 이 책에는 상당한 분량의 부록들이 첨부되어 있다. 내용상 호보의 성격과는 맞지 않는 것이지만, 살펴본 결과 필체가 동일한 것이어서 이 책의 편저자가 개인적으로 참고하기 위해 기록해 둔 듯하다. 참고로 부록 내용을 순서대로 열거하겠다.

儒林錄 : 설총(薛聰)부터 허목(許穆)까지 총 82명의 인명과 약력이 소개되어 있다. 조선 유학의 연원을 인명별로 정리한 것으로 보인다.

門生錄 : 고려 말엽부터 조선 중기까지 대표적인 학자의 문생들을 정리한 것이다. 문생들은 약력 없이 성명만 나열되어 있다. 순서대로 정리하면 '晦軒門人', '圃隱門人', '佔俾門人', '寒暄門人', '靜庵門人', '河西門人', '牛溪門人', '栗谷門人', '沙溪門人', '尤庵門人', '同春門人', '明齋門人'이 된다.

人名表 : 강감찬(姜邯贊)부터 안홍국(安弘國)까지 28명의 이름과 관직명이 1장 안에 씌어 있다. 편저자의 의도는 확인할 수 없다.

皇極經書·坡奏西湖狀·蔡邕明堂論 : 세 문장에 대한 내용이 소개되어 있다.

東征賦 : 농암(農巖) 김창협(金昌協)의 작품 전문이 수록되어 있다. 현존하는 『농암집(農巖集)』과 대조한 결과 내용에 부분적인 첨삭이 있는 듯하다.

楓嶽聖於山水 : 항목 제목은 아니고 이 표기를 시작으로 금강산(金剛山)에서 시작하여 백두산(白頭山)을 위시한 전국 각지의 명소들을 열거하면서 간략하게 사실을 소개하는 글이 이어진다. 그리고 그 사이에 편저자 본인이 작성한 것으로 보이는 지도가 삽입되어 있다.

地圖 : 총 10장의 지도가 수록되어 있다. 순서는 '天下(세계지도)'를 시작으로 '中旺(중국지도)', '京畿', '咸鏡道', '江原道', '平安道', '黃海道', '忠淸道', '全羅道', '慶尙道' 등으로 이어진다. 지도이기는 하지만 정확도는 많이 떨어지며, 각 지역에 있는 지명이나 산천의 위치를 어림잡아 정리한 것으로 보인다. 지도 제작에는 이중환(李重煥, 1690-1752)의 『택리지(擇里志)』를 참고했다는 기록이 나오는데, 『택리지』가 완성된 연도가 1751년이니, 이 책은 적어도 이 연도 이후에 편찬되었을 것이다.

與韓荊州朝宗書 : 이백(李白)이 지은 문장 전문이 수록되어 있다.

春夜宴桃李園序 : 역시 이백이 지은 문장으로, 전문이 수록되어 있다.

경재잠(敬齋箴) : 이황(李滉)이 지은 문장으로, 전문이 수록되어 있다.

夙興夜寐箴 : 역시 이황이 지은 문장으로, 전문이 수록되어 있다.

五姓 : 우리나라의 성씨(姓氏, 중국의 성씨들도 일부 포함된 것으로 보인다.)들을 궁상각치우(宮商角徵羽)의 오성(五聲)에 맞춰 다섯 글자씩 모아놓은 것이다.

이런 부록들이 호보록 작성에 어떤 도움이 되는지는 미상이나, 편저자는 이런 자료들이 유용하리라는 단정 아래 함께 수집했을 것으로 보인다.

이 책에는 총 1225개의 호가 수집·정리되어 있다. 자세한 분포 상황을 본문 편집 순서에 따라 열거하면 다음과 같다.

齋(139개) / 堂(131개) / 谷(63개) / 菴)90개) / 潭(12개) / 軒(60개) / 亭(44개) / 村(33개) / 溟(5개) / 窓(11개) / 海(4개) / 窩(13개) / 雲(6개) / 樓(4개) / 沙(7개) / 門(3개) / 泉(12개) / 隱(36개) / 巖(35개) / 下(2개) / 溪(49개) / 淵(4개) / 川(30개) / 磵(8개) / 洲(13개) / 湖(24개) / 陰(9개) / 江(14개) / 浦(12개) / 灘(9개) / 渚(3개) / 濱(2개) / 汀(4개) / 浪(2개) / 沼(1개) / 瀼(1개) / 色(1개) / 觀(1개) / 塘(9개) / 田(4개) / 畹(1개) / 土(1개) / 山(26개) / 麓(3개) / 西(8개) / 南(6개) / 崖(13개) / 石(9개) / 崗(7개) / 皐(8개) / 所(2개) / 坡(10개) / 圃(6개) / 園(6개) / 竹(8개) / 叢(1개) / 林(1개) / 松(9개) / 西(5개) / 岳(2개) / 峯(37개) / 叟(12개) / 仙(2개) / 翁(26개) / 一(4개) / 子(17개) / 夫(3개) / 安(1개) / 人(1개) / 里(4개) / 霞(3개) / 其他(74개) / 총 1,226개

인물의 수록 범위는 승려('淸虛堂 僧休靜'과 '松雲 僧四溟' 등)와 여성('摯妊堂 任氏夫人'과 '思妊堂 申氏' 등), 왕족(退憂堂 茂林君' 등) 등도 일부 포함되어 있다.

호에 이어 인물명과 간략한 약력도 소개되어 있는데, 같은 호를 사용했던 사람이면 함께 열거하고 있는 특징을 보여준다. 약력을 소개하는 순서는 '號-人名-字(작은 글자)-貫鄕-登科-略歷-著述'순으로 되어 있다. 인명만 소개된 경우도 있지만, 비교적 전 인물들의 약력이 고루 소개되어 있다. 간략한 인명사전 기능을 염두에 둔 듯하다. 몇 가지 경우를 예시하도록 하겠다.

淸陰 金尙憲 叔度 仙源弟 宣廟登第 仁祖朝以斥和囚瀋獄
雙明齋 李仁老 眉叟 仁川人 登科明宗時 玉堂二十四年 右諫議大夫
崔讜 神宗時人 善屬文 名重一時 平章事致仕
晦谷 權春蘭 彦晦 安東人 退溪門人 校理 祠安東龍山
曺溪英 守而 雪汀子 仁祖朝官至參奉 嘗因瀋獄
趙廣佐 季良 防隱弟 以持平杖死己卯禍

4. 자료 가치

① 서지적 가치

장정 상태로 볼 때 책의 원형은 수장자에 의해 다소 변개되었을 것으로 보인다. 일부 첨기(添記)된 부분이 없지는 않으나, 책의 상태로 보아 거의 완성본에 가까운 듯하다. 영조와 정조 시기 목록학의 가치가 부각되는 시기에 만들어진 자료로, 많은 호가 실려 있지는 않지만, 호보학(號譜學)의 흐름을 살피는데 중요한 자료로 쓰일 수 있을 것이다.

일본으로 이전된 과정은 명확하지 않지만, 표지 외에는 비교적 원형을 그대로 유지하고 있어 자료로서 가치를 드높인다.

② 내용적 가치

약력이 아주 상세하지는 않지만, 비교적 오류가 눈에 띠지 않아 완성도에서는 일정 수준을 넘어선 것으로 보인다. 부록으로 많은 사실들이 수록되어 있어, 조선 후기 지식인들의 지적 관심의 향방을 가늠할 수 있는 자료로 참고할 수 있을 것이다. 특히 세계지도와 중국지도, 조선 8도의 지도를 첨부하여, 당시 지식인들의 세계관이나 조선의 영역에 대한 관심의 일단을 재구할 수 있다.

5. 참고문헌

본 자료는 학계에 처음 소개되는 책이라 이를 연구하거나 평가한 기록은 찾을 수 없다. 때문에 특별한 참고문헌은 열거하기 어렵고, 관련 도서를 소개하는 것으로 대신한다.

임종욱, 『한국인명자호사전』, 이회문화사, 2010.

임종욱, 『중국인명자호사전』, 이회문화사, 2012.

편자 미상(순조 연간) 『호보(號譜)』(6권 6책) 장서각 및 연세대 도서관 소장

6. 기존 서지사항의 수정사항

없음. 다만 책의 정확한 명칭은 '朝鮮名賢號譜錄'보다는 '號賢錄'으로 확정하는 것이 옳을 듯하다.

열하 기행 : 피서산장과 외팔묘를 다녀와서*

북경에서 열하까지

조선 정조 4년인 1780년, 연암 박지원은 연행사의 일원으로 북경을 거쳐 열하(熱河)를 다녀왔다. 지금은 승덕(承德)으로 불리는 그곳은 청나라 황제들이 여름에 머무는 별궁이 있는 휴양지였다. 그리하여 피서산장(避暑山莊)으로도 불렸다. 강희제 때 조성하기 시작해서 옹정제를 거쳐 건륭제 때 완성을 본 이 거대한 여름 별장은 청나라가 가장 융성했던 시기의 추억을 비교적 많이 간직하고 있는 명소 가운데 하나다. 박지원이 『열하일기』를 통해 남기고 있는 기록이나, 그밖에 근래의 몇몇 여행객들이 남긴 답사기를 읽으면서 내 나름대로 이곳에 대한 환상 또는 이미지를 안고 인천공항을 출발했다.

북경역에서 승덕까지 가는 열차는 하루에 한 대밖에 없었고, 직선거리로 300km가 넘는 곳이지만 그 동네에서는 가까운 거리라 항공편은 아예 없었다. 그나마 8월 중순이 피서 시즌이어서 우리는 열차 표를 구하지 못했다. 덕분에 우리 일행은 수소문 끝에 국도를 통해 승덕으로 가는 마이크로 버스에 몸과 짐을 싣고 가야 했다.

---

* 이 글은 북경올림픽이 열렸던 2008년 8월 이전인 2007년 여름에 다녀온 기록이라 2018년 현재의 현황과는 다를 수 있다. 지금은 북경에서 승덕까지 고속도로가 개통되어 있다.

문짝을 전깃줄로 묶어 달아 놓은 버스는 그야말로 우리나라 70년대에나 볼 수 있는 차였다. 폐차 처리되고도 한참이나 지났을 차들이 중국에는 꽤 많이 굴러다녔다. 비좁고 허름했지만 대신 편하게 갔으면 보지 못했을 중국의 이면 풍경을 볼 수 있는 장점은 있었다. 산 도적처럼 웃통을 다 벗고 호객 행위를 하는 버스 차장이나 역시 맨 몸을 드러낸 운전사의 모습이 호기심과 함께 은근히 만주 비적떼(?)를 연상시켜 불안하기도 했다. 그러나 네 시간 남짓 동행한 그들이나 승객들은 짧은 만남이긴 했지만 친절하지는 않았어도 순박해 보였다. 해가 질 무렵 승덕에 도착한 우리는 택시를 타고 호텔로 가서 지친 하루 일정을 마감했다.

인구가 약 30만쯤 된다는 승덕시는 강원도 산간에 있는 도시를 연상시켰다. 날씨는 더웠지만 습기가 없어 오히려 한국보다 쾌적했다. 완만하지만 제법 운치도 있는 산들이 줄지어 이어져 있는데, 넓은 곳이든 좁은 곳이든 평지면 거의 모든 곳에 옥수수가 자라고 있었다. 그것은 북경부터 승덕까지 변함이 없었다. 도대체 누가 이 많은 옥수수를 심었고, 거둘 것이며, 먹을 것인지 엉뚱한 궁금증이 일었다.

승덕에서 볼 만한 곳은 당연히 피서산장과 외팔묘(外八廟)다. 피서산장은 휴양지면서 행궁의 기능을 해 180여 동의 각종 건물들이 산재해 있다. 그간 여러 풍파를 겪으면서 파괴되거나 철거된 건물도 많았는데, 주로 산장의 동남쪽에 자리한 호수 주변에 몰려 있다. 무열하(武烈河)를 끼고 도로를 올라가면 산장 북쪽과 동쪽으로 열을 지어 건축되어 있는 것이 외팔묘다. 말 그대로 산장 외곽을 끼고 도는 여덟 개의 불교 사찰이다.

피서산장은 여름 석 달 동안 황제가 거처한 곳답게 정무를 볼 수 있는 공간과 여흥을 즐길 수 있는 건물들이 주종을 이루지만 사찰 건물이 많은 것은 뜻밖이었다. 안내도를 보니 열 군데의 사찰이 산장 내에 흩어져 있는데, 아쉽게도 온전히 남아 있는 곳은 영우사(永佑寺) 한 곳뿐이었다. 이마저도 출입이 통제되어 내부를 자세히 살펴볼 수는 없었다. 건륭 16년(1751년)에 건축된 영우사는 천왕전이나 종고루, 어용루 등 여러 부속 건물들이 옹기종기 모여 있는데, 사리탑으로 불리는 탑이 단연 압권이다. 영우사 경내에 우뚝 서 있는 이 탑은 웅장하면서도 기품이 있어 색다른 정취를 맛볼 수 있다. 항주의 육화탑(六和塔)과 남경의 보은사탑(報恩寺塔)을 본떠 지은 팔각형 건물로, 높이가 무려 67미터에 이른다. 탑이라기보다는 거대한 건축물이라고 불러야 온당할 것이다. 팔면의 벽에는 불상이 부조되어 있어 청나라 황실이 얼마나 독실하게 불교를 신앙했는지 말해준다. 산장 호수 지역 어디에서나 볼 수 있는 이 탑은 노란 탑신이 황혼의 햇살에 물들면 온통 금빛으로 빛나 찬란한 광채를 자랑한다. 많은 건물들이 들어서 있긴 하지만, 다들 비슷비슷해서 다소 실망을 안겨 줄 때 이 탑을 보게 되면 독특한 구성과 색채 때문에 한동안 발길을 옮기지 못하게 만든다.

청나라 황실은 불교, 그 중에서도 특히 라마교(喇嘛教)의 수호자로 자처했다. 티벳 불교를 일컫는 라마교는 인도 불교가 티벳의 고유 신앙과 결합해서 이루어진 교파의 하나다. 우리가 잘 아는 달라이라마나 판첸라마들이 이들의 실질적이고 정신적인 지도자다. 정통 중국 불교는 어디 가고 라마교 사원들이 이곳을 점령했는지 의아했는데, 까닭을 알고 나면 신기한 일도 아니었다.

수적으로 극소수이면서 거대한 중국을 지배했던 청나라를 세운 만주족은 그 열세를 신앙으로 극복하고자 했다. 만주족의 고유 신앙이기도 했고, 잠재적인 적국인 몽고족들의 신앙이 라마교라는 점이 더욱 라마교를 신봉하게 부채질했다. 차츰 중국화되어 가는 만주족이 자신의 뿌리를 잊지 않도록 하고 단결을 과시하기 위해 북방 열하에 별장을 지은 것처럼 그들은 라마교를 통해 동질감을 지키면서 정신적 평화와 기도처를 구했던 것이다. 황제조차도 라마교 지도자들 앞에 머리를 조아리면서 그들은 신앙을 통한 사해동포주의를 실현하려고 했던 것을 알 수 있다.

산장은 크게 호수 지역과 삼림 지역으로 나누어진다. 삼림 지역은 몇 군데를 제외하고는 건물이 거의 터만 남아 있어 볼거리가 많지는 않다. 산세도 험준해서 도보로 관람하기는 어렵고, 순환 버스를 타면 3, 40분 정도면 얼추 구경이 끝난다. 말 그대로 주마간산(走馬看山)인데, 시간만 넉넉하면 등산 삼아 돌아보아도 좋을 듯했다.

산장의 4분의 1 정도를 차지하는 호수 지역은 여섯 개의 호수와 섬, 그리고 섬을 잇는 다리 및 제방으로 구성되어 있다. 호수의 물은 무열하에서 유입되는 것과 한 때 지역 이름을 대표했던 열하천(熱河泉)에서 솟구치는 샘물이 공급한다. 이 호수와 섬 사이 어디를 서 있든 다채로운 경치가 눈길을 끈다. 인공과 자연이 잘 조화를 이루었다고 할까. 정자며 전각, 그리고 행랑 등이 서로의 전망을 침범하지 않도록 적당한 거리로 배치되어 있어 이곳을 경영하는 데 들인 청 황실의 노력과 정성을 실감하게 한다. 호수 주변에는 방목해 놓은 사슴들이 유유자적 노닐고 있어 관광객들의 눈길을 끈다. 이미 자취를 감추어버린 그 옛날 산장의 기화요초와 이국적인 동물 대신이라고 하기엔 지금의 열하를 거닐고 있는 사슴은 너무 초라하다는 아쉬움을 떨칠 수 없었다.

호수의 북동쪽에 위치한 열하천도 기대만큼 웅장하지는 않았다. 꽤 넓은 연못에 감싸여 있는데, 폭이 꽤 넓은 수차가 설치되어 물맛을 볼 수 있도록 했다. 실제로 마셔보지는 않았지만, 손끝에 느껴지는 온도는 시원했다. 열하(熱河)라더니 뜨겁지 않아 이상했는데, 사계절 온도가 변하지 않아 겨울에는 따뜻하게 느껴질 테니, 이름이 아주 틀린 것은 아니란 생각이 들었다.

2008년 북경 올림픽에 대비해 열하의 피서산장은 내부든 외곽이든 정비가 한창이었다. 그 무렵쯤 다시 찾으면 좀 더 옛 명성에 어울리는 규모와 화려함을 만날 수 있지 않을까 그런 기대를 가져보았다.

외팔묘와 천변시장

피서산장이 청제국의 권력과 행락을 상징하는 건축물이라면, 외팔묘는 그들의 종교와 정신세계를 대표하는 건물이라고 할 수 있다. '외팔묘'란 말 그대로 피서산장 외곽이 자리한 8개의 사원이라는 뜻이다. 8개라고 했지만 사실은 12개라야 정확하다. 그밖에 아주 작은 규모의 건물도 몇 개 있었다고 하지만, 거론할 만한 정도는 아니다. 그 12개 가운데 다섯 곳은 완전히 사라졌고, 7개 사원만 현존하고 있다. 청 조정은 8개의 사찰에 특별히 라마를 파견하고 급료까지 지급했는데, 이를 구외팔묘(口外八廟) 줄여서 외팔묘라 부르게 된 것이다. 알기 쉽게 12개 사원의 이름과 규모를 소개하면 아래와 같다.

사찰 이름	건축 연대	점유 면적	특징
부인사(溥仁寺, 前寺)	강희 52년 (1713)	3.75ha(11,450평)	한족 양식에 서장 양식 가미
부선사(溥善寺, 後寺)	강희 52년 (1713)	1.18ha(3,540평)	한족 양식에 서장 양식 가미
보녕사(普寧寺, 大佛寺)	건륭 20년 (1755)	3.30ha(9,900평)	서장 삼마야묘(三摩耶廟) 모방
보우사(普佑寺)	건륭 25년 (1760)	0.68ha(2,240평)	한족 양식에 서장 불상 안치

안원묘(安遠廟, 伊犁廟)	건륭 29년 (1764)	2.60ha(7,800평)	신강 이리 고이찰묘(固爾札廟) 모방
보락사(普樂寺, 원정자)	건륭 31년 (1766)	2.40ha(7,200평)	한족 양식과 서장 양식의 조화
보타종승지묘 (普陀宗乘之廟, 포탈라궁)	건륭 32년 (1767)	22.00ha(66,000평)	전장 라싸의 포탈라궁 모방
광안사(廣安寺, 계대)	건륭 37년 (1772)	1.00ha(3,000평)	서장 양식
수상사(殊像寺, 가묘)	건륭 39년 (1774)	2.30ha(7,800평)	향산(香山) 보상사(寶相寺)와 오대산(五臺山) 수상사 모방
나한당(羅漢堂)	건륭 39년 (1774)	1.20ha(3,600평)	절강 해녕(海寧)의 안국사(安國寺) 모방
수미복수지묘 (須彌福壽之廟, 행궁)	건륭 45년 (1780)	3.79ha(11,370평)	후장 시가체 찰십륜포사 모방
광연사(廣緣寺)	건륭 45년 (1780)	0.45ha(1,350평)	한족 양식

* 자료는 웨난·진취엔 지음 / 심규호·유소영 옮김, 열하의 피서산장 2(일빛, 2005) 288쪽을 참고했다. 평수는 필자가 환산한 것이다.(1ha = 3000평)
* 건축된 순서대로 나열되어 있다. 실제 배치는 산장 북쪽면 서쪽 끝에서부터 나한당-광안사-수상사-보타종승지묘-수미복수지묘-보녕사-보우사-광연사가 늘어서 있고, 산장 동쪽면(무열하 건너) 위에서 아래로 안원묘-보락사-부선사-부인사가 이어져 있었다.
* 나한당과 광안사, 보우사, 광연사, 부선사는 터만 남아 있다.

7개 사원이 현존하고 있지만, 우리가 실제로 참배할 수 있는 곳은 5군데뿐이다. 수상사와 부선사는 개방되어 있지 않아 그저 외곽만 한 번 훑고 지날 수밖에 없었다. 그나마 5곳도 알뜰하게 입장료를 받아 무상 출입은 꿈도 꿀 수 없다. 출입을 통제한 두 곳은 입장료를 받을 만큼 규모나 시설이 되지 않아 미개방 상태로 둔 것이 아닌가 여겨졌다. 감춰둘지언정 공짜는 안 된단 말이렸다!

물가가 싼 중국이라지만 입장료는 꽤 비쌌다. 보락사를 제외한 네 곳은 동시 입장이 가능한 할인 티켓을 팔고 있었는데, 적지 않은 액수였다. 물론 그만한 값어치는 한다. 우리의 외팔묘 기행은 가장 먼 수상사부터 가까운 부인사까지 이틀에 걸쳐 이루어졌다.

수상사는 개방되어 있지 않아 기대를 품고 갔던 우리를 실망시켰다. 밖에서 노란 기와 지붕과 입구, 담장만 카메라에 담고 발길을 돌렸다. 길가에 쓰레기 더미가 쌓여 있어 보기 안타까웠다. 최소한의 사격(寺格)은 갖췄으면 하는 바람이 절로 들었다.

보타종승지묘는 6만 평의 드넓은 산록 사이에 지어진, 가장 큰 규모의 사찰이다. 피서산장 북쪽 성벽에 오르면 전체가 한 눈에 들어오는데, 하얀 회벽칠이 된 수많은 건물들로 빈틈없이 채워져 있다. 사원 맨 끝에 있는 붉은 색을 칠한 대홍대(7층, 작은 포탈라궁으로도 불린다)는 높이 25m에 너비가 약 58m에 이르러 장엄함이 비교할 게 없다. 피서산장의 건물들은 넓은 지역에 흩어져 있어 개별적으로는 아담한 느낌을 주는 데 비해 이곳은 건물이 장방형의 경내에 몰려 있는 데다 대홍대가 웅장하게 솟아있어 절로 경탄과 신앙심을 불러 일으켰다. 그러나 워낙 전각과 사당이 많이 주마간산식의 유람으로는 그 맛을 충분히 음미할 수 없었다. 시간을 탓하면서 발걸음을 쫓아 다녔는데도 세 시간이나 걸렸다.

세 개의 문과 다섯 개의 탑이 세워져 있는 오탑문, 그 양편에서 관광객들을 굽어보고 있는 하얀 코끼리상은 우리나라의 사찰과는 전혀 다른 풍취를 보여주었다. 유리 패방은 돌을 정교하게 다듬어 지은 건물인데, 경내 중간쯤에 있었지만 꼭 일주문인 듯한 인상을 풍겼다. 건물은 대개가 돌이 아니면 벽돌로 지어져 있어 목재가 주소재인 우리 사찰과는 느낌이 달랐다. 건물마다 불상이 안치되어 있는데, 사람들이 너나없이

향을 사르며 소원을 빌고 있었다. 불전 정중앙에 모셔져 있는 길상천모상(吉祥天母像)은 목재로 정교하게 조각이 되어 있었다. 라마교의 호법신 가운데 하나인 길상천모는 중생을 제도하고 사람들에게 지혜와 행복을 준다고 해서 사람들의 남다른 존숭을 받고 있다고 한다.

역시 이곳 관광의 압권은 대홍대다. 여러 건물을 개미굴 지나듯 헤치고 나오면 마지막으로 대홍대가 나타난다. 절 입구에서부터 시선을 압도하지만, 코앞에 두고 보니 정말 장대했다. 라사의 포탈라궁은 또 얼마나 엄청난 규모일지 엉뚱한 궁금증이 일었다. 좌우로 난 계단을 따라 올라가니 그곳은 또 하나의 별천지였다. 20세기 초 군벌시대와 일본군에 의해 무수한 유물들이 약탈당했다지만, 여전히 많은 불상과 유물들로 가득했다. 다만 그것만으로는 오늘날의 유람객들의 호기심을 채우기에 부족했는지 가운데 마당에서 흥겨운 민속 공연이 한창이었다.

벽에 걸린 10m가 넘는 불화를 배경으로 20여 명 남짓한 남녀 무용수와 악대로 구성된 공연단이 흥겨운 음악 반주에 맞춰 어지럽게 춤사위를 가르고 있었다. 사람들이 개미떼처럼 모여 구경하면서 사진을 찍기에 여념이 없었다. 간혹 외국인들도 눈에 띄었다. 매일 정기적으로 공연을 하는 모양인데, 우리가 갔을 때에는 파장 무렵이라 마지막 장면만 볼 수 있었다.

그 곳에서 다시 위로 올라가는 계단이 있었다. 건물 뒤에 건물이 숨겨져 있어 도무지 규모를 종잡기 어려웠는데, 이곳에도 무대가 마련되어 있어 공연이 한창이었다. 아래 마당의 공연이 부드럽고 여성적이었다면 이쪽은 굳세고 남성적이었다. 집단 무용이 끝나자 한 남자가 나와 묵직한 바리톤 음성으로 노래를 부르는데, 혼자서 10여 곡 이상을 줄기차게 뽑아냈다. 원래 그렇게 하는 것인지 모르겠지만, 흥에 겨운 가수는 제 노래에 도취해서 시간이 가는 줄도 모르는 모양이었다. 계속 듣고 싶었지만, 일정이 빠듯하니 아쉬운 마음만 남겨두고 자리를 떴다.

보타종승지묘에서 동쪽으로 500m쯤 걸어오면 두 번째 규모를 자랑하는 수미복수지묘가 나온다. 이 사원은 가장 늦게 낙성되어, 박지원이 열하를 찾아왔던 그 해(1780년)에 완공되었다. 건륭제의 70세 생신을 축하하기 위해 달려온 6세 반선(班禪)이 머물면서 불경을 강의할 수 있도록 세워진 건물이라고 한다. 지금도 라마교 스님들이 거주하고 있어 앞부분만 공개되어 있었다.

이곳 건물은 주로 붉은 책 물감으로 칠해져 있어, 엄숙함과 고색창연한 느낌을 함께 자아냈다. 3층으로 된 대홍대가 있고, 그 사이에 묘고장엄전(妙高莊嚴殿)이 육중한 몸매를 과시하며 참배객을 맞았다. 바로 이곳에서 6세 판첸이 불법을 강의했는데, 전각 지붕에는 승천할 듯이 고개를 쳐든 청동으로 만든 용 여덟 마리가 꿈틀거렸다. 네 마리는 하늘을 향하고 네 마리를 땅을 굽어보고 있는데, 도금을 해서 햇빛에 비치면 찬연하기 그지없다고 한다. 더구나 한 마리의 무게가 1t이라니 더 이상 말이 나오지 않았다.

건물 안에는 층마다 이름도 알 수 없는 여러 부처님들의 신상이 즐비했다. 등신대부터 주먹 만한 것까지 크기도 형상도 빛깔도 다양했다. 대개 먼지가 자욱하게 앉아 있어 원래 채색을 감상할 수 없는 점이 아쉬웠지만, 빈틈없이 불상을 채워 넣은 그들의 정성과 노력이 마냥 부러울 뿐이었다.

행궁 뒤편에 가면 만수유리탑(萬壽琉璃塔)이 있다. 입장이 허락되지 않아 멀찍이서만 바라보고 나왔는데, 영우사 사리탑 못지않게 영롱한 자태가 아름다웠다. 팔각형의 수미좌 받침 위에 7층으로 된 팔각탑으로, 노란 빛깔이 푸른 하늘과 조화를 이루어 혼탁한 세상을 항해하는 중생을 위한 등대를 만난 느낌이어서 반가웠다.

수미복수지묘를 나와 보녕사로 가는 천변에 노천시장이 쭉 늘어서 있어 시선을 끈다. 마치 우리나라 시골에 서는 장날 같은 정경이었다. 물이 말라 바닥이 훤하게 드러난 공터를 따라 열린 시장은 또 다른 눈요기 거리를 제공했다. 그들에게야 삶의 현장이겠지만, 어릴 때 시골 장터를 돌면서 눈깔사탕이며 솜사탕, 아이스께끼를 사먹던 기억이 있는 나로서는 무심히 발길을 돌릴 수 없었다. 혹시 또 아나? 뱀 장사라도 있어 희귀한 백사(白蛇) 구경이라도 할런지.

기대했던 뱀 장사는 없었지만 승덕 사람들의 체취와 생활이 그곳에 고스란히 간직되어 있었다. 옷감과 신발, 바늘이나 실 같은 생필품부터 건전지, 사소한 공구류들, 막 잡은 돼지고기를 파는 푸주한, 과일과 채소를 벌여놓은 농부들 등등. 아득한 옛날 처음 피서산장과 외팔묘가 세워질 때부터 살았을 사람들의 후예일 듯한 그들의 모습에서, 말만 다를 뿐 우리와 아주 닮은 사람들의 일상을 읽을 수 있었다. 겉이 온통 까매서 먹기 거려지는 과일이 있었는데, 까먹으니 의외로 입에서 살살 녹았다. 그만 이름은 까먹었는데, 꼭 보기 좋은 떡이 먹기에도 좋은 것만은 아니라는 사실을 알게 되었다.

남은 사찰은 네 개지만, 세 개는 규모가 작거나 폐쇄되어 있고, 가장 관심을 끄는 곳은 역시 보녕사(普寧寺)다. 일명 대불사(大佛寺)로도 불리는데, 대승지각(大乘之閣) 안에 모셔진 천수천안관세음보살(千手千眼觀世音菩薩) 때문이다. 이 불상은 높이만도 22m에 달하고, 허리둘레만도 15m에 이른다. 설명을 읽어보니 사용된 목재만 120평방 제곱m이고, 무게는 110t이라는데, 머리 부분만 해도 5t에 이른다는 것이다. 이 목조불상은 승덕시를 상징하는 마스코트처럼 쓰여, 시내 곳곳에 불상을 그려 넣은, 성지를 알리는 입간판들을 심심찮게 볼 수 있었다.

보녕사는 건륭 20년에서 24년(1755년~59년) 사이에 지어졌다. 건륭

시기 산장 밖에 세운 최초의 사찰인데, 중가르 부족의 달와제 반란 세력을 평정한 기념으로 건설했다고 한다. 여느 산장 밖 사찰과 마찬가지로 평지에 건설되어 있는데(물론 앞에서 본 보타사와 수미복수지묘는 규모 탓도 있겠지만, 후면으로 가면 지세가 조금은 높아진다.) 보타사에 이어 두 번째 규모를 자랑한다.

천수천안관세음보살을 안치한 보녕사

아침을 먹고 택시를 잡아 도착하니, 벌써 사람들로 북적였다. 대불상에 기도하기 위한 인파인데, 중국인들이 즐겨 쓰는 굵고 긴 향대를 저마다 한 웅큼씩 쥔 채 입장을 서두르고 있었다. 남녀노소할 것 없이 다들 진지한 표정으로 향대에 불을 붙이고 축수한 뒤 거듭 예불을 올리는 모습이 우리로서는 조금 어색해 보였지만, 때 묻지 않은 신앙의 표현인 것도 같아 사진기를 들이밀기도 미안했다. 나도 합장을 하고 예불을 올리긴 했지만, 아무래도 우리나라 사찰에서 하는 것만큼 감흥은 일지 않았다. 확실히 문화 차이란 것은 쉽게 극복하기 어려운 모양이다.

대승지각을 둘러 뒤편으로 가면 야트막한 언덕이 있고, 건물 몇 채가 자리하고 있다. 특별히 이색적인 특징이 있는 것은 아니었지만, 돌 언덕길을 따라 엮어놓은 쇠사슬에 주렁주렁 매달린 열쇠 뭉치들이 눈길을 끌었다. 꽤 묵직해 보이는 열쇠들이 두릅 엮듯이 묶여 있는데, 그 또한 장관이었다. 마치 금빛 옥수수를 다발로 말려 놓은 것 같았는데, 개수만도 수천 개는 넘을 것 같았다. 뭔가 싶어 자세히 봤더니 열쇠 표면에 결연쇄(結緣鎖)라는 글씨가 새겨져 있고, 뒷면에는 사람 이름이 줄줄이 쓰여 있었다. 아마 서로의 인연이 끊어지지 않고 계속 이어지기를 바라는 소망을 이렇게 표현한 모양이었다. 회자정리(會者定

離)는 인간 세상의 어쩔 수 없는 섭리겠지만, 이렇게라도 그런 재앙을 피해보고 싶은 마음을 담아놓은 것이다. 나도 가족들의 이름을 써서 엮어 두려고 했는데, 시간도 없었지만 찾으려니 파는 사람도 보이지 않았다. 아쉽게 발길을 돌릴 수밖에 없었다.

목조대불은 정말 소문대로 엄청난 규모였다. 3층이라지만 실제로는 5층쯤 되어 보이는 전각 속에 우뚝 서 있는 보살은 짙은 고동색 빛을 띠었고, 옻칠을 했는지 광택이 눈부셨다. 아래서 올려다보니 무너질 것 같아 현기증이 핑 돌 지경이었다. 역시 촬영 금지라 사진을 못 찍는 것이 안타까웠는데, 돌아 나오려니 위층으로 올라가는 통로가 눈에 띠었다. 눈[眼] 구경이라도 더 해야겠다 싶어 무턱대고 계단을 밟았는데, 누가 잡았다. 역시 입장료가 있었다.

두 층을 더 올라가니 불상의 중간쯤에서 아래 위를 다 볼 수 있었다. 손을 뻗으면 닿을 듯 불상은 육중한 존재감을 가지고 있었다. 안내원이 보지 않는 틈을 타서 몇 장을 찍으리라 벼르고 있는데, 가족인 듯한 한 무리 사람들은 거리낌없이 사진을 찍고 있었다. 남도 하는데 나라고 못하랴? 그 때부터 열심히 셔터를 눌렀다. 창문이 닫혀 있어 전체적으로 어두웠지만, 사이사이로 비집고 들어오는 햇살은 불상의 위용을 더욱 웅장하게 장식해 주었다.

안원묘와 보락사

보녕사에서 무열하를 건너 서로 마주보는 곳에 안원묘(安遠廟)가 위치해 있다. 이리묘(伊犁廟)라고도 불린다. 건륭 29년(1764년)에 시공되었는데, 신강성 이리하 유역의 고이찰도강(固爾札都綱, 도강은 몽고어로 사찰이란 뜻이다)을 본떠 지어 이런 이름이 붙었다고 한다. 주변은 주로 밭으로 둘러싸였는데, 건물이래봤자 중앙의 보도전(普度殿) 한 채뿐이지만, 정방형 일곱 칸 3층의 규모는 보기보다 더 장엄해 보였다. 중앙에 모셔져 있는 녹도모(綠度母)는 보녕사 불상만 하지는 않지만, 역시 목조로 정교하게 만들어진 불상이었다. 녹도모의 도모는 라마교에서 일반적으로 관음보살의 화신을 가리키는 말이다. 중생들의 고난을 구제하는 선량한 여신인데, 녹색과 붉은색, 노란색, 푸른색, 흰색 등 다섯 종류의 색채로 구분하지만, 실제는 훨씬 더 많은 색채로 치장되어 수십 종에 이른다고 한다. 이곳 도모는 녹색이라 녹도모라 불리는 것이다. 어두워 질감이나 색채감을 생생하게 느끼기는 어려웠지만,(왜 좀 조명을 밝게 하지 않는지 이유를 모르겠다.) 머리에 쓴 보관이며 눈을 감고 사색에 잠긴 얼굴 표정, 연꽃을 쥔 왼손, 반쯤 한 책상다리 등은 경외감과 함께 인자하고 편안한 느낌을 불러일으켰다.

안원묘를 나와 천천히 걷다 보면 보락사(普樂寺)가 나온다. 입구에는 피서산장 명소 가운데 하나인 경추봉으로 가는 길이 있는데, 도보로 가기는 어렵고 셔틀버스를 이용하거나 봉우리 아래까지 가설된 케이블카를 타야 한다. 보락사를 관광하고 들려도 좋고 먼저 다녀와도 좋지만, 우리는 사정상 절을 다 본 뒤에 경추봉에 가게 되었다.

보락사도 규모로 보면 안원묘와 대동소이하다. 건륭 31년(1766년)부터 지어지기 시작했는데, 아래로는 무열하의 흐름이 한눈에 들어오고 뒤로는 경추봉이 우뚝 솟아 있어 제법 운치가 있다. 대전인 욱광각(旭光閣)은 겹처마에 지붕이 둥근 모양인데, 북경에 있는 천단(天壇)의 기년전(祈年殿)과 외형이 비슷해서 원정자(圓亭子)로도 불려진다.

천왕전에는 중앙에 배가 불뚝한 미륵불이 모셔져 있고, 양쪽으로 흙으로 빚은 사대천왕이 각각 칼과 비파, 뱀, 보당(寶幢)을 쥐고서는 중생을 굽어보는데, 위세가 대단하다. 그 뒤편에 종인전(宗印殿)이 있고, 이어 욱광각이 당당하게 사찰을 굽어보며 서 있다. 욱광각 천장에는 거대한 만다라가 새겨져 있다는데, 중국 최대 규모라고 하지만 아쉽게도 보진 못했다.

보락사에서 더욱 아쉬웠던 일은 경내 가게에서 산 안내 책자 몇 권을 분실한 일이다. 욱광각 꼭대기까지 올라가 사진을 찍는데, 아무래도 불편해서 계단 난간에 두었더니 잠깐 사이에 사라져 버린 것이다. 황금빛 유리기와를 덮은 화려한 모습에 정신이 뺏겨 신경을 쓰지 않은 탓이지만, 설마 책을 집어가랴 했는데, 등잔 밑이 어두웠다. 사람도 많지 않았는데, 누가 집어갔는지 정말 깜쪽같았다. 값이 비싼 것은 아니었지만, 조금 섭섭한 마음은 어쩔 수 없었다.

마지막 일정인 부인사(溥仁寺)는 수상사처럼 개방이 되어 있지 않아 담 너머로 전경을 훑어보는 것으로 마감해야 했다.

천하기봉天下奇峰 경추봉磬錘峰

보락사에 가면 함께 볼 수 있는 비경이 바로 경추봉이다. 피서산장이 산림지대에 있기 때문에 자연 경관도 다들 빼어나지만, 이 경추봉만큼 신선하게 다가오는 것은 없다. 까마득한 절벽과 완만한 구릉의 경계선에 위치한 경추봉은 높이가 40m고 위쪽 직경은 15m, 아래쪽 직경은 10m쯤 된다. 1702년에 강희제가 승덕에 와서 이 봉우리를 보고는 거꾸로 세운 경추와 같다고 해서 이런 이름이 붙여졌다고 한다. 케이블카를 타면 한달음에 봉우리 아래까지 닿지만, 셔틀버스를 타면 한 10분 정도 걸어야 한다.

올라가는 길도 가파르지만, 경추봉 아래에 이르면 사실 눈앞이 아찔하다. 얼핏 바위산으로 짐작하겠지만, 올라보니 자갈과 모래흙이

엉켜 뭉쳐진 산이었다. 주먹으로 세게 치면 곧 바스라질 것 같았다. 어떻게 이런 봉우리가 그 긴 세월을 버텼을까 희한했는데, 봉우리 바로 앞까지 가는 길은 겨우 폭이 3, 4m에 까마득한 벼랑이라 발길이 영 떨어지지 않았다. 그냥 돌아갈까 하다가 나중에 후회하지 싫어 간신히 도착했는데, 멋진 경치 구경도 좋지만 영 오금이 저려와 편안한 구경은 하지 못했다. 주변 중국 사람들은 아무렇지 않게 돌아다녀, 역시 대국 기질은 속일 수 없나보다는 생각과 함께 지레 겁을 집어먹은 내가 쑥스럽기도 했다.

이렇게 짧은 일정으로 피서산장과 외팔묘, 경추봉을 구경하고 북경행 기차에 몸을 실었다. 주마간산격이라 무엇 하나 제대로 보지 못했다는 아쉬움이 내내 떨쳐지지 않았다. 다음에 기회가 있으면 좀 더 여유도 갖고 찬찬히 둘러보리라 다짐했다. 아마 겨울에 와도 좋지 않을까? 눈 덮인 산장과 외팔묘의 모습도 여름 못지않을 것이다.

임종욱(林鍾旭)

1962년 경북 예천 출생.
동국대학교 국어국문학과 및 동대학원 졸업. 문학박사.
동국대 한국문학연구소 전임연구원과 청주대 한문교육과 전임강사 등 역임.
현재 진주교육대학교에서 문학을 강의하고 있다.
2012년 제3회 김만중문학상 대상을 수상한 이후 남해군으로 내려와 연구와 창작을 병행하고 있다.
〈남해신문〉과 〈현대불교신문〉에 칼럼과 비평을 연재하고 있으며, 화전매구보존회(회장, 이긍기)와 고현집들이굿놀음보존회(회장, 김정준) 단원으로 활동 중이다.
저서에 『고려시대 문학의 연구』와 『운곡 원천석의 시문학 연구』, 『조선시대 불교공간과 한문학의 자장』, 『미로 속에서 광장 찾기』 등이 있다.
소설로는 『소정묘 파일』과 『이상은 왜?』, 『남해는 잠들지 않는다』, 『불멸의 대다라』, 『남해 : 바다가 준 선물』, 『죽는 자는 누구인가』 등이 있다.
번역서로는 『초의선집』과 『촌은집』, 『자암집』, 『서포집』, 『남천록』, 『남해금석문총람』 등이 있다.

한국문학의 이면과 측면

2019년 2월 28일 초판 1쇄 펴냄

지은이 임종욱
펴낸이 김흥국
펴낸곳 도서출판 보고사

책임편집 이순민
표지디자인 오동준

등록 1990년 12월 13일 제6-0429호
주소 경기도 파주시 회동길 337-15 2층
전화 031-955-9797(대표)
02-922-5120~1(편집), 02-922-2246(영업)
팩스 02-922-6990
메일 kanapub3@naver.com / bogosabooks@naver.com
http://www.bogosabooks.co.kr

ISBN 979-11-5516-869-1 93810

정가 18,000원

글들을 다시 읽고 있자니 이런 점이 먼저 눈에 들어왔다. 비교적 문학 연구에서 크게 주목받지 못하는 주제나 대상을 많이 다루었다는 사실이다. 내가 사는 남해군과 경남 일대에도 다양한 문학 행위가 있어 왔고, 연구할 가치가 있는 성과들이나 유적, 사실(史實)들이 적지 않게 남아 있다. 그런데 단지 외딴 지역에서 이뤄진 성과나 현상이어서 연구 대상에서 소외를 받는 경우가 많았다. 이 지역 사람들에게는 소중하고 소개하고 싶은 사실들인데 상대적으로 주목을 받지 못하니, 자연스럽게 이 지역에서는 논의에 대한 갈증을 느낄 수밖에 없었다. 그래서 이번 책에는 그런 고민들을 다룬 글이 많아진 듯하다. 이런 글들이 좀 더 널리 소개되어 그 가치를 인정받고 연구가 활발해지는 작은 계기가 되었으면 좋겠다. 그래서 책 제목도 고민하다 『한국문학의 이면과 측면』이라 붙이게 되었다.

— 책을 내면서

값 18,000원

93810
9 791155 168691
ISBN 979-11-5516-869-1